U0489026

一股奔腾的激流

陈思和　李存光　主编

巴金研究集刊卷四

上海三联书店

主　办：　　巴金研究会

不管相信不相信，今天还有不少的崔老夫人和高老太爷，"门当户对"至今还是他们决定子女婚姻的"标准"。听话的孩子总是好孩子。为了"婚姻自主"，多少青年还要进行斗争。

十载"文革"期间，有人批判《激流》毒害青年，说我的小说是杀人不见血的软刀子。多么大的罪名！今天我仍然要说我喜欢这个三部曲的主题：青春是无限地美丽。未来永远属于年轻人，青年是人类的希望，也是我们祖国的希望。这是我的牢固的信念，它绝不会"过时"。我相信一切封建的流毒都会给年轻人彻底反掉！

其它，我不想讲下去了。

一九八〇年十二月十一日

目　录

史　　料

资　　讯

记　事

回 响

Contents

New Analects of Ba Jin

Forum

Research Collective on *Torrent Trilogy*

Historical Datas

Information

Adversaria

Response

Afterword

新刊巴金文选

寄一個青年朋友

巴金

寄一个青年朋友

我回上海了，也许就要往南走。我常常记着你。在北游前接到你的一封信，那么真挚的灵魂的自白，至今还使我感动。你的环境是那样。环境不知坑了许多人！但你为什么就把自己看轻呢？理想是应该有的，一个讨饭的乞丐也有自由和权利做饱食暖衣的梦。你正在开花的青春年纪，为什么就不应该做着你小说里的好梦呢？我都知道。你否认时，我微笑；你痛苦地承认时，我也微笑。我像个老年人样地看着这一切。我也知道什么东西使你否认那事情，什么东西使你在否认后又“忏悔般”写信给我承认。我了解你。你的小说更使我明了一切。

那女郎我也见过一面，可是印象太浅了，现在几乎记不起她来，但我知道她已经和她的爱人回去了。你自然是失望的。然而我想你的单恋既然是真挚的，你就无须为它羞愧，那也是美丽的事情。爱一个女人，不让她知道，把她的影像暗暗地藏在心里，或者就当她做一颗星，远远地在天空放光芒，那星光是不会消灭的，你看得见，我也看得见。为什么定要把星儿摘在手里让它失掉一切的光辉呢？既然你爱这星儿。这样说，你比那胜利的男子还幸福。

今晚是个月夜，我在寂静的马路上闲走了一些时候，月光梳洗我的乱发，清辉在我的脸上流动，这一刻我忽然想到南欧的景物，在南欧的月明之夜，诗一般美丽的南欧乡镇上，一些男子倚窗弹奏曼陀铃歌唱出他们的为恋爱所苦恼的情怀，我不能不为之惘然。古今来在这方面感到缺陷的人何只千万，你并不是第一个，就在这时候也有千万人与你同感的。

我想到这些，我的心只有痛楚。我也许不能苦人之所苦，但我确实能以人之悲哀为自己之悲哀。但悲哀是无终局的，所以你应该忘掉那个，把精力贡献在别的方面去，但丁失恋而为诗人，你也许能够在失恋(?)后做出比他做的更有益的事情来。对于你为希望你能够忍耐一切，而向前奋斗。

附：关于巴金佚文《寄一个青年朋友》

张　慧

1933年2月9日《中央日报》副刊《学风》刊出一篇题为《寄一个青年朋友》的文章，署名巴金。《学风》是一份同仁学术专刊副刊，创刊于1932年7月4日，1933年5月25日刊出第53期后停刊，停刊原因不详。从创刊至1933年2月2日，《学风》是星期一、星期四出刊，其中星期一是学术专刊，星期四是文艺专刊。但文艺专刊所刊载的也多是哲学、文学理论等方面的学术文章，如何忍《从小说的原始说到中国的创作》、怀真《文学之意义与元素》等，“文艺”的特色并没有明显的表现。1933年2月2日《学风》刊出启事，“本刊自是日起改为每星期四出版一次，希阅者注意为幸”，巴金的这篇散文就恰是刊登在改版后的《学风》第一期，同期刊登的文章还有严冷玉《现代人的错误》、郑承训《现代心理学之由来》

以及张鲁山《世界外交政策及其演讲》。从文章的内容来看,《学风》副刊中流露出的学院气息依然很浓重。

巴金这篇文章,从形式上看,或是取自一封信,或是一篇以信的形式而写的散文;从内容上而言,是一篇抚慰鼓励文学青年从失恋阴影中振作,转而进行文学创作的励志散文。但无论是从形式上还是内容上,这篇文章与"学风"的整体风格都是不一致的。巴金在30年代初期的文坛已颇有声名,但《中央日报》出现巴金的文章,这是第一次。而这样一篇文字优美、通俗易懂的散文竟然刊登在一个治学严谨的学术刊物上,实在是令人诧异。结合文章的内容分析,有两种可能:一是这篇文章可能是巴金寄语的那位文学青年,将原信交与《学风》编辑,而由《学风》编辑自行发表;或者这位文学青年即为"学风社"成员,因为巴金名气缘故,将信件公开发表以增加刊物的影响力;第二种可能是巴金以寄语青年的形式写了这样一篇散文。稿件刊于《学风》是出于何种原因,因"学风社"资料的缺乏,及"学风"同仁与巴金的关系研究的缺乏,暂时无法进一步考定。但有一点是可以肯定的,即在与"学风"同仁完全不熟识的情况下,巴金将一篇随笔性质的文章投向一个学术副刊的可能性是极小的。综合而言,一是文章中的"失恋青年"擅自帮巴金投了稿,二是《学风》向巴金邀了稿,所以《学风》才会刊出《寄一个青年朋友》这一篇散文。但是这篇文章背后的故事到底如何,还有待更多史料的挖掘。

笔者查阅了人民文学出版社的《巴金全集》以及已经出版的巴金研究集刊《生命的开花》和《一粒麦子落地》,发现这篇《寄一个青年朋友》均未被收录。从文中谈及的活动来看,同巴金1933年前后的活动是一致的。"我回上海了,也许就要往南走。……在北游前接到你的一封信……","北游"是指巴金1932年9月的北平之行;"往南走"则是指巴金1933年5月同友人一同乘"济南"号轮南下的旅行。由时间地点的一致性可推断,这篇文章确是巴金所作。

从文中对青年的大概描述来看,这个青年是爱好文学的,因为他写小说,并且和巴金还有过一些接触,巴金甚至见过这个青年暗恋的那个女郎。但除此之外,关于青年的信息是模糊的。但就这些已知信息而言,这个青年很可能只是巴金众多读者中的一员,但是巴金对文学青年的爱护和鼓励是众所周知的,他不仅经常同他们通信,甚至也参与他们的一些活动。在这篇文章中,巴金不仅是关心青年的文学活动,甚至关心他的感情生活,这也正是应了文末中那句"我也许不能苦人之所苦,但我确实能以人之悲哀为自己之悲哀"。

在内容上,这篇文章在鼓励青年克服个人儿女私情,积极从事文学活动外,还有巴金个人恋爱观和文学思想的折射。某种程度上,文章既是写给青年的,也是写给自己的。"我都知道。你否认时,我微笑;你痛苦地承认时,我也微笑。……我了解你。你的小说更使我明了一切。"这些文字,一方面像是作者自我剖析的一个表白,深情、感人,另一方面也为文章增添了许多情感上的互动。就文章的语言来看,巴金承袭他一贯通俗优美的文字风格,整个文章一气呵成,虽然是在安慰一个失恋的朋友,但更多是作者自我感情的抒发。在恋爱观的理解上,作者以天上的星星作比喻,安慰青年,得不到也不要伤心 ,因为只要你恋着,你就是幸福的。这种恋爱观接近一种精神式的恋爱,也是那个时候苦闷的青年安慰自己的一个方法。

文章的最后,巴金以但丁作比,希望青年能够忘却痛苦,积极投入到文学创作中,化痛苦为力量。在鼓励之余,作者自己由此而生的悲哀之情也无以言表,"我想到这些,我的心只有痛楚。我也许不能苦人之所苦,但我确实能以人之悲哀为自己之悲哀。"这种悲悯情怀是作者善良天性的表现,也从另一方面再次表露了作者的心声。

(指导老师:陈子善)

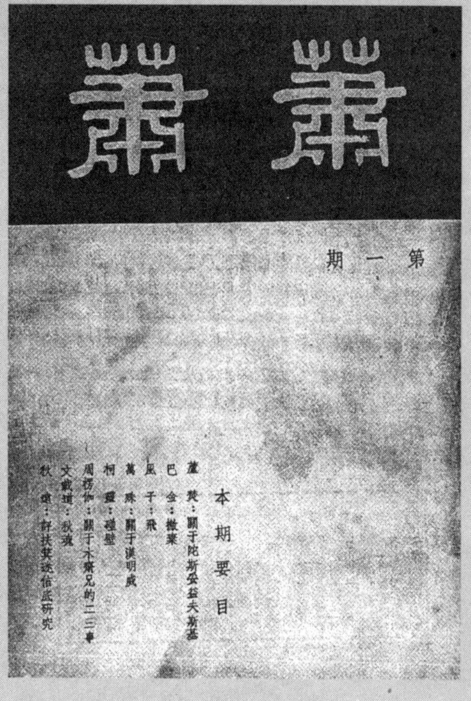

致文载道[1]

××先生：

三十日来信收到。我在内地还好，常常想起你们。刊物出版，自然愿意帮忙，我有几篇散文在圣泉[2]处，里面有九篇文章，如《风》、《雷》、《雨》、《龙》、《醉》、《撇弃》、《祝福》等。你有空不妨到福润里去看看，选两篇发表。将来写了新的短文，再为你寄下几篇。从文信过两天即转去。他如有文章一定会寄上的。见着季琳[3]请代致意。他的信也见到了。《火》第二部在这里送审，尚未审

① 此信刊于1941年11月16日出版的《萧萧》第二期，巴金的《龙》一文之前，为巴金致《萧萧》编者文载道的信，写作时间当在1941年9月、10月间。现据姜德明《文载道与〈萧萧〉》（见《金台小集》，广西师范大学出版社2008年8月版）一文中录出。

② 圣泉，指散文家陆蠡，字圣泉。

③ 季琳，指作家柯灵，本名高季琳。

完,不知何日可出。我和几个朋友在这里租了房子,刚搬进去。连桌子也没有,写字不便。今早有预行警报,我在七星茶棚喝茶,就在躺椅上写了这封短信,别话后详。祝好。

巴金

致李治华①（二十九封）

一

（一九七八年四月四日）

治华先生：

3 月 30 日来信收到。承您告诉我《家》的翻译的经过。这个译本的出版的确是一件不简单的事情。它遭遇了那么多的灾难还能够见到天日，真是一大胜利。你们那样安排，那样编排，我当然满意，也感谢你们。你们要我的近照，我打算最近去照相馆摄一张看行不行，大约半月内寄上。

关于短篇小说选我没有什么意见。我想你们在法国住得久，对法国读者有较深的了解，比我自己挑选反适当。我提出三篇供你们参考，《狗》、《爱的十字架》、《将军》。

别的以后再谈。

匆复，祝

好！

巴金

七八年四月四日

① 李治华，1915 年 9 月生于北京，1937 年毕业于中法大学法国文学系，1942 年获得里昂大学硕士学位。自 1948 年起先后担任法国科研中心实习员、助理研究员；东方语言学校辅导员、代理教授、助教；巴黎第八大学副教授。1980 年退休。为《红楼梦》、《家》等法文译本翻译。此批书信曾有六封收于大象出版社 2003 年出版的《佚简新编》，其余均为首次发表。

二

（一九七八年四月七日）

治华先生：

复信想已收到。现在寄上近照一张，请收下。这是本月五日拍摄的，是最近的了。

祝

好！

巴金

七八年四月七日

三

（一九七八年五月四日）

治华先生：

27 日来信收到。我最近身体不大好，明天要去杭州休息几天。

关于《家》的事情，我同意您的建议，删去一些重复的句子，由您看着办吧。三十年代（特别是上半期），我写文章很喜欢重复，也喜欢用形容词，后来才逐渐有一些改变。现在写文章比较简练了些。法国人翻译外国作品喜欢删节，我是知道的。我这里就有一些旧俄小说的法译本。而且今天的西方读者喜欢作者给他们留点思考的余地，这是应当的。我再说一遍：就照您信上说的那样删改吧。

1977 年的重印本是用 1958 年修改本纸型重印的。

您问起《一封信》和《第二次解放》，这两篇文章露阿夫人有，是她去年到上海访问时我通过接待组送给她的。您不妨向她借阅。我还发表过一篇两万字的短篇小说《杨林同志》。

您又问起解放后除《李大海》两本书外我还写过什么，现在回答如下：

慰问信及其他（散文、书信集） 1951 年 上海平明出版社 44 页

华沙城的节日（散文集） 1951 年 北京人民文学出版社 88 页

保卫和平的人们（报告文学） 1954 年 上海青年出版社

104 页

英雄的故事(短篇)　1953 年　上海平明出版社　156 页

明珠与玉姬(短篇)　1956 年　北京中国少年儿童出版社　47 页

大欢乐的日子(散文集)　1957 年　北京作家出版社　142 页

友谊集(访苏散文集)　1959 年　北京作家出版社　140 页

赞歌集(散文集)　1960 年　上海文艺出版社　124 页

倾吐不尽的感情(访日散文集)　1963 年　天津百花文艺出版社　163 页

贤良桥畔(访越散文集)　北京作家出版社　1964 年　137 页

大寨行　1965 年　太原山西人民出版社

新声集(十年选集)　1959 年　北京人民文学出版社　374 页

谈契诃夫(评论)　1954 年　上海平明出版社　80 页

《大寨行》是本小册子,书让别人借去了,以后查到,再告诉您。《一封信》和《第二次的解放》两篇文章香港《大公报》、《文汇报》和《新晚报》都转载过。

匆复。祝

好!

巴金

五月四日

四

(一九七八年七月十四日)

治华先生:

七月一日信收到。我曾到北京去开过两个会。天热,身体还是不大好。忘记写信告诉您:《大寨行》共四十三页,1965 年八月太原出版(山西人民出版社)。

《一封信》、《第二次解放》两篇文章想已向 Loi 夫人借到了。这里无法复制。但下月初四川人民出版社要出一本我的近作,我近一年来写的长短文章都收在里面。下月内可以寄一册给您。

《寒夜》法译本我这里有，却抽不出时间对照看看。

别的话以后再谈。

祝

好！

巴金

七月十四日

五

（一九七八年十月二十六日）

治华先生：

八月二十三日来信早收到了。前些时候我又病了一次，现在算是基本上好了。上了年纪的人稍微不当心，就容易发病，这是无法避免的。

九月初挂号寄上一本《巴金近作》，想已收到。我从去年到今年六月中间写的文章全收在《近作》里面了。这本小书不是我自己编的，是出版社编的，所以做到了“乱而全”。

上个月在上海见到Panl Bady先生，他讲到您的近况。

林蒲先生多年不见了，我还记得他。您给他去信时，请代我问候他。

《家》的法译本本月大概可以出版吧，希望能寄给我三、四册。

有件事想问您，就是E.先生在《寒夜》序中提到韩素音女士，对她表示不满，后来在另一篇评论文章里也把她刺了一下。听说韩本人很生气。（这次她来我未见到她。）究竟是怎么一回事，您可以给我说明一下吗？如不方便说明就不必提了。

别的话后谈。

祝

好！

巴金

十月廿六日

六
（一九七八年十一月二十七日）

治华先生：

十一月十六日来信收到，谢谢。艾先生邀请我访问法国，我打算接受，有两个原因：一、我五十年前到过法国，在巴黎住过一个时期，在法国才学着写小说，写了我的第一个长篇，因此走上了文学的道路，我对法国人民有感情，很想在搁笔之前看看今天的法国；二、中法友好是两国人民的愿望，我愿意在加强两国人民友谊这方面尽我的微薄的力量。但是我有一些难题需要解决，请您替我考虑：一、我平日不善于讲话，从未做过报告，发表过演说，我希望避免这方面的安排；同少数的或个别的记者交谈当然可以，但我不愿举行记者招待会。二、我五十年前到法国，法语并未学好，现在已经忘记，到法国后生活与活动两方面都需要一位译员，这个问题是否能解决。三、艾先生邀请我的爱人同去，但肖珊已于一九七二年去世，倘使我需要人照料，是否可以带我的女儿（李小林，一九四五年十二月生，现在上海《收获》双月刊社工作）同行。四、我的身体最近不怎么好，但我一直在工作，作一次短期出国旅行没有问题，不过由于年令［龄］关系，日程不能过于紧张。这些就是先决条件，倘使能够顺利解决，我就可以进行这次愉快的旅行了。当然，还需要得到外交部的批准，不过我估计这个问题容易解决，我相信使馆的同志会协助办理的。我另外给艾先生写了一封回信，请您看后转交。

祝

好！

巴金

十一月廿七日

治华先生：十一月十六日来信收到，谢谢。艾先生邀请我访问法国，我打算接受，我有两个原因：一、我五十年前到过法国，在巴黎住过一个时期，在法国才学着写小说，写了我的第一个长篇，因此走上了文学的道路，我对法国人民有感情，很想在捐躯之前看看今天的法国；二、中法友好是两国人民的愿望，我愿意在加强两国人民友谊这方面尽我的微薄的力量。但是我有一些难题需要解决，请您替我考虑：一、我平日不善于讲话，从未做过报告，发表过演说，我希望避免这方面的安排；同少数的记者交谈还可以，但我不愿举行记者招待会。二、我五十年前到法国，法语并未学好，现在已经忘记，到法后的生活与活动两方面都需要一位译员，这个问题是否能解决。三、艾先生邀请我们三人同去，但肖珊已于七二年去世，倘使我需要人照料，是否可以带我的女儿（李小林，四五年十二月生，现在上海收获双月刊社工作）同行。四、我的身体最近不怎么好，但我一直在工作，作一次短期出国旅行没有问题，不过由于年龄关系，日程不能过于紧张。这些就是先决条件，倘使能够顺利解决，我就可以进行这次愉快的旅行了。当然，还需要得到外交部的批准，不过我估计这个问题容易解决，我相信使馆的同志会协助办理的。我另外给艾先生写了一封回信，请您看后转交。

祝

好！

巴金

十一月廿七日

收获社

㉚

1978年11月27日巴金致李治华信

七

（一九七九年一月四日）

治华先生：

十二月二十一日来信收到。谢谢。我提出的困难问题都得到解决，便可以愉快地进行这次访问了。我今天已给许秘书写了信，说明我接受了赴法访问的邀请，希望得到他的帮助。当然他得按照规章制度办事。根据我过去的经验，具体安排，或者通过我驻法使馆把艾贝尔先生的邀请信送给我国作家协会或对外友协转给我，或者通过法国驻华使馆送给作协或对外友协转我，这样我才好办理出国手续。您说新年后艾先生要去我使馆谈具体问题，当可顺利解决。露阿夫人并未来上海，只是托中国对外友协把《家》的校样从北京寄了来，征求意见。我没有什么意见，看来她大概不来上海了。匆复，祝

好！

巴金

一月四日

八

（一九七九年一月十日）

治华先生：

一月四日的信想已收到。我得到通知，露阿夫人今天去杭州，下周可到上海，届时当能晤谈。

写这信只是为了告诉您事情略有变动。全国作协最近同我商量，要我参加将在本年三四月间召开的几次会议，希望我推迟访法日期，改在五月动身。我已同意，并请他们同我驻法使馆具体安排。请您原谅我的这种改变，并请将详情转告 A. 艾贝尔先生。

此致

敬礼！

巴金

一月十日上海

九
（一九七九年一月三十一日）

治华先生：

十九日来信收到。先复一短信讲几件事情：

1. 关于《爝火集》和《往事》二书我看用不着多少材料。关于前者，我寄上一份剪报。关于后者，我抄录一段原文，我看也就够了。不过我引用的那段话和后记中原文不同，那是我记错了。原文是："我不想替自己辩解，反正书在这里，请某些人自己看看书中有没有他们的画像。我特别请读者注意皇位继承人扔在窗台上的一颗桃核，这难道只是一百四十多年前的笑话吗？"后记最近在《长春》月刊上发表，我写《家的法译本序》按语时刊物尚未出版，我手边没有后记原文，单凭记忆写出那段话，因此错了。至于整个作品，《巴金近作》中有短文介绍。

出版社要借用的"有关作者及原著的文献"，我正在找。《家》的版本我收藏的本来很全，但十年来失散了，只能找到少数几种。改编剧本、连环画、电影剧照和话剧剧照都有。缺的是手稿。《家》的手稿不曾保留，只剩下两三页，五十年代中捐赠北京图书馆了。我写信托人去问问，能否复印二三份。能办到当然更好。

材料过两天（明后天）航空挂号寄上，那时再写详细的信。我们这几天在过春节，大家相当高兴。您在国外，气氛可能不同。露阿夫人和于儒伯先生都见到了，他们未谈起邀我访法的事，因此我也未提。他们在我家过了一个下午。

此致

敬礼！

巴金

一月卅一日

十
（一九七九年二月五日）

治华先生：

前信想已收到。书店要的材料共寄上三包（三日寄出两包，今天又寄出一小包）。《家》的版本我过去收集得相当多，但在这次运动中几乎全散失了。旧的照片也损失了些。（连环画也散失了。）《家》的手稿过去没有保留，只剩了两三张，解放初期我送给北京图书馆手稿部了，现在托朋友去交涉复制，如能办到，就给您寄去。今天寄出的是《春》和《秋》的手稿，这两本小说的初稿都在，但全部送给北京图书馆手稿部了。后来编入文集，我又修改过一次，这次寄的是补写的两章，以后也准备送给北京图书馆。

关于我赴法的事，正式邀请书尚未收到，但文联、作协方面已经知道了。我最近写作较忙，过两天就得开始作准备工作。我十六年没有出国了，对欧洲情况也很陌生，不过有您协助，我比较放心。

祝

好！

巴金

二月五日

您夫人出院后，身体好吗？请代问好！

十一
（一九七九年二月十二日）

治华先生：

我去北京开人大常委会，三五天后返沪。《家》的手稿已托北京友人到图书馆交涉复制。据说这几天就可以办好寄来。我已嘱咐小林，手稿复制品寄到，马上给您寄去。估计下月当可收到。余后谈。祝

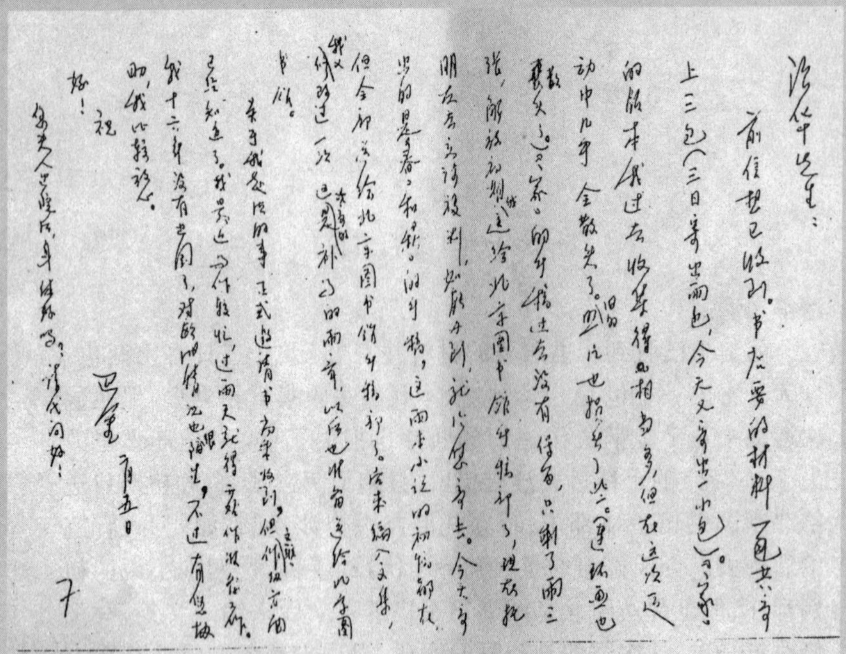

1979年2月5日巴金致李治华信

好！

巴金

二月十二日

我从北京回来因感冒病了三天，今天才将手稿复制品寄上，请原谅。

又及

十二
（一九七九年三月十八日）

治华先生：

以前寄上的书和照片想来都收到了（先后共四个小包）。《记巴金》一文托香港友人复制寄奉，不知收到没有。现在寄上《怀念肖珊》和几段《随想录》的剪报，请查收。《家》如已印出，请寄几本给我。

我赴法访问的事，现由北京中国作家协会外委会在办理。今天听说四月下旬可以动身，这样倒好，那时天气开始暖和起来了。

我现在在做点准备工作。

祝

好！

巴金

三月十八日

《收获》和《上海文学》都可以出口了，不过国外订阅由北京国际书店办理。

又及

十三

（一九七九年三月二十七日）

治华先生：

三月十六日来信收到。《家》的电影剧本不曾出过单行本，只有打印稿。我这里只找出一本"初稿"，临时向《家》的导演陈西禾要了一本"四稿"，已经航空寄上了，不久当可收到。

得到北京通知，我们赴法日期定在四月二十四日，在法住到五月十一日左右，想来许秘书已经和艾先生谈妥了吧。据说我们这次赴法，安排了三个方面的活动，由三个团体作主人，同行加了两位作家（即孔罗荪和徐迟，他们同我很熟）和一位译员。要是需要介绍现代中国文学，孔罗荪可以多谈，我只想谈我自己的事。徐迟是诗人，又是散文家，年纪轻些，国内地方跑得多，也熟悉西方文学。他参加代表团，可以使我们这一行活跃些。

我这个长篇大约明年年底以前写完，你要翻译，我当然同意。这小说不一定写得好，不过我要用全力写。《记巴金》已托香港《大公报》友人影印寄上。别的话以后再谈。我大概下月九日或十日去北京，作出国的准备。《家》如已印出，希望寄几本到我上海的家里。

祝

好！

巴金

三月廿七日

十四
(一九七九年四月八日)

治华先生:

三月卅日来信收到。我后天(十日)飞北京,在京将住两周,我希望能休息一下,这些天颇感疲劳。代表团成员只有孔罗荪、徐迟和译员高行健,连我们父女,共五人。昨天我看到了日程表,知道法中友协要举[办]中国现代文学的报告会,要我作报告,我身体恐吃不消,而且我对现代作品看得不多,打算请孔罗荪作报告。孔同我熟,以前是上海作协秘书长,现在是《文艺报》副主编。他是评论家,出过六七本集子。徐迟是诗人,又是散文家,最近写过《哥德巴赫猜想》等报告文学,受读者欢迎。他是第一次出国。

您说已向国际书店订了《收获》与《上海文学》,很好。不知第一期是否算在内。不管怎样我们会带本《收获》一期给您。

我离开法国五十二年,情况大变,不知是否能适应。我想走一趟对我身心两方面可能都会有好处。说是要去尼斯,我还要看看赫尔岑的铜像。

别的话面谈。

祝

好!

巴金

四月八日

十五
(一九七九年四月十四日)

治华先生:

我已到北京。您的信今天转来了。我们决定廿四日早晨离京。许多话面谈。Dannod 夫人的信也读过了,请您转告她,她要翻译《春》,我同意。我以前有些担心外国读者会不会接受它,因为

《春》写的仍然是那种家庭生活，描写又似乎"细致"些。倘使她认为没有大问题，那就好了。

徐迟同志的近著《哥德巴赫猜想》我们团会带来。我们团里有一位比较年轻的翻译高行健同志还是头一次来法国。

孔罗荪同志是《文艺报》的副主编，和我很熟。

祝

好！

巴金

四月十四日

十六
（一九七九年五月二十一日）

治华先生：

我已回到上海。这次访法，得到您不少帮助，十分感谢。

在北京住了一个星期，回到家里见到您寄来的《文学半月刊》和《法国文学史》，没有想到会这样快，很高兴，再一次表示感谢。

这次回家住不了几天，下个月又要去北京出席全国人代会。赫尔岑回忆录第一部的校样送来了，打算在这段时间里看好它。我带回来法译本和新版英译本，对我的这工作会有帮助。

过两天就寄上我的《文集》，但不是全套，中间缺了几本，找不全了。

法译本《家》尚未收到，不知已否寄出。

倘使方便，请对 Flammawon 联络员讲一下，上次我看见他们翻印的我的旧照片，很不错，是否可以送我一套。如不便也就算了。

别的话，下次再谈。

祝

好！

巴金

二十一日

问候您的夫人

小林问候你的全家

十七
（一九七九年七月八日）

治华先生：

我在京开会近一个月，最近回到上海，拜读来信，并收到《家》连环画一册和读者信二封，谢谢。我上次寄出的文集共十二卷，连同在法面交的第十四卷，就只缺第七卷一册了。您来信说只收到六册，那么另一包书还在途中，希望不久可以送到您手中。

您要的《随想录》1、2、3、4、7、13 等六节随信寄上，请查收。

法译本《家》我一册也没有，请先寄一册给我。

祝

好！

巴金

七月八日

在京寄上《家》精装本一册，收到否？

又及

十八
（一九七九年九月二十七日）

治华先生：

好久不给您写信了，近来想必很好。我六月初到北京，开了将近一个月的会，七月初回来，就生病，在病中我还写了不少文章，您看《大公报》就知道。最近我身体还是不好，但无大病，我需要的是休息，但偏偏休息不了。十月七、八日又要去京开会，可能开到月底。

写这封信告诉您几件事：

1. Eibel 先生来信，建议《春》、《秋》由他们（E. F. 两出版社）出版，我表示同意，并主张请您协助，还说，某夫人来信要翻译《春》，我已同意，详情您知道。

2.《家》法译本，您寄来的一册早已收到，接着又收到 F. 出版社寄来的十册，昨天又收到十册。出版社寄的是再版本，您寄来的是初版本。总之，谢谢。

3. 看到您在《大公报》上发表的文章。《家》的删节本是照外文出版社编辑部的意思“大刀阔斧地”删削的，不是我主动删节的。

4. Ch. -H. Flamwion 先生访问上海时到我家里来过，已把《家》的书评剪报交给我了。

别的话下次谈，祝

好！

巴金

九月廿七日

问候您的夫人。

十九
（一九八〇年二月十二日）

治华先生：

好久不通信了，近况如何，念念。

我翻译的赫尔岑回忆录第一册和近著《随想录》第一集均已出版，现在另封寄上各一册，请查收。

还有一件事情拜托您：去年寄给您一批旧版本《家》和《家》的连环画（费新我绘），作为书店布置宣传橱窗用，同时又寄上一些照片。后来我到巴黎访问，已将图片收回，但那些书尚未归还，倘使方便，请替我催问一下。

我最近身体不大好，但过了冬天可能好一些。今年可能两次出国，一去东京，行期在四月；二去瑞典参加世界语大会，日期在八月，过巴黎时也许停留一天。

您的《红楼梦》译本出版后，盼惠赐一部。

祝

好！

巴金
二月十二日

问候您的夫人！

二十
（一九八〇年三月八日）

治华先生：

来信收到，知道一些近况，很高兴。弗先生不肯印《随想录》，这也是想得到的事情。我这小书是写给海外华人看的，其中一部分法国人不会感到兴趣，有几篇，一般外国人看了也不会懂。就让它去吧。

长篇小说今年完不了，得拖到明年了。我最近接受了日本朋友的邀请，四月一日去东京访问，去一趟连准备要花费两个月功夫，写作的时间少了。小说脱稿后还要改一遍，我总尽快地让您看到原稿。

我去日本，不到三星期，四月底可以回家，以后会在《随想录》中发表几篇观感。您看《大公报》，会找到我的文章。

文娱社版的《家》发行后盼寄我一册。前些时于儒伯先生来上海，我去看过他，他们今年在巴黎召开我国抗战文艺运动座谈会，罗荪可能去参加。

余后叙。祝

好！

巴金
三月八日

问候尊夫人！

二十一
（一九八〇年三月十一日）

治华先生：

昨天寄发一信，想已收到。

今天收到了书店寄还的书，全到了，不用再催问了。

最近出版了罗马尼亚文的《家》，是驻华使馆的二等秘书译的。

祝

好！

巴金

三月十一日

二十二
（一九八一年三月二十日）

治华先生：

上月廿四日来信收到，谢谢。我近几个月身体不好，写字吃力，杂事又多，因此也不曾给您写信，请原谅。

长篇小说进展很慢，干扰很多，今年无时间写，又得推到明年了。倘使写成，当抄一份底稿寄给您，请放心。

聂华苓也有信给我，讲起您已将译本和剪报寄给她了。很感谢您的好意。奖金的事，我看无大希望，而且我也无兴趣，不过她提出来也是出于好意，引起人们对中国当代文学的重视，总是好事。

剪报收到，谢谢。两星期前寄上《探索集》一册，因未寄航空，恐怕要下月底才能到您手头了。

最近收到巴黎转来 Office Chiétien du Livre 给我的信，知道《家》的袖珍本（Lure de Poche）已选入他们四月份的推荐书单。袖珍本《家》我未见过，倘使方便，希望能寄两本给我。

今年九月笔会在里昂开会，我去不去还未定，要看健康的情况。我不大想动。

祝

好！

巴金

廿日

二十三
（一九八一年三月三十日）

治华先生：

前信想已收到。今天又寄上一册《探索集》精装本，请查收。本月七日寄过一册平装本，是用平邮寄的，我现在才知道平邮比空邮慢一个多月。邮包收到后，请将封面上的邮票剪下寄回，因为我的儿子是个集邮迷，要搜集这类邮票。我的身体还是不大好，不过近来有休养的机会，能够多休息，总是好的。还有一本《创作回忆录》不知什么时候可印出，我们这里出书也很慢。小说今年完不了，杂事太多。您身体好吗？请保重。

祝

好！

巴金

卅日

二十四
（一九八一年七月十二日）

治华先生：

六月八日来信读悉。没有早写回信，只是因为天太热，我的身体不能适应这种天气，每天又有一些杂事，写字仍感困难。最近找医生每天来给我按摩，可能有点用处。下月初打算去莫干山休养十天半月，倘使健康情况不转坏，就决定去里昂开会，目前还在犹豫。您约我和小林住在您府上，很感谢您一家的好意。不过可能我们会派一个代表团，住处也会另有安排。但有一事是不会改变的：我如去里昂，一定登门拜访，找您畅谈。两年不见了，很想念您。我那本小说，今年始终不曾写下去，主要原因是：杂事太多，不让人写作。我正在制造舆论，要摆脱一切杂事，明年一定写完第一本。《家》袖珍本看见了，拉丽特夫人托一位女摄影家送了一本来。的确，那个“氏”加得莫名其妙！

祝

好！

巴金

七月十二日

二十五

（一九八一年九月八日）

治华先生：

我的身体还是不大好，但也可以应付下去，行期已经决定，十五日由京飞巴黎。在巴黎要住几天，我可能二十日去里昂，大会安排的旅馆是 HOTEL IBIS，共五夜，二十五日我们去巴黎出席闭幕式。我参加集体活动，同全团住在一起比较方便，不能到府上打扰了，但您的好意我很感谢。余面谈。

祝

好！

巴金

九月八日

二十六

（一九八一年十月三十一日）

治华先生：

巴黎一别，一个月过去了。我在苏黎世休息了一个星期，接触了瑞士美丽的大自然,日子过得愉快。但回到北京后却人忙起来,回到上海,身体有点支持不住,差一点病倒,最近在家休息。您托我带给令弟的东西,已由他本人取去,我想他一定早给您去信了。这次在里昂受到您亲切接待,很感谢,希望还有机会再见到您。有什么资料盼寄点来。上次《新观察家》记者来采访,说是要发表文章,不知发表没有。我介绍的谌容的小说和我的新著《创作回忆录》已于今日另封航邮寄上,请查收,包封上的邮票请寄还,我的儿子和外孙女都要它们。

祝

好!

巴金

十月卅一日

问候您的夫人。

二十七
(一九八二年三月二十二日)

治华先生:

好久没有给您[写信]了,近况如何?甚念。

近三个月我身体很不好,写字困难,在家养病,每天挣扎着写三五百字,写信或写文章。

您译的《红楼梦》已收到,很感谢。这个译本在法国受到欢迎和重视,是意料中的事。我祝贺您和尊夫人十年辛勤劳动取得的成就。

我身体差、杂事多,小说的写作进行得很慢,估计今年写不完,倘使下半年能顺利进行,我会跟您联系。

本来意大利朋友邀请我四月初访问意大利,我因为有病不便旅行,只好婉辞,否则我们又可以在巴黎见面了。

别话后谈。祝

好!

巴金

三月廿二日

向尊夫人问好。

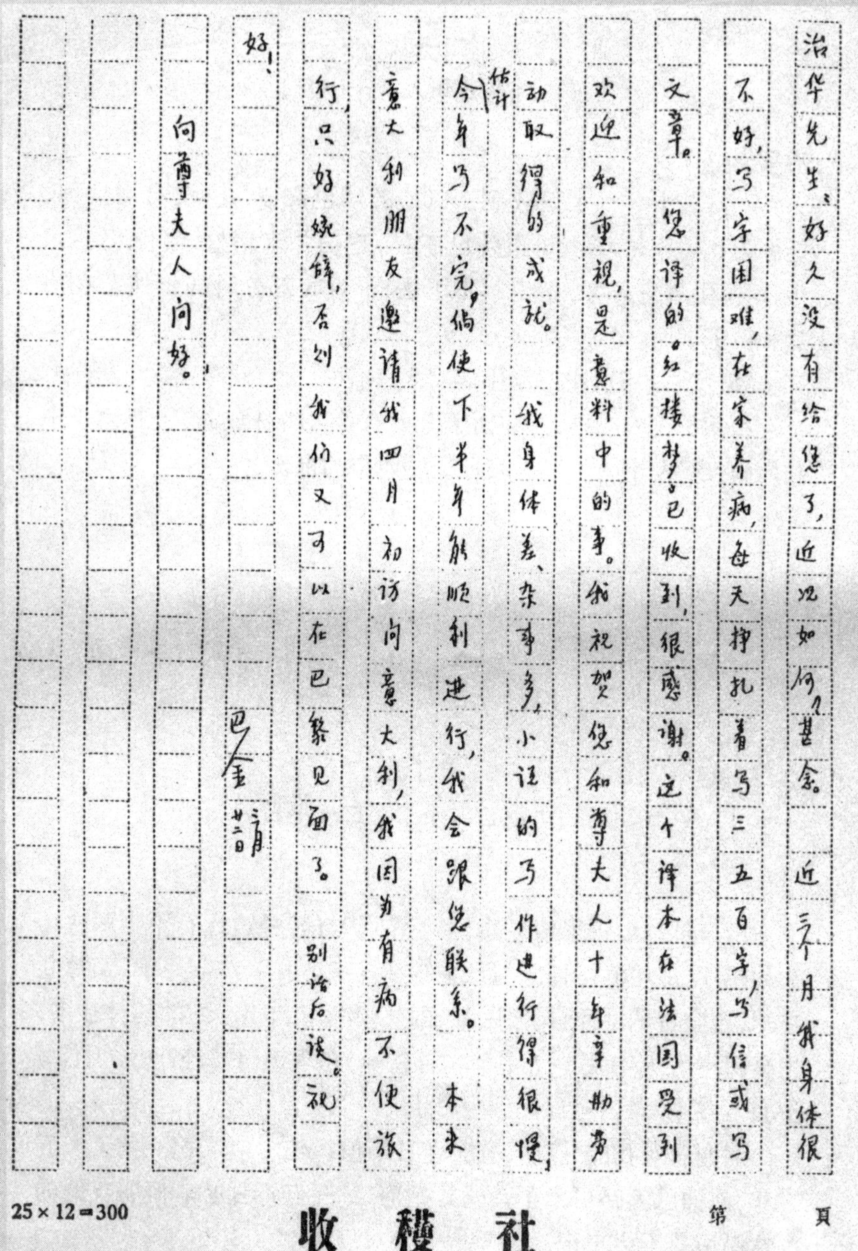

治华先生：好久没有给您了，近况如何？甚念。近三个月我身体很不好，写字困难，在家养病，每天挣扎着写三五百字，写信或写文章。您译的《红楼梦》已收到，很感谢。这个译本在法国受到欢迎和重视，是意料中的事。我祝贺您和尊夫人十年辛勤劳动取得的成就。我身体差、杂事多，小说的写作进行得很慢，估计今年写不完，倘使下半年能顺利进行，我会跟您联系。本来意大利朋友邀请我四月初访问意大利，我因为有病不便旅行，只好婉辞，否则我们又可以在巴黎见面了。别话后谈。祝好！

巴金 三月廿二日

向尊夫人问好。

25×12=300　收获社　第　页

1982年3月22日巴金致李治华信

二十八
（一九八三年八月十一日）

治华先生：

七月二十一日来信收到。以前的信也拜读过。没有回信，只是因为我写字不便。我出院已三月，腿伤并未治好，走路仍感困难，写字手抖得厉害，小说写不下去，最近大部分时间仍然花在治疗和锻炼上面。

《欧华学报》已由三联书店寄来，谢谢。

我病中出院受勋，并非由于个人有什么特殊成就，主要由于中法两国人民友谊有了巨大发展。感谢您的祝贺。

匆复。敬祝

安好！

巴金

八三年八月十一日

二十九
（一九九〇年十二月二十七日）

治华先生：

十一月三十日来信拜读，多年不通音信，身边还有不少两次访法的照片，那些值得怀念的日子常在念中。我八二年患病，又摔断左腿，至今行动不便，写字困难，因此中断了和朋友们的信件往来，把全部精力集中用在五卷书《随想录》的写作上（连小说也不写了），五卷书写完，已经筋疲力尽了。

谢谢您对我的鼓励。其实生日不值得纪念或庆祝。到了八五之年，前面已无路可走了。就此搁笔，我有点不甘心。但朋友们的深情厚谊我不会忘记。

听说杜夫人翻译的《秋》已经出版，如方便请您通知书店可否寄几册来？我尚未见到该书。您寄来的袖珍本《家》收到，很感谢。

祝

安好，并祝新年愉快！

请代问候尊夫人。

巴金

十二月二十七日

论　　坛

“激流三部曲”研究专辑

纪念《家》出版75周年学术研讨会

上海市作家协会
巴金研究会　主办

2008年10月15日

2008年10月15日纪念《家》出版75周年学术研讨会在上海市作家协会召开，此为出席会议的代表合影。

纪　申

关于《家》的断想

日子也过得真快，小说《家》的出版竟达75周年了。忆及开明书店的初版本寄回成都时，老家早已崩析瓦解，我房也第三次搬家再与二房合住，大哥也去世两年了。想不到这本小说的问世又会在族人、亲朋中引起大的波澜。我房再次受到责难，这个叛逆去上海的“老四”竟然写书丑化长辈亲友，出我家洋相，真是大逆不道。议论纷纭。这时的我已在中学念书了，和同学好友正沉迷于新的文学书中。为此悄悄暗笑：这是小说呀，何必那么较真，自寻烦恼，甚至对号入座出自己的丑。当然，书中的一些人和事，以及某些情景，确也借用了我老家的一些事迹。要说那座老公馆我确也在内生活过十二年，熟悉多多。小说本是文学形式的一种，对人物的刻画与故事的叙说，正所谓“源于生活，又高于生活”。必然会有一些艺术夸张，藉以凸显作者的主观意图。巴金早已一再解说，不用在下多来饶舌。

我要说的是高家并非李家，不应再走“索隐”的旧路。我祖父就没有高老太爷那样的封建专制，也不是一个纯官僚地主。他做过几任县官，白手起家积攒了不少钱财。除新置了正通顺街的大公馆、买了千余亩田产外，另有其他产业和不少古玩字画等等。二叔、三叔都曾远去东洋学有专业。我父亲辞官从广元县回成都后，作为长子代劳，替他总管一切。比如，当时周善培（孝怀）在川兴办劝业场（后改名商业场），我家就入了不少股，父亲遂成这个企业的主要负责人。大哥得进入商场事务所任师爷主管账务，就是经他

本文作者在纪念《家》出版75周年学术研讨会上发言，其左为越剧表演艺术家袁雪芬。

介绍的。父亲去世后，二叔接管就名正言顺地当上这个企业的总经理。之后商场经过三次火灾，不得不重建时，我家的股票也就被大火化做废纸了。

周本是我父亲昔日赴京捐官时住京期间的好友，本有一点亲戚关系。周后入蜀为官任巡警道时是个改革派，颇有建树。辛亥革命他堕城而逃，后定居上海，并任四川民生公司的董事长，在川政、商两界是个颇有影响的人物。解放初以民主人士受毛主席的接见。他的大女婿席文光是上海商界的代表人物。三儿媳恰与我爱人共事于新建的工管校。20 世纪 50 年代前期我两家常有往还。手边尚存有周替名家赵尧生编印的诗集二卷。拙译《两个骠骑兵》平明版的封面题字就是周的手迹。其三儿周植曾也译介过《印度的发现》一书。

对我父亲也想讲上两句，除巴金的点滴回忆外，从几位长辈、堂兄和老家人口里我也知道不少。他为人平和口碑极好。特别是当过县官，却无丝毫官气，与当时省城的名绅雅士大不一样，兴趣广泛，平等待人。经营戏园就能跟“优伶”交上朋友，打成一片。这在那个时代极不一般。善经营，还与外商打过交道。照今天的说

《家》开明书店1933年5月初版本书影

法"公关"好。可惜死得太早,我未能受到他的直接教导,甚感遗憾。

说到《家》与《红楼梦》毕竟不同。《红》描述的是二三百年前的皇家贵族史,本是古典名著。今之青年若没有一点史事与旧文学的素养是难以终读的,毕竟时代相距较远,更少兴趣。《家》所写的不过几十年前的封建地主大家庭故事,替那时受迫害的男女青年作控诉,系五四运动后兴起的白话新文学的书,与现实接近,易受当时青年们的青睐,鼓舞他们走出苦闷,趋向新潮,奔赴革命。因而影响不小,成为现代文学中最受欢迎的作品。它的发行量必然会超过《红》。王海波同志把人民文学出版社五十多年来印行《家》的各类版本作了详尽的统计,用具体的数字证实了为人们所忽视的现象,正是事实胜于雄辩。这也是"把心交给读者"的作家应得的回报。如果海波同志不是实事求是地经过一再调研,花下无数次的长时间的辛勤劳动,那是无法作出这样确切的统计的。干过几十年的出版编辑工作的我深有体会和感触。她的远识与辛劳让我不得不在此向她表谢与致敬。

最后借悬于大会厅前石柱上的红色长联:"家是国的缩影,两朝经典，锋芒直指强权专制；秋乃春之先声，四季轮转，激流永向彼岸黎明”[①]以终此篇。

（原刊《文汇读书周报》2008年10月31日）

① 指纪念《家》出版75周年研讨会召开当日悬挂于上海市作家协会大厅之外的长联，此联由巴金研究会会长陈思和教授所撰。——编者注

[日]坂井洋史

重读《家》

——略谈读者接受文本的机制及其“关于‘人’的想象”

I

关于巴金《家》如此在中国现代文学史上享有盛誉、家喻户晓的著名作品，今天想提出新鲜的见解，是相当困难的、近乎奢望的事。而且在过去堆积如山的大量研究积累上添加一个小小“石头”，还使它具备学术研究应备之客观性和说服力，实非易事。我在此所论，原系我目前构思中文学史研究的一部分内容。对于我，如何理解中国现代文学史的整体，如此兴趣在先；然后是“如何将《家》这部文本定位在我所理解的文学史框架中”这个兴趣。换句话说，《家》是在细节上支持包括它也在内的更大框架之个案。既然是“文学史研究”，应该涉及多方面的作家和作品，因此这项研究完成时，其分量也必然不小。限于篇幅，我在此披露的见解只是这项长编研究的极小一部分而已。在“《家》研究”中，我不成熟的见解究竟能否成为“山上新的一个积石”，这应该待诸大方的批评。虽然如此，我要声明一下：由于我所从事的研究之性质所限，我在此没有正面研究《家》的具体内容；再说，因为这是从更大规模的研究构思中将与此次研讨会题目有关的一部分“截取”下来的，所以这篇仓促间草就的文章也未免带有随笔式的散漫性质。

我认为，不仅是《家》研究如此，一般的文学研究也该如此，我们面临一部文本而研究它的时候，大致有两个方向：一为将文本与

本文作者在纪念《家》出版75周年学术研讨会上发言

作者及其背景的时代或社会等“现实”密切联结在一起而加以考察的方向，另一为将文本从作者和现实状况切断，把所有的评价和判断委诸读者（研究者）之解读的方向。以往的几乎所有巴金研究基本上都倾向于前者。我却认为，我们应该从更多样的切入口开展更多样的巴金研究，最后把上述两个方向有机地综合起来，形成拥有多样可能性的“巴金研究”这个开放性“场所”。鉴于以往巴金研究将文本与巴金其人的思想或现实状况结合得太近太紧的某种“偏向”情况，我倒以为，暂且可以不顾这个“综合”，优先采取后者的方向，将文本与现实切断而加以独立的研究。这，或许是将“巴金研究”开放到更广阔的空间之有效策略。

说到文本与现实的切断这个研究方法，作为其最典型的方法，首先应该举“形式主义批评（formalism critic）”。我认为这种研究方法，对于巴金研究也可以提供有效的视角和分析手法。譬如说：以叙述的视点、时间空间秩序的构成、文字的组合等显现在文本表层的现象为切入口而进行文本分析，我们也许可以觅着巴金作品的高可读性或刘西渭（李健吾）曾经对照茅盾的文体而指出的巴金文体之流畅等特征所由产生的原因。采取如此研究方法时，我们基本上不去考虑“巴金”的个性或思想等现实因素。我对这种分析也感到较浓厚的兴趣，但是如上所声明，我在此并不去正面分析《家》；我仅注目于文本和读者的关系，以试图从这一角度来减低作者控制文本的力量，尽量将文本看做某种“独立”的存在而探讨一些问题。

Ⅱ

我们面对《家》这部文本时，用“自传体小说(autofiction)”此一概念[1]来解读它，也许能够开阔自己的视野，也可以捉到崭新的解读之可能性……这是我的假设。原来，传记、自传、自传体小说，对这些类型(genre)的文本，读者起了非常重要的作用。就《家》来说，作者并没有说觉慧是他自己，虽然他也承认觉慧的相当一部分“经验”就是他自己过去的经验。我们一想到觉慧和鸣凤的悲恋，此一小说中的高潮是纯粹的虚构时，就知道作者的说法有理。但是，读者如何想呢？我猜想，读者一定把《家》看作是巴金的自传，至少以为是自传色彩相当浓厚的小说即自传体小说而无疑。一般的读者不是专家，没有必要详细地了解巴金的身世；他们不是右手拿着巴金年谱左手翻开《家》的，也并不一一确认现实和虚构的异同而阅读《家》。他们以“或许如此”一类朦胧的了解为前提而阅读《家》，也不会感到任何不便。如此说来，《家》中到底含有多少作者实地经验的反映，它是否是自传体小说，这些似乎对读者的阅读没有任何影响。其实不然。我认为，读者把《家》看作自传体小说而阅读它，这个“行为”本身包含着值得寻思的有趣问题。

原来，读者早在翻开文本之前，就在一定程度上持有对于世界、人生的认识(用“认识”一词，未免使人联想到形而上抽象思想

① 1977年塞尔日·杜勃罗夫斯基(Serge Doubrovsky)在谈到自己的小说《线/儿子》(*Fils*)时最初使用的概念。在自传体小说中，虽然作家谈自己的人生，但与自传比起来更为小说化，有时候改变人物的名字，甚至也使用第三人称单数。简单地下定义，可以说是作者现实的经历故事和作者追求意义的虚构故事之混合体。

或觉悟一类东西,其实它只是朦胧的意象或感受之类而已)。正是围绕他们的日常生活和社会上的现实或共同体意识、历史传统等与“文学”无关的种种原因,让他们形成了这种先入为主的认识。未知的对象一旦出现在他们的面前,他们就根据如此先入为主的认识,依据一定的预测而面对它。这是接受美学所谓“期待”的涵义。这种期待里面,当然有对于“文学”的期待,也有“这种小说应该归属为某种类型”一类对于文学文本类型的预断。他们面向未知的文学文本时,也根据在文本之外形成的关于文学和文学类型的认识而产生期待,而如此期待强烈给他们的阅读方式定向。“家”这个标题,即贴在文本上的“标签”(菲力蒲·勒热纳认为“标签”是自传文本的重要因素之一)[①]。谁都一看就能看出来的记述,诸如不远的过去之封建家庭这个舞台、作家所属世代共有的经验和时代的记忆等,如果文本具备这些自传体小说应该具备的信息,那么读者就会形成“作者(巴金)=文本的叙述者(即在《家》文本内部能够鸟瞰一切事件的万能的叙述者)=主人公(觉慧)”这种预断,尽量把之后的阅读趋向和对于文本类型的期待接近起来,要求两者的一致。如此想来,我们甚至似乎可以说,只有读者才有权利决定某一部文本究竟属于哪一种类型。

以下,换角度来看看读者对于“故事(story)”的期待。读者对于小说故事如何开始/展开/结束的过程或程序也事先抱有想象和期待。他们看到故事的进行果然不出所料,就心满意足,与此同时也会产生“好像在哪里看过似的”一类的感觉,于是想起“通俗性”概念,低估作品的价值。这时候,文本和读者缔结圆满的“调和关系”。虽然其中个别场景的高潮感或局部描写的细腻周到等特征可以成为欣赏的对象,但是读者对它总体上的评价不能不成为较低的。与此构成鲜明对比的是,与读者缔结“紧张关系”的文本。故事的展开辜负读者之想象和期待的文本(有时候它无视故事的

① 参照 Philippe Lejeune *La pacte autobiographique* Seuil, Paris, 1975/日译本《自传契约》(花轮光等译,水声社,东京,1993 年 10 月),中译本“法兰西思想文化丛书”版,《自传契约》(杨国政译,三联书店,北京,2001 年)。

一贯性或逻辑性,甚至于会破坏这些)能够给读者以“前所未闻”的新鲜感觉。但是,这种文本,正因为辜负读者的期待,所以容易丧失读者期望故事之下一步展开而推进阅读(即翻开书页)的动力。一句话说,读者对文本中与故事的直线性展开无关的叙述和动辄脱节的“废话”感到碍眼。如此因素的含量越多,它就越是别扭、难读的文本。除了经常接触此类文本的老练读者以外,恐怕一般的读者很难接受此类文本(这种情况,我们一想象“先锋小说”的销路就可以理解)。一般的读者还是说“不知所云”,恐怕撇弃它而不顾。对于希望能够控制且支配文本的启蒙主义式作者来说,读者是不讨好的存在。

“自传体小说”究竟属于哪一种？此类文本,从文本和读者之间的关系来看,可以说是早在两者之间缔结契约的、调和型的文本。当然,叙述方式不妨多样,也不必遵循现实的秩序而构造文本内部的秩序。既然是小说,究竟与历史学所谓“年代记(chronology)”不同,不妨以主人公的“意识流”为中心而无视且跳跃时间空间的秩序。尽管这么说,其中也应该有起码的约定。就是说,“这是作者写自己的、思考自己(为何/如何)是自己、思考‘写自己’此一行为之意义的文本。”“其中或许有虚构的成分,但是它也是出于作者思考自己之必要的、不可或缺的重要组成部分。”这些约定,作为默契,有必要在文本和读者之间事先成立。因此,此类文本基本上不会与读者缔结尖锐的紧张关系。读者把《家》看作自传体小说而阅读它,这就意味着如上契约的承认和接受,也意味着自己和文本之间紧张关系的解除。而且既然是自传体小说,它可以拥有“真实性”的优势:依靠“证人在此”的现实性,读者对文本的内容(往往是作者 = 叙述者 = 主人公)较容易产生自我认同(一体化)的感觉。我们不是经常听到“那不过是故事而已!”一类话吗？想来,文本带有的“现实性”,尽管是多么浅层次的“现实性”,也可以增强让读者信服的吸引力,是一个推动读者阅读(让他们迫不及待地翻开书页)的不可忽视的因素。也许正因为读者把《家》看作是一部自传体小说,它居然能够拥有如此大量的读者。

《家》的开卷场景描述排完英文戏后赶回家的觉民、觉慧兄弟。

觉慧为自己背不好台词而苦恼,但是他突然领悟:彻底认同戏中人物而深信自己就是戏中人物,“话自然地流露了出来,并不要我费力思索。”原来在自传体小说,因为读者和文本缔结的契约保证真实性而除去读者对于文本不信任的感觉,所以可以助长读者认同主人公的幻觉。如此想来,上面《家》开卷场景的插话,或许是宣言这部文本要求读者与主人公之间(认同/一体化)关系的寓言也未可知。

据我所理解,文学史上享有名作之誉的小说,大体上巧妙且平衡地处理了文本和读者之间(和解/紧张)的关系;基本上满足读者的期待的同时,时时使读者的预测落空,油然产生意外之感。毋庸赘言,《家》文本中的时间空间秩序,是现实世界的秩序,回想、幻想、梦境等异乎现实世界秩序的描述很少闯进来(不是完全没有,如第28章觉慧的梦境)而中断读者的直线性阅读兴趣;也不像“意识流”小说那样破坏时间空间的稳定秩序,使读者无法确立阅读的焦点而困惑起来。读者可以把现实日常生活里脚踏实地的感觉照样搬进文本中,也就是说,阅读《家》时,读者可以心安理得。但是,《家》中还有一些辜负读者对于故事之期待的因素,即故事的意外展开,诸如觉新被“家”播弄的处境、不断袭击女性的不幸遭遇等,都是在故事的展开上辜负读者期待的悲剧性插话(一般地来说,读者往往期待圆满的结局)。至于觉慧,他也终于背离“家”,在某种意义上,逃出“家”,不知下落如何。读者也许会期待觉慧能够彻底打倒腐朽的封建家庭,也会期待他终于觉悟到仅仅依靠个人的、安那其主义式奋斗(丁玲所谓“上无领导、下无大众”的奋斗)并不能变革社会,从而投身于更大的集体力量……但是,《家》的结尾,到底辜负如此读者的期待。不管如何,对于读者期待的〈满足/辜负〉之平衡和融合即“恰到好处”是《家》的巧妙处,也许是使这部小说拥有大量读者的重要原因之一。

Ⅲ

《家》的重要角色之一——觉新是由于其优柔寡断和无抵抗主

义令读者不耐烦的存在（我说的是他在文本中扮演着的角色及其对于文本结构的效果如何，而对于像高家那样封建大家庭的长房长子在现实上受到如何压力或巴金的大哥是一个什么样的人物等等问题，我一律不讨论）。下面，我从读者阅读时候的情绪反应此一角度探讨觉新为何令读者不耐烦这个问题。

读者为何产生如此反应？我认为有两个原因。其一，读者早就有“这个时代的年轻人都应该站起来反抗，优柔寡断和无抵抗主义决不是年轻人应有的态度。”如此观念先入为主，竟然把这个观念投射到文本上，也要求文本中的人物充分满足自己的愿望。其二，是对于“成长”的期待。这是自传或自传体小说的主要特征之一。读者翻开此类文本时，往往期待文本是主人公走向更好状态的“成长”之记录。在《家》，当初三兄弟（琴也在内）一起成长，但是觉新却在半途上脱离这条成长的路程。成长到最后，愈加激进化的，只有觉慧一个人。觉新到后来几乎是只能衬托觉慧醒目成长的存在，也就是说，他停止成长，成为“家”的一员。这也是辜负读者的期待而令他们不耐烦的原因之一。

关于第一个原因，暂且搁起，先说第二个原因——“成长”的期待。原来，自传和自传体小说是具有正面价值的“成长”贯彻全篇的文本，而在这一点上，与第三者撰写的传记不同。第三者撰写的传记是，不管是运用严格历史学手法的史传，还是多用文学性笔法的传记文学，作者都以冷静的眼光凝视传主，企图下一个合乎实际的评价。因此作者对于传主的成长可以不负责。在如此文本中，传主也有可能被描述成从过去某阶段的辉煌位置一直沉落下去的堕落者；也可能有时候，作者出于攻击或贬低传主的动机，以恶意的记述充塞全篇。但是自传或自传体小说却不同。恰如勒热纳在其自传的定义中强调“人格的历史”[①]，自传或自传体小说尽管以忏悔、悔悟、反省等为其基调，尽管它所回顾的人生道路如何坎坷曲

① 参照 Philippe Lejeune *La pacte autobiographique* Seuil, Paris, 1975/日译本《自传契约》（花轮光等译，水声社，东京，1993 年 10 月），中译本“法兰西思想文化丛书”版，《自传契约》（杨国政译，三联书店，北京，2001 年）。

折，也到了结束文本的最后阶段时候出现的“自己”还是具有正面价值的“自己”，至少是正在努力实现正面价值的“自己”。这种“自己”基本上被肯定。在此，我不一一举例引用，但是我们一翻开《家》就会发现这部文本中关于人格的感慨、议论、反省、宣言等等大量且经常出现。仅看这一点，我们似乎可以说《家》确实具备着可以满足把它看做自传体小说的读者之期待的条件。

我们不妨再去研究一下“成长”的涵义。我认为，可以对“成长”下一个定义如下：人在某一个阶段还是缺少某物的不完整的存在，但是经过亲身经验、学习、别人的感化等，居然能够脱离不完整的状态，进入更好的状态。实际上，期待小说中的人物顺利成长的读者，早在接触文本之前，就对“成长”拥有或明确或朦胧的认识。原来，关于“人的理想存在方式是什么样的？”“为要完成理想的人格，究竟需要什么？”“为了成长，需要填补什么东西？”等等问题，即“关于人的想象”，却与文本无关，先验地存在着。

如此想来，涉及的问题会更大了：我们应该研究这种“关于人的想象”此一观念本身。不用说，如此说时的“人”是现在的、作者和读者生活着的时代，对于我们来说是“现代（modern）”的“人”。“现代”这个给社会带来巨变的庞大工程里面，原来设置有“与现代相称的‘人’到底是什么样的‘人’？”，这种“关于人的想象”。我们暂且把“现代化（modernization）”定义为自由平等博爱等理念的逐步实现过程，它就会要求人的存在证明即身份identity的重新定位。我们一想就可以理解：如果说封建社会是压抑性很强的社会，那么活在如此社会的人起码可以被划分为“压抑别人的人”和“被别人压抑的人”之两种。这是生在此死在此的人一生下来就被强制带有的身份。我们看看《家》也可以窥见其一斑。君臣关系的相似形或缩图的辈份关系极其严格，构成窒息人的等级制。觉新就是这种制度的牺牲者。但是，如此社会的框架一旦崩溃瓦解，人就会丧失别人给予的既定身份，被甩到身份的真空状态，为了重新建立身份而不得不彷徨。原来，如何理解现代化过程，其指标并不一，诸说纷纷。我认为，其指标之一就是“人应该是什么样的人？”、“人从零开始,如何去确立自己的身份?”之类观念的普及。在这个意义上,鲁迅《伤逝》中子君的“我是我自己的,他们谁也没有干涉我的权利”这句名言有象征性的意义。在同样的意义上,觉慧的“我要走我自己的路,甚至于踏着他们的尸首,我也要向前走去。”(第36章)这句话也可以理解为对于“人应该是什么样的人”这个问题的一个坚决回答。如此想来,觉新令读者不耐烦的第一个原因的内涵也明确起来了:新的社会要求新的人,新的人应该和旧的人划清界限,旧的东西正因其为旧,总是新的人=年轻人反抗的目标。但是,觉新一直保留态度,终于跟旧体制妥协。这不仅仅是懦弱个性的失败,也是对于新时代新人及其后裔的背叛。

在此没有余裕详细确认,而且我也没有深入研究过,但是大致上可以这么说:在中国的历史上,19世纪中叶所谓“西方的冲击(Western impact)”以来,关于“新时代”的“新人”的想象一直存在着,而且不断放射魅力的光芒。譬如梁启超的“新民”、清末民初的“军国民”、五四时期周作人发表《人的文学》时所想象“灵肉一致”的人和体现人道主义的人、阶级观点崛起后出现在知识分子视野中的作为“他者”的劳动者、解放后的“人民”、承担“新事”的“新人”、“英雄人物”等等……追寻这些“关于人的想象”的源流和脉络,想必成为饶有兴趣的专题研究。我在前面所说“如何理解中国现代文学史的整体”这个兴趣和关心的支柱之一就是这些“关于人的想象”究竟与文学文本缔结如何关系,此一问题意识。文学作品把这些“想象”极为生动地形象化,具体地提出明确的意象,正因为如此,与抽象的道理和说教不同,可以具备非常强烈的吸引力和影响力。所以它会成为把这个“想象”散布、推广、普及,然后话语化的有力手段。从这个基本判断出发,对于“关于人的想象”通过“文学”被变成话语的过程加以历史性整理,就是我目前从事的文学史研究的目标之一。

如此说来,似已明了,《家》这部文本正是我所感到兴趣而且正在从事的文学史研究之恰好材料。为要充分汲取其材料价值,仅仅玩味欣赏文本闭塞的世界就不够。当然,巴金其人也有过他自己的“关于人的想象”或“理想的人的意象”。但是,如果把这些统统归诸巴金个人的现实经历或思想而紧紧地把作家和文本联结起来了事，那么我们很有可能会错失《家》本来可以展示给我们看的广阔世界。我认为，我们应该首先谦虚地面向文本；应该把接受文本的一方=读者“关于人的想象”如何与作家展示在文本上的“关于人的想象”发生感应作用这个情景也纳入视野里。在此，我就认为有必要注意到读者接受文本的机制：读者如何接受文学文本、依据什么样的期待面向文本而从中“读取”与自己的关心切合的内容。

Ⅳ

思考读者“关于人的想象”和他们对于《家》的期待这个问题时，我还要注目于《家》的制作年代。很有意思，中国现代文学史上著名的自传或自传体小说的写作和刊行都集中在1920年代后半至30年代前半。谢冰莹《女兵自传》(1928)、郭沫若《沫若自传》(1929)、沈从文《从文自传》(1931)、胡适《四十自述》(1933)、张资平《资平自传》(1933)、《巴金自传》(1934)等，均写于这个年代。这个情况到底意味着什么呢?

我们很难想象如此“自传热”由于文学家个人性动机的偶然一致而竟然集中发生。其原因，我自己也还不太明了，但是我却在前面思路的延续上可以猜想：在这个时期，以往的“关于人的想象”很有可能发生某种变化而迎接较重大的转机。原来，可以说培育他们一代文学家的五四新文化运动，且不论其功过是非，确实提出了新的“关于人的想象”甚至“范式(pardigm)”。而且这个想象逐渐占据社会上首要的地位，形成一种话语，在十年的时间里蔚然确立权力。但是，如果他们新型的文学家在社会上没能确立自我形象，也就是说，没能获得社会地位，那么他们的怀旧或成长途径的回顾绝不会引起读者的兴趣。在这个意义上，他们的确成功了。在30年代，一部分文学家已经被公认为社会名流。不管如何，我猜想，到了30年代，他们一批文学家很有可能发生自我肯定性质的“告一段落”的感觉。对于他们来说，之前十年的时间是五四型“人”=

刘旦宅为《家》第一章所做的插图。

从旧的桎梏中解放出来，讴歌个性和自由的年轻人逐步获得胜利（当然其过程不是一帆风顺的）的辉煌十年。

但是，到了30年代，时代却与他们的感慨相反，走向另外一个方向。在此，我想起朱自清的散文《那里走》。五四时期以新诗人成家闻名的朱自清，在这篇黯淡氛围的散文中表露悲观情绪，经过执拗的反复自问后，认为自己到底属于被注定没落的阶层。只好坚守自己的职业（国文）和趣味（文学）而甘于没落和自行消灭的他，与曾在著名长诗《毁灭》赞颂生命刹那间燃烧的他，宛若两人。或许可以如此说：在朱自清，对于“人”、“人生”的理解，起了本质的激变。给他带来如此激变的原因很明了。如上所述，也如朱自己也在这篇文章中说过，随着革命的高潮，以阶级性理解且给“人”定性的新认识抬了头，风靡一时，否定以前“五四式”的“人”，这应该是最大的原因。如此情况也一定增强上述“告了一段落”的感觉，虽然这已非自我肯定的，而是自我否定的段落感。

当然，这种感觉并不是只有在文学家、作家中才萌生的，对于接受他们提示而且话语化的“人”之意象的读者也会有同样的感觉。这是有重大意义的转折：应该省察以往自己对“人”的认识和期待;从对于新文学所提出“人的想象”的否定出发,要重新想象新的“人”的意象。在这个意义上,30 年代应该说是“关于人的想象”历史上的重要转折点。当然,我们考察当年“自传热”时,除了这些文学内部的原因外,还应该考虑到现代化出版产业的确立和媒体的成熟、以上海为中心的商业资本主义的发达和社会相对安定局面的昙花一现等等外在的、社会结构上的原因。目前我朦胧地猜测,这些时机和各种条件合在一起,酝酿和推动 30 年代“自传热”的掀起。

V

最后我想谈一下《家》的创作在巴金个人的“意义”。虽然这不是我目前最关心的问题,但是我也认为,这个问题最后应该在“巴金研究”、“《家》研究”此一开放的“场所”中占一席之地。但是,在此我想就上面所论话题,仅对“巴金如何想象‘人’”、“何种‘人’才是巴金憧憬的对象”等问题提出初步的见解。

我认为,巴金早在其处女作《灭亡》中已经非常明确地提出对于“人”的认识(暂且不论他成为“作家”之前的言论)。我曾经分析过[①],巴金所信仰的安那其主义,恰恰在他把这个理想移诸现实活动之际彻底丧失了作为指导社会变革之革命思想的影响力。因此,巴金经过一场思想苦闷之后,竟然把安那其主义的内涵由变革现实的革命思想变为〈内在化/精神化〉的道德思想(人生哲学),以此好容易才能保持信仰。《灭亡》是在如此安那其主义思想质变过程中的产物,难怪作者当时的思想课题统统被形象化而出现在文本中:为理想殉身而将理想变为永恒的杜大心,具备忠实、朴素、献身、无私等美质的工人张为群(巴金在序文中说他最爱这个形象),多少令人想起俄国民粹派女革命家的李静淑等,均为巴金理想中“人”之意象的化身,也是观念化的安那其主义理想的化身。如此

① 参照《二十年代中国安那其主义运动与巴金》(收在《巴金的世界》,东方出版社,北京,1996 年 1 月,199 ~ 228 页)。

将自己的理想寄托在小说中的人物身上，是因为巴金企图让已经不能实现的理想在虚构的世界中得以实现，由此获得慰藉，确认自己与信仰之间切不断的纽带。似乎可以说，这是一种代偿行为。果然如此的话，哪一部作品对应上述信仰内涵的变更？到底有无代表“质变”以后安那其主义的形象？这也是我曾经讨论过[①]，《憩园》中万昭华可以理解为“人生哲学的化身”。但是，其最早的形象究竟何时、在哪一部作品中出现？在这个意义上，《家》的写作时期是值得注意：巴金好容易脱离上述思想苦闷后才开始写这部小说。我也不是说，这部以自己的出身家庭为模特儿的小说之创作出于总结并清算自己的过去或检点自己思想成长的来龙去脉、回顾自己身份的“根”而将自己的思想对象化的动机。如此说，恐怕未免太简单化了。但是，当时好容易结束思想苦闷和内心斗争的巴金，竟创造出“觉慧”这个指向不定形的未来而奋斗的形象，这到底意味深长。我认为，至少我们在《家》里看得出与《灭亡》中的“人”不同的“人”的存在，还可以明确看得出巴金企图创造“新人”形象的意愿之胎动。

巴金“把心交给读者”这句话，通常被理解为表现他的诚实、热忱和对于文学活动的社会性和功用的信念等等的“真话”，也就是说，被理解为终究可以收回到巴金其人个性的表白。但是，读者究竟如何接受巴金的“心”？我认为，把自己的视点移诸读者的一方时，以往“单行道”的视角看不到至少看不清楚的种种问题会浮现出来。研究“读者”的方法和切入口着实多种多样[②]。我自己猜想，思考读者接受文本的机制和“关于人的想象”在社会、历史、个人的

---

① 参照《〈憩园〉论：“侵入”与花园的结构》（收在《巴金的世界》，332～343页）。

② 我也承认，这篇芜杂的文章中“读者”的理解太简单些。原来“读者”并非单一、等质的存在，因为他们不是某种观念的表象，而是现实的、有血有肉的社会存在。既然如此，他们的“想象”和“期待”也相应他们存在方式的多样而会多样化，应为非常复杂的。在此，我为了推论的方便起见，暂且无视“读者”的现实性即多样性，对此施加过度的简单化。

意义等问题，一定有助于《家》这部似已没有余地再加研究的文本之重新解读，也可以让我们窥见一些过去没有探讨过的问题之所在。

2008年8月31日

刘志荣

文学的《家》与历史的“家”

作为中国新文学的第一畅销书,《家》被视作“经典与流行”结合的标本。[①]然而,“经典与流行”的合一,既是对其地位的确认,恐怕也暗示着其间的张力——此书的流行多大程度上应归因于其符合大众心理的编码规则,又多大程度上应归因于其中包含着作者的实感经验与独立判断?其间关系又是如何?若进一步,我们还可追问,此种经验与判断何种程度上已受到作者先入之见、流行模式与文学成规的引导?又多大程度上可以称为“实感”与“独立”?如何判断《家》的文本性质?何以多种合力支持与引导下的此类叙事,在20世纪能够召唤、聚齐并塑造读者,成为“流行”?此种追问,一定程度上或可敞开趋于闭锁的文本与读解定势,把追问者再

① 1932年5月22日,巴金在《时报》上连载完长篇小说《家》;1933年5月,在做了修订之后由开明书店推出单行本。此后小说多次重印,仅开明书店版在1933年至1951年便共计重印了33版;1953年7月由人民文学出版社出版新版,据人文社编辑王海波的检索统计,截至2008年9月22日的三个版次累计重印90次(包括收入该社各种丛书),累计印数407万,另1978年山西租型造货30万余,共计437万册。王海波曾检索该社出版的几种世界名著,也仅《红楼梦》的印数超过《家》。(王海波:《谈巴金的〈家〉在人民文学出版社的出版情况》)这还不包括收入《巴金文集》、《巴金全集》、《巴金选集》、《中国新文学大系》(1927—1937)中的印数。王海波由此感慨,《家》“不仅是一部历久弥新的文学经典,也是一本在读者中广为流传的大众读物。”王氏的此番感慨,相信可以代表很多巴金研究者乃至现代文学研究者对《家》的认识。

本文作者在纪念《家》出版75周年学术研讨会上发言

次置于《家》所产生的原初情境之中。

把作为材源的"历史的'家'"与"文学的《家》"进行对读,是一件有意思的事。巴金本人曾一再否认把《家》看作其"自传",不过,文学文本与历史原型二者的关系,事实上也无可回避(详参下文)。两相对读,我们会发现其中一些饶有趣味也意味深长的同异,这些同异,当然不仅在常识层次上提示我们"文学"与"现实"的区别,更可以向我们显明文学文本所采取的叙述策略与编码规则。"文学的《家》"与"历史的'家'",本身就形成了一种叙述的复调,而采取何种角度与成规进行叙述,这里面其实并非我们一般所设想的那样理所当然,而是大有文章。

一 "视角"衍生的故事

叙述的成立与视角的关系,经典的例子当然是黑泽明的电影《罗生门》:一个强盗攻击了一对武士夫妇,并当着武士的面,强奸了他的妻子。事后,人们发现了武士的尸体。那么,谁是凶手?事情的经过到底如何?影片的主体部分,三个当事人(强盗、武士的妻子和死去的武士——通过女巫之口)和一个目击者(樵夫)各自叙述了一遍事情的经过。同一件事,四个人却有四种相差颇大的说法。观者当然要问:到底哪一种叙述才是可信的叙述?电影的结尾采取了一个简单的做法(在一个可靠叙述的衬托下,我们发现这四个人不同程度都在说谎),而归结来看,在较普遍的层次上,何种叙述才是可信的叙述,其实是非常困难的问题——因为叙述的成立,既与叙述视角有不可分的关系,每个叙述主体,事实上有自己观察角度的局限,更何况又会涉及他的意识形态、个人经历、教养、趣味、偏好等先入之见,有时甚至还涉及利益关系,要确立一种透明的、可信的叙述,对于凡俗之人来说,并非一件容易的事情,虽然我们不必像某些激进的理论家一样,判定这几乎是一件不可能的事,但这至少提醒我们,面对某种单一视角的叙述时,保持相当的谨慎和警惕,非但需要,而且必不可少。

“文学的《家》”叙述了一个怎样的故事?这是一个标准的新文学的故事:在一个黑暗封闭的空间(“家”)里,专制腐朽的老一代作威作福,年轻的生命则无辜地死去,唯有反抗才能提供一条可能的出路。

这个故事有一些鲜明的特征,作为故事发生的背景的“黑暗幽闭”的空间可能最先会引起人的注意。事实上,小说第一章,兄弟俩踏雪夜归,“家”的形象便被作了如下描述:

> 有着黑漆大门的公馆接连地,静寂地并排立在寒风里。两个永远沈默的石狮子蹲踞在门口。门开着,好像一只怪兽底大口。里面是一个黑洞。这里面有什么东西,谁也不能够望见。[①]

在后文,黑暗幽闭的意象反复出现,如第四章一开头写“夜是死了。电灯光也死了。黑暗统治了这一所大的公馆”。[②]第五章开头:“轿子里是一片漆黑,狭小得像一个囚笼,但里面是静寂而安

① 巴金:《家》,《中国新文学大系:1927—1937》第九集,第15页。“大系”所收《家》的版本为1933年5月开明书店初版,以下引用《家》的原文均据该版本。

② 巴金:《家》,《中国新文学大系:1927—1937》第九集,第30页。

稳。"[1]觉慧被关在家里时，他感觉："'这生活，真和在坟墓中差不多！'他开始诅咒起来，他觉得再要这样过下去，他就发狂了。"[2]鸣凤的命运被决定时，是"一个晚上在电灯光死灭以后"[3]；她从太太房里走出来，"天井里黑漆漆的，看不见一个影子。只有觉慧房间的窗下还露着一段黯淡的灯光。"[4]人物的心理感受中，更是不断出现黑暗的感受，譬如第四章，鸣凤思考着自己的命运时，黑暗"从四面八方袭来"，"黑暗中隐约显露着许多狞笑的歪脸，到处都是。这些脸向她逼近，有的变成了怒容，张口向她骂着。"[5]鸣凤在花园里投湖时："明天，所有的人都有明天，而在她的前面却横着黑暗，那一片接连着一直到无穷的黑暗，那里是没有明天的。"[6]觉新在两代人中间受夹板气时，"他好像陷落在深渊里去了。周围全是黑暗，没有一线光明，也没有一点希望。"[7]等等。黑暗的意象如此密集，如果说，整个《家》的故事似乎就是在"黑暗"中展开，给人的感觉似乎是一连串黑暗中的噩梦，并不为过。事实上，即使是在小说的叙述时间中，家中的故事也多半发生在晚上。我统计过《家》中各章情节发生的时间，以初版本为例，全书四十章，有约二十四章左右情节的发生都主要在夜晚，其余的 16 章，概述故事发展等要占去不少篇章，具体到以家中情节为描述对象的，发生在夜晚的比例还要更高；而小说前二十章，可以说奠定了叙述的基本气氛，更有十四章是发生在夜晚，一开篇的前五章，情节更全是发生在晚上。这样高密度的设置看来并非巧合，如果不是巴金有意识地这样设置的话，至少也可以说，他的无意识想象把《家》的故事的大部分置于一个黑暗而封闭的时空中。

文学的《家》会引起读者注意的第二点，是书中典型的启蒙喻

① 巴金：《家》，《中国新文学大系：1927—1937》第九集，第 35 页。
② 巴金：《家》，《中国新文学大系：1927—1937》第九集，第 98 页。
③ 巴金：《家》，《中国新文学大系：1927—1937》第九集，第 255 页。
④ 巴金：《家》，《中国新文学大系：1927—1937》第九集，第 259 页。
⑤ 巴金：《家》，《中国新文学大系：1927—1937》第九集，第 33 页。
⑥ 巴金：《家》，《中国新文学大系：1927—1937》第九集，第 269 页。
⑦ 巴金：《家》，《中国新文学大系：1927—1937》第九集，第 337 页。

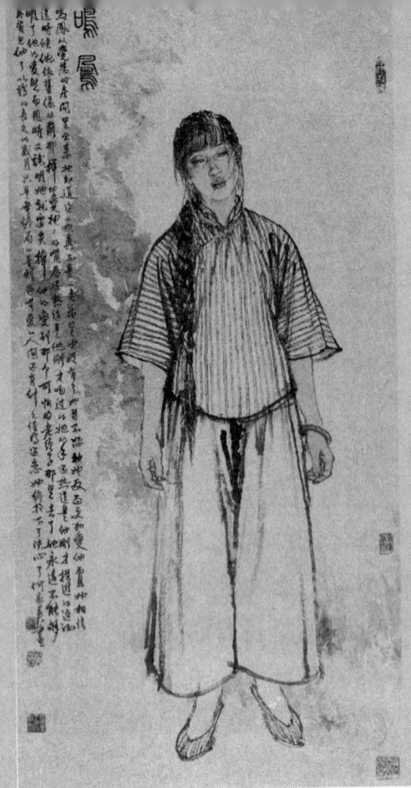

鸣凤（纸本彩墨）　何家英 绘

象。《家》中的年轻人，一旦碰到新旧时代观念的冲突，苦闷而无法自解时，新书刊往往直接成了他们汲取力量和进行行动的动力。如琴想进学堂时，被母亲以怕亲戚的“流言蜚语”的理由阻止，非常苦闷，这时她坐在书桌前，“灯光突然明亮了，书桌上的《新青年》三个大字映入她底眼里。”她随手翻到易卜生的剧本《娜拉》中的几句话：

这几句话对于她简直成了一个启示，眼前顿时明亮了。她恍然地明白她的事情并没有绝望，能不能成功还是要靠她自己努力。总之希望还是有的，希望在自己，并不在别人。她想到这里，一切的悲哀都没有了。[①]

在新观念的“光照下”，“她高兴地提起笔”，给朋友写了一封短信，决定自己投考外专，并后来得到成功。觉慧被关在家里时，“他又找出旧的《新青年》，《新潮》等杂志来读。他读到《对于旧家庭的感想》一篇，心里非常痛快，好像他已经复仇了。”[②]他买了一本

① 巴金：《家》，《中国新文学大系：1927—1937》第九集，第40页。
② 巴金：《家》，《中国新文学大系：1927—1937》第九集，第99页。

《前夜》,反复念其中的话,尤其是下面一句,仅在第十二章就重复了三次:

我们是青年,不是畸人,不是愚人,应当自己把幸福争过来![1]

觉慧反抗家庭,觉民、琴抗婚,甚至觉慧用来说服觉新的那套说辞,都有颇为类似的模式(其来源都是新书刊所传播的新观念——而新观念被比喻为光照),很容易就可以看出,这正是典型的"启蒙"喻象,其来源乃是对柏拉图的"洞穴"隐喻的简化:黑暗的家庭犹如一个洞穴,新观念的启蒙犹如投射向洞穴的一束光,这束光唤醒了或者说创造了"新青年"们,呼唤他们起来行动。"洞穴隐喻"后来有更复杂的解说,譬如马丁·海德格尔、列奥·施特劳斯等对于"第一洞穴"之上的"第二洞穴"的警惕——对于哲人来说,"第二洞穴"甚至是更危险的"洞穴"。权且放下"第二洞穴"的问题,"新青年"的导师们是看到了洞穴外的光亮还是仅仅看到了洞中的火堆的闪光?——受其"启蒙"的"新青年"们,当然无暇也无力对此提出疑问。

文学的《家》第三个鲜明的特点,是黑暗与光明的对照,形成一个黑白分明的世界。在这样一个世界里,一切都可以轻而易举地进行二分:代表黑暗的是老一代,他们压制"新青年"们的活动,把别人的生命并不当作生命,满口仁义道德,实际却腐化堕落,愚昧迷信,口是心非,由此制造了一桩桩年轻人的血案(尤其是女人们),代表人物是高老太爷、克明、克安、克定、陈姨太之流;代表希望的是"新青年"们:觉慧、觉民、琴,他们受到新观念的"光照",起而寻找新的幸福——《家》的叙述并且显示,这幸福是颇有希望的,甚至颇为可靠的。夹杂在两类人中间的是觉新、梅、瑞珏、鸣凤、婉儿等等,他们或者在两者中间依违妥协,或者无力也无意识主宰自己的命运,因而成了软弱或无辜的受害者。从基本的结构来看,

① 巴金:《家》,《中国新文学大系:1927—1937》第九集,第109、113、117页。

《家》的故事是老一代与“新青年”们的故事，但第三类角色的地位却并非不重要，甚至颇为关键：正是他们的命运，昭示着老一代的黑暗残暴愚昧，因而也说明了新青年们的正确，夹杂在“两个阵营”之间，他们犹如观众，实际却是“两个阵营”都要争取（对于新青年们来说，是“唤起”）的群众。这样的二元对立加“中间人物”（权且采用此后起的词语）的设置，在以后的文学发展中，我们并不陌生，它在特定的时间段，甚至形成了文学写作的规则，虽然所承载的意识形态内容有别，但模式的存在是很明显可以辨别出来的，相当程度上，它可以看作“五四”以来新文学主流的一种编码规则，其源头甚至可以追溯到新文学的最初（如《狂人日记》）。

“文学的《家》”的基本特征和叙述框架已如上述，那么，“历史的‘家’”是一种怎样的情况？巴金曾一再强调两者中间的区别，但经常他也愿意读者把两者联系起来：作为“初版代序”的《呈献给一个人》，乃是写给“大哥”的书信的方式，并且提到狄更斯的《块肉余生述》，自然会让读者联想到书中的人物正有“大哥”的悲剧和家族历史的影子；《初版后记》中说“小说里的事实大部分是出于虚构，不过我确实是从和这相似的家庭出来的，而且也曾借用了两三个我认识的人来作模特儿”；[①]《五版题记》说：“小说里并没有我自己，但是我在这里看见了我的童年和少年”；[②]在《关于〈家〉——给我的一个表哥》（十版代序）里说：“我当初刚起了写《家》的念头，我曾把小说的结构略略思索了一下。最先浮现在我的脑子里的就是那些我所熟悉的面庞，然后又接连地出现了许多我所不能够忘记的事情，还有那些我在那里消磨了我的童年的地方。”[③]虽然巴金说明他“所憎恨的并不是个人，而是制度”[④]，在这些小说各版的

① 巴金：《家》（繁体字纪念本）第 317 页，香港文汇出版社 2008 年 10 月版。

② 巴金：《家》（繁体字纪念本）第 318 页，香港文汇出版社 2008 年 10 月版。

③ 巴金：《家》（繁体字纪念本）第 323 页，香港文汇出版社 2008 年 10 月版。

④ 巴金：《家》（繁体字纪念本）第 323 页，香港文汇出版社 2008 年 10 月版。

"序"与"后记"中的说明里,他还是似乎出现了一种依违游移,一方面说明"历史的'家'"与"文学的《家》"的区别,另一方面他的叙述又会引导读者联想两者中间的联系——这后一点,自然是为了强调"文学的《家》"并非空中楼阁,而是有其实感经验的来源和基础,尤其《家》是那样一部情感激动、颇具煽动力的小说,似乎更有必要作这样的说明。事实上,我们今天知道,《家》从一开始构思,就有意识地以自己家族的历史作为原型,今存巴金大哥给他的信里,即谈到小说最初构思的情况:

《春梦》(即后来的《家》——引者)你要写,我很赞成;并且以我家人物为主人翁,尤其赞成。实在的,我家的历史很可以代表一切家族的历史。我自从得到《新青年》书报,读过以后,我就想写一部书来,但是我实在写不出来,现在你想写,我简直欢喜得了不得。弟弟,我现在恭恭(敬敬)向(你)鞠躬致敬,希望你有暇把他(它)写成罢。怕甚么罢。《块肉余生》过于害怕就写不出来了。①

一位研究者说:"在小说《家》及其续篇《春》、《秋》中有几个著名人物常常被人自然而然地与现实中的李家人物对号入座,比如高老太爷与巴金的祖父,克明、克安与巴金的二叔、三叔,觉新与巴金的大哥,瑞珏与巴金的大嫂,觉民与巴金的三哥……"②事实上,还不仅如此,即使是在那些更多虚构的人物身上,如梅、琴、鸣凤,也有现实人物的影子。

不过,假使《家》的读者受小说影响,先入为主地认为"历史的'家'"也是一个"黑暗而专制"的王国,恐怕会大出意料。与文学的《家》不同,历史的"家"是另一个故事。首先,"历史的'家'"并不像"文学的《家》"中那么封建专制,在某些方面甚至非常开明。家族的最高长辈祖父李镛是"一个能干的人",也颇工文墨余事,清

① 李尧枚:《致巴金的信》,《巴金的两个哥哥》第9页,人民文学出版社2005年版。

② 周立民:《五四之子的世纪之旅——巴金评传》,《西部华语文学》2008年第11期第8页。

末走的是典型的读书、做官、买田的道路，但也颇能趋时顺变，并非全然墨守成规之人，如清末曾将两个儿子(巴金的二叔、三叔)送到日本读法律，民国成立家里也做了五色旗，1918 年秋送巴金去学英语等，去世前更对巴金变得非常慈爱——高老太爷的那些血案与他毫无关系，甚至《家》中高老太爷阻止觉慧外出参加社会活动的事件也是作家的虚构。巴金的父亲李道河曾任广元县令，有"清官"之誉，辛亥年辞官回家，革命爆发后，立刻买了白布做新朝的国旗，表现颇为实际。巴金的二叔、三叔均为留日学生，在日本时就剪掉了辫子，二叔回国后受命四品官衔，本可外放"道台"，清亡后仕途当然断送，但正好学以致用，在成都开了家律师事务所，做起大律师。三叔回国后曾任南充知县，清亡后曾取别号"亡国大夫"，但不久就换了个"息影坛主"的雅号。五叔为人聪慧，颇得祖父喜爱，后来却腐化堕落，以至沦为小偷，死在牢里。这样的一些人物，守旧可能会有一些，迷信也难全然免除，也会有常见的腐化现象，但大奸大恶谈不上，不但不能和小说中的人物直接划等号，更可以说，像高老太爷、克明、克安、克定那样不近人情，自己专制享乐，不顾晚辈和底下人死活，乃是"小说笔法"。[①]

其次，这样的一个大家庭，家族矛盾虽不可免，但属普通范围，并无小说《家》中的那一桩桩血案。家庭中间的矛盾，如各房之间为分家而争吵、大家庭内部不可免的流言蜚语、纨绔子弟的放荡堕落，皆有事实对应，至于巴金在回忆文章《家庭的环境》中所说的"专制的大王国"、"在和平的，爱的表面下""仇恨的倾轧和斗争"[②]，则并无多少实例，巴金研究专家陈思和先生说："这一段话容易给人造成一种印象：巴金的童年是不幸的，缺少爱的，并且时时刻刻都受着叔父们的倾轧和压迫。但是当我翻遍了巴金关于自己故家的回忆，关于这种罪恶和压迫始终没能有具体实

① 本段及后文对巴金家族状况的评述，除参阅巴金本人及其家族的回忆外，还重点参考了陈思和《人格的发展——巴金传》第一章第六节"家族真相"及周立民《五四之子的世纪之旅——巴金评传》第一章第一节"新与旧"。

② 巴金：《家庭的环境》，《巴金自传》第 64 页，江苏文艺出版社 1995 年版。

例”，[1]综合各种材料，巴金的二叔虽然保守一些，但在巴金父亲去世后开始关心大房的几个子女，曾给巴金讲过一年的《左传》，甚至巴金与三哥离开成都赴沪读书，也得到他的赞助；三叔虽然风流，但“对巴金一房也没有什么过分的行为”。陈思和先生在研究过巴金家族的情况后曾经如此断言：“它在我眼前只是一个普普通通的旧式大家庭，这里没有什么特别的罪恶，也不是什么专制的王国。……家庭的矛盾与冲突，不会超过正常家庭矛盾的范围”，[2]综合各种材料来看，这在整体上，是一个比较稳妥的意见。

再次，李氏家族确实发生过一些悲剧，但或属自然原因，或有复杂成因，并非“礼教压迫”、“家庭专制”所致。1913—1917 年，巴金家接连死了四口人：巴金父母、二姐、十妹，二叔家也死了两个男儿。这其中，巴金母亲死于 1914 年，死于何病失记，二房的两个儿子死于 1917 年巷战后白喉的流行，巴金父亲也死于此时，其原因亦当因感染流行病。二姐死于女儿痨，十妹死于父亲去世后不久，年方五六岁。这些死亡的阴影，当然使家族心情沉重，但都属于自然原因。[3]后来巴金大哥的孩子在四岁时因患脑膜炎夭折，也是因病死亡。1931 年春，巴金的大哥自杀，直接的原因是投机失败，经济破产，间接的原因是精神疾病发作，后一点可能与家族矛盾有关，但更多涉及其性格、处境及亲人死亡和爱子夭折的悲剧，不应单方面归因于家族矛盾，至于“迫害”，更是言过其实，查无实据。(详参后文)

从各种材料来看，“历史的‘家’”中并不存在“文学的《家》”中的那种悲剧：那一桩桩因“礼教”、“专制”、“迷信”等致女性死亡的

① 陈思和：《人格的发展——巴金传》第 25 页，上海文艺出版社 1992 年版。他并推测其中原因说，一种可能是出于“避讳”，一种可能是李家的矛盾不过是一般大家庭的矛盾，作家的叙述乃因为受新理论影响，“不自觉地把自己的家庭也理论化、象征化了。”并说“在找不到前一种可能的证据之前，我宁可相信后一种可能”。(《人格的发展——巴金传》，25—26 页）避讳的因素可能有，但小说《家》已不避嫌之极，整体上笔者还是同意陈所推断的第二种意见。

② 陈思和：《人格的发展——巴金传》，第 30—31 页。

③ 参陈思和：《人格的发展——巴金传》第一章第五节“死神“，见该书第 22—25 页。

瑞珏（纸本彩墨）　徐启雄 绘

血案，纯粹出于小说家的虚构。家族也并不排斥新的事物，从祖父起，就对洋务采取开放态度；“五四”时期，大哥更购置新书报，并在亲戚的年轻人中组织“驰驱学社”，乃是巴金等年轻人接受新思想的启蒙者，也并没有受到长辈的制止；小说中的那一桩桩的爱情悲剧，仅觉新的故事有一点点大哥的影子，但实际生活中大哥的婚姻很幸福，并没有导致悲剧结局，何况那感情本来就“若有若无”，其他的爱情，纯粹出于作家的虚构；至于新旧两代的决裂冲突，在现实中也并不存在，不同于觉慧的决然叛离家庭，巴金与三哥离开成都赴沪读书，得到大哥的支持，后者并且去说服继母同意，二叔也对此赞助；及至后来巴金兄弟都违背大哥“兴家立业”的期望，尤其是巴金，“不但不进工科大学，反而因为到法国的事情写过两三封信去同他争论”，[①]大哥也在经济上始终给予了支持。

综合来看，“历史的‘家’”与“文学的《家》”，讲述的故事区别甚大。“历史的‘家’”首先是一个渐变的故事，从祖父一辈接受新事物到叔父辈的直接从事洋务到巴金一辈认同“五四”带来的新观

① 巴金：《做大哥的人》，《巴金的两个哥哥》，第16页。

念，从传统士大夫演变为现代文化人的脉络，非常清晰。大家族的解体，有自然原因，有社会原因，但基本上是一种自然演化。这与"文学的《家》"中的冲突剧变，形成鲜明的对比。其次，"历史的'家'"中不存在新旧之间黑白分明的二元对立，两个阵营的成立，乃是文学的修辞、夸张与极化；第三，家族中那些因冲突而来的悲剧、血案，在"历史的'家'"中也不存在，而是"文学的《家》"的虚构。

由作为原型材料的"历史的'家'"演化为"文学的《家》"，为什么会出现那样极端的叙述的转换？在我看来，这样的极端的叙述的成立，与视点的选择密切相关。《家》中的叙述人的观点，与"新青年"们的视点紧密重合。小说中的一幕幕爱情悲喜剧、一桩桩血案，在叙述构成中居于颇为关键的地位，从文学文本来看，它们皆由于老辈的主动，但通观文学文本与历史原型，可以看出，这些关键的叙述环节，皆出于作家的虚构，由此结论可能恰恰颠倒过来：虽然在小说的世界中，那些惨案皆出于老辈的主动，但小说叙述之成立，"新青年"们的视点及出于此视点的创造和虚构，恰恰居于更为主动与关键的地位。

在"历史的'家'"之外，"文学的《家》"创造了一个黑白分明的叙述。与《罗生门》中的人物的叙述相似，这也是一个视角衍生的叙述——它远不是一个中立的叙述，背后必不可少意识形态、作家个人的倾向、趣味、偏好等先入之见的制约，更关键的地方，它还受到文学成规与新文学叙事模式的引导与制约。此点后文详述，这里我们仅需要指出：这个黑白分明的世界之所以成立，与"新青年"们的视点密切相关：正是借助"新书刊"、"新观念"的光照，"新青年"们"发现"（福柯会说是"创造"）了自己的对立面（"黑暗"），并建构了其代表人物，由此方产生了一整套的叙述。至于这种视点的洞见与不见，并不在他们的认知范围——"新青年"们的导师们和他们自己是否真的走出了洞穴，还是在洞穴之内建造了新的洞穴，更在其未知之列。这些追问既付之阙如，于是，在"黑白分明"的背景下，文学《家》便讲述了那样一些二元对立、冲突极化的故事，由此虚构了那些让一代代读者横洒热泪的桥段，如爱情悲喜剧、女人们一个个惨死的血案等等——这些虚构即使有作家实感经验的依据,事实上也非常微薄或结局迥然相异。

二 作为形式策略的“女人的悲剧”

虚构当然是作家的权利,但事实上,虚构完全可以有迥然相异的方向,具体到“文学的《家》”,何以会选取此种“黑白分明”、“二元对立”、激愤控诉的虚构方向?我们既已认识到此种叙述的成立,与“新青年”们的视点密切相关,需要考察的恐怕就是,这一视点的“先入之见”,具体来说,到底是什么?在此,恐怕就不得不把《家》置于与其他新文学文本乃至整个新文化的现代性想象与设计的关系中来。

关于这一整套的现代性想象与设计,牵涉到政治、经济、社会、文化的整体转换,颇难在此详加论述,但一些指标性的要点还是应该提及。可以断定的是,这一方案,虽然内部纷繁复杂,但整体上,乃是对近代西方奠定的关于人与世界的想象的横向移植——纷繁复杂的流派虽然争论不休,但在作为其基础的核心观念方面,却并无二致。以此来看,在现代中国文化与文学中,发生的实际上是福柯所说的“范式”的转换,但在新文化实际常用的“新—旧”冲突与替代的话语中,它实际上常被说成是“进步”或“革命”,后面隐含的“进化论”式的预设,已不证自明地自我确立了其优越地位。“新文化”标举“民主”、“科学”及新文学标举的“个性解放”、“人的解放”等等,虽然简陋浮促,流于口号,但若说是抓住了概括这一整体想象与设计的指标性符号,也不为过。而在此一思想谱系中,巴金在写作《家》之前早已确立的安那其思想可以说是其中最激进的一支,其所标举的绝对的自由与平等思想,正是这一现代方案关于“人”与“政治”的想象最为彻底也最为醒目(一定意义上也最为简单)的宣示。

这一想象要自我确认,需要建立自己的图式。事实上,《家》的基本的叙述模式,本身便是这一图式的典型案例。近年关于《家》的研究最有启发性的一篇文章——日本学者坂井洋史先生的《重读〈家〉——略谈读者接受文本的机制及其“关于‘人’”的想象》，借鉴勒热纳的“自传契约”论述，讨论了“自传体小说”这一文类内含的对“自我”的肯定确认和“成长的期待”。坂井先生指出，关于“成长”的“或明确或朦胧的认识”，事实上已内含有“关于‘人的理想存在方式是什么样的？’‘为了要完成理想的人格，究竟需要什么？’‘为了成长，需要填补什么东西？’等等问题”，这些问题实际上即“关于人的想象”，它“与文本无关，先验地存在着”。“‘现代’这个给社会带来巨变的庞大工程里面，原来设置有‘与现代相称的“人”到底是什么样的“人”这种‘关于人的想象’’”。并且“它就会要求人的存在证明即身份(identity)的重新定位”。[①]

这种现代的“关于人的想象”，若从文本与读者的契约关系去讨论，或会显得不够落实。具体到文本里，其实我们可以清楚地看出这种想象的某些要点。小说中那段“光照”琴的出自《娜拉》中的话，原文如下：

……我想最要紧的，我是一个人，同你一样的人——或者至少我要努力做一个人。……我不能相信大多数人所说的。……一切的事情都应该由我自己去想，由我自己努力去解决。……[②]

在文本的脉络中，正指涉着关于从零开始的人的平等、独立、自主的问题。在政治思想的脉络中，这一源头应追溯到卢梭对于原始(或真空)状态的人的想象；这种导致行动并且暗示行动解决问题的保障，如上文已引述过的觉慧一再引用的《前夜》中的话：

我们是青年，不是畸人，不是愚人，应当自己把幸福争过来！

及他在第36章宣示的：

无论如何，我是不要和他们自己一样，我要走我自己底路，甚至于踏着他们底尸首，我也要向前面走去的。[③]

① 坂井洋史：《重读〈家〉——略谈读者接受文本的机制及其“关于‘人’”的想象》。

② 巴金：《家》，《中国新文学大系：1927—1937》第九集，第40页。

③ 巴金：《家》，《中国新文学大系：1927—1937》第九集，第389页。

正是典型的“新青年”的言词。作为政治思想,其起源应追溯到马基雅维利——正是现代性政治思想的源头。这一出自列奥·施特劳斯的洞见,他把马氏看作古典政治哲学与现代政治思想分界的关键性人物:在此之前的古典政治哲学那里,政治社会达到较优良的状态,除了各种努力,端赖机运,马基雅维利第一个标举,通过各种人为的途径与手段,符合理想的政治社会可以不靠机运人为建立。马基雅维利和卢梭被施特劳斯看作现代性的第一波和第二波开端性和代表性的人物,巴金所信奉的无政府主义,从思想谱系的分判来看,应是第二波的极端化,无形之中,已处于马基雅维利和卢梭所建立的“洞穴”之中,其中几许感情冲动,几许理性的僭妄,且不细说,西方近现代的历史与中国20世纪的曲折路程,至少不会让我们再像“五四”时那样对之毫不警惕。[①]

具体到文本之中,如此的自我确认与人的想象,重新划分与建立了新的“世界(社会)图式”:“新的社会要求新的人,新的人应该和旧的人划清界限,旧的东西正因其为旧,总是新的人=年轻人反抗的目标。”在如此建立的图式中,“旧”的“人”与“社会”被想象为“封建”——一个极其流行却内涵错乱的名词,并且出现了坂井先生所说的如此想象:“封建社会是压抑性很强的社会,那么活在如此社会的人起码可以被划分为‘压抑别人的人’和‘被别人压抑的人’之两种。这是生在此死在此的人一生下来就被强制带有的身份。我们看《家》也可以窥见一斑。君臣关系的相似形或缩图的辈份关系极其严格,构成窒息人的等级制。”[②]具体过去的社会如何,是历史学与社会学研究的问题,在此也无意为其辩护(因为那也是一个“洞穴”),但需要强调的是,此种想象之所以能成立,正是因为“新人”们已经有了“人是独立自主的”、“一个完全平等、没有等级与压抑的政治社会是可能的”此类新的关于人与世界的想象并由

① 有关政治思想谱系的讨论,参列奥·斯特劳斯《现代性的三次浪潮》(丁耘译),收入刘小枫编《苏格拉底问题与现代性——施特劳斯讲演与论文集:卷二》,华夏出版社2008年版。

② 坂井洋史:《重读〈家〉——略谈读者接受文本的机制及其“关于‘人’”的想象》。

此建立二元对立的世界图式。

我同意坂井先生的意见，“我们应该研究这种‘关于人的想象’此一观念本身”，并且对其如下说法颇具共感：“在中国的历史上，19世纪中叶所谓‘西方的冲击 Western impact’以来，关于‘新时代’的‘新人’的想象一直存在着，而且不断放射魅力的光芒。譬如梁启超的‘新民’、清末民初的‘军国民’、五四时期周作人发表《人的文学》时所想象‘灵肉一致’的人和体现人道主义的人，阶级观的‘新人’、‘英雄人物’等等……追寻这些关于‘人的想象’的源流和脉络，想必成为饶有趣味的研究。”我想补充的是，恐怕身为现代中国人并且研究现代中国的我们，要走出自己所身处的这些观念所建立的“洞穴”的话，对于这些“人的想象”（还有“世界的想象”）的反省研讨，恐怕是绕不过去的路。坂井先生由“这些‘关于人的想象’究竟与文本缔结如何关系”这一问题意识，引申出的基本判断“文学作品把这些‘想象’极为生动地形象化，具体地提出明确的意象，正因为如此，与抽象的道理和说教不同，可以具备非常强烈的吸引力和影响力。所以它会成为把这个‘想象’散布、推广、普及，然后话语化的有力手段”[①]，沿着这一思路进行考察研究，恐怕是目前固步自封、死气沉沉的中国现代文学研究焕发活力的颇具希望的一条途径。

转回到小说《家》，我们可以说，“新青年”们既受观念启蒙，事实上也由新“观念”所建立，由此其形象缺乏感染力，恐怕乃是与生俱来的先天不足。落实到现实生活，新与旧，好与坏，其中的复杂变化并非简单的二元对立所可涵纳（譬如新人不新、旧人不旧、新人不好、旧人不坏、亦新亦旧、亦好亦坏等等，种种可能性都会存在，何况具体的活生生的人并非简单的概念所可涵盖），那么《家》所建立的黑白分明的世界，究竟如何才能获得感染力？在这里，书中虚构的那些处于黑白对立之间的人物——尤其是女人们的命运，起了颇为关键的作用。

① 坂井洋史：《重读〈家〉——略谈读者接受文本的机制及其“关于‘人’”的想象》。

假使权宜采用通常的说法，把《家》看作一部悲剧小说，那么，女性命运的悲惨积累，便可看作是《家》的“悲剧性”的最大表现。(实际上，从更严格和深入的层面来说，“悲剧”必然牵涉不可解的矛盾，此所以会有人认为古希腊的命运悲剧才是最标准的悲剧，此点触及西方文化中颇为深入的关切，亦因此悲剧会被认为是其文化核心成分之列。如以此来看，《家》中的“悲剧”恐怕并不够格，说为“悲情”恐怕更贴切一些。)《家》中写了数个女人的命运，这些女性中，除了琴因反抗得到某种近于光明的结局外，其他女人，无一例外命运悲惨。

若稍加留意，我们便会发现，这种女性悲剧命运的不断重复，密集于小说的后半部分。《家》的前半部，叙述速度一直比较平缓，但到第 20 章之后，事件密度明显增加，叙述节奏也迅速加快：第 26 章鸣凤自杀，之后婉儿代替鸣凤出嫁，觉民逃婚、梅郁郁而终，祖父高老太爷生病去世，瑞珏因避“犯冲”难产而死，觉慧反叛出走，事件非常密集——几乎每一章都有重大事情发生，后半部的叙述节奏骤然变得急促，简直犹如急管繁弦。叙述速度的改变，直接相关到全书的叙述效果。假使《家》只是如前半部平缓舒徐的节奏所写的梅与觉新那样惨淡黯然、无可奈何的感情故事，《家》对女性命运的书写，可能很难与新文学之前的类似叙述区分开来。《家》之所以成为《家》，与小说后半部对女性悲惨命运的密集书写有极大关系。从叙述效果上看，女性悲惨命运的迅速密集积聚，蕴积了极大的感情能量，既给了结尾觉慧的反抗以充分的合理性，也会引导读者直接认同文学文本《家》的感情逻辑。

《家》影响数代读者，使其对“大家庭”产生厌恶、愤怒、反抗的情感，并成了不少青年走上革命道路的指引，其与读者心理期待的契合点，颇耐寻思，但可以判定的是，若无此种女性命运的“血祭”，《家》的悲剧性与阅读感染力恐怕都要落空。女性悲惨命运在短时间内的重复积聚，构成了《家》的叙述结构与阅读感染力的关键性因素，以致我们可以将之看作《家》的独特性的醒目标志。

对女性悲惨命运的密集书写，与《家》的结构、主旨及阅读感染力如此密切相关，但从“文史对照”的角度来观察，此类故事实际并非完全出于作家的实感经验，其悲惨性甚至几乎纯粹出于虚构。虽说，"文学"与"现实"的区分乃是常识，但对常被视作"自传性小说"进行阅读的《家》，对这一事实的了解，还是会使读者对小说的解读变得复杂、暧昧与困难起来——至少不会如不了解这一事实去按着一般所说的"揭露大家庭的罪恶"的罪恶去进行解读那么滑溜顺当，轻而易举。"文学的《家》"与"历史的'家'"在这些地方的对比如此突兀，曾使此前注意到此一问题的学者黄子平在一篇文章中说："巴金对自己的小说常作意犹未尽的解说，那些序、跋、后记、创作谈往往自行解构了小说本身。"[①]此种读解或者略显极端，换个角度，中立一点，我们至少可以说，"文学的《家》"与"历史的'家'"，在此所形成的叙述的复调，清楚地显示出了文学叙述本身的形式策略。

1956 年底巴金为《家》英译本写后记，1957 年 6 月改写为《和读者谈〈家〉》，其中谈到小说中的四个女主人公在现实里的结局。如果把她们与小说中的梅、瑞珏、鸣凤和琴的命运进行对照，我们会吃惊地发现：凡是在小说中，以悲剧结局收场的，在现实里，其主要原型都以某种类似喜剧或正剧（或可说是比文学文本更深在的悲剧）的结尾收场，而在小说中作为新女性代表并赋予乐观结局的琴，其原型在现实中的结局，却是一种更为难堪而深沉的悲剧。

譬如梅的命运，在小说中她与觉新的爱情遭遇挫折，后来"嫁了一个丈夫，可是不到一年就守了寡，婆家待她不好"，她又回到"顽固母亲"家里，过着尼庵式的生活，小说刻意描写她的憔悴、凄楚、忧郁、伤感，并让她郁郁而终，但其主要原型的命运却迥然相异，巴金如此写道：

我也有过一个像梅那样年纪的表姐，她当初跟我大哥感情好。她常常到我们家来玩，我们这一辈人不论男女都喜欢她。我们都盼望她能够成为我们的嫂嫂，后来听说姑母不愿意"亲上加亲"（她自己已经受够亲上加亲的痛苦了，我的三婶是我姑母夫家的小

① 黄子平：《命运三重奏：〈家〉与"家"与"家中人"》，氏著《"灰阑"中的叙述》第 146 页，上海文艺出版社 2001 年版。

姐),因此这一对有情人不能成为眷属。四五年后我的表姐做了富家的填房少奶奶。以后的十几年内她生了一大堆儿女,一九四二年我在成都重见她的时候,她已经成了一个爱钱如命的可笑的胖女人。①

又如,关于瑞珏:

瑞珏的性格跟我嫂嫂的不同,虽然我祖父死后我嫂嫂被逼着搬到城外茅舍里去生产,可是她并未像瑞珏那样悲惨地死在那里。②

至于鸣凤与其原型的对照,就更为突兀:

我们家里有过一个叫作翠凤的丫头,关于她我什么记忆也没有了,我只记得一件事情:我们有一个远房的亲戚托人来说话,要讨她做姨太太,她的叔父征求她本人的意见,她坚决地拒绝。虽然

---

① 巴金:《和读者谈〈家〉》,《家》第419页,人民文学出版社1962年1月北京第2版,1979年10月湖北印刷。对于小说人物的原型,在不同时期,巴金曾有不同的说法。例如"梅",1937年,巴金在《关于〈家〉(十版代序)——给我的一个表哥》中说:"你也许会提出梅这个名字来问我。那么让我坦白地答复一句:我不能够。因为在我们家里并没有这样的一个人。然而我知道你不会相信,或者你自己是相信了,而别的人却不肯轻信我的话。你会指出某一个人,别人又会指出另一个,还有人出来指第三个。你们都有理,或者都没理;都对或者都不对。我把三四个人合在一起拼成了一个钱梅芬。你们从各人的观点看见她一个侧面,便以为见着了熟人。只有我才可以看见她的全个面目。"并说,小说中梅穿着"一件玄青缎子的背心",归因于八九岁时看见的一个"死了父亲,境遇又很不好,说是要去'带发修行'"的远方亲戚。(巴金:《关于〈家〉(十版代序)——给我的一个表哥》,《家》第410—411页,人民文学出版社1962年第2版。)参照巴金在其他地方的陈述,梅的形象中还融入了琴的原型的一些因素,至少引用了她写的两句诗:"往事依稀浑似梦,都随风雨到心头"。(参《和读者谈〈家〉》)按照小说虚构的一般做法,巴金说"梅"的形象参合了三四个模特,也合乎情理,不过把三四个模特合并为一个人物,虽然是小说家的惯技,但实际写作中,在若干模特中事实上可能还是会选择一个作为主要原型,至少"梅"与"觉新"的爱情明显是借鉴了"表姐"与"大哥"的关系。就此来说,巴金在1957年的《和读者谈〈家〉》中的叙述乃是对二十年前的说法的重要补充和修正。

② 巴金:《和读者谈〈家〉》,《家》第419页,人民文学出版社1962年第2版。

她并没有爱上哪一位少爷，她倒宁愿后来嫁给一个贫家丈夫。她的性格跟鸣凤不同，而且她是一个“寄饭”的丫头。所谓“寄饭”，就是用劳动换来她的饮食和居住。她仍然有权做自己的主人。她的叔父是我们家的老听差。他并不虐待她。所以她比鸣凤幸运，用不着在湖水里去找归宿。[1]

倘使一定要小说照历史来写，那自然很无理，甚至会被认为是不懂文学的门外汉，但若不作此要求，仅将“文学的《家》”与“历史的‘家’”对读，我们还是可以发现，文学文本在形成的过程中，对作家实际经验中的复杂的因素进行了简化和转变。以梅的故事为例，现实中梅的主要原型的命运，显然要远为复杂。巴金在写《家》时，对人物原型后来的归宿，并非不清楚[2]，但具体到小说中，为什么或做这一向度的虚构？并且不是在一个人物身上，而是在瑞珏、鸣凤那里，都出现了类似的虚构方向？用历史上妇女受压抑的命运来解释，并不能完全说明问题，毕竟如此重复、频繁、高密度的“悲剧”，太过戏剧化。若从《家》的整体图式来看，如此叙述也确实并非偶然。如上所述，《家》的书写在一开始已建立了自己的“世界图式”，旧的专制、罪恶、肮脏，已是这一图式先在的内容，在这样的

① 巴金：《和读者谈〈家〉》，《家》第419—410页，人民文学出版社1962年第2版。

② 假如说，梅的主要原型后来的发展为巴金始料所未及，但至少在巴金离家时，他应已知道她后来的归宿——巴金的大哥出生于1897年，不满二十岁已经结婚、工作走进社会，他跟巴金表姐的感情结束当早于此时，时间应不晚于1917年。巴金1923年离开成都老家，时间已过六年，巴金说“四五年后”“表姐做了富家的填房少奶奶”，则他离家时显然已知表姐的归宿。到1931年他开始写《家》时，离表姐出嫁至少已有九年，更应知道表姐嫁后的境遇。就此感情的波折而言，现实中显然也有复杂的原因：譬如姑母受够“亲上加亲”的苦而不愿女儿重蹈覆辙，譬如近亲结婚不合优生学的道理，从相关材料来看，小说中也把现实原型中巴金大哥与表姐的朦胧感情变得更为确定与明晰，而表姐和大哥，各自婚后也并非不幸福，大哥后来的自杀，也有更为现实复杂的原因，巴金的堂弟李尧东更回忆说：“大哥之死不存在感情上的纠葛因素。”考虑到年龄的差异以及当事人与旁观者感受的不同，这种说法当还有修正的余地，但现实中复杂错综的因素，进入小说文本后，显然被纯洁化与简单化了，则是可以肯定的结论。

情况下，女性命运在短时间内的悲惨重复，恐怕便是这一图式具体化时必不可免的形象化与情节化的铺衍——这在对比《红楼梦》与《家》时，尤其清楚，虽然《红楼梦》后来也常被作《家》式的解读。

《家》中虽然书写了很多女性的命运，却并不能看作一部女性主义的文本——因为女性命运的书写，事实上是为更大的叙述框架服务。在整体的叙述结构中，参照形式主义理论的思路进行考察，把此种女性悲惨命运在短时间内的高密度重复，看作文学文本《家》的形式策略，恐怕更有说服力。文学文本在形成的过程中，有意无意间会使用一些形式策略，此种策略与其说依赖于作家的实感经验，毋宁说更为依赖一些先在的程式与编码规则——作家本人在实际写作的过程中对此可以有意识，也可以无意识，但这都不影响我们从具体的文本中发现这一形式策略与编码规则。悲剧命运的高密度重复，向来是悲情剧的惯用手法，对照"历史的'家'"中实际的女性命运，"文学的《家》"对女性悲剧命运的重复书写，有意无意间使用这种悲情剧的惯用手法的形式策略，可以说非常清楚。就对女性命运的书写这一点来说，《家》的叙述与其说是出于作家的实感经验，毋宁说是先在的程式与编码规则，起了更大的作用。作为对事先内含的"世界图式"的展开，这种形式策略甚至会排除与简化作家实感经验中的复杂性因素。

不过这种"凄厉的悲情剧"的展开模式，可能正是《家》展开其内在的对于"人"与"世界"的想象时必不可少的助力，也是其吸引分享同一想象和话语的读者的"魅力"所在——假使不采用此种模式，"文学的《家》"所建造的世界会失去其根本基础与动力。这实际上表明，"文学的《家》"是一个话语建造的世界，并且是在话语世界中，获得其生存的权利。归根结底，话语当然不等同于现实，虽然可以规约、引导和制造现实（在小说这种特殊的话语实践领域，是通过小说制造的"现实幻觉"）。具体到《家》的场域，事实上，实际生活中的复杂因素，一旦进入小说文本，势必从根本上动摇文学文本的叙述逻辑与情感逻辑，因此在这套"新话"中，也必然被排除——如果旧的不旧，新的不新，如果觉新与梅各自婚后并非不幸福，如果瑞珏并未难产而死，如果鸣凤抗争胜利结局完满，如果反抗的琴的结局反而悲惨难堪，那会出现什么样的结果？——如果是这样，《家》整体叙述框架势必轰然倒塌，它所建构的世界图式也会因“皮之不存”而失去依附，其聚集与激动青年的力量也势必落空——“家”的故事会变成另一个故事，虽然这另一个故事未必就是一个不好或不深刻的故事。

三 “爱情”的叙事功能

年轻一代爱情的不同遭遇，在“文学的《家》”的叙述中占有重要的地位。然而，如果从“文史互证”的角度去进行研究，不但《家》中的女性悲剧出于作家的虚构，小说中“觉新——梅”、“觉慧——鸣凤”、“觉民——琴”三个在整体叙述中起着组织叙述的关键作用的恋爱故事，除了第一个故事略有点现实的影子（事实上也很微薄，而且结局迥然相异），其他两个，则纯粹出于作家的虚构。

关于“觉新——梅”的故事，小说里极力铺衍，如设置两人在花园里偶遇和梅与瑞珏互诉衷肠的煽情桥段，并且特别强调二人恋爱受家庭阻挠不能“终成眷属”后对各自精神上的影响，如梅的郁郁而终，觉新的旧情难忘、对于自己无能为力愧悔交集等等。小说里将两人的感情描述得非常清晰，并且直接将两人恋爱的失败归结于长辈的迷信（“八字相克”）与对晚辈命运的随意专断（梅的母亲在牌桌上与觉新的继母有了意见，所以以拒婚作为报复）。小说里将此一悲剧结局归结于长辈的迷信与专断随意，非常有力地说明了它所表达的新观念的优越性。

不过，现实中的结局如上一节所述：梅的主要原型在生活中并未郁郁而终，表姐与大哥各自婚后家庭也并非不幸福，与小说中恰成对照。而从各种材料来分析，现实中两个人的感情本身也是“若有若无”，不像小说中所写的那么清晰。即就是巴金本人，对这段感情的叙述，说法也各有出入：在 1932 年 4 月写的《呈献给一个人》里，巴金这样写道：“你曾经爱过一个少女，而又让父亲拿拈阄来决定你底命运，去和另一个少女结婚；你爱你的妻，却又因了鬼话的缘故把你底将生产的妻送到城外荒凉的地方去。”[①]这段话非常肯定大哥与表姐之间的爱情，也并没有交代现实中这两件事并没有导致类似小说中的悲剧结局，或许会使得读者在解读时顺理成章地联想小说中的人物命运与现实中人物雷同——但实际上其中有迥然相异的区别，已如上节所述。在收入《忆》(1933—1936)中的《做大哥的人》中，巴金如此写道：

他本来有一个中意的姑娘，他和她中间似乎发生了一种旧式的若有若无的爱情。

……(据说母亲在时曾经向表姐的母亲提过亲事，而姑母却以“自己已经受够了亲上加亲的苦，不愿意让女儿再来受一次”这理由拒绝了，这是三哥后来告诉我的。……)[②]

既是“若有若无”，自当不似小说中所写的那样清晰且后果强烈，如此的说法已与《呈献给一个人》中的说法有所出入。陈思和先生在分析这段感情时，说其乃是“据巴金猜测”，实况如何很难落实，他并且分析说：“母亲在世时尧枚不会超过十七岁，纵是大家庭的孩子早熟，也不会对爱情有成熟的看法。孩子时代的‘中意’，未必就会有幸福的爱情，何况连巴金自己对大哥的这种爱情也没有把握，他谨慎地使用了‘若有若无’来表示这种关系。既是‘若有若无’的事，即使没成功也算不到‘专制’的头上”。[③]倘使联想到“恋爱”完全是一种新式的“五四”后新文化所培养并确立合法性的感情方式，就会明白巴金的有关回忆与叙述，难免“时代倒置”之嫌。

关于觉慧与鸣凤，前者取了巴金性格的一部分，后者的遭遇取了生活中翠凤的一段故事，结局大相径庭，两人中间的爱情及悲剧遭遇，更是“无中生有”的虚构。在《关于〈家〉(十版代序)》中，巴金这样说：

我的性格和觉慧的也许十分相像。然而两个人的遭遇却不一

① 巴金：《家》，《中国新文学大系：1927—1937》第九集，第8页。

② 《巴金的两个哥哥》第11—12页。

③ 陈思和：《人格的发展：巴金传》第26页。

定相同。我比他幸福，我可以公开地和一个哥哥同路离开成都。他却不得不独自私逃。我的生活里不曾有过鸣凤，在那些日子里我就没有起过在恋爱中寻求安慰的念头。那时我的雄心比现在有的还大。甚至孩子时代的幻梦中也没有安定的生活与温暖的家庭。……我在《家》里面安插了一个鸣凤，并不是因为我们家里有过一个叫做翠凤的丫头。关于这个女孩子，我什么记忆也没有。我只记得一件事情：我们有一个远房的亲戚要讨她去做姨太太，却被她严词拒绝。她在我们家里只是一个"寄饭"的婢女，她的叔父苏升又是我家的老仆，所以她还有这样的自由。她嫁的自然是一个贫家丈夫。然而我们家里的人都称赞她有胆量。撇弃老爷而选取"下人"，在一个丫头，这的确不是一件容易的事情。因此我在小说里写鸣凤因为不愿意到冯家去做姨太太而投湖自尽，我觉得并没有一点夸张。这不是小说作者代鸣凤出主意要她走那条路；是性格、教养，环境逼着她（或者说引诱她）在湖水里找到归宿。[①]

小说里鸣凤的处境、命运和遭遇，当然有控诉等级制度的原因——自然和巴金的安那其思想有关，但她与觉慧的爱情，也并非不重要，这既是说明人类爱不分地位的区别，也使得高老太爷、冯乐山等"专制制度的代表"，既成了"反人道"的罪魁，也成了迫害"自由爱情"的祸首——作为新文化的象征符号，"爱情"在"五四"时期的文学中便已获得了"超级能指"的地位——由此也坐实了前者的"黑暗"形象，也由于"恋爱"话题在当时争论中的敏感性，也更能起到凝聚新一代的作用。不过这样一来，其实使得觉慧的地位颇为尴尬，小说中他与鸣凤的恋爱，既没有向家庭公开表明，在知道鸣凤的命运被决定后又准备为了事业舍弃，颇让人怀疑其爱的真诚性，也与"新青年"的形象大有差距——也许为了弥合由虚构所带来的裂缝，小说中在鸣凤的悲剧前安排了那么多的巧合，远非作者所说的那么必然。

至于觉民与琴的恋爱以及两人抗婚取得胜利，在生活中这样

① 巴金：《家》（繁体字纪念本）第325—326页，香港文汇出版社2008年版。

的感情也找不到一点影子。觉民的原型是巴金的三哥,“但三哥以前也是个敢作敢为的人,并不如觉民那样谨慎”[①],巴金说:“他比我年长一岁有余,性情开朗、乐观。有些事还是他带头先走,我跟上去。例如去上海念书这个主意就是他想出来,也是他向大哥提出来的,我当时还没有这个打算。”[②]至于琴的主要原型,是巴金的一个堂姐,巴金三叔的女儿,按排行是巴金的六姐,即使谈得来,当然不可能与三哥有任何的爱情关系。

1980 年,巴金在《关于〈激流〉》中写了这么一段话:“一位华裔女作家三年前对我说:‘你的《家》不行,写恋爱也不像,那个时候你还没有结婚。’我当时回答说:‘你飞过太平洋来看朋友,我应当感谢你的好意。我不是来跟你吵架的。’我笑了。我还听见人讲《家》有毛病,文学技巧不高,在小说中作者有时站出来讲话。我只有笑笑。”[③]《家》中的恋爱写得如何?在此且不置评。问题在于,既然原型人物身上并没有那些爱情故事,《家》为什么一定要写爱情?而且如此不惜篇幅,写了几种类型的爱情遭遇?

对这一问题的回答,恐怕首先还得返回《家》所产生的“新文化”确立自己位置的过程中来。现代关于婚姻爱情的论述与书写,乃是文化转型的重要因素,具体到文学(尤其是 20 世纪 20—30 年代的文学),由于爱情与人的感情的密切关系,更是文学转型中至关重要的因素——现代文化与文学引进了一种新的关于“婚姻”与两性关系的话语,对此曾进行专门研究的学者苏冰先生,在讨论新文学中的婚姻自由主题时指出:新文学中的“婚姻自由主题是新的普及水平的意识形态关于婚姻的最低纲领的文学表达”,“关于两性关系的伦理意识形态的现代化转变是有关婚姻形态的转化,现代文学抓住了这个关键,有力地证明和提倡自愿的单偶婚制及相应的道德”。“新的伦理意识形态的多一半内容是学习西方文化,

① 周立民:《五四之子的世纪之旅——巴金评传》,《西部华语文学》2008 年第 11 期第 9 页。

② 巴金:《我的哥哥李尧林》,《巴金的两个哥哥》第 129 页。

③ 巴金:《关于〈激流〉》,《家》(繁体字纪念本)第 328 页,香港文汇出版社 2008 年版。

在婚姻、爱情、家庭方面，新伦理是清教传统与中国传统结合的结果。”（前者衍生的个人独立自主思想与后者对婚姻和稳定的重视——引者）[1]这一看法是颇具洞见的，具体到“五四”乃至整个现代文学展开的时期，新的婚姻家庭伦理引起的观念变动和社会变动，如此触及人们的生活的角角落落（尤其是“新人”们），以致中国现代文学中的“浪漫一代”（李欧梵语）本身的婚姻爱情与他们的作品一样引人关注——如果不是比他们的作品更受人关注，其中的原因或许正因为“婚姻——爱情——家庭”在这一现代意识形态变动与社会变动中的重要地位，而且在以后的历史发展中，比起新的政治话语来，新的婚恋话语也早早确立了自己的正统地位。在这样的背景下，像《家》这样一部以家庭为空间表现新旧对立的作品怎么会忽视“爱情的位置”？——巴金在自己与材料原型中没有实际的爱情经验做基础的情况下，还要虚构“爱情”作为组织叙述的核心架构，在这一背景下，正是不难理解的事情。

新的婚恋话语的核心正是“爱情”，不过，在新文化的脉络中，爱情从来不仅仅是“爱情”，它早已获得了标识新文化的正统性与合法性的“超级能指”的地位——这一进程始于“五四”，从那时起，反抗家庭专制、自由、个性解放、追求新生活等等，一股脑儿地汇拢在一起，不加区别地成为“爱情”的所指，混乱却颇有感情感染力。黄子平的观察是有道理的：新文化在“新与旧”之间建立起“光明与黑暗”的划分，并且“立足光明决绝地向黑暗宣战”后，“灭亡”（旧家庭、旧制度及作为其代表的老一代）与“反抗/新生”（“那些可爱的、有为的、年轻的生命”）这种进化论式的“命运的截然二分”才告彻底完成。在这种语境下，“青年”、“爱情”在新的话语中便获得了类似咒语般的神话治疗功能：

爱情既是后一命运的解药又是前一命运的毒药。对奔向新前程的孩子们来说，它是信念，旗帜，屏障，是射入黑暗王国的一线光

① 苏冰：《允诺与恐吓：20世纪中国性主题文学的文化透视》第二章“自决的婚姻——幸福平台之一”第79、62、81页，太白文艺出版社1995年10月版。

明,是社会和政治乌托邦的情感对应物,惟独不是爱情本身(《激流》三部曲中的"爱情"甚至有意无意地涤除了其中的性爱成分)。每当琴这个人物出现在高家花园里总是带来色彩和亮光(尤其在《春》和《秋》中),她就是爱情的光明的象征。在高家花园里,只有爱情无法实现的痛苦,爱情被"父之法"摧残阻挠的痛苦,至于爱情本身的痛苦(嫉妒、猜疑、失常、兴奋、争吵),爱情实现之后的痛苦("婚姻是爱情的坟墓"之类),则被一概掩入叙述的盲区。显然,非如此不足以保证爱情的纯洁性和战斗性。这种纯洁性和战斗性必然要求人物(尤其是女性人物)殉道式的献祭。鸣凤、梅、瑞珏、蕙,湿淋淋的尸首,停放在破庙里的棺柩,死者的形象既是控诉又是升华。爱情作为神话咒语的两重功能:诅咒与超度,完满地实现在这些死者美丽凄婉的形象上。①

"爱情"既具有如此重要的符号意义,那么,究竟采取何种方法来叙述爱情故事?作家虽然经常会宣称自己的创造性,但事实上在写作过程中还是往往会受到已经成型的模式的引导。在某一话题成为流行中心时,对此一问题强烈关注的作家有时候会因为强烈的认同而意识不到模式的作用,但在读者阅读时,尤其是在时隔多年以后,经常会非常清楚地看到模式的引导与塑形作用。依据海登·怀特等人的考察,模式的使用甚至经常会在以"真实"为宣称主旨的传记和历史叙述中出现。作为叙事虚构作品的小说,无论作家如何宣称,经常会运用一些先在的或流行的程式组织自己的叙述,更是非常常见的事情。

考察"爱情"叙述在《家》中的展开,我们可以看到模式在其中的作用。苏冰在分析现代文学中的"自由选择婚姻命运主题"的展开时,指出这一主题乃是传统的"困境求婚原型"的变形("追求的目标仍是婚姻,变化了的是不同的困境和解决方式"——只存在于传说中的"个人的超凡勇气和智慧以及侥幸得到的恩赐"变为"依靠自己的力量去实现婚姻自由"),具体展开的模式则由传统的三

① 黄子平:《命运三重奏:〈家〉与"家"与"家中人"》,《"灰阑"中的叙述》第145—146页,上海文艺出版社2001年版。

段式的“追求——困境——解决”变为五段式的“追求——困境——冲突——反抗——解决”。在分析了大量的新文学作品后，他也指出这个模式在不同的作者作品中，变奏为如下六个亚型：1.成功的喜剧（程式为“追求——困境——冲突——反抗——成功”）；2.失败的悲剧【程式为“追求——困境——冲突（及反抗的尝试）——失败”】；3.控诉传统道德【程式为“困境——反抗——悲惨结局”】；4.对新式理想表示怀疑，予以讽刺【程式为“困境——成功（实为失败）”】；5.提出婚姻本身的价值问题（程式为“成功——新的困境——冲突”）；6.自决地离异【程式为“追求——成功——转变”】。“后三型与前三型的价值观念有相互抵触的地方”，具体来说，前三型是争取新式理想的范型，后三型则对新式理想乃至婚姻本身提出怀疑。从“五四”起，每一个亚型都各自有一系列作品，如“成功的喜剧”有胡适的《终身大事》、余上沅的《兵变》、汪静之的诗《恋爱的甜蜜》等；“失败的悲剧”有王统照的《遗音》、严良才的《最后的安慰》、罗家伦的《是爱情还是苦痛》、汪静之的《我俩》、倪贻德的《花影》；“控诉传统道德”有杨振声的《贞女》、汪敬熙的《砍柴的女儿》、郁达夫的《茑萝行》、汪静之的《被残的萌芽》、俞平伯的《炉影》、如痴的《新婚》等。这些模式从“五四”起即已存在，在具体作品中，有时也会综合使用各个亚型，如田汉的《获虎之夜》与陈大悲的《幽兰女士》综合了亚型二与亚型三。“巴金的《家》囊括了前三个亚型，有觉民的成功，也有觉新的失败，主要的还是发现摧残生命和激情的父权制度的罪恶。”[①]

参照这一研究，《家》中的虚构情节的展开，正可说是对“争取自由婚姻”这一主题的前三个亚型的完美的综合范例，在具体的叙述展开过程中，它受到了传统原型与新文学流行模式的引导，是非常清楚的事情。尤其在与“历史的‘家’”的强烈对照中，我们更可以清楚地看到，“文学的《家》中”的爱情叙述的展开，比起“文本与

① 参阅苏冰：《允诺与恐吓：20世纪中国性主题文学的文化透视》（太白文艺出版社1995年10月版）第二章“自决的婚姻——幸福平台之一”（尤其是“亚型的变奏”一节）中的有关论述。

现实”的关系来，“文本与文本”的关系起了更大的引导与塑形作用。

新文学关于“自主选择婚姻”的叙述，经常会倾向于传奇化。苏冰指出，这一主题的“六个亚型均采用了传奇模式”，但由于后三型在观念上的超前，前三型在20世纪中国历史上更容易长期流行，也更容易采取传奇化的模式[①]，在分析其中的原因时，苏冰指出乃在于作为“新的普及水平的意识形态关于婚姻的最低纲领的文学表达”，这一类文学在具体的文本化过程中，采取了“宣传文学的策略”，并且观察到这一普及“新伦理宣传工作”的“主题文学”采用了“传奇模式”——“以非好即坏、非黑即白的善恶对立和黑白分明的两分法安排作品的各种要素。正面人物善良正派，也许还人品极佳，代表正义和真理，反面人物可气可憎，甚至十足的邪恶；‘好人’和‘坏人’进入情节，总是要酿成最终要解决的尖锐冲突；作品的气氛通常由‘好人’的心情决定，而他们又总是情绪兴奋度很高，高兴万分或悲痛欲绝。显然，中国古代文学惯有的传奇模式并未在现代文学中绝迹……传奇模式创造出一个戏剧化和简单化的世界，人生中不可避免的挫折、微妙、困窘、尴尬、复杂及模棱两可说不上是好是坏的味道统统被天真地撇在一旁。”[②]宣传当然不必一定是清楚地意识到自己是在进行宣传，有时候由于对某一类型的意识形态的无间认同，因而情不自禁地遵循其进行言说乃至组织叙述，也可说是一种宣传。

“文学的《家》”虽然采取了一些“低模仿”（弗莱语）的手法，如制造“现实幻觉”等现实主义小说的惯技，虽然从“历史的‘家’”中吸收了不少材料，但从它对人物的简单化处理，对黑白分明的世界的建立，在叙述展开的过程中对主题模式的借用与综合，可以说正

① 苏冰观察到，在20年代末后三型“向比较成熟的方向发展”，到了30、40年代“发展为重要的讽刺范型”，“有几部作品由此有机会跻身于保留节目的行列，如《围城》”；“前三型”在20、30年代广为流行，在40年代延安宣传婚姻自由的作品中更大显身手，70年代末话题又重新提起，“甚至产生轰动的作品”。见氏著《允诺与恐吓：20世纪中国性主题文学的文化透视》第73页。

② 苏冰：《允诺与恐吓：20世纪中国性主题文学的文化透视》，第69页。

是上述模式的一个典范性的案例。虽然一般会被作为现实主义小说阅读,《家》中的这种“善恶对立”、“黑白分明的寓言或神话模式”,其实正是“神话性写作”的标志。某种意义上,它之所以获得如此大的流行与成功,正是因为它的这种“神话性写作”的性质——在30年代初的背景下,它藉此重述与确立了“五四”倡导的新的意识形态,借用现身说法的家族材料,更多依靠综合借用流行主题模式的叙事虚构,将之讲述为一个简单明了却令无数少年、青年唏嘘与激情涌动的故事。其动员意识形态符号,结合纪实与虚构,重新划定世界图式,组织新的叙述,个中关窍正如黄子平所言:

(在“灭亡与反抗/新生”的命运二分中,——引者)孩子们认同后一命运的惟一中心依据便是他们是孩子,同义反复的叙述圆圈构成一整套的能指符号(青春、生命、幸福、爱情、美丽、新、时代、未来等等),因其空洞而激动人心,因其空洞而获得强大的解释力量,并终于在30年代成就一个完满的意识形态神话(而鲁迅却在此前后宣布自己的“进化论思路”完全“轰毁”)。《激流》三部曲的成功和幸运,在某种意义上,正是这一神话性写作的完满体现。[①]

四　文本的“余数”处理机制及其局限:以觉新和“大哥”的对读为例

“二元对立”的文本模式,在采撷现实材料进入文本时,必然会遭遇无法处理的“余数”——这些“余数”,嘈嘈切切,说明着隐匿在文本之外的复杂声音。黄子平曾指出,“二分法所遇到的最大挑战,其实就聚焦于贯穿《家》、《春》、《秋》全书的人物,大哥觉新身上。……他仿佛是两种命运的中介,他既不属于黑暗也不属于光明,亦无肩着黑暗的闸门的英雄姿态,毋宁说,他以其昏黄暧昧的

① 黄子平:《命运三重奏:〈家〉与“家”与“家中人”》,《“灰阑”中的叙述》第145页。

形象，颠覆了正反价值二元互斥的现代神话。”①这等于说，觉新即是《家》的“二元对立”模式所无法涵纳的“余数”，然而，如果我们从“文史互证”的角度来观察，即使是觉新身上的“昏黄暧昧”，也是文本对“原型”进行“余数处置”（将除不尽的“余数”进行简约）之后的结果，换言之，作为材料原型的巴金大哥的命运及其悲剧，其复杂暧昧，更远远超过“二元对立”的范围。

1931 年阴历三月初一晨，巴金大哥被发现服安眠药自杀身亡。消息传到上海，正是巴金的《激流》（即后来的《家》）总序刚刚在《时报》上发表的第二天（公历 4 月 19 日）下午，当时巴金刚写完《家》第六章。在 1980 年底写完的《关于〈激流〉》中，巴金说：

《第六章》的小标题是《做大哥的人》。这不是巧合，我写的正是大哥的事情，并且差不多全是真事。我当时怀着二十几年的爱和恨向旧社会提出控诉，我指出：这里是血，那里是尸首，这里是屠刀。写作的时候，我觉得有不少的冤魂在我的笔下哭诉、哀号。我感到一股强大的精神力量，我说我要替一代人伸冤。……

“……回到宝光里的家，我拿起笔写小说的第七章《旧事重提》，我开始在挖我们老家的坟墓。空闲的时候我常常翻看大哥写给我和三哥的一部分旧信。我在《家》以及后来的《春》和《秋》中都使用不少旧信里提供的材料。……②

巴金是一个感情冲动型的作家，这里的回忆中所说到的自己的感情的真诚性，似也无可怀疑。事实上，早在 1932 年 4 月，巴金就写了《呈献给一个人》，并在《家》单行本初版时作为代序。此文以写给已故大哥的信的方式写出，因一直与单行本同行，应是在很长时间里影响读者接受《家》时的重要因素。在这篇文章里，巴金哀叹大哥三十多年的生涯，是一部“多么悲惨的历史”，并且列举了大哥悲剧中的种种事项：

① 黄子平：《命运三重奏：〈家〉与“家”与“家中人”》，《“灰阑”中的叙述》149 页。

② 巴金：《关于〈激流〉》，《家》（繁体字纪念本）第 364 页，香港文汇出版社 2008 年版。

你有一个美妙的幻梦,你自己把它打破了;你有一个光荣的前途,你自己把它毁灭了。你在一个短时期内也曾为自己建造过一个新的理想,你又拿"作揖主义"和"无抵抗主义"把自己底头脑麻醉了。你曾经爱过一个少女,而又让父亲用拈阄来决定了你底命运,去和另一个少女结婚;你爱你的妻,却又因了鬼话的缘故把你底将生产的妻送到城外荒凉的地方去。你含着眼泪忍受了一切不义的行为,你从来不曾说过一句反抗的话。你底一生完全是为着敷衍别人,任人播弄。自己知道已经快逼近深渊了,不去走别的路,却只顾向那深渊走去,终于到了陷落的一天,便不得不拿毒药来做你的唯一的拯救了。[①]

巴金在这篇文章中把大哥的悲剧归结为"作揖哲学"与"无抵抗主义",并且说大哥是一个"懦弱的人",这也成了后来人们在解读觉新性格时的关键词。文章中归结的大哥悲剧的原因,在小说《家》中觉新的身上也都可以看到;文章所列举的此种性格的具体表现,在小说里也可以找到对应。不过,文章中并没有说明现实中那两件与爱情家庭相关的事并没有导致类似小说中的悲剧结局,而事实上,如上节所述,两人的爱情本也并不清晰,梅的原型并未郁郁而终,大哥的婚姻也并非不幸福,现实中巴金的大嫂在城外生产也并未难产而死,把其看作现实中大哥自杀的重要原因,理由并不充分。巴金的堂弟李尧东后来回忆说:"他的悲剧的产生,不是殉情、殉道;……在爱情婚姻方面,他接受了现实。……他俩婚后是和谐的,有了五个子女的幸福家庭,所以大哥之死不存在感情上的纠葛因素。"[②]关于巴金大哥的婚事,陈思和先生认为:"其荒唐可笑之处只是父亲包办的方式,而不是娶亲本身,因为大哥那时已经有了明显的对异性的需要……再者,他对父亲安排的那门亲事也相当满意,新婚的头几个月,一直沉浸在幸福之中。因此,大哥的婚事远未构成家庭专制对年轻人的压迫。"至于父亲"过早中止他的学业,为他找了份工作",似乎缺乏远见,但无意之中倒是歪打正

① 巴金:《家》,《中国新文学大系:1927—1937》第九集,第8页。

② 李尧东:《大哥其人其事》,《巴金的两个哥哥》第78—79页。

着，因次年父亲即去世，大房的担子总得有人挑，当然得落在大哥的身上。[①]对于巴金大哥的婚姻爱情，这些都是中肯的评论。

巴金大哥在遗书里，其实对自己选择轻生的直接原因（也是最主要的原因）有清楚的说明，在《做大哥的人》（初收于《忆》1933—1936）中，巴金曾如此引述：

卖田以后……我即另谋出路。无如我求速之心太切，以为投机事业虽险，却很容易成功。前此我之所以失败，全是因为本钱是借贷来的，要受时间和大利的影响。现在我们自己的钱放在外边一样收利，我何不借自己的钱来做，一则利息也轻些，二则不受时间影响。用自己的钱来做，果然得了小利。……所以陆续把存放的款子提回来，作贴现之用，每月可收百数十元。做了几个月，很顺利。于是我就放心大胆地做去了。……哪晓得年底一病就把我毁了（因为在他的病中好几家银行倒闭了，他并不知道——《巴金的两个哥哥》编者注），等我病好出外一看，才知道我们的养命根源已经化成了水。好，好！既是这样，有什么话说！所以我生日那天，请大家看戏后，就想自杀。但是我实在舍不得家里的人。多看一天算一天，混一天。现在混不下去了。我也不想向别人骗钱来用。算了吧。如果活下去，那才是骗人呢。……我死之后不用什么埋葬，随便分尸也可，或者听野兽吃也可。因我应得之罪累及家人受此痛苦，望从重对我的尸体加以处罚……[②]

单纯就事论事谈巴金大哥的悲剧的话，这里的原因首先是因当时（20年代末至30年代初）的金融危机，是那个时代的经济危机大悲剧中的一分子；具体到巴金大哥身上，致其悲剧产生的原因，与其说是“守旧”，倒不如说是“趋新”——甚至为适应时代不惜冒险，巴金的堂弟李尧东如此评述：“那个时代新老转变期间，出现新的矛盾和新问题，他是无法知晓和应对的。圣人所谓‘礼崩乐坏’的旧制度倒台，他接受这个事实，去新事物中闯关。他要生存得好

① 陈思和：《人格的发展：巴金传》第26—27页。
② 巴金：《做大哥的人》，《巴金的两个哥哥》第17—18页。

一些，就把大房分得祖宗留下的田地产业处理了，将所得钱财投入了新的商业方面作为资本，放息贴现，还认为有助于发展商业经济，他全不懂得资本主义经济存在的金融风险，只以为稳扎稳打得利，从而养活全家老小十余口过中等生活，殊不知时局的动乱，危机四伏的经济瞬息万变，投入的资财一下子化为乌有，这是他始料不及的，当时的金融风险也坑死了不少人家，这是时代的悲剧，也正是大哥之死的直接原因。书生之见，终于受害匪浅。"[①]这是很平情的意见。

在《谈〈秋〉》(1958)中，巴金对遗书有更详细的引述，提供的比较重大的信息是提到其大哥的"痰病"发作撕毁票据与其轻生的关系：

……我只恨我为什么不早死两三个月，或早病两三个月，也就没有这场事了。总结一句，我受人累，我累家庭和家人。但是没有人能相信我，因为我拿不出证据来。证据到哪里去了呢？有一夜我独自一算，来看看究竟损失若干。因为大病才好，神经受此重大刺激，忽然把我以前的痰病引发，顺手将贴现的票子扯成碎纸，弃于字纸篓内，上床睡觉。到了第二天一想不对，连忙一找，哪晓得已经被人倒了。完了，完了。……[②]

关于这"痰病"产生的原因，巴金说是"给家里人的闲言蜚语和阴谋陷害逼出来的"[③]，如果此语完全可信，倒是坐实了其悲剧的原因是"家庭压迫"。然而，早在1991年，陈思和先生在研究过有关文献后，就指出："即便闲言蜚语是实，那'阴谋陷害'也是虚的。我读遍巴金关于自己的回忆文章，找不到一件是构成'阴谋陷害'之罪的事件，除非是把诬赖他打孩子的事也看作阴谋陷害。""依我看，尧枚的悲剧，多半是性格懦弱造成的，与家庭的压迫关系不大"，并且分析说，巴金"这段话写于1958年，正是对自己出身的地

① 李尧东：《大哥其人其事》，《巴金的两个哥哥》第79—80页。

② 巴金：《谈〈秋〉》，《巴金的两个哥哥》第27—28页。

③ 巴金：《谈〈秋〉》，《巴金的两个哥哥》第29页。

主家庭批判最烈的时候,这段回忆里有些不合理的地方:那一年的春节祖父已死,李家各房又一次为分家而争吵,既然分了家,叔父们对大房就没有了约束力,祖父已死,家长的权威不再,尧枚作为‘承重孙’即使受到其他房的欺侮,也不过是鸡零狗碎的事情,若换一种刚强开朗的性格足能应付,偏尧枚生性懦弱,又有些神经质,才感到了精神压力”。他还猜测尧枚犯疯狂病的原因,“还可能有家族遗传的因素”。[①]最后一点证据不足,且按下不表,但综合各种材料,尧枚得“痰病”的原因,家庭矛盾充其量只是致病因素之一,而且可能也并不是主要的原因,因为在此之前,李家接连遇到死亡(属自然原因)的威胁,带给尧枚的心理压力应比“家族矛盾”大得多;此外,尧枚本身的性格和教育背景也不可忽视,除了“生性懦弱,又有些神经质”外,他年轻时即要撑起一房的重担,家族衰落后仍旧要维持体面(按巴金的话说是“打肿脸充胖子”),但却不善理财,“家出名门,到处受人尊敬,但花钱素来大方,慢慢手也就用散了”[②],后来为了适应时代,又去做投机生意,终致悲剧结局。

综合各种材料看,巴金大哥李尧枚其实是一个努力跟上新时代的人物,虽然不可避免新旧时代矛盾在其身上的冲突,但这并非说他没有自己的见地和倾向,更不是导致其悲剧产生的直接原因。甚至可以说,在当时一般社会中,他是一个相当时新的人物。

巴金的弟弟李济生回忆说:“大哥应该说是我们这一辈接受新思潮的启蒙人”,他还回忆大哥后来还帮助堂兄弟和表弟妹们成立一个读书会,送给他们不少新书刊,有时还参加他们的活动,这个

---

① 陈思和:《人格的发展——巴金传》第27—29页。关于家产纠纷可以再补充一条资料,巴金的弟弟李采臣从小跟黄姨婆(他们祖父的第二个姨太太)过,黄氏去世时,丧事该李采臣办,但李年幼,一切都由大哥代为操办,李采臣回忆说:“大哥丝毫不替我们这房人打算,一切听从家中长辈的吩咐。仅留在箱子里的一颗金戒子,也被人偷偷拿走了。有一位长辈拿出两三千元,以一部分给黄姨婆买棺材办丧事,就把黄姨婆留下的一院房子拿走了。这是封建家庭长辈的强权掠夺!我大哥不愿与掠夺者抗争。他愿以自己的力量来养活他的弟弟。我明白他的用心,愿意在他的教育下,做个自食其力的人。”从李采臣的回忆看,受气是肯定的,但阴谋陷害也谈不上,何况黄姨婆的遗产本来也并非大房本房的财产。参李采臣《怀念大哥》,收入《巴金的两个哥哥》。

② 纪申(李济生):《我记忆中的大哥》,《巴金的两个哥哥》第50页。

学会叫“驰驱学会”，还办有一刊物叫《驰驱》。（那时巴金和他的三哥已去上海）。[①]巴金也回忆到：“五四运动发生了。我们都受到了新思潮的洗礼。他买了好些新书报回家。我们（我们三弟兄和三房的六姐，再加上一个香表哥）都贪婪地读着一切新的书报，接受新的思想。”[②]巴金的弟弟李采臣回忆说，办这样的学会，“让大家一起阅读新书杂志、开会讨论，写文章出刊物，男女一起活动。当时在一个旧的大家庭……是很不容易的”。[③]

在文化取向上看，他也相当时新。李济生回忆说，1929 年，他从上海看望巴金回来后，“曾跟亲友合伙开办过一家书店，取名启明书店，专卖当时上海一些新书店出版的新小说”。书店关闭后分得的遗留下来的不少书，“在三十年代前期白色恐怖下不少都变成禁书，怕惹祸，我母亲不止一次地命我们烧毁了不少，”[④]那已经是在他身后了。在对子弟的教育上，他的取向也颇为新潮。对于弟弟离家出外学习，他并没有像觉新那样阻挠，而是“不顾家里的经济情况，硬起肩膀支持”。大哥全力支持巴金和李尧林同路离开成都赴上海读书，以后又让巴金单独离开中国赴法留学[⑤]。他的儿子李致回忆，他给女儿订《小朋友》和《儿童世界》[⑥]；巴金的堂弟李尧东也回忆说：他的思想接受新的挑战，吸收新知识，购读新书报刊，学英语，并且送女儿入女子小学，喜爱新的音乐歌曲，在家中购置一架那时还很贵重的风琴，习学和引荐西医等，并且说他是一个“渴望新知者”。[⑦]李济生又回忆到他教育一个贪玩的弟弟时严厉的一面，迥异一般印象中他的软弱、妥协。[⑧]

从巴金大哥的趣味来看，当时也颇为新潮。他不但在亲戚家

① 纪申（李济生）：《我记忆中的大哥》，《巴金的两个哥哥》第 49 页。

② 巴金：《做大哥的人》，《巴金的两个哥哥》第 14 页。

③ 李采臣：《怀念大哥》，《巴金的两个哥哥》第 57 页。

④ 纪申（李济生）：《我记忆中的大哥》，《巴金的两个哥哥》第 52—53 页。

⑤ 李采臣：《怀念大哥》，《巴金的两个哥哥》第 57 页。又参巴金《做大哥的人》，同书第 16 页。

⑥ 李致：《终于理解父亲》，《巴金的两个哥哥》第 62 页。

⑦ 李尧东：《大哥其人其事》，《巴金的两个哥哥》第 76—78 页。

⑧ 纪申（李济生）：《我记忆中的大哥》，《巴金的两个哥哥》第 52 页。

中参与演出新剧,而且竟然在剧中扮演时髦女郎。他还学西医,虽受成都名中医沈绍九老先生器重,但并未拜其为师,"却交上了个懂西医的朋友,也许他认为西医新、比较科学。还私下里买了不少有关西医的书来自学,自备了一些西医常用药,还学会了打针。遇上周围熟人患了小毛小病,就主动送药医治,别人也十分乐意,因为往往颇为见效,特别是左邻右舍的贫苦的人更为感激"。他也喜欢新货,"见了各种时髦的新鲜玩意儿,总喜欢买回家,送人或留着自用"。他小时候跟三叔保镖学过耍刀、打拳,后来却"不习武术了,来个运动健身"。家中有个空坝子,"他也买了个皮球来踢踢,还备有网球拍,房间内更有样式新奇的木制体操用具"。1929 年他去上海看望巴金,"回来时更带了不少东西,单是送给自家人和亲戚的各式各样的皮鞋就装了一口箱子,还有不少衣料和其他东西。带回了两架钢针、钻石针两用的新式方形盒式留声机,近百张唱片",包括各大公司灌制的京戏、大鼓名家唱段、流行歌曲、大大小小的外国音乐唱片。并且从此之后,"也改穿起洋服,更表面地新式化了。西装是在成都北新街一家叫'恒谦'的西服店定做的。夏季里身着太阳呢上装,白色大翻领衬衫,下穿白法兰绒起蓝色小方格的长裤,白帆布皮鞋,头戴法式白色面盆帽,有时还特别手拿一根'司提克'。他个子不高,身材匀称,面貌清秀,鼻子愣愣的。出门之前先在堂屋内大穿衣镜前整容一番,真算得个一表人才的十足漂亮绅士"。[①]

在当时的社会变动中,他也努力在适应新的商业社会,"二十世纪初,商业经济社会兴起,他进入了由周孝怀最早在成都倡办的'劝业场股份有限公司',当了一名高级职员"。[②]并且看弟弟李采臣"不是读书做学问的料",所以不像培养巴金和他三哥一样让他进学校深造,而是很想让他"走商业这条路,或者学一门手艺"。[③]即从后来直接致其悲剧的卖田做投机生意破产,都不是保守或守旧

① 纪申(李济生):《我记忆中的大哥》,《巴金的两个哥哥》第 49—51 页。
② 李尧东:《大哥其人其事》,《巴金的两个哥哥》第 76 页。
③ 李采臣:《怀念大哥》,《巴金的两个哥哥》第 59 页。

的人的弊端，而是趋新以至于冒险的人才易招致的过失。

巴金大哥在其家族亲友圈中，也有一定的威望。巴金弟弟李济生回忆：他“不单是个亲戚朋友认为的‘能人’，更是个‘好人’。……事情到了他的手里总是给安排得巴巴式式，面面光生，皆大欢喜。亲戚中一应红白喜事没有不找他帮忙、安排或主持的。真可称为里里外外一把手的能干人。……”他有时调和新旧，竟也颇为合乎时宜。譬如他们有个表姐妹订婚，男方要行新礼，女方感到为难，巴金大哥做主调和新旧礼节，最后皆大欢喜，并且在当时成都开一时风气之先。[①]巴金堂弟李尧东回忆说：“在我们的印象记忆中，大哥一生是受人尊重的，不仅是长孙地位，还有他为人处世有一定威信。例如，有个叔父很不争气，甚至胡作非为，那个婶子没有办法，就跑到大哥的内房去，跪在他的面前，央求他出面帮助解决纠纷。大家对大哥的评价综合起来，是精明能干，温文儒雅。在那清末民初改朝换代的旧社会里，他是一个新派人物，绅士型的作风严谨、行为规范。”[②]

综合考察巴金大哥的悲剧发生的因素，直接而且最重要的是当时的时势，也就是当时的金融危机，这里面如果说有新旧冲突的因素，直接致其悲剧的原因却是冒险趋新，而非妥协守旧；其次家族因自然原因所致的死亡、不幸、年少持家的疲累等也都是重要的原因；此外可能还有个人性格因素（年少成长时的养尊处优和性格中的懦弱伤感），在这里面，家族矛盾即使有，也仅是其中之一，更不是最主要的，至于爱情悲剧的因素，即使有，也是最不重要的。

但在“文学的《家》”里，觉新的爱情悲剧被从一开始即被强烈突出，着意渲染，这悲剧不但对觉新本人和梅造成极大的恶果，并且仿佛一个不祥的引子，接二连三引出了鸣凤和瑞珏的悲剧。在从原型“大哥”李尧枚转化为觉新时，小说也刻意突出其在新旧冲突中妥协忍让的恶果——他的“作揖主义”和“不抵抗主义”害了别人，自己也付出了巨大的代价，如上所述，这与实际上的大哥的遭

① 纪申（李济生）：《我记忆中的大哥》，《巴金的两个哥哥》第48—49页

② 李尧东：《大哥其人其事》，《巴金的两个哥哥》第76页。

遇当然不同。在现实原型转化为小说人物时，人物身上浓厚趋新的一面也被淡化，至于致其悲剧命运的直接原因，因冒险趋新而投机失败，则刻意忽略不提，对其年少持家、调和妥协的合理一面，更是有意贬低；对于原型悲剧在心理成因方面的深入分析，也颇为欠缺，这可能是因为巴金此时的关注主要是在“社会—政治”层面，所以自然会对此层次忽略，或者也可能因为年轻而见不及此。

从小说的叙述效果来看，这当然也导致了觉新这一形象的平面化——这并非其原型身上欠缺深入分析与描写的余地，而是小说所选取的黑白分明的叙述必然导致将其中的“余数”化约，也必然导致对复杂的人物处理不足。这种黑白分明的叙述，当然与巴金当时的感情冲动有关，但更深层次上，牵涉到他所内化的知识与意识形态结构，此一结构必然选取黑白分明的叙述，甚而会有意识作倾向性的忽略或夸大——巴金大哥在现实里并不十分守旧，甚至有时非常趋新，但在转化为小说人物时，被视为负面的妥协保守因素被大大强调，而且被作为其“悲剧性”的主要原因，至于致其悲剧的直接原因（冒险趋新）则在文学文本中隐而不彰。黑白之间，其实有更广大的灰色地带，而现实和大多数的人，都处于这一交杂地带。在黑白对立的极端框架中，那些并不彻底黑或者彻底白的人物，从新（白）的角度去看，会更加凸显其旧（黑）的一面。在从“大哥”转化为觉新时所显示的“余数”处理机制上，正可以看出，“文学的《家》”所采取的是比一般的“新（白）”更激进的立场。

坂井洋史先生在从“读者阅读时候的情绪反应”的角度探讨“觉新为何令读者不耐烦”这个问题时，认为其原因有二：“其一，读者早就有‘这个时代的年轻人都应该站起来反抗，优柔寡断和无抵抗主义决不是年轻人应有的态度。’如此观念先入为主，竟然把这个观念投射到文本上，也要求文本中的人物充分满足自己的愿望。其二，是对于‘成长’的期待。这是自传或自传体小说的主要特征之一。读者翻开此类文本时，往往期待文本是主人公走向更好状态的‘成长’之记录。在《家》，当初三兄弟（琴也在内）一起成长，但是觉新却在半途上脱离这条成长的路程。成长到后来，愈加激进化的，只有觉慧一个人。觉新到后来几乎是只能衬托觉慧醒目成长的存在，也就是说，他停止成长，成为'家'的一员。这也是辜负读者的期待而令他们不耐烦的原因之一。"[①]坂井先生的分析角度有意识地忽略了作品与其所自来的材源、环境的态度，如果考虑这个因素的话，我们正可以指出，作为觉新的原型的"大哥"并非不成长，他只是在努力成长的过程中因为种种因素而失败了。小说在叙述的展开中，把"觉新"塑造为一个停止成长的人，正折射出作者与当时读者共同分享的态度和视角：一种对什么样的"人"才是真正的人，什么样的生活才是"真正应该生活"的生活的新型想象。坂井先生说："读者早就有'这个时代的年轻人都应该站起来反抗，优柔寡断和无抵抗主义决不是年轻人应有的态度。'"这样的"先入为主"的观念，正是这种新型的想象、态度和视角中的重要因素，而直白地说，作者本人不但与读者共同分享了这一想象、态度和视角，而且比一般的读者更为激进。其中的倾向性，在"历史的'家'"中的"大哥"向"文学的《家》"中的"觉新"转化时，显露无遗。类似的情况其实在其他人物的转化上(如"高老太爷"、"陈姨太"对其原型的转化)，也存在，而且在很长一段时间的巴金本人的修改和他人的改编中，这一倾向更为加强，某种程度正可以看出，"二元对立"的叙述框架及其启动的余数处理机制，在特定时期被大大加强。直到晚年，巴金在修改《家》时，意识到要对"高老太爷"、"陈姨太"等人保持一定的复杂性，但基本的叙述框架既已存在，小的修改其实助益不大。

五 "家"与《家》的双重叙述

《家》中的故事与"家"中的故事的对照，曾经让我怦然心动，尤其是几个女性在现实中的命运，大大超出《家》的叙述框架的范围，更是让我陷入沉思。我意识到，"家"与《家》形成了一个典型的双重叙述，这种双重叙述中显示出的复杂背反，远非单纯的文学文本

① 坂井洋史：《重读〈家〉——略谈读者接受文本的机制及其"关于'人'"的想象》，《纪念〈家〉初版75周年学术研讨会论文集》第3—4页。

讲述的故事所可涵纳。如果考虑到《家》及其类似的叙述框架，对其后数代青年的影响，并给予其中的一些人投入社会运动乃至革命中去的动力的话，更可以说是艺术影响生活或者生活模仿艺术的范例，这一点甚至直接影响到现实中的“家”的改变。即就是今天，人们对“家”的想象，很大程度上仍然处于《家》等文本所给出的图式和框架中。文学影响生活，其程度有时会大大超出我们的想象——虽然如此，生活到底并非文学概括的模式所可完全涵纳。如此以来，“世界——文本”的双重叙述甚至要变成“世界——文本——世界”的三重叙述。

从“家”与《家》的对照考察中，我们可以看出作为文学的《家》的典型的神话写作性质。然而，在《家》诞生已经七十五年，新文化运动发生更是已近一个世纪的今天，回头眺望，我们不免对此怀有几分当初神话制作者们所无的复杂心理：一方面，我们确实承认，这一神话已经改变了中国社会，只是在另一方面，经历了那么多的历史波折与现代性悖论，我们对这一神话的胜利不免又心怀几分疑虑。现代性的展开，远非当初接受又提倡那些新观念的“启蒙”的先行者所想象的那么简单——晚年写作《随想录》的巴金，或者也会对这疑虑有几分同感，也是说不定的事。

神话经常许诺我们美好的结局，现实的发展却真难说。《家》中琴与觉民抗婚取得胜利，最完美地符合“新文学”编织的神话，现实中琴的原型后来的遭遇却颇让人唏嘘。重读巴金有关回忆中的命运对照，其中所显示的生活的复杂性，让人百感交集，远远超过了小说单纯的逻辑：

然而在我们家庭的暗夜中，琴出现了。这是我的一个堂姐的影子，我另外还把当时我见过的少数新女性的血液注射在她的身上。在我离家的前两三年中，她很有可能做一个像琴那样的女人。她热心地读了不少传播新思想的书刊，我的三哥每天晚上都要跟她在一起坐上两个钟头读书、谈话。可是后来她的母亲跟我的继母闹翻了，不久她又跟母亲搬出公馆去了。虽然同住在一条街上，可是我始终没有机会相见。三哥跟她通过好多封信。我们弟兄离开成都的那天早晨到她家里去过一次，总算见到了她一面。这就是我在小说的最后写的那个场面。[1]可是环境薄待了这个可爱的少女。没有人帮她像淑英那样地逃出囚笼。她被父母用感情做铁栏关在古庙似的家里，连一个陌生的男人也没法看见。有人说她母亲死后，父亲舍不得花一笔嫁女费，故意让她守在家里。不给她找一位夫婿。我一九四二年回成都见到了她，她已经成了一个"弱骨支离"的"老太婆"了。其实她只比我大一岁。我在小说里借用了她后来写的两句诗，那是由梅讲出来的："往事依稀浑似梦，都随风雨到心头。"她那一点点锋芒终于被"家庭牢狱生活"磨洗干净了。她成了一个性情乖戾的老处女，到死都没法走出家门。连一个同情她的人也没有。只剩下从父亲遗产中分到的三四十亩田，留给她的两个兄弟。[2]

若从文学的角度说，历史的"家"中的几个女性后来的遭遇，尤其是梅和琴的原型后来的变化，恐怕是比"文学的《家》"更深在的悲剧。梅的原型后来"成了一个爱钱如命的可笑的胖女人"，琴的

---

① 巴金此处回忆或有失记，据徐开垒《巴金传》第一章第九节记载：

离家的那天早上，尧棠和尧林到二叔房里去辞行，二叔也显露出亲人离别之情，从衣箱里掏出二十块银元来，交给他们兄弟俩，再三叮嘱在外要小心谨慎，要保护好自己的安全。三叔三婶那时已搬出公馆（后来又迁回），暂住在正通顺街另一幢房子里。当他们去辞行时，要想看望平时要好、久不见面的六姐，出来接待的却是堂弟尧格，也就是现在还健在的李西舲老人。他为人老实，经常被父母打骂，性格有些忧郁，看见他们来告别，不觉有些恋恋不舍，因为他只比尧棠小一岁，童年时经常在一起游戏。至于曾与尧林他们共同参加读书会的六姐，因继母与三婶闹翻，这次却没有出来。他们没有能够与六姐话别，心里感到遗憾。虽然以后三哥尧林还曾常与六姐通讯，但一个很有勇气、力求上进的六姐，三叔、三婶竟把她关在家里，这对她有什么好处呢？几年以后，尧棠听说六姐的生活过得并不愉快，处境寂寞，曾写出过这样的诗句："往事依稀浑似梦，都随风雨到心头"。她后来竟终生未嫁。

② 巴金：《和读者谈〈家〉》，《家》第421—422页，人民文学出版社1962年第2版。巴金在此处说，琴的原型后来变得"性情乖戾"，有一条材料可以作为补充。1958年4月写的《谈〈秋〉》中，他记述到，大哥去世以后，"他留下一个妻子和一男四女。除遗书外他还留下一张人欠欠人的账单。人欠的债大都没法收回，欠人的债却必须还清。我那位独身的堂姐逼得最厉害。她甚至说过：'人在人情在，人死人情两丢开。'她就是写过'往事依稀浑似梦，都随风雨到心头'的那个少女！"（《巴金的两个哥哥》第30页）。

原型后来变成一个“性情乖戾的老处女”，其中几许必然，几许偶然？又经历了怎样的心理磨难？这样的变化，恐怕是《家》那样的叙述框架很难涵纳的吧？我甚至觉得，要到 40 年代的张爱玲那里，才能写出这样深在的悲剧来——而张氏正是受新文学影响却不为新文学所限的人。相比神话性写作容易起到的引导现实的作用，理解现实其实需要少几分激情，多几分理性，然而，激情与理性，神话与现实，其间的起伏消长与复杂抉择，对于世人来说，恐怕是代代如此——走出“洞穴”，甚至仅仅意识到“洞穴”，并不容易——这其实也是对处身于神话所塑造的现实中的我们的自我提醒。

（2009.1.9）

周立民

新与旧:巴金关于"家"的叙述

在叙述自己的成长环境时,巴金避不开的是"家"。在三十年代初创作长篇小说《家》中,他翻检出往昔生活的很多印象和体验,之后近十年中,他又续写了《春》、《秋》,构成了"激流三部曲",由于这部小说是以自己的家族为背景和一些亲人为原型人物而写的,所以它难免折射出巴金对传统大家庭的态度。作品的巨大影响力,生活与创作的相互融合使生养巴金的李家与小说中的"高家"经常混同到一起,小说中潜藏着作家的心灵秘密,但它们毕竟是艺术创作,那么,现实中的李家又是什么样子,巴金对自己的"家"究竟是怎样的态度呢?特别是这个"家"在巴金的精神成长中究竟扮演着什么角色呢?

对自己的家庭到底怎样,在巴金的自叙文字中曾有过界定:

> 我生下来,在一个古旧的大家庭里[我生在一个封建的大家庭里],有将近二十个的长辈,有三十个以上的兄弟姊妹……[①]

> 我说过,我生在一个古旧的家庭里[古老的家庭],有将近二十个的长辈,有三十个以上的兄弟姊妹,……[②]

① 巴金:《我与文学》,《生之忏悔》第46页,着重号为引者所加。方括弧中的楷体文字为巴金后来的修改,见巴金《将军·序二》,《巴金全集》(以下简称《全集》)第10卷,第7页。

② 巴金:《我的幼年》,《短简》第3页,着重号为引者所加。方括弧中的楷体文字为巴金后来的修改,见《全集》第13卷第5页。

我悲痛我的不能够补偿的损失，但我的生活使我没有时间来专为个人的损失悲哀了。因为这富裕的大家庭在我的眼前变成了一个专制的王国。仇恨的倾轧和斗争掀开和平的表面而爆发。势力代替了公道。许多可爱的青年生命在虚伪的礼教的囚牢里挣扎，受苦，憔悴，呻吟以至于灭亡[死亡]。这些都是不必要的牺牲，然而我站在旁边却不能够做一点救助的事情。同时在我的渴望着发展的青年的灵魂上，过去的传统[陈旧的观念]和长辈的威权像一块磐石沉重地压下来，"憎恨"的苗于是在我的心上发芽生叶了。①

到现在我才知道我不能说没有一点留恋。也就是这留恋伴着那更大的愤怒，才鼓舞起我来写一部旧家庭的历史，"一个正在崩坏[溃]中的资产阶级的大家庭[封建大家庭]的全部悲欢离合的历史。"

然而单说愤怒和留恋是不够的。我还要提说一个更重要的东西，那就是信念。自然先有认识而后有信念的。旧家庭是渐渐沉落进灭亡的命运里面了。我看见它一天天望崩溃的路上走。这是必然的趋势，是被经济关系和社会环境决定了的。这便是我们的信念。②

我不要单给我们的家族写一部特殊的历史。我所要写的应该是一般的资产阶级大家庭[封建大家庭]的历史。③

巴金最初使用的是"五四"时代的常用词汇："旧家庭"，是从进化论眼光来看待的"新"与"旧"，并预言着：旧的必然灭亡，新的一定胜利。也就是说"旧家庭"已跟不上时代的脚步了，在新时代它

① 巴金：《我的幼年》，《短简》第7—8页，着重号为引者所加。方括弧中的楷体文字为巴金后来的修改，见《全集》第13卷第7—8页。

② 巴金：《关于〈家〉》，《短简》第41—42页，着重号为引者所加。方括弧中的楷体文字为巴金后来的修改，见巴金：《关于〈家〉（十版代序）》，《全集》第1卷第441—442页。

③ 巴金：《关于〈家〉》，《短简》第45页，着重号为引者所加。方括弧中的楷体文字为巴金后来的修改，见巴金：《关于〈家〉（十版代序）》，《全集》第1卷第443页。

本文作者在纪念《家》出版75周年学术研讨会上发言

面临着被淘汰的命运了。在 1949 年后的修改中巴金把它改为符合主流意识形态的界定:封建礼教、封建家庭等等。按照《辞海》的解释,在封建制度下,“占统治地位的意识形态是地主阶级思想,它以维护封建剥削和等级制,宣扬封建道德为特征”。[①]而封建社会的道德中,“地主(或农奴主)阶级的道德是占统治地位的道德,以维护封建等级制度和人身依附关系为主要内容”。[②]用这个标准来看巴金笔下的高家和实际生活中的李家,只能说有一半符合这个标准,那就是这个家庭有一部分收入来自于田租,在与仆人的关系上还维持着主奴的人身依附关系。但是小说中也分明写到觉新在“××公司事务所”工作,“原来觉新服务的××公司是经营商场事业的,这里面有各种各类的商店,公司事务所也就位置在商场中,管理着经租等等事务。”[③]其三叔克明是有名的大律师,经营着律师

① 见《辞海》(1999 年缩印珍藏本)“封建制度”词条,第 862 页,上海辞书出版社 1999 年版。

② 见《辞海》(1999 年缩印珍藏本)“封建社会道德”词条,第 862 页。

③ 巴金:《家》,上海:开明书店,1933 年 5 月版。此据《中国新文学大系 1927—1937 · 小说集七》排印本第 51 页,上海文艺出版社 1984 年 5 月版。

事务所[1];克安在银行有存款可以吃定息还有股票[2]。这里所描述的事情,与巴金生活的李家大致相似[3]。商场、律师事务所、银行、股票,这些都是典型的具有资本主义特征的事物,也就是说巴金最初所认定的“资产阶级大家庭”倒是恰如其分。或者说,这个家庭也正处在从封建家庭向资本主义家庭转型的过程中。惟有这种转型,才会有非常激烈的新旧冲突,原来稳固的东西都开始动摇了甚至走向崩溃。从这个角度看,巴金要批判的不仅有行将灭亡的封建制度,还有正在崛起的资本主义制度,在他看来后者也不是人类的理想选择。不过,对后者的批判在后来“反封建”的强大声音下被遮蔽了。

早就有学者指出:此时的巴金是个经过“五四”精神洗礼并且有了自己信仰的人,无论是在《家》中还是在这些回忆散文中,“家”都是一个带有象征意义的事物——它代表着黑暗而专制的王国——

① “克明跟着就到律师事务所去了。他下午要出庭辩护一个刑事案件,他先到事务所去准备一下。”巴金:《春》,《全集》第2卷第98页。

② 《秋》中克安对觉新说:“我有几千块钱你们公司的股票。我下一个月,节上缺钱用,我倒想把股票卖掉一半。……自从去年八月新米下树,到现在我还没有把租米收清。……这样下去,我们这般靠田产吃饭的人怎么得了?”“他(觉新)奇怪克安怎么会缺少钱用。据他估计,克安单靠银行里的存款和股票利息等等,也可以过两年舒服的日子。”巴金:《秋》,《全集》第3卷第577页。

③ 巴金在《怀念二叔》中说:“我只知道二叔是本城一位挂牌的大律师,年轻时候在日本东京学过法律,他在成都也有点名气,事务所就设在我们公馆里,三叔是他的助手,另外还有一个年轻的书记员,我和郑书记员熟悉了,晚上没有事就去找他下象棋。郑书记员有一回向我称赞二叔法庭辩护很精彩,他甚至安排我同他一起去法庭旁听。”(巴金:《再思录》增补本,广西师范大学出版社,2004.4:52)亲友们曾谈到巴金的大哥李尧枚:“二十世纪初,商业经济社会兴起,他进入了由周孝怀最早在成都倡办的‘劝业场股份有限公司’,当了一名高级职员。”“他要生存得好一些,就把大房分得祖宗留下的田地产业处理了,将所得钱财投入了新的商业方面作为资本,放息贴现……危机四伏的经济瞬息万变,投入的资财一下子化为乌有……这也正是大哥之死的直接原因。”(李尧东:《大哥其人其事》,见:汪致正主编:《巴金的两个哥哥》第76、79—80页,人民文学出版社2005年5月版)

巴金记忆中的成都正通顺街李家公馆，正如小说《家》中所写，门口有对石狮子、石缸，门墙上挂着木对联，上书“国恩家庆，人寿年丰”。这是他离家后改为“怡庐”的门面（1926年3月8日大哥所寄）。

而非巴金当年生活的真实环境[1]。在这种与旧家庭决裂的心态中，巴金对“家”的回忆更为强调的是新与旧的冲突，强调自己与“下人”之间的平等交往等充满叛逆性行为。在30年代的叙述中，巴金使用了两个有强烈感情色彩的词语来形容“家”：“一个专制的王国”、“虚伪的礼教的囚牢”。这两点成为他“激流三部曲”中对家族制度抨击的最强大的火力点，而这个观念巴金直接承自“五四”和他的信仰。有学者曾概括“五四”时期对大家庭弊端的抨击，主要有三点：一、家庭伦理与政治伦理相结合，妨碍民主政治的发展；二、不能养成家庭成员独立精神；三、成员复杂，容易发生纠纷。[2]而无政府主义者甚至激进地主张废除家族，他们所列举的家族罪恶也与上述概括差不多：“第一，家族主义和人格主义抵触。……总拿人作‘物’，不拿人作‘人’。……即为家族之一员，人格独立即宣告取消。”“家族主义为个性发展的障碍。”“第三，家族主义和人的自由冲突。”“第四，阶级制度源于家族。”作者认为家族不容于今日“已成铁案”，可又无法一夜废除它，只好采取过渡的办法：“我们首先从精神上解放起来，把那公公婆婆爸爸妈妈伯伯叔叔姑姑姨姨的名义一齐废掉，大家从新做起人格独立的人来。那自己能自给生活的，当然自谋职业去！那已经不能或尚还可能担当职业的，本互助的精神，不叫做仰给于某人，这叫做互助生活。果有了几家如此，已大可联合创造‘新村’，慢慢的更设立起公共育儿院、公共养老院等等必要的组织，于是乎新社会的雏形出现了。”[3]巴金对“家”的叙述中显然有上述的思想资源在起作用。父母去世后，大家族亲族间纠纷让巴金备感家庭生活的压抑；家中子弟个人不能独立，只能依附长辈财产坐吃山空；家长专制造就了许多不幸婚姻，礼

---

① 参见陈思和：《人格的发展——巴金传》，上海人民出版社1991年版；另见陈思和：《〈家〉的解读》，上海巴金文学研究会编：《巴老与一个世纪》，上海社会科学院出版社2005年10月版。

② 张玉法：《新文化运动时期对中国家庭问题的讨论》，台湾中央研究院近代史研究所编辑《近世家族与政治比较历史论文集》第906—908页，台北：中央研究院近代史研究所1992年6月版。

③ 两极（梁冰弦）：《家族的处分》，葛懋春等编《无政府主义思想资料选》第401—402，404页。

教又让年轻人做了旧制度的殉葬品……这样的故事在他面前上演着，一次又一次地印证了他从那些新书刊上读到的抨击家族制度罪恶的文章。“到了如今，我们应该觉悟：我们不是为君主而生的！不是为圣贤而生的！也不是为纲常礼教而生的！甚么‘文节公’呀，‘忠烈公’呀，都是那些吃人的人设的圈套，来诳骗我们的！我们如今，应该明白了！吃人的就是讲礼教的！讲礼教的就是吃人的呀！”①

那么，“五四”的观念在多大程度上修正了巴金和他同时代人对“家”的真实看法呢？在小说《家》及其续篇《春》、《秋》中有几个著名人物常常被人自然而然地与现实中的李家人物对号入座，比如高老太爷与巴金的祖父，克明克安与巴金的二叔三叔，觉新与巴金的大哥，瑞珏与巴金的大嫂，觉民与巴金的三哥，而觉慧自然就落在巴金的头上了。对有些人物这样划上等号似乎并没有错，但常识也告诉我们经过艺术加工后的素材毕竟不能等同于生活现实，不过在这个前提下，我们也不妨作个辨析，比如，高老太爷与觉新比较接近现实中巴金的祖父和大哥的角色，大嫂虽然确曾避出家外生产却不曾难产死去，觉慧和觉民呢？的确，巴金和三哥如同觉慧一样离家去上海求学，但据巴金在后来解释：觉慧的性格跟他自己差不多，但三哥也是一个敢作敢为的人，并不如觉民那么谨慎；“觉慧也做我做过的事情”：都在成都外专读书，结交新朋友，编辑刊物，创办阅报处等。巴金和三哥用不着像觉慧私自离开家那样偷偷离家求学，他们是得到家庭允许去求学的。同时巴金也申明，在他的生活中并没有一个鸣凤②。还有，小说《春》中觉民的一些活动则是取自巴金离开老家前在成都的一些活动。比如五一节散发传单，在周报社的活动；而演出《夜未央》则是巴金的一群朋友所为③。为“激流三部曲”做索隐一定是非常有趣的一件事情，但也必须把握好限度和分寸，因为从生活素材到小说中的情节，其间有着非常复杂的创作者的处理过程，不能用简单的对比来判断问题，比

① 吴虞：《吃人与礼教》，《吴虞文录》第32页，黄山书社2008年5月版。

② 巴金：《关于〈家〉十版代序》，《全集》第1卷第446—447页。

③ 参见巴金：《谈〈春〉》，《全集》第20卷第436、437页。

1907年的家庭合影，右三是巴金的母亲，左三外婆怀里抱着的是巴金，这是目前所见到的他留下的第一幅影像。

如李家有个叫“翠凤”的丫头，巴金仅仅借用了她的名字，改为“鸣凤”，“鸣凤”的成长是按着小说逻辑的创造，那么我们就不能把“翠凤”简单地设为“鸣凤”的原型，来对比二者的命运，因为除了化用这个名字，作者在写“鸣凤”的时候根本没有参照翠凤的命运来创作，非要把二者扭结在一起，研究者这是强人所难。当然，这都不是本文关注的方向，本文关注的是巴金究竟是在怎样的环境中成长的。

比如说这个家族的最高长辈李镛到底是怎样一个人呢？巴金曾这样叙述：“祖父是一个能干的人。他继续着曾祖造就了这一份家业，做了多年的官以后退休下来，广置了田产，修建了房屋，蒐罗了不少的书画古玩，结了两次婚，讨了两个姨太太，生了这许多儿女，还见着了重孙（大哥的儿子），但结果却把儿子们造成了彼此不相容的仇敌，在家庭里种下了长久的斗争的根源，而自己却依旧免不掉发狂地死在孤独里。没有人真正爱他，没有人真正了解他。”[1]这段话是需要做很多注释的。巴金的祖父李镛（？—1920）的经历

① 巴金：《最初的回忆》，《巴金自传》第117页，上海：第一出版社1934年11月版。

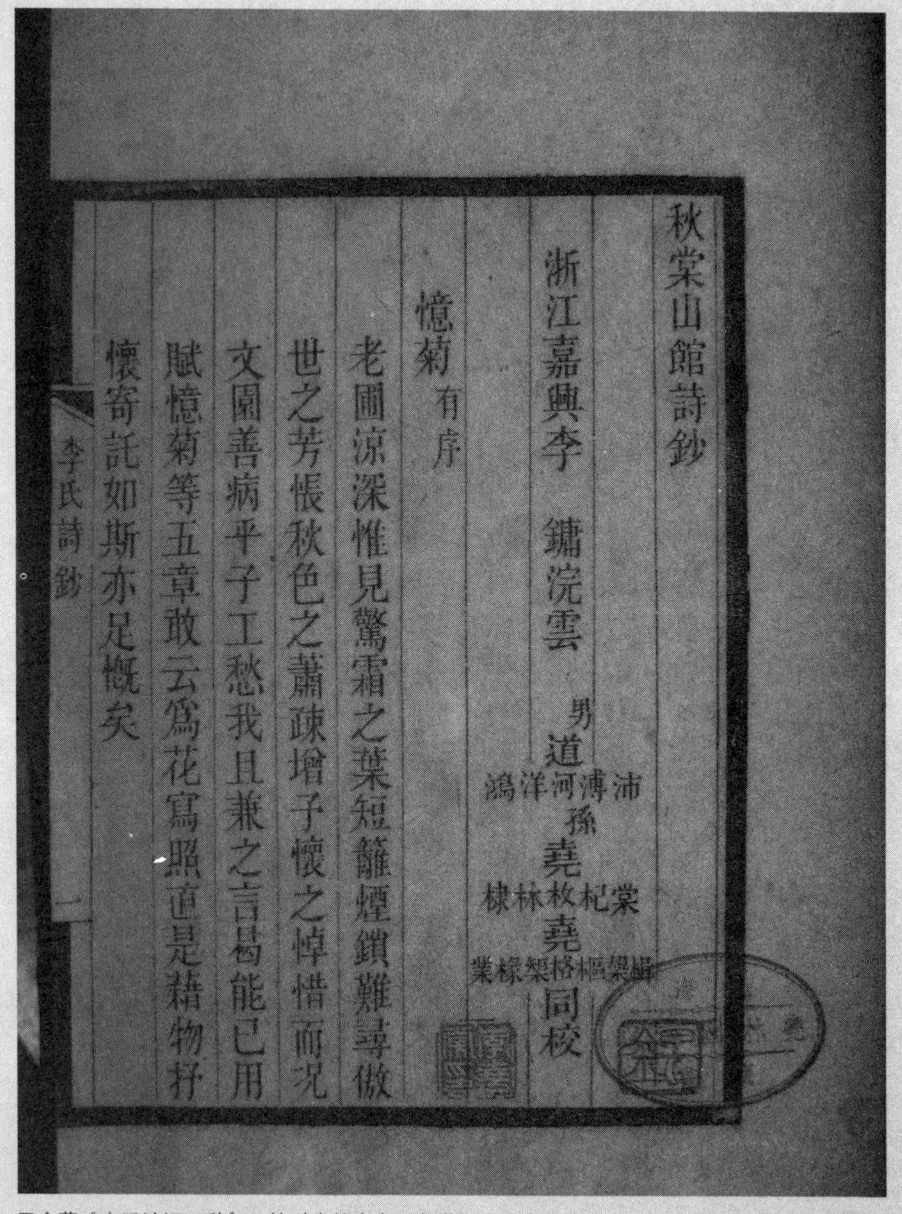

秋棠山館詩鈔

浙江嘉興李　鏞浣雲

男道沛溥河洋鴻　孫堯棠杞枚林棣　堯[illegible]棨樞格架椽業　同校

憶菊　有序

老圃涼深惟見驚霜之葉短籬煙鎖難尋傲世之芳悵秋色之蕭疏增予懷之悼惜而況文園善病平子工愁我且兼之言曷能已用賦憶菊等五章敢云爲花寫照直是藉物抒懷寄託如斯亦足慨矣

李氏詩鈔　一

巴金藏《李氏诗词四种》，校对者的中有“尧棠”（巴金）的名字，书上钤有他本名和笔名印。

颇为典型地体现了晚清到民国转换中一批士大夫的经历:"川西盆地的成都当时正是这种封建大家庭聚集的城市。在这一种家庭中长一辈是前清的官员,下一辈靠父亲或祖父的财产过奢侈、闲懒的生活,年轻的一代却想冲出这种'象牙的监牢'。"[①]在这些人身上有着非常典型的两面性,一面是在文化和生活方式上有习惯于传统方式的某种保守性,也可以说是惯性;另外一面为了维护自己的生活和社会地位,他们也会在现实层面上较早地实现转变,或者毋宁说他们比普通阶层的人更有条件获得某种有利的现实权利和机会。

毫无疑问,他们属于"旧时代"人,这与他们的出身、学养、生活方式有关,他们会按照沿袭已久的传统伦理道德生活、看待事物,可未必就是特别顽固、堕落或腐朽,巴金也一再强调他攻击的是制度而不是人,那是因为这些人所做的无非都是这个制度下所通行的一切。还应看到他们处在一个社会思想剧变的时代,虽然是在思想意识较为保守的内陆成都,可人随时移,他们会根据现实的需要调整姿态以维护自己处于社会上层的位置。比如李镛将两个儿子送到日本留学,而且学习的是法律,这看起来是非常"前卫"的事情。据一份资料统计,1896 年清政府派出首批留日学生仅仅 13 人,1900 年以前不满百人。四川首批留学生是 1901 年派出的,仅 22 人,以后逐渐有增:1903 年,57 人;1904 年,322 人;1905 年,393 人;1906 年,800 人;1911 年,300 人。四川的留日学生所占比例算是较高的,1906 年全国留日学生共 8000 人,对比可知川省独占十分之一[②]。而学习法律属于颇为新潮之举,但深入分析又很难说他们思想前卫,这不过是士大夫家庭中走仕途的另一条路径而已。《四川近代史稿》就曾指出:清政府实行"新政"以后,对官僚制度进行了改革,加之西学传入,学习法律和政治风行,四川留日学生在法政大学和早稻田等学习法政科也有相当数量。1906 年清政府宣布预备立宪之后,法学堂在四川也应运而生,并开始招生。到 1910 年

① 巴金:《谈〈家〉》,《全集》第 20 卷第 416 页。

② 隗瀛涛主编:《四川近代史稿》第 408—409 页,四川人民出版社 1990 年 4 月版。

言難說最無辜堪恨更堪憐風波獄豈不惜中原蹙
豈不念徽欽辱但徽欽既返此身何屬千古休誇南
渡錯當時只怕中原復笑區區一檜亦何能逢其欲
詠心之論痛快淋漓使高宗讀之亦當汗下

予在成都時有以岳少保所書忠孝節義四大字求
售者價需三百金亦不能定其眞僞然筆法遒勁亦
非俗手所能又嘗見王所作滿江紅詞悲壯激烈凜
凜有生氣其詞曰怒髮衝冠凭闌處瀟瀟雨歇抬望
眼仰天長嘯壯懷激烈三十功名塵與土八千里路
雲和月莫等閒白了少年頭空悲切靖康恥猶未雪
臣子恨何時滅駕長車踏破賀蘭山缺壯志饑餐胡
虜肉笑談渴飲匈奴血待從頭收拾舊山河朝天闕
明文徵明和之曰拂拭殘碑勅飛字依稀堪讀慨當
時倚飛何重後來何酷果是功成身合死可憐事去

巴金高祖李璠《醉墨山房仅存稿》诗话部分谈到文征明词，此则诗话巴金后来曾在《随想录》中引用。

底，省城公立的法学堂有十四五家之多，每个学堂多则六七百人，少者也不下百人。“法政学堂的大量涌现，主要是迎合了当时人们急于做官的心理。”[①]事实上，巴金的三叔回国后就曾当过南充知县。可见留日和学习法律都很难说是思想解放的前瞻之举，同样，也很难说李镛就是封建卫道士的代表，他只是一个保守的时代顺应者。对待巴金兄弟的教育态度同样可以看出：“三哥已经进了中学，但父亲一死，我的进中学的希望便断绝了。祖父从来就不赞成送子弟进学校读书。现在又没有人出来给我帮忙。”[②]当时士绅阶层对于新式学堂和新式教育还是颇多微词甚至激烈反对也不奇怪。1913 年四川都督尹昌衡致电袁世凯鼓吹“孔子之道，如日月经天，河海行地，其大公至正固足以范围乎万世也”，请袁世凯命令全国学校尊孔读经，还被袁褒奖为“所见极为正大”[③]。直到“五四”前后，据张秀熟的回忆，“当时学校已经没有读经，但中

① 隗瀛涛主编：《四川近代史稿》第 407 页。
② 巴金：《家庭的环境》，《巴金自传》第 112 页。
③ 隗瀛涛主编：《四川近代史稿》第 810 页。

小学有修身课，高等学校有伦理学，实际是读经。没有男女合校，男女学生不得交际，女子不得剪发……许多学校更不让学生读新书报。"[①]说介绍新思潮的书刊是"违背圣训，不依正规的东西"；女师学生的"国文、修身的教本，便是讲三从四德、贞操节烈最多最重的本子"。四川保守派的《国民公报》以这样一副腔调议论男女同校："既可同板凳而坐，安可不同床而觉，什么是男女同校，明明是送子娘娘庙。"[②]很显然，虽然"五四"新思想的火种已经在四川燃烧，到它成为一种普遍的社会意识还需要一段时间，李镛的保守也是一种"正常"反映。但巴金在"激流三部曲"中所写的很多年轻一代与老一辈的冲突并不都是刻意的夸张。1918 年秋天，家中同意巴金去学外语也谈不上开通，"因为祖父听见人说学了英文可以考进邮局做事，而邮局里的位置在军阀割据的局势下的成都市面上算是比较优越的，薪水是现金，而且逐年增加，位置又稳固，不会因政变而动摇。我的一个舅父就在那里面占着一个很高的位置，被许多人羡慕着。"[③]可以说现实的需要决定着他们的选择，并不是要表明一种文化立场。所以，巴金的大哥留学德国学习化学的梦被斩断，是由于需要长房长孙承担起复兴家业的需要，也是家里的长辈对这样的新学不太有兴趣；至于巴金的姐姐生病，母亲请教会的医生来看病，还在家中做了西餐并从此与教会的人有了来往的事情[④]，同样是现实的需要。因为基督教自 19 世纪 50 年代末 60 年代初已经开始在四川传播，虽然与本土居民的冲突一直不断，但到 20 世纪初已经有了相当发展，医院之类的也开了不少，至少说明当地人对西医并非都是排斥，而且还有相当数量的人就医，那么请他们来看看病也算不得出格的举动。李家在一些重大的政治和社会变动面前的表现也说明他们既不是急先锋也算不上顽固派。当四川保路运动和辛亥革命的风潮涌到他们面前的时候，李家也比较

① 张秀熟：《五四运动在四川的回忆》，中国社会科学院近代史所编《五四运动回忆录》第 877—878 页。

② 转引自张秀熟：《五四运动在四川的回忆》，中国社会科学院近代史所编《五四运动回忆录》第 878、882 页。

③ 巴金：《家庭的环境》，《巴金自传》第 115 页。

④ 巴金：《家庭的环境》，《巴金自传》第 59 页。

平静，他们顺利接受现实，而不是坚决反对。二叔和三叔从日本回来比别人先剪了辫子，这也是留学生中的风气，算不得多么革命，等后来大家都剪辫子时李家似乎也没有出现忠于前清的誓不剪发者。而清政府被推翻了，他们也做了国旗，"但是不久中华民国成立，我们家里又收起了它，另外做了五色旗。"这有例行公事的味道，想一想四川在维新时候曾出过杨锐和刘光第，在民国革命中曾出现过"革命的马前卒"邹容，还有无数仁人志士，与他们相比，李家未免太安分了。而清亡了，"祖父因了革命感到大的悲哀。父亲没有表示过什么意见。二叔断送了他的四品的官。三叔却给自己起了个'亡国大夫'的笔名。"①这更多表达的是一种心理和感情，"大的悲哀"没见了谁去殉了前清，家里的塾师龙先生是一个新党，革命前就请了来，还经常传播一些反对清政府的信息，也没有谁要拿他怎么样。李家就是时代大潮中的一分子，它不是在风头浪尖上，也不是阻挡风浪的礁石。

但"青山遮不住，毕竟东流去"，遭遇近代民族危机的中国，在国门打开之后，已经无法让古老的文化按照原来的形态维持下去了，求变的声音一浪高过一浪，这并非天降英雄故意"捣乱"，在激进的姿态背后，实际上还有文化自身发展的逻辑，新文化的传播是现实使然，也是古老的民族现代化进程中的重要动力，它被年轻一代接受并不同程度地改变老一代人的观念，这也是不可阻挡的趋势。所以，哪怕巴金不进外边的学堂，家中的私塾先生已经给他们读《新三字经》：

今天下　五大洲
东与西　两半球
亚细亚　欧罗巴
澳大利　阿非加
美利坚　分南北……②

① 巴金：《家庭的环境》，《巴金自传》第85页。

② 巴金：《最初的回忆》，《巴金自传》第49页。这段话在收入《忆》中时被作者删除。郭沫若在《我的学生时代》中曾提过，他在家塾中也曾读过《地球韵言》及上海编印的新式教科书。其中《地球韵言》开头是这样的："大地椭圆，旋转如球；东半西半，分五大洲，曰亚细亚，曰欧罗巴，曰澳大利，阿非利加，是为东半；瀛海环之，邹衍著沧，不尽诡奇，过大西洋，美利加洲，南美北美，为西半球……"（见《郭沫若学刊》2009年第1期）其意与巴金所引之文大致相同。

巴金的祖父李镛和大哥李尧枚。李镛，号皖云，有《秋棠山馆诗抄》印行，与吴虞等文人有交往。

这还是巴金六七岁在广元的时候，可见哪怕再缓慢的脚步也会推动着人往前移动，那么新与旧的冲突也就不可避免了。

在这新与旧之外，需要注意的倒是巴金成长的另一种文化环境，那就是这个家族的几代人都有些文艺细胞，从传统的书香门第和士大夫来看，诗词歌赋本来就是他们的闲余雅事，巴金这个家族的几代人与文墨似乎有一种天然的关系，所以到巴金这一辈一个不想当作家的人走上了写作道路并产生了如此巨大的影响，也许正是有"家传"吧？

李家的祖籍本在浙江嘉兴，从目前所知的几代人来看，都是以功名求仕途的读书人，自然不乏诗词文章留存。巴金的高祖李文熙（字介庵）的哥哥李寅熙，字宾日，号秋门，著有《秋门草堂诗钞》。郭麐在《灵芬馆诗话》卷十中谈到他说：

秋试京兆，屡困有司，侘傺以卒。……秋门享年不永，故所作未遑深密，然清疏隽上之气，自不可磨灭。五言如"孤灯涵夜色，一雨尽春声。""长林惊叶响，远雁与天低。"……七言如《荷叶》云："一灯凉雨鸣秋舫，廿载烟波感故衣。"……《寄种梅》云："梦想笋肥应胜肉，愁看槐绿又如山。"……皆清丽闲雅。[1]

① 郭麐：《灵芬馆诗话》，《续四库全书》第1705册第402页。

看来是一位人生不甚得意，却多愁善感，“一生常作客”、“诗书未白头”的诗人。李文熙(字介庵)，在乾隆年间，随长兄寅熙赴京，得交当时名士，又应聘山西马氏教馆，当了十余年家庭教师，期间马氏子弟连连考取功名，其教学的认真负责感动了马氏，得其保荐，于嘉庆23年(1818年)捐官入川。历任青提渡盐场大使、崇庆州同知等职。他的儿子李璠(1823—1878)，字鲁珍，号宗望，曾任职四川南溪、筠连、兴文、富顺等县，后卒于定远县任上，有《醉墨山房仅存稿》留存。该书共分文集、诗歌、诗话和公牍四类，与巴金有些关系，后者曾几次在文章中提到它，1982年在《随想录》的《思路》一篇中，引李璠一则论文征明词的诗话来议论从秦桧、高宗的功过并联想到“文革”的历史责任，还以赞赏的口吻说：“我曾祖不过是一百多年前一个封建小官僚，可是在大家叩头高呼‘臣罪当诛’、‘天王圣明’的时候，他却理解、而且赞赏文征明的‘诛心之论’，这很不简单！”[①]但在20世纪30年代，巴金谈起曾祖却不很恭敬：

我没有见过曾祖，但我读过他的醉墨山房仅存稿(一本诗文，一本公牍，是祖父刊印的，有一大堆木板藏在我们家里)。公牍中有着一段曾经使祖父和父亲感动而使我发笑的话：“……卑县城中之勇只存二百余名。欲请援兵，非但缓不济已，且旬日以来，饷银已竭，即有兵到，无饷给发，亦必生变。卑职现在计穷力竭，惟有激励人心，守一日尽一日之职。一朝力尽，即偕同职妇××职女×××同时殉节，以仰我大人知遇之恩。所有八旬老母张氏及职子××拟临时派人送赴叙州，不知能否逃出，只好听命于天。此后能否具禀，尚不可知……”从这里面可以知道他的思想和为人。[②]

李璠的诗也能看出士大夫的志向和惯常的风雅：

梁上香泥燕子窝　寻春花里几回过

① 巴金：《思路》，《全集》第16卷第407页。

② 巴金：《家庭的环境》注一，《巴金自传》第120—121页，这个注释在《忆》中被作者删除。

无端留下飞鸿爪　赢得诗人锦句多[①]

半世功名水上船　明知琴曲不知弦
信天久作齐心法　且作逍遥立暮烟

无聊寒夜读离骚　那管牕前月影高
几次鸡鸣迟不寐　墨花犹自染霜毫[②]

到李镛一辈，因何中途辞官而在公馆中做起风雅之士现在不得而知。小说里的高老太爷是作为封建家族制度的代表来描写的，冷酷无情，了无趣味，在整个公馆中，只要他出现就显得肃穆沉静，给人一种压抑感。而实际生活中的李镛是什么样的人呢？在巴金的记忆中，至少没有高老太爷那么可怕，尤其是在祖父去世前的半年里祖孙甚至还有了很多情感的沟通。巴金身体不好，祖父要他在家里静养，又出钱为他订了一份牛奶。“他还时时给我一些东西，或者把我叫到他的房里去温和地谈一些做人处世的话。”[③]所以当祖父去世时，巴金还是很悲伤，他觉得祖父在情感上很孤独，没有人真正了解他。作为一个退职的官僚、封建家长李镛已为人们足够地了解了，可是说他是一个诗人你会不会惊讶呢？巴金在20世纪30年代曾说：“祖父还刊印了一部李氏诗词四种包含着他自己的，我的两个祖母的，和我的孃孃的诗词，校对人名下排列了我们十几弟兄的名字，其实那时候我们还不懂得校对是怎么一回事情。”[④]这本1915年刻印《李氏诗词四种》包括巴金祖父李镛《秋棠山馆诗抄》，李镛两房夫人和一个女儿的诗集。李镛原配兰陵人汤淑清，字菊仙，外祖母当年曾是“兰陵三秀”之一，少年受其熏陶，即通诗文，嫁与李镛，夫妻也多有唱和，有《晚霞楼诗稿》刊刻；继室

① 李璠：《甲戌花朝后一日和朱海门太守见赠四律即步原韵和胡心田西湖原韵》，《醉墨山房仅存稿》。
② 李璠：《再叠前韵》，《醉墨山房仅存稿》。
③ 巴金：《家庭的环境》，《全集》第12卷第399页。
④ 巴金：《家庭的环境》注二，《巴金自传》第121页。

巴金先生的父亲李道河、母亲陈淑芬。巴金曾说："在家的时候父亲是很和善的，我不曾看见他骂过人……父亲很喜欢我，他平时常带着我一个人到外面去玩。"陈淑芬，品性善良，同情下人，巴金认为她"很完美地体现了一个爱字"，是自己幼年时代的第一个先生；她1914年在巴金10岁时去世。

濮氏，名贤娜，字书华，也有《意眉阁集》。而在李镛有一女儿名道漪，字蕙卿，也有《绮霞楼存稿》四种。这真如《李氏诗词四种》作序者胡淦所叹："高柔夫妇合璧双辉"。李镛儿子中舞文弄墨者也不乏其人，巴金的二叔李道溥是清末秀才，精通文墨，曾给巴金讲解过《春秋》、《左传》，自号"箱根室主人"，有诗词若干。三叔李道洋，辛亥革命后赋闲在家，取了个"亡国大夫"号，吟诗抒怀，后来大概觉得民国也没有什么不好的，遂换名"息影庵主"。据胡淦言："华封观察箱根室集芷卿女士花影集俱若干卷，子舟大令亦有集待梓。"[①]巴金的五叔李道沛，也是能诗会文，深得祖父宠爱。李氏一门不但男人能诗，连女眷也不输文采，这么看来说巴金家是"夙娴诗教整顿家风"[②]倒并非言过其实。难怪吴虞为此书题词说："潜闭琴书与俗辞"，"大隐东方忆昔时，文章经国几人知。万重桑海匆匆甚，黄绢长留绝妙辞。"李镛《秋棠山馆诗抄》中有多首忆菊、访菊、喜菊、咏菊、枕菊、对菊这类的诗，不乏情趣。而诗集中的寄内诗则

① 胡淦：《〈李氏诗词四种〉序》，《李氏诗词四种》。
② 胡淦：《〈李氏诗词四种〉序》，《李氏诗词四种》。

满腹愁肠、一片多情，让你把他和严肃的高老太爷无论如何也联系不到一起来。

寄内用送别原韵(两首选一)

那堪回首忆临歧　行箧征装赖主持　清泪暗弹悲莫塞　诗情不属意伤离　休因念远疏中馈　漫向高堂话去思　更有一言烦记取　勤将密绪报侬知

读闺人见怀诗依原韵

新诗寄到读移时　怅触离怀不自支　漂泊漫怜生命薄　艰难可谅我归迟　慈亲多病烦调药　儿辈虽顽合下帷　都仗卿卿频料理　无涯感到泪如丝

巴金的父亲李道河未见有诗，但特别喜欢看戏，或者说李家这一大家子人都喜欢看戏。巴金从小也常随父亲到外边看戏，有时候也将戏班请到家里，演川剧、京剧。年轻人甚至还组织了一个新剧团，剧本是自己胡乱编的，角色兄弟们分派做，年幼的巴金和二叔的儿子配角，或者在戏演完以后做点翻杠杆的表演。看客是族中的姐妹们，“用种种方法强迫她们来看，而且一定要戏演完才许她们走”。“父亲也被我们拉来了。他居然坐在那里看完我们演的戏。他又给我们编了一个叫做《知事现形记》的剧本。二哥和三哥扮着戏里面的两个主角表演得有声有色的时候，父亲也哈哈笑起来”①。从题目上看，《知事现形记》大概有晚清的谴责小说之风吧？大约是在1916年左右，新思潮渐行的时候，六叔李道鸿、三哥李尧林、香表哥濮季云还合办了一份小说杂志《十日》，三个月共出九期，里面登的是苏曼殊式的哀情小说，巴金是第一个订户。母亲对巴金兄弟们的早期教育也是诗词，亲手从《白香词谱》中抄出来，晚上在昏黄的灯光下领着他们读，巴金说“这是我们幼年时代的唯一的音乐”②。

在这样的环境中，人的文艺天性自然而然地被激发出来了。

① 巴金:《家庭的环境》,《全集》第12卷第392—393页。
② 巴金:《最初的回忆》,《全集》第12卷第355页。

从巴金大哥留下的几封书信看，他也是一个多愁善感、感觉细腻并爱好文艺的人[①]，而三哥也是有良好的艺术修养的一个翻译家[②]。这样家庭出来的孩子哪怕不想当作家，写写画画对他们来说都是极其自然的事情。

但是，经过“五四”精神的洗礼之后，巴金看待大家庭的态度和关于大家庭的记忆也相应发生变化。他未必看重自己从家庭中受到的这些熏陶，在30年代谈到“是些什么人把你教育成了这样”的时候，他说他有“三个先生”：母亲教给他“爱”，轿夫老周教给他“忠实”（公道），而朋友吴[③]则是“自我牺牲”。强调母亲的爱，不仅是对自己的爱，而且是对他人、对“下人”、对万物的“博爱”。巴金的“三个先生”实际上对应了克鲁泡特金道德三要素：互助、正义和自我奉献。它们也构成了巴金个人的道德基础。像俄国的民粹派一样，巴金在回忆中有意强调他与下层人的平等关系和从他们那里得到的教益，他曾描写过一个老轿夫教导他“人要忠心”的经典场景，并激动地议论：

我生活在仆人、轿夫的中间，我看见他们怎样怀着原始的正义的信仰过那种受苦的生活，我知道他们的欢乐和痛苦，我看见他们

① 巴金的大哥李尧枚（1897—1931），其致巴金的信见李致：《我的四爸巴金》第158—165页，北京：生活·读书·新知三联书店2003年12月版。其中一封信谈到对现代社会的印象，可见其丰富的感受力：“弟弟，你对现代社会失之过冷，我对于现代社会失之过热，所以我们俩都不是合于现代社会的。现代社会所需要的是虚伪的心情，无价的黄金，这两项都是我俩所不要的，不喜的。我俩的外表各是各的，但是志向却是同的。但是，我俩究竟如何呢？（在你的《灭亡》的序言，你说得我俩的异同，但我俩对于人类的爱是很坚的。）”见前书第161页。

② 巴金的三哥李尧林（1903—1945），1920年与巴金一起考入成都外国语专门学校，1923年又一起离家赴沪，入南洋中学读书，后又都转入南京东南大学附中学习。1925年毕业后他先是考入苏州东吴大学读书，后来转入北平燕京大学，1930年毕业，入天津南开中学做英语教师。1939年9月从沦陷区到上海，和巴金同住霞飞坊，同时在智仁勇女子中学兼课，并以笔名“李林”开始翻译工作，1945年11月22日病逝。主要译著有《战争》、《阿列霞》、《悬崖》、《莫洛博士岛》、《无名岛》、《月球旅行》、《伊达》等，近有《李林译文集》两卷（人民文学出版社，2005年10月）出版。

③ 吴，指吴先忧。

怎样跟贫苦挣扎而屈服、而死亡。……

我在污秽寒冷的马房里听那些老轿夫在烟灯旁边叙述他们痛苦的经历，或者在门房里黯淡的灯光下听到仆人发出绝望的叹息的时候，我眼里含着泪珠，心里起了火一般的反抗的思想。我宣誓要做一个站在他们这一边、帮助他们的人。[①]

这显然是符合克鲁泡特金等人理论追溯出来的一种生活，接受了一种信仰后，巴金无形中会放大这些事件对一个孩子心灵所产生的影响。这种与底层人融洽的关系，在很多巴金热爱的很多革命者回忆录中，作者都曾经追溯过这样的影响。

可见，最关键的问题不是家庭生活发生了根本变化(中国的大家庭差不多历来如此生活)，而是首先巴金看待这生活的眼光发生了变化，他的感觉就截然不同了。有了这样的眼光再看自己的家庭生活，他自然无法容忍，在这一点上，我们不能用具体的事件来证明巴金受了多少伤害并以此来说明他与家庭之间关系紧张，而是应当看到他接受了新思想之后，对这种生活方式整体上产生了厌恶，在心理上已经把自己从大家庭拉开并以审视的眼光看本来跟他关系密切的周围一切了。或者可以这么假设：如果巴金没有接受新思想，那么许多事情都正常了，就不会看不惯了，因为在实际生活中他与长辈的具体冲突的确没有小说中描述的那么激烈。在晚年《怀念二叔》一文中，他比较平和地叙述长辈的事情，认为《激流》中的克明写得有些夸张了，二叔还为巴金和三哥讲过《春秋》、《左传》，而且巴金所看到的商务印书馆出版的含有大量的翻译小说的《说部丛书》正是借二叔的。巴金编辑《平民之声》的时候，将家中作为编辑部，有一次二叔看到了报纸，上面有他写的文章和比较激烈的言论，又默默地放下了。本以为二叔一定会告诉大哥训他一顿，没有想到二叔要大哥叮嘱他在外边活动要多加小心。小说里克明凶狠地逼着女儿答应指定的婚事，实际生活中，女儿出嫁后，二叔还一个人在堂屋里对着他亡妻的神主牌流过泪。

① 巴金:《家庭的环境》,《全集》第12卷第393—394页。

二叔与巴金的关系并不很僵，离家后巴金还与他通过三四封信就是个证明[①]。但这些感情被另外一种理性的东西取代了，形成了他对家族的现实态度。巴金曾说："我当时曾经对你说，我不怕一切'亲戚的非议'。现在我的话也不会是两样。一部分亲戚以为我把这本小说当作个人泄愤的工具，这是他们不了解我。其实我是永远不会被他们了解的。我跟他们是两个时代的人。"[②]"我跟他们是两个时代的人"，这是非常明确的宣言，在大哥去世后，三哥去世前，巴金一直不负担对家族的责任，除了自身的生活困难外，可见他对这个家庭的决绝态度。对于传统家族制度的看法，巴金到晚年也并没有改变，特别是对家族制度不人性和对人性的压抑一面，巴金感触尤深。所以，就是到了20世纪90年代，巴金的女儿曾经代替他回复过一信，其中也谈到了这个问题："'……所以巴金以后对家族的种种微词与抨击，不能不是一种文学上的夸张修辞手法'，爸爸对这一结论持保留意见。爸说陈根本就不了解那个时代，那种家庭，只是一种想当然的推论。爸说，他是生活在那样的家庭里，没有切身体验，没有很深的感受，他不会对那样的家庭这么反感。他是根据他的感受来写作的。完全是他的真情实感，而不是什么'文学上的夸张修辞手法'。"[③]是的，尤其初写《家》时，正赶上巴金最爱的大哥自杀的消息传来，想到几年来大哥来信中所述说的家长里短和所受的闷气，巴金的心怎能平静？

更何况，"五四"时期对家族制度的抨击可以说是新思想中最有社会影响力的一股力量，曾任教于巴金就读的成都外专的吴虞就是这其中的急先锋，他认为"家族制度为专制主义之根据"[④]，这个说法得到当时很多人的认可，师复等人为表示与家族没有关系

① 关于二叔的情况，可以参见巴金《谈〈春〉》，《全集》第20卷；《怀念二叔》，《再思录》增补本，广西师范大学出版社2004年4月版。

② 巴金：《关于〈家〉十版代序》，《全集》第1卷第438页。

③ 李小林1992年2月29日致李辉信，转引自李辉撰稿《一个知识分子的历史肖像》第189—190页，四川人民出版社2003年10月版。信中的"陈"指陈思和，他在《人格的发展——巴金传》中对巴金的家庭的描述引起巴金的这番感想。

④ 吴虞：《家族制度为专制主义之根据论》，《新青年》1917年第2卷第6期。

1956年12月13日作为全国人大代表回乡视察，巴金又回到了老家，“今天到了老家，见到了三十三年前住过的屋子，颇有一些感想。”（当日致萧珊信）此为在故居卧室前留影。巴金说这是把“梦和真、过去和现实混淆在一起的老家”。

甚至主张废姓。“家族者，进化之障碍物也。”“故家族者专制政体之胚胎也。”“吾常谓支那之家庭，非家庭也，一最黑暗之监狱耳。”[①]这种“监狱”里的生活带给巴金的记忆只能是腐朽、堕落和灭亡。尤其是新人与长辈之间的生活趣味、精神追求之间的差异越来越大。克安的原型人物是巴金的三叔，巴金觉得最初在《激流》中将这个人物简化和丑化了，在50年代修改时还做了调整，但巴金却从不曾为他玩小旦、搞女人、抽大烟这样的事情辩护过。甚至离家18年后，巴金1941年回到成都，还能想起三叔打儿女的情形：不仅是鞭子、棍子，有时连椅子、凳子都会丢过去；他的堂兄弟只要看见父亲板起面孔就会发抖，对这种封建家长的“权威”，巴金是深恶痛绝的[②]。

胡适借谈易卜生的戏剧总结出家庭的四大罪状：“一是自私自利；二是依赖性，奴隶性；三是假道德，装腔作势；四是怯懦没有胆

① 师复：《废家族主义》，《师复文存》第115、116、116页。

② 关于三叔的情况，可以参见巴金《谈〈秋〉》、《谈〈憩园〉》，均收《全集》第20卷。

子。”[①]家族制度在人性压抑之外，还会腐蚀人心，让他们沉浸在好逸恶劳的享乐生活中，把金钱作为自己的人生根基，结果挥霍完金钱便也一事无成。五叔是巴金第二个祖母唯一的一个孩子，人很聪明，深得祖父宠爱，如果谁批评他，哪怕一句，祖父都会发脾气。后来他交了一些坏朋友，逐渐堕落了，还跟巴金的四叔干过私下勾引老妈子的事情，而且五叔还在外面租了个小公馆包养了一个娼妓，小说中偷妻子的首饰去卖，败露后与妻子吵闹，又被父亲斥责的事情都在他身上发生过。1927 年 11 月，大哥给巴金的信中说，李家公馆卖掉后，五叔竟然将包养的“礼拜六”接到新居与五婶同住，结果夫妻天天吵嘴，而五叔还吸大烟成瘾。五叔的事情在《激流》中写得不多，但是在《憩园》中却成了主角，这本也是一个眉清目秀、能诗能文的人毁在了腐烂的生活氛围中。《憩园》中的杨梦痴比实际中的五叔带有更丰富的内心，他对自己做过的事情还有一丝忏悔，而巴金的五叔却不见得有[②]。这样的故事不仅仅发生在“旧时代”，在巴金看来，如果生活方式不改变，不能自食其力和没有精神追求，它们在今后还会不断上演，他所亲见的家族故事证明了这些，也证明了巴金与家庭的决绝并非是激进观念的蛊惑，而是实实在在的改变人生的需要。

与这种“腐朽”的生活正相对照的是点燃巴金生命激情的理想生活，他早已不满足在园子里跟兄弟们做一点游戏了，也不满足于雪夜闭门读禁书了，而是参与到社会活动中去了。这里有群体的温暖，有共同志向的欢悦，有追求理想的炽热。早期的无政府主义者就曾主张废家之私，而提倡那种“群”的情感：“昔惟有家，情钟于一家，故私，故小。今既无家，则钟情于社会，故公，故大。……惟男女之相悦，朋友之聚处，气味相投，乃真钟情之地也。”[③]在成都时，巴金就参加了无政府主义的小团体，而当时最活跃的无政府主

① 胡适：《易卜生主义》，杨犁编《胡适文萃》第 732 页，作家出版社 1991 年 9 月版。

② 关于五叔的情况，可以参见巴金《谈〈家〉》、《谈〈春〉》、《谈〈秋〉》、《谈〈憩园〉》，均收《全集》第 20 卷。

③ 鞠普：《毁家谭》，《新世纪》1908 年第 5 卷第 49 期。

义者都集中在上海、广州等地，新生活新世界的吸引使他义无反顾地要离开这个家，更何况，此时他父母双亡，亲人中令他牵挂的只有大哥，对家的情感依恋渐渐在淡漠。1923 年三哥从外专毕业，巴金却因没有中学文凭被改为旁听生，他借此机会提出退学跟三哥一道去上海求学，继母和大哥答应了。巴金后来的描述就知道此时填补他头脑中的早已是“理想”而不是这个家庭中的一切：

民国十二年春天在枪林弹雨中逃出了性命以后，我和三哥两个就离开了成都的家庭。大哥把我们送到木船上，他流着眼泪别了我们。那时候我的悲哀是很大的。但是一想到近几年来我的家庭生活，我对于那个被遗留下的旧家庭就没有一点留恋的感情。我离开旧家庭不过像甩掉一个可怕的阴影。我的悲哀只是因为还有几个我所爱的人在那里呻吟憔悴地等着那么旧的传统观念来宰割。在过去的十几年中我已经用眼泪埋葬了不少的尸体，那些都是不必要的牺牲，完全是被腐旧的传统观念和两三个人的一时的任性杀死的。

一个理想在前面迷着我的眼睛，我怀着一个大的勇气离开了我住过十二年的成都。

那时候我已经受了新文化运动的洗礼，而且参加了社会运动，创办了新刊物，并且在那刊物上写了下面的两个短句作为我的生活的目标了：

奋斗就是生活，
人生只有前进。①

① 巴金：《家庭的环境》，《巴金自传》第 119—120 页。

金宏宇

《家》的研究的复杂性

《家》并不是一部复杂的作品，无论是它的思想蕴涵还是它的叙事技巧等。但我认为对它的研究却具有复杂性。这种复杂性来自哪里？我认为正是来自它的版本。关于《家》的版本问题，在我之前已有龚明德、辜也平等先生做过研究，我借鉴了他们的成果，但略有推进。我为此写过一篇3万多字的长文，收在我的《中国现代长篇小说名著版本校评》一书里，《中国现代文学研究丛刊》《巴金研究辑刊》也发表过其中的一部分。论文的具体内容不再赘述，在此只想从中拈出《家》的研究的复杂性问题来谈谈。

首先是《家》的版本谱系复杂。《家》的版本谱系的复杂恐怕是新文学之最。《家》修改了9次，有异文的版本共10个。这么多版本，就有必要对它进行一番版本学的考察：诸如它的版本是如何演进的？这一版本与那一版本是递进关系还是并列关系？哪一次修改多哪一次修改少？异文的差异主要在哪里？等等。这些问题要弄清楚已属不易。在此基础上，还要有文本学视域的研究，即研究不同版本的异文或修改可能带来的作品语义系统和艺术系统的变化，作品的修改与当时的国家意识形态、文学规范、语言规范的关系等等。这种在版本学基础上加入文本学的研究，又增加了一层复杂。要对《家》的10个版本依次两两相校、两两比较，进行版本和文本的研究，难度较大，或者说至少要花几年时间。我的研究只是将《家》的第一个全本（初版本）与最后的定本（文集本）对校、比较，结果就花了两三个月才完成。这种做法还是失之于简单化，并

本文作者在纪念《家》出版75周年学术研讨会上发言

不能把其版本、文本演进的复杂性完全呈现出来。即便如此，我们也能看到《家》的主题在前后版本中有所微调，人物在不同版本中也有差异等等。

第二，对《家》进行文学研究时，版本的选择也是复杂的问题。

对《家》进行版本学与文本学研究的结果，我们会发现《家》的不同版本可能就是不同的文本。那么我们一般的研究者研究《家》时应以哪个版本或文本为依据呢？一般的研究者会用其初版本或《中国新文学大系》本、20 世纪 50 年代人民文学出版社的单行本或《巴金文集》本、70 年代的单行本或 80 年代的《巴金全集》本。当年编《中国新文学大系》时，专家主张收《家》的初版本，巴金反对，后来勉强同意。《巴金全集》收的则是《家》的定本，因为巴金认为《家》会越改越好的，不能退回到初版本。在这里，专家和作家的标准是不一样的，一般研究者更是乱用版本。这样一来，以什么版本为依据来进行《家》的研究也就成为一个复杂的问题。为解决这个问题，我以前曾提出过新文学研究的版本三原则：即批评时或单个作品研究时持版本精确所指原则，写文学史时持叙众本原则，筛选名著时持新善本原则。不管这是否合适，目的是提醒人们研究

《家》这一类的具有不同版本的名著时要有版本意识。正是由于没有版本意识和正确的版本原则,《家》的研究就会带来一些混乱,这些混乱的成果反复被后来的研究者征引、借鉴时又会带来新的混乱、新的复杂。我可以举一个例子。有位令人尊敬的学者的症候式分析很有影响,对新文学经典的研究很有启发意义。其中有对《家》的症候式分析。认为《家》里面有一种"潜在的结构"即觉慧与琴、鸣凤的三角关系。不知道他在研究《家》时用的是哪个版本。实际上《家》的初版本中就有这种三角关系,是显在的而不是潜在的。《家》的初版本的第三章的章题就是"两个面庞",这个章题在《家》的 1938 年的十版改订本之后随着其他的章题一起都删去了。所谓"两个面庞"是琴和鸣凤这两个女孩子的面庞。初版本中觉慧爱恋着这两个面庞,无法取舍,徘徊在这两个女孩子之间。在后来的版本中不断强化他对鸣凤的感情,不断弱化他对琴的感情。这个三角关系就不存在了或成为潜在的了。初版本《家》中因为这个三角关系,还带来了另一个三角关系即觉慧、琴、觉民的三角关系。这也就是说,初版本《家》中有三个三角关系,到《家》的定本,因抹掉了觉慧、琴、鸣凤的三角关系,也就抹掉觉慧、琴、觉民这个三角关系,只剩下觉新、瑞珏和梅芬一个三角关系了。如果我们有版本意识,我们就会知道《家》的结构关系的这种演变,就知道依据哪个版本去得出哪种结论,就不至于把很清楚的问题当作一种很复杂的问题去阐发了,也就不至于带来研究的混乱了。

第三是《家》的正副文本关系的复杂,这其实也是文学版本学的问题。我认为完整的新文学作品、完整的版本或文本是由作品的正文本和封面、扉页引言、序跋、附录等大量副文本共同组构的,这些副文本同样参与作品的意义生成和确立。这些副文本还是环绕作品正文本的一种历史现场和关系场。在研究《家》时,我们要特别关注的就是那些巴金针对不同的版本所写的不同的序跋、附录文章。在《家》的《初版代序》、《初版后记》、《五版题记》、《十版代序》、《新版后记》、《重印后记》等文章中,巴金对作品正文本的阐释是有变化和差异的,有时与正文本的变迁是矛盾的,而且这些文章本身也有修改的问题或异文的问题。这也带来一种复杂性。

比如给高家定性的问题，在不同的序跋中说法是不一样的。巴金在新中国成立前的序跋中一直说高家是一个典型的资产阶级家庭，而在新中国成立后的序跋中则说是封建地主家庭、官僚地主家庭等。而这种定性的变化与《家》正文本的修改又是矛盾的。在最初的版本中高家被描叙为一个封建的地主家庭，但在后来的版本中则突出了高家的资产阶级色彩，如拥有大量股票、开律师事务所等。也即是说在正文本的修改中，高家是从封建地主家庭向资产阶级家庭转变，而在序跋这类副文本中说法正好相反。至于说到序跋本身的修改，也可以以此问题举例。如 1938 年的《十版改订本代序》中称高家是“资产阶级家庭”，但我们看文集本和全集本附录中所收的同一篇文章中却改成了“封建大家庭”。所以说，这些副文本与正文本的关系是比较复杂的。大致说来，越往后的序跋文章给研究者带来的“意图谬误”越大。

所以，草草读《家》，它较简单；认真探究，《家》很复杂。要认真探究，简言之，就必须从纵横虚实几个不同的维度或层面的结合中去研究《家》这种具有版本谱系的新文学经典作品。纵，是指《家》的历时性的版本变迁；横，指《家》的空间上的众多版本构成因素；实，是看得见摸得着的实在版本；虚，是有待接受的文本。这样，《家》的研究就复杂了。这种研究也就更具有严谨性和有效性了。

李治墨

巴金家族历史研究正误

编者按:本文曾载《中华读书报》(2006 年 10 月 18 日)及《新文学史料》(2007 年第 2 期),经作者再次增补修改后重载于本刊。时代之子巴金的意义主要在于他奋进的经历、丰富的著译、闪光的思想和高尚的人格。对巴金研究来说,巴金家族的历史尽管不是关键性、原则性的问题,但尽可能清楚相关史实也是必要的。以往的有关著作或文章,在述及巴金家族历史时,人名、年代、称谓、书名等确出现一些错讹,究其原因,在于未能掌握和详查有关典籍,当然,也需考虑以下情况:有的发表在二十多年前,为当时文献资料所限;有的据巴金先生的文章或口述,而巴老的了解或记忆可能不确或有误;有的则是排印时文字误植所致。本文作者在梳理巴金家族史实方面下了很大功夫,他表示,欢迎指正所"正"之误。这也是我们所希望的。

多年来许多专业和业余的巴金研究者们为巴金家族历史研究付出了大量心血,取得了可喜的成果。但是也有不少说法和观点与史实有出入。本文根据现在确实掌握的古籍材料,探讨商榷,力求准确,以免讹传。

(一) 关于巴金的曾祖父(宗望公)李璠

巴金的曾祖父李璠生于四川,并非从浙江到四川的。

巴金先生在《春蚕》一文中写道:“在成都正通顺街有我的老家,……。就在这个老家里我几十年前读到一本《醉墨山房仅存稿》,那是我的曾祖李璠的遗著,他是作‘幕友’从浙江到四川的”(《随想录·四十二》,1980 年 4 月 28 日)。

宗望公李璠的仕途确实起于幕僚,襄助四川南溪县令唐炯(见《醉墨山房仅存稿》中代序的《……李公宗望墓志》)。不过他生于四川,而并不是从“从浙江到四川的”。在《醉墨山房仅存稿》的《先府君行略》中李璠写道:“嘉庆二十三年,先君(即李璠之父介庵公李文熙)至蜀”。这说明浙江嘉兴的这一支李氏家族辗转迁居到四川,始于这一年(1818 年戊寅年)其父介庵公入蜀为官。同一文章中又有先君“积劳成疾,遂于(道光)十九年三月初八日戌时卒于官”。而此时宗望公李璠“年十五,介庵公卒”(见《……李公宗望墓志》)。宗望公即介庵公之子李璠,这样推算宗望公李璠出生于道光四年(1824 年甲申年),是在介庵公入川六年后生于四川的。巴老这篇文字是当时根据记忆写的,估计成文时《醉墨山房仅存稿》并不在手边。江苏人民出版社 1980 年 7 月版《中国当代文学研究资料·巴金专集(1)》中《巴金小传》中有:(巴金)“祖籍浙江嘉兴,曾祖一代定居四川”,有着同样的错误。

李璠历署四川多县,并非只做了一任县官。

徐开垒先生的《巴金传》(上海文艺出版社 1991 年 5 月第 1 版)提到“李镛的父亲李璠…做了一任县官”。徐伏钢先生的《巴金家族的祖脉》(又名《历史祠堂的帷幕……》,见诸多种报刊和网站)把宗望公李璠“做一任县官”的误说进一步发展成带有描写色彩的“后来虽熬了一任县官当”。其实宗望公李璠历署四川南溪、筠连、兴文、富顺等多县,并卒于定远(今武胜)县任上。

关于李璠的著作《醉墨山房仅存稿》。

谭兴国先生的《走进巴金的世界》(四川文艺出版社 2003 年 10 月第 1 版)说:“巴金的曾祖父李璠对文学颇有研究,刻印过一部《醉墨山房诗话》。”田夫先生编著的《巴金的家和〈家〉》(上海文艺出版社 2005 年 2 月版)也原封不动地抄录了这番话。宗望公李璠从来没有刻印过他自己的书。他的著述是其子浣云公李镛在李璠去世三十多年后失而复得，刻印为《醉墨山房仅存稿》的，共分两册，包括文稿、诗稿、诗话、公牍四种。巴金在《随想录·思路》中写道："文征明的词我还是在我曾祖李璠的《醉墨山房诗话》中第一次读到的"，这里《醉墨山房诗话》正是《醉墨山房仅存稿》上册的最后一部分，但是却被一些文章演绎为巴金"曾祖父珍藏的《醉墨山房诗话》"，进而在谭书和田书中成为"李璠……刻印过一部《醉墨山房诗话》"。夏琦先生在《文豪巴金的仁爱和幽默》(《新民晚报》2005年10月18日)中写道"巴老幼时曾在曾祖父藏书《醉墨山房诗话》中读到这首词(即文征明的《满江红》)"，巴金曾祖父李璠在世时《醉墨山房仅存稿》并未刊印成书，更不可能是李璠自己的藏书。

晚清名将(也是甲午抗日功臣)罗应旒在李璠身后为他写的《……李公宗望墓志》(光绪八年四月文，后被收为《醉墨山房仅存稿》代序)中说李璠有"女(儿)一"人，而该书《外集》(即公牍)中李璠本人在奏折中说自己有"女(儿)酉姑幺姑"两人(咸丰十一年十二月二十日)。显然后者才是正确的。

尘尘著《泥土深情——巴金》(安徽少年儿童出版社1997年11月版)把李璠误为李番(第8页)。

(二) 关于巴金的高祖父(介庵公)李文熙

李文熙并非幕僚出身，亦非从浙江直接入川的。

李辉、陈思和、李存光先生的《巴金生平及文学活动事略》收集了有关巴老生平的大量史料。书中写道："巴金的高祖李文熙（即介庵公，是巴金曾祖父李璠的父亲）作为'幕友'从浙江到四川定居。"陈丹晨所著《巴金全传》(中国青年出版社2003年10月版)和《巴金的梦——巴金的前半生》(中国青年出版社1994年2月版)写道："(李介庵)当年远迁入川，以一个普通儒生的身份在官府里当幕僚。"(又见网载陈丹晨《巴金的梦》)谭兴国文章《悠悠故乡情》(《四川省情》2004年第1期)则更说为"大约在清朝乾隆年间，巴金的高祖李介庵作为清政府派往四川的官员的幕僚，携家入川"。刘勇和李春雨的文章《拿出自己的心来高高地举在头上——

纪念文学大师巴金先生》(《中国教育报》2005 年 10 月 20 日)还要进一步:“高祖李介庵的时代作为‘幕僚’随主公举家迁入四川”。《中山大学学报》(社会科学版)1996 年第 1 期中《巴金与〈红楼梦〉》则有“高祖李介庵在清朝道光时代入蜀游幕,举家从浙江嘉兴迁入四川”说法。估计这些都是从前面提到的宗望公李璠的仕途起于幕僚演化来的。《醉墨山房仅存稿》中的《先府君行略》记录着介庵公李文熙是因为课徒有方,被学生家长感其恩“捐布政司照磨(清代部司府主管文书、照刷卷宗的从八品职官)一官报之。分发四川……”所以介庵公李文熙是宦游至四川而定居的。另外他从 1786 年去北京(见《秋门草堂诗钞》——巴金伯高祖父秋门公李寅熙的著作),到 1818 年入四川,“颠倒京兆,奔驰南北”(《秋门草堂诗钞》)三十余年。“从浙江到四川定居”一说显然过于简化。1818 年是嘉庆二十三年,显然不是乾隆年间或者道光时代。徐开垒先生《巴金传》、李存光先生的《巴金》(中国华侨出版社 1997 年 4 月版)和《巴金传》(北京十月出版社 1994 年 12 月版),以及周立民《巴金年表》(见当代中国出版社《嘉兴文杰》第二集第 413 页,2005 年 12 月版)也都有“幕僚”的说法。“随主公举家迁入四川”更是无从谈起。

陈丹晨的《巴金的梦》还有“到了……李璠时,(李家)开始进入仕途。……李介庵一生清寒,竟连诗文都未传流。李璠、李镛做过官,就有条件自己出资刻印诗文集”。其实李介庵做过崇庆州同,品级不在李璠和李镛之下。

李文熙 1786 年赴北京投奔李寅熙。

周立民先生力作《巴金手册》(广西师范大学 2004 年 3 月第 1 版)是巴金研究的重要工具,但仍有几处涉及家族史的有失准确,都在该书第 1 页中。“约在嘉庆早年李介庵随伯祖李秋门赴京”,秋门公李寅熙是介庵公李文熙的长兄,不是伯祖。李文熙是在 1786 年赴北京投奔李寅熙的,这是乾隆五十一(丙午)年(见《秋门草堂诗钞》)。到了嘉庆早年,李寅熙早已作古。“李介庵随李秋门赴京”一说来自《醉墨山房仅存稿》的《先府君行略》。宗望公李璠写道,其先君(李璠之父介庵公李文熙)“十七岁,先祖母去世,先君哀毁骨立。秋门公挚之入京。”李璠祖母去世时，秋门公李寅熙正在北京，“一恸几绝，(头左)瘤坟起如拳，呻吟卧榻，欲奔丧不果”(李文熙为《秋门草堂诗钞》所作之后记)。“挚之入京”实际上是秋门公李寅熙函召其四弟介庵公李文熙入京。周立民《新与旧：巴金关于“家”的叙述》重复了“嘉庆早年”的说法(《纪念〈家〉出版75周年研讨会论文集》2008年10月15日)。

没有史料证明李文熙迁入或者落户成都。

陈思和先生的《巴金图传》(广东教育出版社2002年12月第1版)说：“李氏家族由浙江嘉兴迁入成都是在(巴金)高祖李介庵的时代。”谭兴国先生的《走进巴金的世界》提到“大约在18世纪初，(巴金)高祖李介庵做官入川，落户成都”。文洁若著的《两老头儿(巴金与萧乾)》(工人出版社2005年10月第1版)中也说：“巴金，原籍浙江嘉兴。到了高祖李介庵这一代，移居四川成都。”酝藉的文章《巴金：寒夜春秋一百年》(《新西部》杂志2003年第12期)更进一步具体到：“巴金……出生在成都市正通顺街一个官宦之家。从他的高祖李介庵作为幕友离开祖籍浙江嘉兴，定居到这条街上，到尧字辈的巴金这一代，已经是第五代人了。”现有史料说明介庵公李文熙自1818年入四川后一直在州县做官，没有任何史料证明介庵公李文熙迁入或者落户成都(府)。迁入或者落户成都(府)应当是李文熙身后之事了。

(三) 关于巴金的祖父(浣云公)李镛

李镛有六子三女，其中一子早夭。

关于浣云公李镛有几个子女，众说纷纭，有“五子一女”、“五子三女”、“六子一女”、“六子三女”等不一。其中“五子一女”说法可能始于巴金本人，这大概源于巴金幼年懂事时他的父辈就只剩五男一女了。徐开垒先生的《巴金传》中有一段相对比较准确的说法：“(李镛的原配继配)两位夫人为李镛生下了五个儿子和三个女儿，其中一子二女早年夭亡。李镛在两个夫人谢世后，又讨了两个姨太太，为他带来一个足以做他的孙子的第六个儿子。”“六子三女”的说法是正确的。唯其“早夭”定义不明。若以未成年(即未满十八岁)而亡故作为标准,则只有一子可算早夭。陈思和先生的《巴金图传》说:“李镛有两房妻室,生了六个儿子和三个女儿,其中一子二女早年夭亡,后来又娶了两个姨太太。”这里除了“早夭”前面已经说明外,李镛六个儿子中的幼子是姨太太之一曾氏所生。另外“有两房妻室”的说法,不如“先后有过两房妻室”准确。陈思和《巴金》(见当代中国出版社《嘉兴文杰》第二集,2005 年 12 月版)有一段“李镛有两房妻室,两个姨太太,为他生了六子三女,其中一子两女早年夭亡”(第 327 页)。“早年夭亡”已在前面说过。“两房妻室,两个姨太太”也应说明是先后,而不是同时。事实上是原配汤氏故后,继娶濮氏;濮氏故后,纳妾曾氏;曾氏故后,纳妾黄氏。

《巴金生平及文学活动事略》中还写道:“(巴金)祖父李镛(号皖云),也做过官,后闲居在家,为大家庭的家长,有五子一女(子:李道河、李道溥、李道洋、李道沛、李道鸿;女:李道沆)。”其中“皖云”应为“浣云”,“道沆”应为“道沅”。如果此处说的是李镛的成年子女的话,则遗漏了另外两个女儿,她们是二女儿李道湘和小女儿李道漪。李道漪的《霞绮楼仅存稿》被收入李镛及其妻女的《李氏诗词四种》。谭兴国著《巴金的生平和创作》(四川人民出版社 1983 年 3 月版)还把李镛之名错为李金镛。此书还说:“(李镛的)晚年,一心想的是‘五世同堂’。”“五世同堂”当时在李氏家族是不可能的。李镛晚年的心愿是“四世同堂”,并得到实现。李存光近作《百年巴金——生平及文学活动事略》(人民文学出版社 2003 年 11 月版)也把“浣云”错为“皖云”。

陈思和先生在 2004 年 12 月 17 日“走进巴金”系列文化演讲第三讲“《家》的解读”(后整理收入《巴老和一个世纪》,上海社会科学院出版社 2005 年 10 月第 1 版)中说:“……巴金的祖父是个非常开明非常有眼光的人。……他有几个儿子,老大就是巴金的父亲,曾做过县官;老二死了,老三老四都被送到日本去学习法律,……”这大概是演讲者把巴金小说《家》里的“高家”与巴金真实的李家混淆了。到日本去学习法律的正是老二李道溥和老三李道洋。事实上，而且无论是巴金祖父浣云公李镛的子女，还是巴金高祖父介庵公李文熙以下的大排行，都不存在"老二死了"的史实。

另外关于李道溥，唐金海和张晓云所著《巴金的一个世纪》（四川出版集团·四川文艺出版社 2004 年 1 月版）说："（巴金的）二叔李道溥，……，娶妻刘氏。"其实刘氏是继配，原配为吴氏。还有："五叔李道沛，……，娶妻固氏。"固氏为周氏所误。《巴金的一个世纪》对李道河子女介绍的顺序为李道河、李道溥、李道洋、李道沅、李道沛、李道鸿，使人认为他们的排行顺序也是这样。唐金海和张晓云所著《巴金年谱》（四川文艺出版社 1999 年版）则在介绍巴金的父亲、二叔、三叔、五叔、六叔时，则更明确"依次"写成"大姑妈李道沅，排行第四"。文洁若著的《两老头儿》中也说："大姑妈排行第四，叫李道沅。祖母汤氏生了以上四个子女。"其实除了前面说过的遗漏外，李氏家族男女是分开排行的。不能因为四叔李道瀛早夭，就把大姑妈李道沅说成是排行第四。李道瀛也是汤淑清所出。这本《巴金年谱》还说，"（李镛）娶妻汤氏，续弦濮氏，妾曾姨太；共生六子一女"，其中"六子一女"已在其所著新年谱《巴金的一个世纪》中改正为"六子三女"，但是李镛之姨太黄氏则被两书遗漏。

由于四叔李道瀛早夭并鲜为人知，不少人就设法弥补空白，难免不张冠李戴。李春雨编著《心灵的憩园——走进巴金的〈家〉》（北京师范大学出版社 2007 年 1 月第一版）第 57 页先有李镛"五儿一女"之误，并把女儿名字误为"李道沅"；然后就把五个儿子介绍为"李道河、李道溥、李道洋、李道鸿、李道沛"，这样就误导读者以为李道鸿是四子了，其实李道鸿是六子。南海出版社出版的《百年激流——巴金回忆录》（2000 年 10 月第 1 版第 232 页）里把多次出版过的巴金《谈〈春〉》一文中"不过他（五叔）和三叔都干过……"错误地重印为"不过他（五叔）和四叔都干过……事情"。这两本书，以及其他一些读物，都是把巴金小说《家》里的"高家次子早夭"与巴金真实家中的李家四子早夭混淆了。问题是《谈〈春〉》一文在《百年激流——巴金回忆录》中重印错误，把错误的起源强加到巴金本人身上了。

由成都市工商业联合会编撰的《百年沧桑——成都商会历史沿革》第 15 页说(四川首任劝业道周孝怀)“委任他(樊孔周)和李道江(巴金之父)筹集资金,创办社会所需要的新兴事业”;第 27 页上说(成都)“总商会为适应潮流,也成立了‘宪政研究所’,聘倪天来、李道江(巴金父亲),陶思曾为义务讲师,讲解宪法”。巴金的父亲是李道河;此书中的李道江是巴金的二堂伯。

像黄先生在《两件由成都“五老七贤”撰写的墓志铭》(刊于《文史杂志》2007 年第 6 期第 75 页)写的“李道江似乎是与巴老同宗,并且按排行还是巴老的二爷爷呢”,也是不正确的。

关于李镛的著作《秋棠山馆诗钞》。

《巴金生平及文学活动事略》、《巴金传》、《巴金评传》(陈丹晨著)都说李镛“印过一册《秋棠山馆诗钞》”。而《秋棠山馆诗钞》并没有被单独刻印过,而是与浣云公李镛原配夫人汤淑清的《晚香楼集》,继配夫人濮贤娜的《意眉阁集》、女儿李道漪的《霞绮楼仅存稿》一同被木刻刊印为《李氏诗词四种》。《中山大学学报》(社会科学版)1996 年第 1 期中《巴金与〈红楼梦〉》更称:“祖父李镛……著有《秋棠山馆诗钞》石印送人”,“石印”一说更纯属发挥。李存光的《巴金》和《巴金传》也说李镛“自印过一册题为《秋棠山馆诗钞》的诗集”。李书还称李镛“做过知县、知州”,但是并未提出有关“知州”的史料佐证。

陈思和先生的《巴金图传》说:“(李氏家族)到了李镛时代,这个家族才真正中兴起来。”田夫先生在抄录中则略加修改为“到了李镛这一代,李家开始发达了起来”(《巴金的家和〈家〉》)。不知道这里“中兴”和“发达”的标准是什么,但是就那个时代一般以仕途为追求而言,介庵公李文熙、宗望公李璠、蓉洲公李忠清(巴金的二伯祖)、浣云公李镛等几代都是差不多的,多在边远地带为县官,其中李璠和李忠清倒还做过直隶州知州;如论军功,也以李璠和李忠清为最;如论科举,李文熙以后的这两代人,则因清制籍贯所限,无法正常参加考试。

李镛原配夫人汤淑清不是浙江人。

周立民先生力作《巴金手册》还说:“(李镛)原配汤氏,为浙江的大家闺秀。”这一说法更早见于孙晓芬所著《巴金祖籍家世》(《人民日报》海外版1996年5月30日连载)。汤氏祖籍江苏南兰陵(今武进),生于四川戎州(今宜宾)(见《李氏诗词四种·秋棠山馆诗钞》),不是浙江人。徐开垒先生的《巴金传》还提到:“(李镛原配夫人汤氏)她的外祖母更是当年‘兰陵三秀’之一,既能绘画又能作诗,还曾一度以诗画维持生活,自称‘澹影阁老人’。”徐先生对历史材料的挖掘深度独到,曾经亲临四川采访。只是汤夫人的外祖母赵书卿的斋名是“澹音阁”,而不是“澹影阁”。估计这是因为四川话中“音”和“影”两字的区分不如普通话明显,以致讹误。《近代巴蜀诗抄》(巴蜀书社2004年版)在分别介绍赵书卿和她的姐妹们(姊赵云卿和妹赵韵卿)时说:“(赵氏三姐妹)皆有诗名,并称兰陵三秀。曾合刊少作为《兰陵三秀集》(已佚)。”(第60、66、70页)这不准确。该集仍藏于国内,除了图书馆外,在2004年春季嘉德拍卖中也曾高价转手。《近代巴蜀诗抄》还说赵书卿“著有《澹音阁诗词钞》,今已散佚”一语(第66页)。其实《澹音阁词》被收入光绪二十二年(1896年)南陵徐乃昌刊本《小檀栾室汇刻闺秀词》第三集第二册,署“锡山赵友兰佩芸撰”。赵氏名书卿,字友兰,号佩芳,后改用佩芸;“锡山”为兰陵之误。《小檀栾室汇刻闺秀词》为海内外诸多图书馆所藏。《江苏艺文志·常州卷》(江苏人民出版社1994年6月第1版)误录《小檀栾室汇刻闺秀词》收其妹赵韵卿的《寄云山馆诗余》,其实并没有;《小檀栾室汇刻闺秀词》只收了赵书卿的《澹音阁词》,但是《江苏艺文志·常州卷》并没有把赵书卿与赵友兰联系起来,所以并没有著录她的《澹音阁词》。另外此书著录赵氏姐妹时称赵云卿和赵书卿为赵邦英的长女和次女(第676、679页)。《江苏艺文志·常州卷》的这几处错误,在柯愈春所著《清人诗文集总目提要》中都有出现(第1321、1329页)。柯著《提要》还进一步说赵韵卿是“三女”。事实上赵氏姐妹共四人,以诗词闻名并被誉为兰陵三秀的赵云卿、赵书卿、赵韵卿依次分别是次女、三女、四女。柯著《提要》又根据清《国朝闺秀正始续集补遗》把赵云卿误说成是“江苏铜山人”,与同被著录的两个妹妹籍贯不同。《国朝闺秀正始续集补遗》还把云卿之妹书卿韵卿误为书卿瑞卿。清《小黛轩论诗诗》也把赵云卿误说成是“江苏铜山人”，并把其早年诗作《绣余小咏》误录成《绣余小草》。《江苏艺文志·常州卷》还说赵韵卿“道光年间在世”。其实赵韵卿和赵书卿都高寿八十余岁，历经嘉庆、道光、咸丰、同治、光绪五代皇帝。李朝正、李义清所著《巴蜀历代名媛著作考要》（巴蜀书社版）把赵氏姐妹误为“山东兰陵人”。赵氏姐妹籍贯江苏武进（或称阳湖，今属常州），古称兰陵或毗陵，因山东有兰陵，又称南兰陵。赵氏姐妹的雅号兰陵三秀，即源于此。叶恭绰编《全清词钞》（中华书局1982年5月版）、鲜于煌注释的《历代名媛诗词选》（重庆出版社1985年10月版）、王延梯著《中国古代女作家集》（山东大学出版社1999年2月版）、朱德慈著《近代词人考录》（中国社会科学出版社2004年12月版）、胡文楷编著《历代妇女著述考》（上海古籍出版社1985年5月第1版）、龚学文编著《闺秀词三百首》（漓江出版社1996年6月版）和清末民初施淑仪《清代闺阁诗人征略》（上海书店1987年5月影印本），都据《小檀栾室汇刻闺秀词》“锡山”之误，把赵友兰（书卿）进一步说成是无锡人，其实尽管清代无锡时属常州府，但还是不能与武进混淆。前三本书还分别把《澹音阁词》误为《澹香阁词》（叶书和鲜于书）或《淡香阁词》（王书和朱书），而且《中国古代女作家集》没有按其体例把赵友兰（书卿）和其妹赵韵卿的条目联系起来。《历代妇女著述考》也还把赵云卿误说成是“江苏铜山人”，云卿之妹书卿韵卿误为书卿瑞卿，均来自《国朝闺秀正始续集补遗》。但该书虽误录《小檀栾室汇刻闺秀词》收其妹赵韵卿的《寄云山馆诗余》，但申明“未见”。可是该书把三姐妹列为三个不同籍贯，也很有趣，唯韵卿籍贯正确。民初吴灏从《小檀栾室汇刻闺秀词》精选的《闺秀百家词选》（民国四年扫叶山房石印本）第三卷把澹音阁错为澹青阁，并误称赵为无锡人。

（四）关于巴金的高伯祖父（秋门公）李寅熙及浙江嘉兴祖上

李寅熙晚年一直在北京，并卒于北京。

陆明先生撰文《巴金与嘉兴》，对李氏家族在嘉兴的历史有比较扼要的描述，但是文中写道："李文熙之兄李寅熙（别号秋门）晚年一直住在嘉兴，……，著有《秋门草堂诗钞》四卷；……"其实《秋门草堂诗钞》的诗词中记载着秋门公李寅熙乾隆丁酉（1777）年后离乡北游，多居京城，只曾一度短暂回乡应考。此书之后记中更有简洁明确的记录："乾隆己酉病瘤卒于京邸。"陆正伟先生文章《巴金的祖籍在嘉兴》（2006 年 10 月 27 日）还增加了细节，如："另一支为巴金的高祖李寅熙，著有《秋门草堂诗抄》等，有文名，又同嘉兴籍的状元汪如洋交往，在一起吟诗唱和，因而一直世居嘉兴角里街。"李寅熙和汪如洋吟诗唱和早年在嘉兴，后来则在外地，以北京为主，而且不少时间是在两地间以书信唱和。李寅熙第二次到北京曾经住在北京长春寺附近的汪如洋寓所。不仅李寅熙并不一直世居嘉兴角里街，在 1784 年他因赴乾隆南巡召试回乡时嘉兴的李家已经搬离角里街。这篇文章还两次提到巴金的二堂伯，却先后使用了不同的"李青程"和"李青城"，后者是正确的，二堂伯李道江号青城。此文还有一句有趣的说法："李璠的嫡曾孙，是李氏家族迁四川后的第五代。"其实只要是李璠的曾孙辈，无论嫡庶，都是李氏家族迁四川后的第五代。

李存光的《巴金》（第 23 页）和《巴金传》（第 61 页）都提到 1923 年"12 月 8 日（巴金与其三哥李尧林）再度去嘉兴。这次是遵在四川的二伯祖之嘱，去查验修缮后的祠堂，扫祭祖先，并替二伯祖做神主"。这里的"二伯祖之嘱"应为"二堂伯（李道江号青城，即二伯祖蓉洲公李忠清之子）之嘱"，因为不仅二伯祖此时早已作古多年，无法嘱托；即令他还活着，也不能请人为自己在祠堂里做神主。

李寅熙嗣子李玑一支在嘉兴繁衍之说，尚无史料佐证。

《巴金与嘉兴》写道："寅熙无后，以文熙次子李玑为嗣，这一支在嘉兴繁衍。"应当指出，关于秋门公嗣子李玑一支在嘉兴繁衍的说法，只是该文作者的推论，虽有可能，尚无任何史料佐证。王学平先生 2003 年的《巴金的祖籍情结》也援用了陆文的这一说法。2005 年 10 月 21 日《嘉兴日报》载史念先生文章《1923 年巴金嘉兴之行》，说法也与陆文基本一致；此外史文还说"由于巴金的伯高祖李寅熙无子,以李玑为嗣子,故李介庵的儿孙便顶了四川与嘉兴两支血脉”。其实秋门公李寅熙兄弟五人(见《醉墨山房仅存稿·先府君行略》),并没有充足根据说只有其四弟介庵公李文熙的“儿孙便顶了四川与嘉兴两支血脉”。2006 年 6 月出版的《上海滩》(总 234 期)载陆正伟先生文章《寻访巴金祖籍地》基本袭用了上述说法,此外还说“一支为李介庵(名文熙),为谋求发展,于嘉庆二十三年离开迁往四川”。如前所述,此说不确。接下来陆文还说:“四川的李介庵有三子——李璇、李玑和李璠,他们都在四川、甘肃等地做官。”其实并没有任何关于李玑所在和做官的史料记载。陆正伟先生的另外一篇文章《巴金的祖籍在嘉兴》(2006 年 10 月 27 日)基本重复了同一种说法。周立民先生文章《寻访巴金旧踪》也称“李寅熙(别号秋门)一支人则一直在嘉兴生活。”

关于浙江嘉兴祖上。

史文提到“巴金的祖上在清代前期就世居嘉兴角里街。其八世祖李玉傅、七世祖李诱”。陆正伟文章《寻访巴金祖籍地》则提到“其八世祖李玉傅、七世祖李诱、六世祖李南堂”。陆正伟后文《巴金的祖籍在嘉兴》还称“七世祖李彪”。姑且不论究竟该称几世祖,这三位正确的名字应当是李玉傳、李滤、李南棠。《寻访巴金祖籍地》又提到“嘉兴市志办找到了李家祖籍旧址”,其实找到的只是祠堂旧址。《巴金的祖籍在嘉兴》还说:“这座祠堂尔后成了四川与嘉兴李氏家属联系的纽带。早年,成都的李家后代只要到东南地区办事,都会弯到嘉兴来拜谒祖先。”其实那时候李氏家族并没有什么事情要到东南地区去办,几乎每次都是专程到嘉兴祭祖访旧。嘉兴市出版的旅游资源普查图集《寻踪追源》(王照祥主编,出版年月不详)第 44 页收有一张题为《李氏祠堂》的照片。根据本文作者考察,这是在嘉兴市塘汇李氏祠堂旧址拍摄的,但是因为祠堂早已被拆除,所以照片上的房屋并不是祠堂,而只是在祠堂原址上修建的民居,应予说明。

唐、张二人所著的《巴金的一个世纪》说“李氏原籍浙江嘉兴塘汇镇”。其实在秋门公李寅熙离开嘉兴以前,李氏“世居角里街”(见《醉墨山房仅存稿·先府君行略》)。

傅逅勒先生呕心沥血二十余年,编出万言《嘉兴历代人物考略》(香港天马出版有限公司2005年5月第1版)。其正文中收入介庵公李文熙和秋门公李寅熙,但是把李文熙误为李璠的儿子和李寅熙的哥哥,李文熙实为李璠的父亲和李寅熙的弟弟。该书附录还收入巴金姑姑李道漪,称其"字蕙清,……李道沅、李道祥妹"。这有两处错误:李道漪的字应当是蕙卿;她兄妹多人,但是没有李道祥。她这一辈姓名第三个字偏旁都有水,最接近的是李道洋。

李道洋为他祖父宗望公李璠的《醉墨山房仅存稿》作跋,结尾句为"丁亥秋孙道洋谨述",其中"孙"字用小字刻出,其意为"丁亥秋(李璠)孙(李)道洋谨述"。《清人别集总目》(李灵年、杨忠主编,2000年安徽教育出版社出版)则误录《醉墨山房仅存稿》为"孙道洋刻"。另外李道洋这篇跋本身也刻印有误,此书既不可能是丁亥1947年(民国三十六年)刻印,因为李道洋早于此前故世;也不可能是丁亥1887年(光绪十三年)刻印,因为李道洋在《跋》中说他自己因"国变……弃官闲居",这里的"国变"是1911年的辛亥革命。收藏此书的各图书馆据"丁亥"各加不同分析,并予著录。《总目》把这些图书馆著录汇总为"光绪十三年(即1887年)李氏成都刻本(上图、川图)"和"民国三十六年(即1947年)孙道洋刻本(南图、南大)";柯愈春所著《清人诗文集总目提要》也说是"光绪十三年李氏成都刻",都是不对的。以《跋》中李道洋称其父李镛为家君而不是先君来看,此书当刻印于辛亥革命(1911年)后、李镛过世(1920年)前,以丁巳年(1917年)可能性最大。《总目》还说"光绪十三年李氏成都刻本"为一卷本,其实此书只有一个版本,四卷两册。《总目》还附作者简历:"李璠,宝坻人,同治四年进士。"这个简历显然是错误的,与《醉墨山房仅存稿》作者宗望公李璠无关。因为宗望公李璠是浙江嘉兴人,同治四年已在四川任知县。

(五)关于巴金的父母兄姊

陈思和先生的《巴金图传》说:"巴金的父亲李道河是李镛的长子……,但是他的官运和才干都不及其父,学识也不及两个去日本留过学的弟弟。"陈思和《巴金》(见当代中国出版社《嘉兴文杰》第二集,2005 年 12 月版)在同样这段话后还加了一句"所以(李道河)过得平平"(第 327 页)。这段话也被田夫先生《巴金的家和〈家〉》一字不差地抄入(《巴金的家和〈家〉》第 5 页)。但是并未见到陈书和田书对(子舟公)李道河的才干和学识提出什么真实材料,也没看见陈书和田书说出两个去日本留过学的弟弟相对李道河而言又过得如何不平凡。在那个时代,长房长子或长房长孙要对大家庭承担着更多的责任,要为长辈和弟妹们做出牺牲。以 1911 年底(12 月 28 日)成都发生兵变为例,整个大家族撤走避难,只留下长子李道河和长孙李尧枚在家彻夜守护。所以长子长孙往往不得不放弃很多机遇,特别是留学海外。但是并不能因此断言他们才学不济。周立民先生《新与旧:巴金关于"家"的叙述》说"巴金的父亲李道河不做诗"(《纪念〈家〉出版 75 周年研讨会论文集》2008 年 10 月 15 日),但是同文前一段则引用了《秋棠山馆诗抄》胡淦《序》中的"子舟大令亦有(诗文)集待梓"。子舟是李道河的号,大令则是当时对当过知县者的雅称。李道河不仅擅长诗文,而且还为子侄们(也有幼弟)写了新戏(讽刺剧)《知事现形记》在家里演出。

徐开垒先生的《巴金和他的同时代人》(学林出版社 1999 年 1 月第一版)说:"(巴金的)母亲(陈淑芬)生于在山明水秀的浙江省一个小城里。"陈淑芬祖籍浙江,但是出生于四川。徐书又说:"巴金的母亲还有一个与她婆家的人很大的区别,这就是高家有人生病,总是烧香拜佛,请神求道,急了才请中医上门,搭脉开方;她却相信西医,……"她的婆家姓李不姓高,作者显然把巴金的李家和《家·春·秋》里的高家混淆了。徐书还接着说:"(巴金母亲与)他的祖父和父亲既害怕外国人,又轻视外国人,是完全处在两种心态中。"事实上,巴金的祖父和父亲在当时是比较开放,不仅接受照相等当时并不被国人普遍接受的西洋术,还把巴金的二叔和三叔送到日本留学。徐先生的"既害怕又轻视"观点不知基于何种事实根据。一些书籍特别是网络转载,把巴金的母亲陈淑芬的名字误为陈淑芳,这里就不一一例举了。

徐开垒先生的《巴金传》写道:"她(即巴金的母亲陈淑芬)进门第二年,就……生了……巴金的大哥……李尧枚",其后"又为李家接连生了三个女儿”,后来“……不到四岁的大女儿……夭折了”(以上皆引自第四页)。同书后面又写道:“(巴金的)二姐尧桢比大哥尧枚只小一岁。”(第九页)既然大哥和二姐之间还有早夭的大姐,二姐就不可能比大哥只小一岁。

四川辞书出版社出版的《四川近现代人名录》(1993 年 2 月版)收入巴金的二哥李林(李尧林的笔名),其生卒年月录为“1901—1945”。事实上,李林先生出生于 1903 年 3 月下旬。

(六) 其他种种

各种地方志之误。

民国《筠连县志·武功》中称李璠以及其侄李忠清为“江西人”,实为浙江嘉兴人,《筠连县志·职官》亦称李璠为“江西监生”。民国《高县志·宦绩》也误说李璠是“江西人”,民国《南溪县志》则误称李璠为“云南昆明(人)”,民国《富顺县志》除了沿用“云南昆明人”外,还把李璠的名字错为“李蟠”。民国《松潘县志》把李忠清误为“李忠青”,并将其籍贯误为“湖北人”;民国《泸县志》把李忠清误为“李宗清”;光绪《彭水县志》把李忠清之兄李洪钧误为“李鸿钧”。民国重修《广元县志》称李道河“云南人”,民国重修《大足县志》把李道河误为“李道和”。

各种照片之误。

陈思和先生的《巴金图传》第七页上的照片“大家族的合影”并不是巴金祖上大家族的合影。巴金先生曾告诉其侄李致先生这是当年成都商会部分成员的合影,前排左起第一人是巴金的父亲李道河。该书第一页左侧还有一张照片,未加说明。但因为是在第一章《家庭的环境》标题的右页上,所以给人造成这是巴金家族照片的印象。其实这张照片是巴金先生与他四舅陈砚农一家人的合影。陈砚农(右一)是巴金生母陈淑芬的四弟,后为成都市邮政官员,家境较好。在李家原来的大家族破落后对巴金的大哥的遗孤们多有照顾。左一为巴金先生的四舅母。唐金海和张晓云所著《巴金的一个世纪》第 4 页上的众人合影照旁有注释:“‘李家大公馆'是个大家庭",令人以为这是李家合影,其实这是巴金母亲的娘家陈家的女眷及子女的合影。

李辉先生撰稿的《一个知识分子的历史肖像》(四川人民出版社2003年10月版)第196页上有巴金与大哥李尧枚和七堂弟李西舲(左)的合影,但是该书却误注为"李家三兄弟。大哥尧枚(中)、三哥尧林(左)、尧棠"。

《作家巴金》中有误。

香港作家余思牧先生长期研究巴金。由于不受"文化大革命"等外界干扰,他的研究见地独到,见其近作《作家巴金》(增订本,香港利文出版社2006年3月出版)。但是有关巴金家族历史,尚有几处错误,除了上面指出过的巴金的曾祖父李璠只"做了一任县官"和祖父李镛(号"皖"云)等外,还有"李镛还娶了一房妾侍,叫曾姨太,她为李家添了六子一女"。事实上李镛娶了曾、黄两房妾侍,黄氏无出、曾氏只生一子。另外书中说"巴金父亲李道河(字子丹)"为子舟之误。书中还有"后来他(巴金)的父亲续娶,继母邓景蘧为他添了三个弟妹。这就是十四弟李尧椽、十七弟尧集和妹妹李琼如、李瑞珏"。根据这里算出来是四个弟妹,不是文中所说三个,而事实上却只有两个,即十七弟尧集和十二妹瑞珏为继母邓景蘧所生。十四弟李尧椽和九妹李琼如均为原配陈淑芬所生。该书所附《巴金生平年表简编》又说:"继母邓景蘧为他生了三个弟妹。"仍然包括了"…妹妹李琼如(九妹) "之误。余书还先后提到两个不同的李镛病逝的日子,正确的是1920年2月19日(农历除夕)。该书在提到李镛死后,李氏大家族分家时说"代表巴金这一房的自然是嫡子李尧枚",应为长子李尧枚。其父李道河从未纳妾,嫡庶之分无从谈起。

该书所附《巴金生平年表简编》还有:"1909年(清宣统元年·己酉)5岁——李镛夫妇给大儿子娶了一个知书达理的闺秀陈淑芬做李氏长房的媳妇。李道河新婚的第二年,李鏞就花了一笔巨款给大儿子捐了一个过班知县——四川有名的'蜀道门户'、'川中重镇'的广元县知县。(巴金)父亲赴四川广元上任为县官,随家同去,至父所任。"这段话给人的印象是巴金父亲1909年由李鏞捐官赴广元任知县，是在与巴金母亲陳淑芬结婚后的"第二年"。这显然与此时巴金已经五岁以及他上面还有两个哥哥和三个姐姐的事实不相符合。

香港出版的《香江文坛》2003年10月总第22期刊有"庆贺巴金百岁华诞专辑"，其中有署名慧丹的《巴金小传》。这篇文章除了包括前书提到的一些错误外，还有两点需要指出：(1)文章说"李镛有两位夫人，汤氏和濮氏，都是能文善画。出身名门的闺秀"，应当说"李镛先后有两位夫人，原配汤氏和继配濮氏，……"(2)文章还说："(巴金)他母亲(陈淑芬)在1913年(民国二年)生了她最小的一个孩子尧椽之后…逝世。后来他(巴金)的父亲续娶，继母邓景蘧为他添了四个弟妹。这就是十四弟李采臣、十七弟尧集(又名济生)和妹妹李琼如、李瑞珏。"如前所述，巴金的继母邓景蘧只生了李尧集和李瑞珏；李尧椽和李琼如均为巴金生母陈淑芬所出。应当特别说明的是李采臣就是李尧椽，不能当作两个人。此外文中还有一处把巴金二姐李尧桢的名字误印为李尧植。

《巴金家族的祖脉》和《巴金家何处》开创戏说先河。

徐伏钢先生的《巴金家族的祖脉》(又名《历史祠堂的帷幕……》，见诸多种报刊)和郑光路先生的《巴金家何处》(2005年第9期《百姓》，多处转载，见《中国文艺》2005年第6期《寻找巴金的老家》等)文章综合以前关于巴金家族历史的若干文章，也几乎包括上述全部错误说法。另外两文均有巴金先生1923年4月到嘉兴时与其四伯祖李熙平的"对话"，而且"对话"的内容都加了引号，变成"原话引用"，开创了"戏说"巴金家族历史之先河。郑文中竟有："清嘉庆二十三年，李璠随他父亲李文熙游宦入蜀"之类奇谈，并与"李寅熙，别号秋门，晚年一直住在嘉兴"不正确的说法一起，放入了四伯祖李熙平口中(均加引号)，成为李氏"家传"之言。郑光路文中还演绎道："笔者发现一个有趣的问题：巴金高祖李文熙，熙字与"火"有关；曾祖李璠，璠与"土"有关(玉通土)；祖父李镛，"镛"字与"金"有关，李镛有李道河等五子一女，名字之中都有"水"；而巴金(李尧棠)及他兄长们，名字中都有"木"。……很可能李文熙自入川后，就已定下为后辈取名的"五行相生"的顺序，以祈求在四川能子孙繁衍、生生不息……”可是巴金的二伯祖蓉洲公李忠清（李文熙的次孙）及其长兄李洪钧（李文熙的长孙）的名字就都不在此列。李家后代的“五行相生”显然不是从李文熙的后一辈开始的。

《巴金的家和〈家〉》中诸多错误。

田夫先生编著的《巴金的家和〈家〉》中说“……李介庵……当年远迁入川，以一个普通儒生身份在官府充当幕僚”（第三页），这里“幕僚”之误如前所述。

接着上面那一段，田书还有：“祖父李镛也能诗文，他给自己起了个雅号：皖云。他自刻过一部诗集《秋棠山馆诗钞》。”这番话，田书也是从别的书原封不动抄录而来的（抄自谭兴国先生的《走进巴金的世界》）。其中“皖云”、“自刻”、“诗集”之误已在前面指出，不赘。

即使是这样的大量抄录（而且不注明出处），田书也抄得前后自相矛盾。第5页中说：“李镛有两房妻室，生了六儿三女”（抄陈思和《巴金图传》）；第69页又从别处抄来：“他结过两次婚……，生了五儿一女。”

田书中赫赫印出李氏家族后人李致为该书顾问，据了解李致先生根本就没有同意担任顾问，也没有看过该书的定稿。

本文是在过去几年里根据所读到的文章书籍陆续记录下来并在近期整理出来的，并于近期作了大幅补充。若所“正”有误，谨此致歉，并欢迎指正。

2005年8月19日深夜初稿
2006年12月25日补充定稿
2008年12月12日再次增补

张民权

《家》的精神资源永葆活力

巴金的《家》于1931年4月至1932年5月在上海《时报》连载（当时书名为《激流》），于1933年5月由上海开明书店出版单行本，这一正式以《家》命名的著作出版已有整整75年。在《家》之后，巴金又写作、发表了续篇《春》、《秋》，它们前后承续、相互映照，一起被作为"激流三部曲"，对作家有着直接、鲜明感受和深切体验的，当时正在急剧瓦解中的旧家庭制度作了全面而深入的描画、透视，它们也因此成为人们认识、了解中国这一特定历史时期社会生活和文化、观念演变的最重要的作品。就这一点来说，《家》及其续作肯定会不朽的，正如一位外国学者指出的："巴金小说的价值，不只是在现时代，而特别在将来的时候要保留着，因为他的小说是代表一个时代的转变，就好似一部影片，在上面有无数的中国人所表演的悲剧。"①

但是，仅看到这种价值是不够的。在我看来，以《家》为代表的"激流三部曲"的主要价值②，在于其包孕了丰富的，虽在那个时代得到不同程度伸张，却又在以后相当一段时间里不可或缺、乃至指向未来的精神资源，而且它们本身又在作家后来的创作中得到提升，从而凝铸成了巴金之为巴金的独特的精神印记。这种精神资

① ［法］明兴礼《巴金的生活与著作》，上海文风出版社1950年版。

② 由于《家》与续作《春》、《秋》在思想线索、人物、情节等方面有相当连贯性，本文对《家》精神资源的分析，其实也包括了这两部小说。

本文作者在纪念《家》出版75周年学术研讨会上发言

源，我以为特别重要的有二：一、反封建；二、一种强烈、崇高的道德力量。

所谓反封建，即是对不尊重生命，不尊重人格和个人意志，专门损害弱小者，行为和权力不受限制和监督的封建专制主义及其观念形态的否定和批判。这种否定和批判，《激流三部曲》虽然不是新文学中最早、而且也许不是最深刻的，但却如绘画中的长轴画卷和音乐中的交响曲，是宏大、磅礴、充沛淋漓的，而且由于主要围绕一般人所关心的爱情、婚姻问题展开，所以在当时社会上，尤其青年人中产生的影响是巨大、非同凡响的；其他作家很难与之匹比。这一资源后来一直为巴金所珍视并不断深化。

所谓强烈、崇高的道德力量，是指作品中强烈的道德感以及蕴含其中的巴金独特的道德理想。夏志清在《中国现代小说史》里说：巴金是一个“具有强烈道德感——甚至可以说宗教狂热——的人”。[①]笔者在20世纪80年代末出版的巴金研究著作中，曾对巴金创作的情感—伦理型特征及其道德理想的内涵做过较深入的分

① 夏志清：《中国现代小说史》，香港友谊出版社有限公司1979年版。

析，认为它在本质上是一种力图统一个体利益和群体利益、协调个性发展和群体发展，最终实现“使每一个社会成员都能够完全自由地发展和发挥他的全部力量和才能”的现代的集体主义道德观；其思想渊源当为法国哲学家居友和俄国思想家、无政府主义者克鲁泡特金——尤其后者。[①]《家》及其续作中，觉慧、觉民、琴等青年人常常感觉到自己的道德力量超过高老太爷和其他旧家庭家长，常常感到“生活力的满溢”和“散布生命”的欢乐，就因为他们拥有这种崇高的道德精神力量。这一资源也一直为巴金保持着，并成为他晚年战胜“文革”噩梦，获得涅槃和精神升华的重要动力。

如果说《家》是巴金创作的第一个高峰，那么他在40年代中后期写作的《憩园》、《第四病室》、《寒夜》则是第二个高峰。从《家》到这些作品，巴金的创作无疑有变化、有区别，但我以为这种变化和区别是建立在思想脉络和精神资源相承续、连贯的基础上的，不能把《憩园》、《寒夜》只是看作家庭伦理小说和探索人性复杂性的作品，更不能简单地认为从前者到后者是巴金从“家”的“出走”到“家”的“回归”。只要不是过于褊狭、而较为全面地看，人们就不难知道，对新的历史条件下蔑视生命和个体人格、剥夺“小人物”的封建专制性社会现实的批判，对封建残余意识和变形物的思考、否定，是这些作品的最重要的思想线索；而且同样没有疑问的是，这种批判和否定是更加忧愤深广、更加鞭辟入里的。

在巴金后期的这些作品中，虽然少有“生命力满溢”、“散布生命”的具有崇高道德理想的形象，但仍蕴含了很强的道德感。他那时笔下的人物，或希望“给人间多留一点温暖，揩干每只流泪的眼睛，让每个人欢笑”（《憩园》万昭华），或“努力帮助别人减轻痛苦，鼓舞别人生活的勇气，要别人‘变得善良些、纯洁些，对人有用些’”（《第四病室》杨木华）等，其实都折射着作家炽热的人道主义情怀和理想。而且也许今天我们再也不能像以往那样，对这些人物在无可奈何困境下的美好愿望和善良心，对作家的人道主义理想，轻佻地说成是“软弱”、“缺乏力量”了。即使如《寒夜》中的汪文宣，

① 见拙著《巴金小说的生命体系》，上海文艺出版社1989年版。

也是一个洁身自好、是非分明、有着道德底线的近乎“外圆内方”的人物,这些年有新进学者在研究中进一步指出:他身上有“让人们肃然起敬的道德力量”,一种“由崇高的信仰蜕变而来的自我道德的完善”,认为其“具有安那其伦理意义上的道德特征”。①

当然,《家》的精神资源在巴金经历了新中国成立后的历次思想政治运动,尤其“文革”后,于晚年用八年时间写就的《随想录》中获得了更充分和崭新的提升。

中国有长达两千多年的封建专制社会历史,孙中山领导的辛亥革命结束这种历史至今才不到一百年,要想在百年不到或百来年的时间里完全清除封建主义的影响,显然不可能。人民共和国在创建过程中和创建后,都对封建主义进行了坚决、不妥协的斗争,但也不可能把一切问题都解决。而有意思的是,我们党在取得执政地位后,从50年代初开始滋长的思想文化方面的过左偏颇及至后来发展起来的极左路线,其实正与旧制度的残余意识有这样或那样的联系;而当它进一步膨胀起来、占据主导地位的时候,又反过来助长封建、专制性东西——巴金称之为“披着‘革命’外衣的封建主义”(《人道主义》)的泛滥。“文革”就是最明显不过的例子。巴金晚年写成的《随想录》,摆进自我,从自我清算做起,对“文革”作了认真的审视和深刻的反思,倡言建立“文革”博物馆,并对当时社会上其他一些不利于文艺、社会、人性发展的现象和做法,提出不同看法和独立意见,实在是《家》的反封建精神资源在新的历史条件下的拓展和深化。这一点想来不该再有什么疑问吧?

在《随想录》这部大书中,《家》的另一精神资源——道德感和道德力量也又一次焕发出夺目的光彩,并达到一种新的境界。我有时想这样两个问题:一、要是巴金不写《随想录》,巴金会是今天的这个巴金吗?二、要是巴金不写《随想录》,巴金会是当年的那个巴金吗?对这两个问题的回答,我多取否定的态度。也就是说,在我看来,巴金晚年要是不写《随想录》,就不会是今天的巴金;而巴

① 刘律廷:《道德的拯力:〈寒夜〉的另一种解读》,《巴金研究》2007年第2—3期。

金既然是当年那个具有强烈道德感和崇高道德理想的巴金,那他在经历了那些岁月那些事以后,必定会写《随想录》。当然,这是不具现实可证性的命题,我们现在看到的只是:巴金写了《随想录》。

深入一些谈。我对后一个问题的答案,主要基于对巴金创作中的道德感及其蕴含其中的道德理想的认识。巴金道德理想中有这样两个要义:一、尊重生命,尊重每个人的自由发展,即如他说的:"我的生活的目标无一不是在:帮助人,使每个人都得着春天,每颗心都得着光明,每个人的生活都得着幸福,每个人的发展都得着自由。"(《春天里的秋天·序》)试想,当巴金经历了"文革",幡然醒悟、恢复自我之后,怎能对当时"人变成兽","人性受到这样的摧残、践踏"的历史谬误保持沉默?二、强调个人生命应当为他人"放散",必要时还应当"放弃(牺牲)"。对他本人而言,这"放散"、"放弃(牺牲)"更是一种责无旁贷的道德义务。试想,又有哪种力量可以遏制有着这样道德义务和勇气的巴金不为他人、群体、人类的健全和发展而痛心疾首、仗义执言?于是,此时我们又可以经常在他文章中读到"给予"、"付出"、"放散"、"生命的开花"等文字,真有一种"我不入地狱,谁入地狱"的担待。

叶圣陶在晚年写的一篇追念金仲华(原上海市副市长)的文章中有如下一段话:

> 我说"岂意斯人出此端"绝无责备仲华不够坚强的意思。我想,死是多么严肃的事,被迫害而出于一死,必然有深恶痛绝,再也不愿与共天地的理由在,我怎么敢责备他呢?我对老舍也作这么想。我在家里常对至善满子说,十年"人祸",相识的朋友致死的有一百左右;其中交情最深的二位,一位是仲华,一位是老舍。我每当想到他们二位,总要感叹"斯人也而有斯死也!"[①]

套用叶圣陶的认识和文句,我们可以这样说:巴金晚年作《随想录》,实在是"斯人也而有斯文也!"就是说,是有某种历史必然性的,《家》中包孕并一以贯之的强烈、崇高的道德精神,是他写作《随

① 叶圣陶:《追念金仲华兄》,《文汇报》1983年4月4日。

想录》的原动力。

我对前一个问题的答案，主要是感到《随想录》的写作对于巴金来说，实在是太重要，也太为难他了。《家》和巴金的其他作品，主要通过构思故事、塑造人物形象来批判社会，作家对自我的解剖是比较次要和间接的，而《随想录》却直接把作家自我作为主要审视对象，以此达到批判、告诫的目的，此其为一不易。巴金原是“文革”的受害者，他完全可以堂而皇之地以这样的身份来控诉、批判这场浩劫，或者轻描淡写地否定自己几句也可，但他却动真格，作近乎“残酷”的自责、自剖，对自己先是“奴在身者”后是“奴在心者”等不堪作为和心路历程作充分的暴露和无情的针砭，此其为二不易。《随想录》中提出、涉及的问题视野宽广，涵盖了文学、历史、文化、思想等各个层面，其重要性和深刻程度不但超过了他过去的思考，而且在当代作家和整个知识者中也罕有可比的，此其为三不易。[①]从以上几点看，在道德精神力量方面，此时的巴金较以往有许多突破和超越。所以在我而言，很难想象没有《随想录》的巴金，也很难想象没有《随想录》的20世纪中国文学、思想文化史——那肯定要逊色不少的。

记得有人说过这样的话：所谓伟大诗人的不朽，无非是“不断更新地产生他的活的影响”，始终在“满足‘当代的要求’”。[②]今天，中国社会跨进21世纪已有几年了。而不要说巴金的《家》出版已有四分之三的世纪，就是《随想录》写作、发表距今也已有二三十年了——差不多四分之一的世纪。但虽是如此，《家》、《随想录》中包孕的包括了反封建、强烈的道德力量等在内的精神资源却似乎并未过时。

《家》，特别是《随想录》以来，中国社会的发展、进步是世人有目皆睹的。但同样毋庸讳言的是，转型期中国社会存在的问题也

---

① 这里，参照，吸收了洪子诚、摩罗、陈思和、李存光等学者在《细读〈随想录〉》一书（上海社科院出版社2008年版）中的某些观点。

② 《卢卡契文学论文集》第2卷第524页，中国社会科学出版社1981年版。

很明显和突出，需要认真对待、解决。眼下，如何进一步切实做到以人为本？如何对生命有更多的尊重？如何从源头上遏制官商勾结和权力伸向市场的利益之手？如何倡扬公民社会的公共民主精神？如何有效地建立并维护社会的诚信机制？如何使道德教育、道德建设不流于形式和号召，让道德信仰、道德规范成为每一种社会组织和每一个公民的发乎自身和内心的自觉追求和戒律？而在道德建设、道德理想倡扬方面，如何协调个体利益和群体利益、个性发展和社会共同发展的关系，既避免在强调了个人对于他人、社会整体利益的责任后可能发生的忽视个人生存价值、自由和权利的倾向，又防止在关注了这一点后而忽视群体利益和社会共同发展，陷入极端个人主义、享乐主义和拜金主义的泥潭？凡此种种，不都可以启示我们，《家》等巴金作品中的精神资源在现今仍富活力，仍可“满足‘当代的要求’”吗？

惟此，我们今天纪念《家》出版75周年，是更有意义的。

2008年9月30日

戴　翊

《家》:用艺术创作作为斗争武器的典范

——写于《家》出版75周年之际

1931年,巴金的《家》在上海的《时报》上以《激流》的名字连载,顿时引起了轰动。当以《家》为“激流三部曲”的第一部发表以后,作家、评论家巴人(王任叔)撰文指出:“巴金激动了万千读者的心,为它哭,为它笑,为它奋勇前进。在这里,巴金是尽了变革这古老的中国社会的一部分任务。”他甚至认为,“在中国,巴金是巍立于荒芜的新文艺里,拥有极多的读者,他是值得该拥护的。”[①]

1931年前后正是以蒋光慈为创作的代表人物、以钱杏邨为主要理论家的“革命文学”风行之时。“革命文学”即所谓的“革命的浪漫谛克”,而“革命的浪漫谛克”的精髓是“革命加恋爱”的公式,这个公式引自日本的藏原惟人的“你若出名,则必须描写恋爱加革命的线索”。[②]这些作品的主题不仅与生活实际差得很远,而且在表现方式上也都是“标语口号式“的。钱杏邨就理直气壮地说:“在革命的现阶段,标语口号文学(注意:我不是说标语口号)在事实上还不是没有作用的,这种文学对于革命的前途是比任何种类的文艺更具有力量的。”[③]所以这种作品就把文学变成了纯粹的政治鼓动,

① 《论巴金的〈家〉的三部曲》,引自王永生主编:《中国现代文论选》第3册第159页、第160页。贵州人民出版社1984年1月版。

② 引自旷新年:《1928年革命文学》第100页,山东教育出版社1998年5月出版。

③ 引自旷新年:《1928年革命文学》第107页,山东教育出版社1998年5月出版。

本文作者在纪念《家》出版75周年学术研讨会上发言

很难有什么艺术生命，正如茅盾所说：那些作品只是“既不能表现无产阶级的意识，也不能让无产阶级看得懂，只是‘卖膏药式’的十八句口诀那样的标语口号式或广告式的无产文艺”。[①]连当时积极参加“革命文学”创作的郭沫若的作品（如短篇小说《一只手》），也遭到艺术上的失败，也就不奇怪了。这也就是巴人把当时的文坛称为“荒芜的新文艺”的根本原因。

在用艺术创作作为斗争武器这一点上，巴金与“革命文学”的作者们是相同的，他明确地指出，“我一直把我的笔当作攻击旧社会、旧制度的武器来使用，倘使不是为了向不合理的制度进攻，我绝不会写小说。”（《谈〈春〉》）“自从我执笔以来，就没有停止过对我的敌人的攻击。”（《文学生活五十年》）。

在民主革命时期，中国革命的主要对象之一就是封建主义。巴金当然接触过不少反对封建主义的理论，他明确宣言：“对那吃人的封建制度我可以进行无情的打击。我一定要用全力打击它。”

① 引自旷新年：《1928年革命文学》第131页，山东教育出版社1998年5月出版。

创作《家》的反封建礼教的目标也是明确的："为我大哥，为我自己，为我那些横遭摧残兄弟姐妹我要写一本小说。我要为同时代的年轻人控诉、伸冤"(《谈〈激流〉》)。但他决不走"革命文学"的套路，不是用"革命的"标语口号加上杜撰的"恋爱"故事来结构作品。小说反封建的主题也不是来自书本。巴金强调的是生活，他说："我最主要的老师是生活，中国的社会生活。"(《文学生活五十年》)他是从在封建旧家庭十九年的亲身体验中汲取主题。在那十九年中，他看见了多少年轻人在封建家长制的家庭中受迫害，成为封建礼教的牺牲品的命运。巴金曾回忆说："那十几年里，我已经用眼泪埋葬了不少的尸首，那些都是不必要的牺牲者，完全是被陈腐的封建道德，传统观念和两三个人的一时任性杀死的。"(见短篇小说《在门槛上》)所以在巴金的脑子里只有成堆的生活积累，是过去的生活逼着作家拿起笔来。这就是作品反对封建礼教主题的坚实的生活基础。而这个来自现实生活的主题，在当时封建礼教横行肆虐的中国，也实在太容易引起万千读者的共鸣了。

同时，巴金在创作中也是自觉遵循艺术规律的。他深知自己"不是一个说教者"，"不能明确地指出一条路来"，但读者可以在作品里面去找它(《激流》总序)。多年以后，他还总结说："我常常这样想，文学有宣传作用，但宣传不能代替文学；文学有教育作用，但教育不能代替文学。"[①]所以他要求自己"在作品中生活，在作品中奋斗"。这就在创作上与标语口号式的"革命文学"划清了界限。

所以打开《家》，读者立刻感觉到眼前展开了一幅封建家长制大家庭的真实图景。可以说高家那种等级森严、令人窒息，也必定会产生许许多多封建礼教的悲剧的家族生活，是当时中国几乎所有的家庭生活的生动的缩影。这种家族生活不仅是整个封建社会家庭生活的模式，就在满清王朝被推翻以后，还在延续(作品中的高家就是当时一个典型的大家庭)，甚至在新中国建立后也还在不同程度上在许多家庭中延续了一些时候。所以今天的读者读了《家》以后，也会觉得似曾相识。我们可以说，《家》是展示封建礼教

① 《文学的作用》，香港《大公报》1979年3月1日。

社会的最直观、最生动的教材，因而万千读者就会在心底里激起了反对封建礼教的最强烈的情绪。这种效果是当时那些在“纸面上写着许多‘打，打’，‘杀，杀’，‘血，血’”（鲁迅语）的“革命文学”作品所不可比拟的。

文学是人学。巴金非常自觉地通过形形色色的人物来表现封建家族生活的悲剧和反抗的。“我知道通过那些人物，我在生活，我在战斗。”（谈《激流》）这里首先还是要提到小说的坚实的生活基础。巴金笔下的人物无论是正面的还是反面的，大多都有生活原型。对于以高老太爷为代表的封建家长以及凭借这个制度作恶的人，“对他们我太熟悉了，我的仇恨太深了”（《谈〈激流〉》）。而对被封建家长制荼毒的年轻一代（包括仆人），巴金同样是非常熟悉的，他曾经“眼看许多人在那里挣扎，受苦，没有青春，没有幸福，永远做不必要的牺牲品”，所以他深有体会地说：“我在写《家》的时候，我仿佛在跟一些人一同受苦，一同在魔爪下面挣扎。”（谈《家》）正由于巴金对所描写的人物有着最可贵的生活基础和素材资源，所以他描写人物如此得心应手。

当然，巴金不是照搬生活，作品里的高家也不是生活里的李家，他深知自己要攻击的是封建制度。他在塑造人物形象时，同样遵循虚构、提炼、深化的规律，人物的性格和命运都集中在揭露封建家长制的罪恶和表现年轻一代的反抗上。除了对有生活原型的人物进行必要的提炼、深化以外，为了加强控诉的力度，他还虚构了梅、鸣凤、冯乐山等人物。其中对鸣凤这个人物的苦难命运及其以生命与之作最后的抗争的描写，是最为动人的。尽管这些人物的原型在高家没有出现，但巴金坚信在中国社会里有！这样，巴金就通过那些活生生的人物的塑造，实现了“通过那些人物，我在生活，我在战斗”（《关于〈激流〉》）的创作初衷。

《家》中有姓有名的人物达七八十个，其中的高老太爷、觉新、觉慧等人物形象都成了成功的艺术典型。这是这部作品对中国现代文学的又一重要贡献。

巴金塑造人物绝不走公式化、概念化、脸谱化的路子，而是最大程度上追求人物的真实性。因此《家》里的人物大多是血肉饱满、呼之欲出，既体现了各类人物的基本特征，又各自具有鲜明的个性色彩。比如高老太爷作为“封建大家庭的君主”，他的一句口头禅就充分体现了他在家族中的至高无上和专横无理：“我说对的，哪个敢说不对？我说要怎样做，就要怎样做！”别人对他的“圣旨”只能唯唯诺诺，唯命是从，可怜的十七岁的丫头鸣凤就因为他要把她送给七十岁的冯乐山做小老婆，而被活活逼死。但就是这个阎王般的家长却也希望家族和和美美。除夕一家子吃饭，他兴高采烈地要子孙们多吃酒，多吃菜，说说笑笑，不要拘束，就说明这一点。他虽是封建大家族“君主”，立誓“拼此残年，极力卫道”，却也把儿子送到日本留学，也不要两个孙子在家读私塾，而是送到外国语学校去学外语，这显见他也并不是一个十足古板的“冬烘先生”。而在孙子们的叛逆面前，他也感到“失望和孤独”。在临终前，对觉慧表现出的“温和”、“慈祥和亲切”则更显示出人性中的慈爱的一面。这样，高老太爷就不是脸谱化、标签化的人物，而是一个富有艺术生命的典型形象。

同样的，觉新和觉慧也都是有着“五四”时代出身于封建大家庭的青年共同特征，即不同程度地接受了民主、自由、个性解放的新思想，又都不同程度地带有剥削阶级的思想烙印。但他们的个性又是那么鲜明：觉新的家庭继承人的地位和因袭的封建主义重负使他一方面为受到的封建礼教的重重束缚和打击而不平，另一方面，却又只能向重重束缚和打击屈服，采取他特有的“作揖主义”和“无抵抗主义”。他虽然“信服新的理论”却又只能“顺应着旧的环境生活下去”，最可悲的是他并不对于自己的这种“二重人格”感到矛盾。他虽然有所觉醒，能够支持觉慧冲出家庭，投身新的时代洪流，可他自己却只能背着因袭的重担捱日子，却不曾想过如何与命运抗争，所以他始终摆脱不了这种无力自拔的悲剧命运，他不仅失去了深爱着的爱人梅，最后连心爱的妻子（他被迫娶的妻子是那么的善良、温柔，是他的幸运）也保不住，只能眼睁睁地任其被封建礼教和迷信夺去性命。觉新的懦弱性格无情地揭示了封建礼教、道德的重负是如何深重地戕害那个时代青年的灵魂，使这个艺术形象达到了前所未有的思想深度。那个时代的文学作品多从个性解放的角度描写青年的反抗，而觉新这种灵魂受到如此深重戕害的艺术形象却是少见的，因此其思想艺术价值是很可贵的。觉慧的“小少爷”的身份使他受到的束缚要小于觉新，而他对新思潮的接受不只是争取爱情婚姻，对社会的改造也不只是停留在口头上和纸面上，他已经走出家庭，积极参加反对军阀统治的政治斗争。因此他的反抗自觉性和力度也是觉新不能比的。他对自己身上的“人道主义”的举动（给要饭小孩两个半元的银币）自责，表明他思想已超越了“人道主义”，而开始走向根本改变社会的道路的探求，他最后冲出封建礼教的大家庭，投身社会革命洪流也是必然的。当然，觉慧的这种斗争只是初步的，他还没有接触到成熟的革命理论，他也没有彻底摆脱封建家庭少爷身上的印痕。但正因为作者一方面怀着极大的热情描写和赞扬这个封建家庭的叛逆者，另一方面又没有把他理想化任意拔高，所以成为带着那个时代特色的真实而又成功的艺术形象。

总之，通过真实而又生动的生活画面深刻地揭露封建礼教的罪恶，并成功地塑造了高老太爷、觉新、觉慧等不同社会意义的典型形象，使《家》成为现代文学史上的一部经典作品，也成为以艺术创作作为反对封建主义的斗争武器的典范。

[德]顾　彬

谈《家》、《憩园》、《寒夜》

一

尽管我们对新时期的中国文学批评持各种保留意见，它倾向于以意识形态的理由去否认中国现代文学的价值，但到目前为止有一点可以断定：在上述所有情况下，在技能和声誉之间几乎没有任何不相称。人们对他们可以有自己的态度，见仁见智，可是像茅盾、丁玲或老舍这样的叙事者都是真正的文体家，清楚地了解自己所做的事情。然而，巴金（1904—2005）却不一样，他经久不衰的声誉和他作为作家的实际语言能力毫不成比例（这方面简直无缘由可讲）。他的中文更多地是以一种情感冲击力为特征，而不在于对修辞的讲究，这种炽烈情热一直以来都紧紧攫住青年读者。他的重大主题是：混乱和反叛，希望和失望。作者采用极其强烈的对比：这是青年，那是他们的敌人；这是神圣的权利，那是可鄙的义务；这是可希望的光明和自由，那是作为过去和当前的压迫和苦难。巴金的巨大影响和无可逾越的成功还得益于另外两个源泉：他报道自身生活，把自身生活变成了文学；他善于营造抒情气氛和乐于使用对话的形式。[①]不过必须公平地说一句，巴金从来没有把

① 花建：《关于巴金小说的抒情艺术》（"On the Lyrical Art of Ba Jin's Novels"），见《上海社科院论文集》3（1990），第417—428页。

德国汉学家顾彬

自己当成是一个严格意义上的文学家。[①]

从我闯进"文坛"的时候起,我就反复声明自己不是文学家,……我从来不曾想过巧妙地打扮自己取悦于人,更不会想到用花言巧语编造故事供人消遣。我说过,是大多数人的痛苦和我自己的痛苦使我拿起笔不停地写下去。……我写小说,第一位老师就是卢骚。从《忏悔录》的作者那里我学到诚实,不讲假话。我写《家》,也只是为了向腐朽的封建制度提出控诉,替横遭摧残的年轻生命鸣冤叫屈。我不是用文学技巧,只是用作者的精神世界和真实感情打动读者,鼓舞他们前进。

也许就是充溢于字里行间的那份坦诚正直,才如此触动了读者心弦。可想而知,巴金的计划很简单:为生活而写作,为苦难者代言。不是为了文学,而是为了人类,他愿意燃尽自身。他多次提

① 《随想录》德文版:Ba Jin: *Gedanken unter der Zeit*, Sabine Peschel 译自中文,科隆:迪特里希出版社 1985 年,第 10—11 页;巴金《探索集》,《随想录》第二集 1980 年,香港三联书店 1981 年,第 143 页。

到自己的这种思想。最有名的一句话当是:“就让我做一块木材吧。我愿意把自己烧得粉身碎骨给人间添一点点温暖。”[①]在此意义上,他重新激活了“五四”的要求,因此他的作品以“五四”为真正的表现主题,就绝非偶然,这些作品使他直到今天还享有盛誉。姿态和热情,巴金在中国文学这一时期的美学思考可以总结为这一公式。不过这些宏大词语在今天却是令人生疑的。他对左拉的“J'accuse”(法文:我控诉)[②]的借用,他对全新的生活或是完全的破坏的要求,他将反叛与拯救简单幼稚地联系在一起,这些行为都属于那样一个时代,这个时代被当时的人们设想成糟糕透顶,必欲除之而后快。巴金在“文化大革命”时期受到了严重迫害。他从1949年之后就没有像以前那样发出如此激进的声音。他当时以及后来一直在反复发出控诉,但从另一面来说,如此声色俱厉的“我控诉”同时也略去许多不满。诉说自己的过去,而对当前保持沉默还是较容易的。

巴金写作的一个极重要特点是将生活和文艺混合在一起,这在美学上有许多重要影响,不仅导致他在1928年时转向文艺,而且也是产生如此多作品的原因。巴金和茅盾以及老舍算得上是30年代最丰产的,也是被参考文献[③]所讨论得最多的作家。他多次再版的处女作《灭亡》(1928)[④]的创作源于对当时政治的失望。他以杜大心的形象宣扬对现存社会的仇恨,并提出一种殉道的献身精神:只要有足够多的同路人愿意仿效主人公的行动,那么自我灭亡就能导致社会的灭亡。作者本人信奉无政府主义,是巴枯宁

① 《随想录》德文版(Ba Jin: *Gedanken unter der Zeit*),第57页;巴金《随想录》,香港三联书店1980年,第82页。

② 《随想录》德文版第31页。

③ 首先可以参见奥尔格·郎(Olga Lang):《巴金和他的写作:两场革命之间的中国青年》(*Pa Chin and his Writings: Chinese Youth between the Two Revolutions*),哈佛大学出版社1967年;茅国权(*Nathan K Mao*):《巴金》(Pa Chin),波士顿(Boston: Hall)1978年。

④ 关于小说见茅国权:《巴金》(*Pa Chin*)第42—49页。我这里和以下不能总是标出原文的出处,因为巴金总是对他的“全集”本进行修改,也就是说,进行“审查”,以至于在他那里究竟何为原文并不清楚。

(Bakunin)和克鲁泡特金(Kropotkin)的追随者,从他们两人那里借来了笔名:巴金(Ba Kin = Ba Jin)。他从一开始就关注青年及其反对军阀和传统旧家庭的反叛行为。[①]因此巴金特别在他的创作的第一个阶段(1928—1937),是一个描写以反抗和破坏为宗旨的青年人的作家。

他最初的无政府主义思想很快就让位给一种感伤主义,这在他那部最有名的长篇小说中表现得淋漓尽致。也许有人会说,《家》(1931)[②]只是"激流三部曲"[③]的第一部分,然而后来两部《春》(1938)和《秋》(1940)无论从主题上还是从结构上来看,都和中国现代文学的这第一部宏伟的家庭小说没有共同之处。此外,对这部也被成功改编成电影的作品,人们一直都是单独地阅读和讨论的。三个爱情故事和三兄弟的生活际遇构成了整个情节。他们的名字含有深意:三兄弟都有一个"觉"字(表示向什么东西而觉醒);分别为"慧"、"新"和"民"(即向智慧,新事物,民众而觉醒)。他们灵与肉的觉醒和爆发形象地显示了旧中国毁灭的基础。四世同堂的家庭和睦在儒家观念中是国家的保障和支柱。做到了齐家,才能治国,同时也就能延续传统。这也许就是这部小说有如此巨大影响的最重要原因。

巴金不是一个分析家,他的很多认识都得益于他的"老师"鲁

① 关于无政府主义在巴金生平和创作中的作用见 Gotelind Müller:《中国、克鲁泡特金和安那其主义:二十世纪初期在西方和日本榜样影响下的一场文化运动》(*China, Kropotkin und der Anarchismus. Eine Kulturbewegung im China des fruhen 20. Jahrhunderts unter dem Einflub des Westens und japanischer Vorbilder*),威斯巴登:哈拉索威兹出版社 2001 年,第 538—541 页,第 595—598 页,第 611—629 页,第 688—690 页。

② 《家》德文版:Ba Jin: *Die Familie*, Florian Reissinger 译自中文,附顾彬的后记,柏林:Oberbaum 出版社 1980 年。译文巴金《家》,上海:开明书店 1949 年。这部屡被改编为芭蕾、电影和戏剧等艺术体裁的长篇在德语中也有一个更早些的译本:Ba Jin: *Das Haus des Mandarins*,由 Johana Herzfeldt 译自中文,Rudolfstadt: Greifenverlag O. J。

③ 奥尔格·郎(Olga Lang):《五四运动时的中国青年:巴金的〈激流〉三部曲》("Die chinesicsche Jugend zur Zeit der 4. Mai-Bewegung. Ba Jins Romantrilogie, Reibende Stromung"),收入顾彬编《现代中国文学》,第 328—346 页。

迅。只不过,巴金用另一种方式来描画统治阶层的悲剧、金钱的力量和意外事件的作用。他遵循图式,然而用敏感的情绪丰富这些图式。儒家学说和"五四"势必水火不容,由此必然生出了老人和年轻人,男人和女人以及科学和迷信的矛盾。巴金从回顾中书写,"五四"老早就过去了,作为"五四"之人格的觉慧所读的那些书已经没有人再读了。好几年前大家就意识到了要进行集体的反抗。觉慧是孤独斗士,小说结尾他的娜拉式行为尤为典型:他继续前行,因为他怀有远大的目标。他要做自己的主人,做自己幸福的制造者,把自己看成毁坏旧秩序的人:"我们家需要一个反抗者。"到了今天人们也乐于听到这样激烈的言词,仿佛中国传统家庭真的就是这唯一的最后的"禁锢青年的牢笼"。所鼓吹的反抗也理所当然地与自由恋爱联系在一起,自由恋爱要取代包办婚姻,然而直到今天还没有将它彻底取代。爱情作为"青年的呼声"大多出自于西方文学,因此,觉慧会拿起屠格涅夫(1818—1883)的小说《前夜》(1860),并把爱情真谛告诉兄弟们,也就毫不奇怪了:[1]

觉慧也拿着《前夜》坐在墙边一把椅子上。他随意翻着书页,口里念着:

"爱情是个伟大的字,伟大的感觉……但是你所说的是什么样的爱情呢?

什么样的爱情吗?什么样的爱情都可以。我告诉你,照我的意思看来,所有的爱情,没有什么区别。若是你爱恋……一心去爱恋。"

觉新和觉民都抬起头带着惊疑的眼光看了他两眼,但是他并不觉得,依旧用同样的调子念下去:

"爱情的热望,幸福的热望,除此而外,再没有什么了!

我们是青年,不是畸人,不是愚人,应当给自己把幸福争过来!"

一股热气在他的身体内直往上冲,他激动得连手也颤抖起来,他不能够再念下去,便把书阖上,端起茶碗大大地喝了几口。

---

① 《家》德文版(Ba Jin: *Die Familie*)109 页。试比较《巴金文集》,香港:南国出版社 1970 年,第 4 卷,第 108—109 页。

不管我们如何将作为小说家的茅盾、老舍和巴金归于哪一类,他们的社会政治关联在他们所有的作品中都是显而易见的。这在30年代第四位重要的小说家沈从文(1902—1988)[①]那里却不甚明显。……

二

抗战文学在今天可能不仅难以引起兴趣,甚至还招致反感,譬如当死亡被意识形态化,当一些人是"完蛋了",而另一些人则"英雄般牺牲"时。[②]即便是如此,,对于这个阶段的文学史认知也应尽量避免偏颇。讽刺小说作家沙汀(1904—1992)在对他家乡四川滥用战争与权力的情形所作的地域性描绘中如此频繁地使用当地方言,以至于他在1949年后的作品再版中不得不加以注释。[③]因此人

① 关于他的生平和作品首先可参见聂华苓(Hua-Ling Nieh):《沈从文》(*Shen Ts'ung-wen*),纽约(New York: Twayne)1972年;金介甫(Jeffrey C. Kinkley):《沈从文传》(*The Odyssey of Shen Congwen*),斯坦福:斯坦福大学出版社1987年;王德威《二十世纪中国小说中现实主义》(*Fictional Realism in the 20th Century China*),第201—289页;Frank Stahl:《沈从文的短篇小说:分析和阐释》(Die *Erzahlungen des Shen Congwen. Analysen und interpretationen*),法兰克福等地:彼得·朗出版社1997年;Anke Heinemann:《沈从文的〈神巫之爱〉:一篇1929年的介于民族学和文学的小说》("*Die Liebe des Schamaen*" *von Shen Congwen. Eine Erazahlung des Jahres* 1929 *zwischen Ethnographie and Lieratur*),波鸿:布洛克迈耶尔出版社1992年。关于沈从文夫人在其作品编辑中的作用参见冯铁:《"寻找女性":献给女作家张兆和(1910—2003)、沈从文遗稿管理者的一个批评性致意》(."'Cherchez la femme': *Eine kritische Hommage an die Schriftstellerin Zhang Zhaohe*[1910—2003], Nachlassverwalterin von Shen Congwen[1902—1988]"),见罗梅君和Damn编《中国文学》,第41—58页。

② 譬如在丘东平(1910—1941)的作品中就是如此,参见Michael Gotz:《以笔为剑:丘东平的战时小说》(*The Pen as Sword: Warime Stories of Qiu Dongping*),收入《抗日战争时期的中国文学》,第101—113页。

③ 关于他的作品和一个非常正面的评价见Kam-ming Wong:《茶馆中动物:沙汀小说艺术》("*Animals in a Teahouse: The Art of Sha Ting's Fiction*"),收入《抗日战争时期的中国文学》,第243—265页。他的作品德译有1946年完成的长篇小说《还乡记》:Scha Ting(沙汀):*Heimkehr*,德译者Alofons Mainka,柏林:人民和世界出版社1958年,原文见《沙汀选集》第2卷,四川人民出版社1984年,第627—903页。他的短篇小说英译收在《三十年代故事》(*Stories from the Thirties*)第2卷,第125—205页。

们在他身上，可以看到20世纪60—70年代在台湾以乡土文学面目出现的那个方向的预兆。自然仅以这类联系指涉为基础是没法把文学史续写下去的。因此接下来就必须要集中于少数的名字和文学走势上。巴金和钱钟书(1910—1998)可作为证据，表明即使在抗战岁月中也可能有了不起的长篇小说出现。和艾青相比，冯至表明，甚至天空中敌机的景象也能引出多么了不起的诗行，梁实秋的散文则反驳了笔和枪直接划等号的做法。要是不算钱钟书和冯至，那么像萧红或张爱玲(Eileen Chang)这样的女性作品也许可称作为对这一阶段中国文学发展做出的最重要贡献。

巴金被指责为在中国语言的完美运用上略逊一筹，这不无道理。他的作品的那种呼吁式调子今天在更多情况下是吓走而不是吸引人。不过这样一个评价大概能应用到20世纪的许多中国作家身上。人们之所以在谈到巴金时如此执拗地强调这个缺陷，是因为他属于中国现代文学最知名的代表作家，所以报以特别的关注。在他卷帙浩繁的全部创作中也完全可能有这部或那部小说逃脱了本该获得的注意。尤其那部发人深思的创作《憩园》(1944)就是如此。[①]尽管在参考文献[②]中屡屡被提及，这篇作品真正的深意并不为人所知。因为所涉及的并不单单是老套的三重主题：传统家庭的衰亡、妇女的受压制和父子冲突。这里同时讲述了许多不同的故事，它们相互叠合，从中可以看出有一个具有主导地位：写作在危难时代的问题。巴金将他的小说嵌入到一个认知过程中，让我们参与了对许多不同神秘事物的揭示。要认识的，正是那些带有普通性的问题，有关生活、爱和幸福，特别是关于孩子们的教育、儿童心理，以及房子和花朵在一个成长期的人的回忆与现状中所扮演的角色等。巴金的开场是传统性的：他让叙事者回到他童年的住地，遇见一个改变了的世界。这样一个过程在汉语术语中被

---

① 《憩园》德译本：Pa Chin：*Garten der Ruhe*，Joseph Kalmer 译自中文，慕尼黑：汉泽尔出版社(Munchen：Hanser)1954年。原文见《巴金文集》第13卷，香港：南国出版社1940，第1—194页。

② 譬如可参照茅国权：《巴金》，第116—127页。

称为“归家寻梦”。然而抗战触角也伸展到了偏居一隅的成都。当然那只是些日本飞机，时不时地会打断享乐阶段的闲适生活。与那些打上了毛主义烙印的作家不同的是，巴金把战争移到背景地位。时代的大戏是一幕心理和道德剧：迄今为止的统治阶层不再按他们的价值观生活，也不能以这种方式为他们的财富提供保障。相反，他们耗尽了遗产，自暴自弃。第一人称叙事者，一位作家，在憩园里亲眼目睹了他以前的朋友们的堕落。作为一个文人，他面前所显示的问题被女房主姚昭华①这样描述道：②

她却站住望着我，迟疑一下，终于对我说了出来：“黎先生，你为什么不让那个老车夫跟瞎眼女人得到幸福？人世间的事情中纵然苦多乐少，不见得事事如意。可是你们写小说的人却可以给人间多添一点温暖，揩干每只流泪的眼睛，让每个人欢笑；要是我能够写的话，我一定不让那个瞎眼女人跳水死，不让那个老车夫发疯，”她恳求般地说，声音里充满着同情和怜悯。

“好，”我笑了笑，“姚太太，那么为了你的缘故就让他们好好地活下去吧。”

“那么谢谢你，明天见，”她感激地一笑，便转身走了。

我当时不过随便说一句，我并不想照她的意思改变我的小说的结局。可是我回到花厅以后，对着那盏不会讲话的电灯，我感到十分寂寞。摊开稿纸，我写不出一个字。

听上去可能很幼稚，而且紧接着，在第一人称叙事者表示不能满足这个请求时，他的认识一开始也令人难以信服。但是如果我们看到，对于一种积极文学的要求乃是出自于时代精神，不管在毛泽东文艺思想还是在通俗文学中它都关系重大，那么在恶劣条件下何谓正确写作的问题对任何人而言都是复杂至极。这儿每个人都有不同的看法，特别是房主人姚国栋（“国家之栋梁”）总是想方设法用讥嘲的眼光去看待作家的能力。第一人称叙事者最后也撇开了对自己的所

① 应为万昭华——《巴金研究集刊》编者注

② 转引自《憩园》德译本第73页及下页；《巴金文集》第13卷，第65页。

有高要求,而表现出十足的坦诚,甚至把自己的写作也都称作是为了稿酬而写作。这还并非全部。由上面可以听得出一个从30年代以来已丧失了意义的重要词语:同情。能够去同情,也许正是这篇小说对于这个时代而言如此重要也如此稀罕的诉求。像这样一种同情,大概第一人称叙事者能够赋予其主人公,但却不能长时期地分送给他的周围。于是生活和作家终归是两个分离的世界:文学中可能的事情在生活中是不允许的。与此相反,毛主义美学却要取消这种分裂,这尤其在"文革"(1966—1976)期间得到了强制执行。

巴金写作小说《憩园》是他在成都小住期间,就是说已经远远离开了实际战事。不管对今天的四川省会(成都),还是国民党政府当时的临时首府重庆,日本人都只能通过空投炸弹加以袭扰。人们由直接受战火侵袭的区域向西迁移。大量学生、教授和作家加入其中。在被普遍认为是他最有代表性的小说《寒夜》(1947)中,[①]巴金描述了战争中获利者和丧失者的世界。尽管《憩园》和《寒夜》的背景相同,但是两本小说有着迥然相异的特征。中篇《憩园》还遵循着《家》中的模式,也讲述一个传统、殷实的大家庭的衰败。《寒夜》则将一个现代的、不富有的小家庭置于中心。小说创作开始于1944年,先是以连载形式发表,直到1947年才以单行本面世。它取材于作家1944年和1945年抗战期间在重庆的个人经历。作品有三个主要人物:一对带着小孩的夫妇和丈夫的母亲。婆媳间横着一道不可逾越的鸿沟。那是一个守旧的老派妇人和一个现代女性间的对立。患有肺结核的汪文宣夹在她们中间。就像他妻子一样,他也在理想主义和对更好生活的向往中感到失望。战争使他们从上海迁移到重庆,在那里,他们在微不足道的岗位上勉强糊口:他是教员,她是银行职员。这三人的关系已被毒化了,

① 《寒夜》德文版:Ba Jin: *Kalte Nächte*,由 Sabine Peschel 和 Barbara Spielmann 译自中文,并附有顾彬一个后记,法兰克福:苏尔坎普出版社 1981 年;《寒夜》另一德文本:Ba Jin: *Nacht über Stadt*,由 Peter Kleinhempel 译自英文,柏林:人民和世界出版社 1985 年。因为我在别的方面就这部小说已做过讨论,为了不重复自己(见我的论文《夜的意识和女性(自我)毁灭》),我以下的论述就仅限在新的方面。原文见《巴金文集》第 14 卷,第 1—294 页。

因为汪文宣撕裂于他作为丈夫和儿子两重角色间，无法从他在妻子和母亲面前的被动中解脱出来。由于深深地陷于对母亲的依赖，所以除了她之外，他无法真正爱任何其他女人。也正因为如此，他催促愿意畅饮生活之杯的妻子和她的情人离开重庆，而另一方面他以死亡来寻求补偿他给母亲带来的痛苦。

上述三人的冲突演出在1944年秋至1945年秋的战争背景前。通货膨胀、失业、瘟疫、饥饿、腐败和道德沦丧是普通社会动荡的外部特征。叙事者在这里不是像小说《家》那样把人描写成反抗统治秩序的斗争者，而是其牺牲品。在小说中笼罩性的形象是黑夜。这里引用的小说开头一段，可以给出一个直观说明。

紧急警报发出后快半点钟了，天空里隐隐约约地响着飞机的声音，街上很静，没有一点亮光。他从银行铁门前石级上站起来，走到人行道上，举起头看天空。天色灰黑，像一块褪色的黑布，除了对面高耸的大楼的浓影外，他什么也看不见。他呆呆地把头抬了好一会儿，他并没有专心听什么，也没有专心看什么，他这样做，好像只是为了消磨时间。时间仿佛故意跟他作对，走得特别慢，不仅慢，他甚至觉得它已经停止进行了。夜的寒气却渐渐地透过他那件单薄的夹袍，他的身子忽然微微抖了一下。这时他才埋下他的头。他痛苦地吐了一口气。他低声对自己说："我不能再这样做！"

在少数几章中，虽然有了白天，却没有太阳出现。黑夜，它的黑暗通过一盏老是熄灭的灯火变得更深，充斥着死一般的和噩梦般的响声和噪音。这些巴金在后记中也提到过。[①]为了表达人的痛苦，叙事者主要利用内心独白和充满恶兆的梦境。汪文宣在日本投降后不几天的死以及幻灭的妻子的回来给小说画上了句号。

以前的大主题也被日常生活的小圈子所代替，在这里人和人为了些琐事而不断扯皮争吵。同样，伟大的理想也终结了：青春已逝，受西方哺育而成的启蒙、解放和救世的想象破灭了，每一次朝

① 《巴金文集》第14卷，第295—297页。

向新的征程都会失望地转回到过去的困境中。对日本的胜利也改变不了什么,小说结尾的胜利庆祝仅仅阐明了主人公的观点:胜利总是属于别人的。

马利安·高利克在他对这篇小说的分析中追溯到了希腊神话,对于把小说标题翻译为复数"寒夜"的传统做法,他提出的质疑虽带有推测性,但也发人深省。根据小说的最后一句话"夜的确太冷了"他将小说的标题改为单数的"寒夜",并且也对主题作了如下说明:[①]

夜,尤其是寒夜在这篇小说中有一个象征意义,而且毫无疑问蒙上了一层神话色彩。在开头和结尾"两个夜晚"之间,作者事实上嵌入了两年的渐渐死亡,或至少是主人公的幻灭的阶段。第一个夜晚以空袭警报、对惊骇的预感、不安、恐惧,也许还有死亡为特征,第二个夜晚以战胜了一个几十年一直令人生畏的强敌后的第一夜为表现对象,对于重庆居民意味着新的辛劳的开始。……寒夜对巴金来说是战争阶段的延续连同其对于中国人民的后果。他所关注的战争,并非不同国家间的武装冲突;也不是正义或非正义的内战或解放战争,而只是在广义上代表着痛楚、苦难、瘟疫、阴霾、生存危机、社会动荡和一种不确定的寒冷感觉的形象。

巴金在"后记"里写到,他是在一个寒冷的冬夜里开始写作这部小说的,就在那个冬夜,他也懂得了去讲述另一个冻死了许多人的寒冷之夜。叙事者既没有勾勒一个积极主人公也没有设计一个大团圆结局。向后方的迁移被毛泽东理论和战争实践解释为救亡工具,却似乎让他迷梦破灭。巴金在他的"后记"里极为简洁地说明了理由:"被生活拖死的人断气时已经没有力量呼叫'黎明'了。"

(节选自顾彬《二十世纪中国文学史》,范劲等译,华东师范大学出版社2008年9月第1版;题目为编者所拟)

① 译自高利克:《巴金的〈寒夜〉:和左拉及王尔德的文学间联系》("Pa Chin's Cold Night: The Interliterary Relations with Zola and Wild"),出于同一作者的《中西文学关系的里程碑》,第209页。翻译上稍有些变更,因为高利克的英文——并非作者的母语——有时并不能很清楚地加以理解。

赵　静

《家》、《春》、《秋》艺术感染力之叙事学阐释

导　言

巴金的《家》、《春》、《秋》曾经创造了一个阅读神话，一直到20世纪80、90年代，这个三部曲的发行量还足以明确昭示它读者群的庞大。

巴金在自己的作品的序跋和创作谈中多次提到自己的创作“无技巧”。他反复重申自己“不是为了要做作家才写小说”的，是过去的生活逼着他拿起笔来。笔者相信巴金的“无技巧”之说发自肺腑：作为一个斗士形象的“控诉者”，他可能更愿意读者关注他小说的精神思想层面，而不愿读者和批评家纠缠于“壮夫不为”的“雕虫篆刻”之技。巴金可能还有更隐秘、潜在的自我保护意识：感情的奔突以及对名分的淡漠，让作者不多加关注创作技巧，所以作者也就无义务和必要担承“技巧不佳”等种种责难，期望如此便能获得广大读者和批评家的最大程度的谅解。但是通过巴金屡次对自己作品小到对错别字，大到对人物事迹、小说情节的修改，笔者可以说巴金还是在乎一定的创作技巧的。巴金“有意无意地采取了小说的形式”，也就会有意无意地采取小说的创作技巧。

文学研究界对《家》、《春》、《秋》思想文化方面的研究给予了极大的关注，也取得了丰硕的成果，这在一定程度上掩盖了对其技巧方面的研究，致使《家》、《春》、《秋》的创作技巧研究所占比重较

本文作者在纪念《家》出版75周年学术研讨会上发言

小,成绩也不显著。就目前笔者所了解的研究情况来看,用叙事学的方法来探讨《家》、《春》、《秋》创作技巧的研究就更为少见,并且正如一些研究者所担忧的那样,也许巴金的《家》、《春》、《秋》经不起叙事学理论的分析。因此,结合叙事学的方法研究巴金的《家》、《春》、《秋》是一个冒险,但这种研究方法也有它自己的优势。拿人物形象来说,不同的作家笔下的相同性格的人物,给读者造成的亲疏感不同。究其原因,作者以何种角度观察、以何种立场叙述人物对"亲疏感不同"的形成所起的作用极为关键。

在本文中,笔者试图结合叙事学的相关理论探讨《家》、《春》、《秋》的艺术感染力[①]问题。笔者这样做的目的不在于说明巴金在叙事方面是一个高手,只是想借助这样一个"手术刀",在"距离控制"和"节奏调整"[②]方面探析巴金在创作《家》、《春》、《秋》时有意

① "感染力"被翻译成英文是"power to move the feelings"、"appeal",指的是吸引和感动人之处;而笔者本文中所提到的"感染力"主要是指在读者阅读和情绪上形成的积极影响,对于给读者阅读上造成的不良感受也略有涉及。

② 只选择"距离和节奏"两个大的方面来分析《家》、《春》、《秋》,是因为笔者认为这两个方面更能集中地体现巴金在其对读者的感染力上产生的作用。

无意采用了什么样的叙事技巧，这些技巧何以给读者造成多样的阅读感受。

一　距离的控制

“什么是小说中的距离？笼统地讲，它是指主体与客体，主体与主体之间在时空、情感、道德、认识等方面的间隔、差异、认同或拒斥。这些距离有大小、远近之分。小的、近的距离往往表现为主体与客体之间或主体与主体之间的亲近、接受、认同的关系，大的、远的距离则表现为疏远、对立、反感和排斥的关系。”①

小说中有关的主体因素，即是人的因素：作者、隐含作者、小说中的人物（主要指主人公和主要人物，也可以指人物形象的原型）、读者。

小说中有关的客体因素，即是物的因素：一定的生活背景和客观世界（小说的题材、主题与情感思想等所归属于的），小说所包涵的意义世界、叙述故事所使用的语言符号、叙述故事所使用的一切修辞技巧、与小说有关的时代语境等。

小说家正是通过对各种距离关系的调整和控制，左右着读者的反应，使得读者或者亲近或者疏离小说作者所塑造的人物形象，或者接受或者拒斥小说作者所传达的价值、道德判断，或者欣赏或者反感小说作者所展现的审美内涵。

小说在多大程度上为读者所接受，以及读者对小说持有的欢迎和赞誉程度多高，在某种意义上可以看作是一部小说成功与否的标志。②

巴金小说《家》、《春》、《秋》的创作过程，同样包含了如此的“功利性”目的在里面。只有适度地控制各种主客体之间的距离，才能恰到好处地赢得读者的青睐。巴金在三部曲《家》、《春》、

① 李建军：《小说修辞研究》第132页，中国人民大学出版社，2003年。

② 那些多为文学研究界所推崇的先锋实验类小说、多为市民消遣所看重的媚俗流行类小说等不在此列。

《秋》中，有意无意地采取了一系列的距离控制方法，在各个方面都做了一定的工作。当然这些距离控制方法的使用得失都有，但最终得大于失，巴金在通过距离控制调节读者阅读感受方面获得了大体满意的效果。

（一）主体与主体之间的距离关系

1. 小说作者与隐含作者之间的距离。

"隐含作者"是小说叙事学和小说修辞学中的一个重要概念。小说作者与隐含作者之间的距离远近，可以在一定程度上调节读者对作品人物、故事乃至整个作品的或接纳或排斥的阅读态度。

小说作者与小说"隐含作者"之间距离的远近，往往取决于作者的真诚程度和真实程度：小说作者是否乐于以及在多大程度上，真实地表达自己的价值判断、道德判断、审美判断，以及情感判断。小说作者的人格和价值观与小说中形成的"隐含作者"的人格和价值观越相近，二者的距离就越近；反之亦然。

小说作者越是以真诚的态度来创作，就越是能在作品中真实地物化自己的思想和情感，从而使自己的"第二自我"——"隐含作者"真实化，使自己的小说具有积极和肯定的性质，并藉此赢得读者的信任和接受。

巴金正是一个真诚的作者：巴金的《随想录》一直被称为是"说真话"的大书，他的小说也是其思想感情的凝结。巴金曾经多次在自己作品的序跋和创作谈中，表示出自己写作的态度的急切与恳切；巴金对自己小说中人物感情的倾注，也足以表示出他的真诚；巴金的真诚还灌注到读者身上，无论是对预设的读者，还是对作品成型面世之后现实中的读者，巴金的态度都可谓充满饱和的真诚。[①]

巴金所有的作品都是巴金思想感情的真诚凝结，所以他毫无愧色地说自己在作品中"始终没有说一句谎话"。也就是说，在巴

① 巴金对自己小说中人物和读者感情的倾注，在稍后的"作者与人物之间的距离"部分将有更多论述。

金的作品中，隐含作者和小说作者的思想感情认知非常一致。虽然巴金在不同的作品中都有不同的"隐含作者"，但是由于这些"隐含作者"是作者巴金的化身，是作者不同侧面、不同部分的表现，因此这些化身有着基本相同的世界观和价值观。

如果小说作者的行为价值基本符合或者完全符合隐含作者在小说中标明的行为准则，那么读者对隐含作者所阐释的价值观念的抗拒性就会减小、阅读小说的心理阻力减弱或者几乎不存在，如此就会使小说的审美和文化方面的阐释的可信度大大增强。

正是《家》、《春》、《秋》这三部曲中小说作者和隐含作者的距离的拉近甚至无距离，使得读者对作者、隐含作者产生了极大的信任，从而很容易接受和喜爱作品中正面的人物形象，认同作者和隐含作者在作品中流露和传达出来的思想感情，并引起更大更久远的反响。

2. 小说作者与小说人物之间的距离。

在小说作者采用距离控制中，作者与小说人物之间的距离关系是另一对较为重要的主体与主体之间关系。

巴金对《家》、《春》、《秋》中的各个人物持有不同的态度：有赞赏，有否定；有喜爱，有憎恶；有敬重，有同情。这种种不同的态度标示了巴金在情感认同和价值判断上与人物距离有远有近、有亲有疏，所以巴金会亲昵地称高觉慧为"觉慧"，而不会称冯乐山为"乐山"。

> 我不是一个冷静的作者。……所以我坦白地说《家》里面没有我自己，但要是有人坚持说《家》里面处处都有我自己，我也无法否认。[①]

之所以"无法否认"，就因为在《家》、《春》、《秋》中，巴金对小说人物（或者人物原型）融入的感情都是真诚和炽烈的，也都是近距离的，因此也就更容易确切把握人物形象丰富的内心世界、获得

① 巴金：《关于〈家〉（十版代序）》，1937 年 2 月。载《巴金全集》第 1 卷，第 445—446 页，人民文学出版社，1986 年。

人民文学版《激流三部曲》特装本书影

读者的认同，并使读者不自觉地关心小说中人物的命运。

巴金之所以对小说人物的感情投入是真诚和炽烈的，其中一个很重要的原因就是巴金经常从自己熟悉的环境、自己生活的周遭定位人物原型；由于这些人物原型是巴金自己在现实生活中的接触到的人物，他在进行创作时就会不可避免地把他在现实生活中对人物原型的真实感情移植到小说人物身上来。

《家》、《春》、《秋》中贯穿三部曲始终的一个重要纽带和核心人物是高觉新，他的生活原型是巴金的大哥李尧枚。

……

巴金不只是人物的性格方面在自己的周遭找到了人物原型，就连人物事迹也来源于各种人物原型的生活经验。比如，高觉新与那个"表姐"的恋爱不成是因为："后来听说姑母不愿意'亲上加亲'(她说，自己已经受够亲上加亲的痛苦了，我的三婶是我姑母夫家的小姐)，因此这一对有情人不能成为眷属。"[1]李瑞珏搬到城外

① 巴金：《谈〈家〉》，1957年6月。载《巴金文集》第14卷，第346页，人民文学出版社，1962年。

生产,与自己嫂嫂因为祖父的死而搬到城外生产的情节也很相似。

……

巴金在现实生活中对各种人物原型的亲疏远近和评价态度,会在他创作小说的过程中逐渐物化到小说人物身上来。作者现实感情的移植和物化,使《家》、《春》、《秋》中各种小说人物承载着小说作者的感情道德判断,以及由于感情道德判断带来的对小说人物及其行为的赞赏、认同、厌恶、反对、同情、怜悯等种种态度。由于巴金对人物原型(特别是主要人物原型)的熟悉和了解,他对人物性格以及内心世界的洞见和穿透就比较真实、有力。读者在阅读过程中往往随着对作品人物和故事的进入,就会很容易顺着小说作者的感情和逻辑走下去,并有可能进而修改或者偏离自己原有的价值判断。

由于在《家》、《春》、《秋》中,小说作者与隐含作者的距离几乎为零,隐含作者对书中人物的亲疏远近,也就在很大程度上取决于作者对人物原型的态度。由于作者在进行创作的时候通过隐含作者将自己的各种情感态度传达出来,读者也就很容易认同小说作者和隐含作者的价值判断,对人物形成与二者大体相近的亲疏态度。

虽然巴金在创作《家》、《春》、《秋》时多取材于现实生活中的人物和事件,但是小说中的人物和事迹生活原型却并不是它们的原貌,而是一种变奏后的样貌。

巴金一再重申,把《家》理解成自己的自传是个错误。虽然巴金的这一辩解并不利于脱开自己与三部曲的在"索隐"方面的紧密干系,却告诉读者:三部曲无论如何是小说,是具有普遍和一般性的,是存在虚构的,因此一定要跟现实生活中的人物和事迹拉开距离来观照。

可以说《家》中对几个人物形象的成功塑造,更得益于作者对人物和事迹生活原型的把握和挖掘;而到了《春》和《秋》,作者对人物人性深层次的挖掘更多地得益于生活阅历的丰富。

无论《家》、《春》、《秋》是否有与作者贴近或者熟悉人物事迹原型,巴金对小说中人物情感的真实却是一直贯穿始终的。巴金的人物塑造的成功,就与对他人物原型性格和生活的熟稔、对人物感情的真实灌注有莫大的关系。这种在作者与小说人物距离拉近基础上而进行的人物形象塑造更加真实可感,在抓住读者方面也有明显的优势。

当然,在人物和故事情节方面过多地取材于自己周围的生活,也可能会将研究者的注意力分散到一些具体人物事件"索隐"上去,不利于其对小说艺术特征的体会,也会在一定程度上削弱对小说思想性的把握。巴金在《家》、《春》、《秋》的创作中萃取原生态人物和事件的时候,很多时候不能放下自己的爱憎去冷静地分析和处理它们,一方面巴金这种鲜活的感情可以紧紧攫住读者的心,另一方面,也由于巴金对原型合理萃取和升华的程度不够。

3. 小说作者与读者之间的距离。

小说感染力的最终施及目标是读者。

对于巴金来说,"读者就是上帝"。

巴金拉近小说作者与小说隐含作者以及小说人物之间的距离,能够间接地拉近小说作者、小说与读者之间的距离。巴金还采用了比较直接的方式来拉近他与读者的距离,进而拉近读者与小说之间的距离。

A. "隐含读者"的在场感。

笔者所说的"隐含读者",不拘泥于接受美学理论家伊瑟尔所界定的概念。这里指的是巴金在写作之初心里有明确指归的读者,即他最希望让什么人读到他的小说。

巴金的《家》是要写给大哥的小说。大哥李尧枚的死亡更加激起了巴金的创作欲望:为大哥、为像大哥那样生活的人叫出一声"控诉"、揭示他们所处的困境、提出可能的突破方案。在《家》、《春》、《秋》的写作过程中,巴金一直都有这样一种和预想的读者面对面交流的假想。我们会有这样的经验:当我们听一个人向别人叙述自己故事的时候,我们作为旁听者往往能保持很大程度的冷静;而当一个人与我们面对面叙说他的所见所闻、所感所想的时候,因为他的讲述充满对听者的信任和坦诚,我们就很容易受到讲述者思想感情的感染，冷静的思考在一定程度上为感情的起伏所替代。巴金这种面对预想的现场读者的写作方式，必然会大大拉近作者与读者之间的距离，从而使读者更乐于“倾听”（阅读）。

B. 与读者的文本外交流。

通过小说本身，读者也自然可以找到他们所寻求的大部分答案；但是，读者往往会不满足，他希望知道小说作者对更多事物，或者事物更多方面的见解。对于像巴金这样愿意与读者交流，愿意获得读者认可并进而影响读者的作者来说，他还通过许多其他的形式与读者进行文本外的交流，这也是他的《家》、《春》、《秋》广有影响和广受读者欢迎的重要原因。

通过序跋和创作谈澄清一些事实或者解答读者提出的各种问题，是一种与读者交流的常见方式。

巴金通过信件与读者直接对话是文本外交流的另外一种常见方式。

巴金不但对读者的问题通过序跋或者直接书信的方式予以回答，更有通过作品给读者的答复。巴金通过与自己读者的直接信件往来了解读者的反映和要求，根据读者的意见修改自己的作品，或者根据读者的激发创作新的作品。

巴金通过与读者在序跋和创作谈、书信中的交流，一方面可让自己的思想感情更易于为读者所理解；另一方面，也会让读者在这种交流中体会到小说作者的真诚、亲和等人格魅力，从而产生因喜欢巴金而更喜欢《家》、《春》、《秋》，因喜欢《家》、《春》、《秋》而又更喜欢巴金的良性循环。巴金与读者的交流而创作出来的小说《春》和《秋》，由于有了明确的潜在读者定位，就能最大程度地契合他们的接受期待，也就容易赢得读者的青睐。

（二）主体与客体之间的关系

小说中主体与客体之间也同样存在互动的关系，只不过，小说创作的时代背景更能规约小说作者特定思想感情的发生、发展；叙事模式一经选择，便在很大程度上限制了小说作者的叙述方式。

1. 小说作者与小说创作的时代背景之间的距离。

巴金写《家》,就是为了控诉当时的封建家庭统治,为当时曾与巴金一样处于那样的家庭和社会环境的青年"摇旗呐喊":"大胆,大胆,永远大胆!"让他们敢于"揭竿而起",冲破封建大家庭的"樊笼",在广阔的社会生活中实现自己的人生价值。

《家》、《春》、《秋》三部曲中,高觉新订阅《新青年》等新杂志刊物,高觉慧、高觉民兄弟的办刊物、参加社团活动,男女同校、女子剪发等都是当时社会现实的大致反映;《家》、《春》、《秋》给经历、旁观过那些事件的读者以身临其境的真实感,从而更易于拉近读者与作品、作品中人物的距离。

正因为《家》、《春》、《秋》带着这种时代的印记、传达出那个时代青年所特有的苦闷、彷徨和抗争,所以才能在当时读者中引起强烈的反响:他们感到这就像是发生在自己身边的故事,自己也受到了教益和启发。[①]对没有那个时代生活背景的读者来说,虽然《家》、《春》、《秋》吸引他们眼球的时代语境也许已经不复存在,但是除了小说在思想、情感、审美方面取得的成功之外,作者当时在作品中营造和表现出来的时代印记,以及作者炽烈的热情,仍然可以感染读者。

2. 作者对全知叙事模式的选择。

(1) 全知叙事模式概念的界定。

小说核心的叙事学问题是在小说中由谁来讲故事以及如何讲的问题。

---

① 当时青年读者的反映可以在一些人后来的回忆文章中找到。罗迦如此叙述自己第一次阅读《家》的情形:"掩卷之后,我为书中真挚的言辞和热烈的情感所震动。我不能自已,我流泪,我抽泣,同时我发誓,一定要像作者那样,去用自己的笔向这黑暗的旧社会抗争,我要诅咒,我要奋斗……"参见:罗迦《"我绝不放下我的笔"》,载《百花洲》,1982 年第 2 期。"一·二九后,我们这些中学生都有'觉慧'式的热情与苦闷,我们向往走觉慧的道路,打开'家'的樊笼。"参见:杨苡《雪泥集》第 48 页,三联书店,1987 年。一位当年住在武汉名叫刘家绵的女孩子后来谈到,1938 年因读了《家》受到启发,"从此生活中有了航标灯,领航着我背叛家庭,走向自立,走进大学,进入社会……"参见:纪申《一个纯洁的灵魂——记病中的巴金》第 152 页,上海文艺出版社,2001 年。

故事由不同的人来讲述，呈现给读者的故事样态会因此而不同，也会有不同的效果。而讲故事的过程中"视点"[①]——即"谁在看"——的选择不同，讲述出来的故事也会面目各异。另外，视点的选择也是作者对小说中人物亲疏态度的一个重要体现，能表现出作者的取向和好恶。

在传统的中国小说乃至世界小说中，叙述者绝对权威是最普遍和常见的叙述方式。这种叙述模式一般采用的是第三人称，我们可以称之为全知叙事模式。

全知叙事模式，固然有极大的优越性，但其缺点也是明显的……

巴金的《家》、《春》、《秋》采用的正是全知叙述模式。

巴金选择采用传统的全知叙事模式，大概有历史因袭和技术需要两种考虑。传统的中国小说，近源是话本小说。全知零聚焦的叙述模式，仍然是小说家的最爱。

这种叙述模式作者最容易掌控全局，易于方便控制人物、情节等小说各要素；还由于这种叙述模式自由度大，作者容易与读者形成便捷、有效的交流。

巴金在叙述技术层面的考虑，比起在叙述效果方面的考虑来说要次要得多。

正是因为巴金努力实现《家》、《春》、《秋》中现实的作者与隐含作者距离的缩小拉近，从而使得读者在信赖隐含作者的同时信赖现实中的小说作者；他也必然不愿放弃进一步获得读者信赖的叙述方式——也就是隐含作者与叙述者之间距离一般来说比较小

① "视点乃是小说家为了展开叙述或为了读者更好地审视小说的形象体系所选择的角度及由此形成的视域。在小说的讲述过程中，作者必须通过角度的选择和控制，来引导读者从最佳的角度观照、进入小说的现象世界。就此而言，视点意味着作者的选择和强调，甚至意味着作者的态度和评价。读者在阅读小说的过程中，往往要受到视点的影响，为作者所规定的观察角度所影响乃至同化。总之，视点的作用，在于排除干扰视线、影响注意力的冗余部分从而使读者的注意力得到最大程度的集中。""一般来讲，一部小说的视点构成有两个系统：一个是作者系统（外视点——笔者注），一个是人物系统（内视点——笔者注）。"参见：李建军《小说修辞研究》，中国人民大学出版社，2003 年。

的全知叙述模式。

巴金给《家》、《春》、《秋》中的叙述者安排了一个全知叙述者的身份。这个全知叙述者多数时候会隐在人物的背后发表自己的隐性评论和解释，但是有时候叙述者会放弃这种隐形的姿态，直接跳出来对人、事、物“指手画脚”，我们称之为“指点干预”。[①]例如，在《秋》的《尾声》部分，作者写道：

写到这里作者觉得可以放下笔了。对于那些爱好“大团圆”收场的读者，这样的结束自然使他们失望，也许还有人会抗议的说：“高家的故事还没有完呢！”[②]

“指点干预”的作用在于及时地调整读者与小说中人物的距离，缓解读者的紧张情绪——情感的弦绷得太紧，容易让读者沉湎于虚拟的情景之中，而无法对现实有一个及时的对照与认识。作者更通过这种“指点干预”离间读者与作品之间的距离，使读者将注意力集中到叙述者身上，听取叙述者直接发出的声音，达到有效控制读者的目的。另外，笔者认为，这可能是作者对古代叙事模式一种无意的留恋和挽留……

其实，巴金比较喜欢用第一人称来进行小说创作。因为第一人称的运用，更容易使他的感情得到热情的倾诉，也有助于他把感情表达得更真诚。[③]即便是在运用第三人称的全知叙事方式的小说如《家》、《春》、《秋》中，巴金也大量采取书信、日记、大量的抒情与独白等第一人称或者类第一人称方式进行写作，由此这个三部曲就弥漫着浓厚的主观气氛。

《家》、《春》、《秋》中对叙述者的全知而主观性质的择取，方便了巴金传递思想、激起情感反应的需求，更容易达成提高小说感染

① 参见赵毅衡：《苦恼的叙述者》，第49—51页，北京十月文艺出版社，1994年。

② 巴金：《巴金文集》第6卷，第681页，人民文学出版社，1958年。

③ “在巴金20部中长篇小说中，采用第一人称内聚焦叙事模式的有《新生》、《海的梦》、《春天里的秋天》、《利娜》、《憩园》、《第四病室》等六部小说。”参见：李树槐《论巴金小说中的第一人称内聚焦叙事模式》，刊于《中国文学研究》2004年4期。

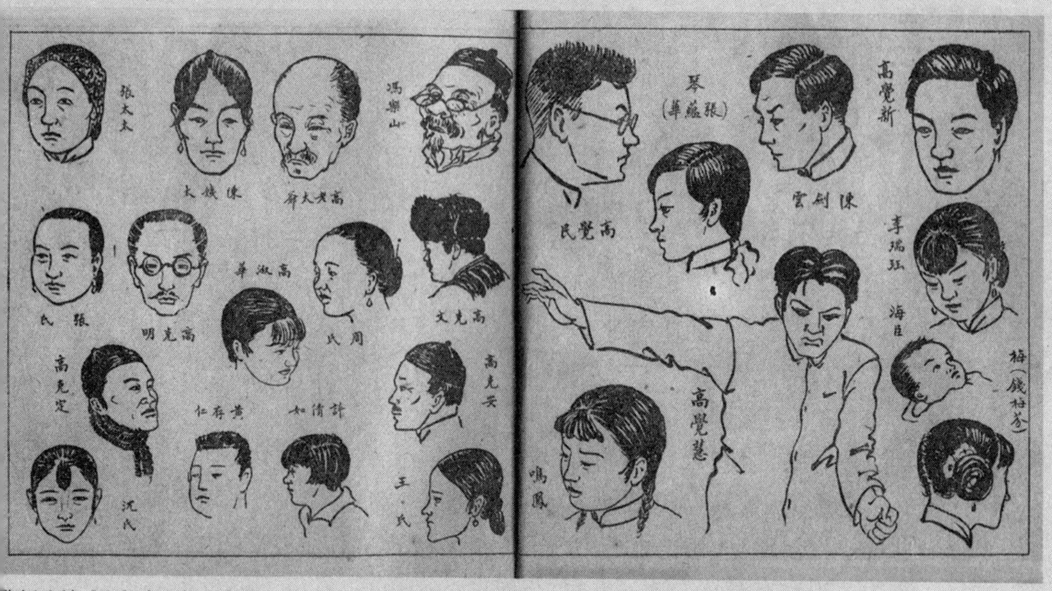

费新我绘《家》中人物形象

力的效果。当然，有的时候巴金通过叙述者在作品中的感情宣泄太频繁也太强烈，这也容易造成读者阅读方面一定程度上的厌倦。

（2）《家》、《春》、《秋》对叙事视点的择取。

在巴金的《家》、《春》、《秋》中，叙述者与隐含作者的距离很小，如前所述隐含作者和现实中作者的距离也很小，因此《家》、《春》、《秋》的叙述者，也正是作者型叙述者。

在《家》、《春》、《秋》中叙述者、隐含作者、现实中的作者三者基本上是合一的，因而其视点是叙述者的，更是全知性的。通过这种全知性的视点，叙述者可以通过任何人物的眼光看待人和事。

《家》、《春》、《秋》中，叙述者的视点不是一成不变的。叙述者的视点经常在人物身上流动，从不同的人物眼中展现人物性格、再现事件样貌。

《家》、《春》、《秋》的叙述者采用的是全知视点，但在适当的地方却出现了“隐瞒”现象。这样的视角隐瞒，有利于悬念感的产生，也利于读者想象力和推理欲的激发，在一定程度上弥补了全知叙述的不足。

巴金在《家》、《春》、《秋》视点上的择取，其初衷也许仅仅是为了叙述流畅和感情宣泄的方便，所以他对视点的流动运用自然，对于其他视点控制的技巧则可能是以前所接触过文学的作品影响作用无意识的流露——比如"视点隐瞒"现象。视点的流动弥补了单一视点造成局限感，视点的隐瞒在一定程度上给阅读带来一种跳跃的丰富感；二者的使用对于《家》、《春》、《秋》艺术感染力的提升有着积极的作用。

(3) 两个比较。

A.《家》、《春》、《秋》与《寒夜》。

巴金的《家》、《春》、《秋》与他的《寒夜》都是采用全知叙事模式的小说。但是，相比之下《家》、《春》、《秋》给读者的感觉比后者更为主观和有激情。这一方面，与作者的阅历浅、性格不够沉稳有关系（巴金创作《寒夜》时也已理性了许多）；另一方面，这与叙述者的视点选择，人物与作者、叙述者、隐含作者的距离[①]也有很大的关系。

在《寒夜》中，作者、叙事者、隐含作者与其中人物的距离并不是很近，汪文宣、曾树生、汪母不过是巴金生活中熟悉的陌生人……

B.《家》与《春》、《秋》。

巴金的《家》，与《春》和《秋》相比，我们可以感到作者的熔铸在小说的激情在一步一步减弱：《家》的激情浓于《春》，《春》的激情浓于《秋》。

一方面，这同样与作者的年龄增长带来的心境的变化有着莫大的关系。

另一方面，虚构主人公和事件的增加，是一个重要原因。

最后一个方面，主要视点人物的退场也是重要原因。在《家》中高觉慧经常充当叙述者的视点人物，在《家》和《秋》中，高觉慧的退场，造成了视点人物的一度缺失。而在《秋》里，巴金变得更为沉稳老练，让高觉民也逐渐退场，叙述者隐含在人物背后以更理智的

① 在巴金的《寒夜》中，作者与隐含作者和叙述者的距离都比较小，他们的价值判断基本一致。

眼光来观察一切。

使用全知叙事模式,更利于小说作者通过隐含作者向读者讲述一个家族里发生的悲欢离合,使家族里各种人物形象通过具体的事件得到全方位的描写和展示获得强烈的立体感;能更方便对社会各个层面或广泛或深刻的描写,揭示出社会制度和社会存在的合理与否,也可以揭示出社会环境对作者思想感情的影响作用。

总之,全知叙事模式的择取对小说主题思想、题材选择、人物形象、性格塑造、社会文化学等方面的成功都有不可忽略的作用。

节奏的调整

节奏原是音乐术语,即是"音乐的时间形式"。节奏不仅取决于外在的机械的拍节等,还取决于音乐的创作动机、曲调的情感旋律等内在因素。

万物的运动皆有节奏,大到宇宙星球的运转,小到个体生命的律动。如果把一部小说看成一个独立和有机的统一体,那么她的节奏又是如何体现呢?

词语音节的数量会形成一种节奏感;一个语句中,词语的停顿、音调的抑扬、语流的速度、语气的强弱,都可以形成一种自然的节奏,作为语言艺术的文学作品的语言更是如此。在诗歌和散文中,语言的节奏艺术被强化和突出;而在小说作品中的叙事语言,也必然存在节奏,但它有自己的特殊性:

> 作为模拟性语言操作的物化形式,小说话语更贴近人类日常言语,因此本来就含着自然天成的节奏……只不过小说话语的节奏更加自由灵活,更加内在,在表层并不显得那么明显突出罢了。①

① 刘世剑:《论小说叙事话语中的节奏》,《社会科学战线》1998 年第 4 期。

小说作为一种语言艺术,必然会对语言文字有一定的要求。虽然巴金向来不愿意承认自己在写作上所采用的"技巧",但是实际上他对小说语言文字的使用也是比较考究的,比如《家》中第十章的一段描写,在遣词造句和意境的选择上,就非常有古典韵味,也有陶渊明《桃花源记》中景物描写的影子。

……

巴金是一个有着火一样热情和赤子之心的作家,其注意力更多的是放在感情方面。

人的感情一定的节奏和律动行诸小说作品,这种感情的节奏和律动也会内蕴在小说之中,并感染和影响读者。因而我更想考察的是《家》、《春》、《秋》在表层节奏内化之后的"内在节奏":也就是取决于小说的创作动机、小说的情感渗透、小说的思想认识的深化等内在因素而形成的内在节奏。

(一) 流畅线性叙事节奏,给读者带来有始有终的完整感

巴金的《家》、《春》、《秋》的艺术成就,最为人称道的就是成功地塑造了面目各异、性格各样的人物形象。1931 年 4 月 18 日始,巴金的《家》以《激流》的名字在上海的《时报》上连载的时候,给每一章都加了小标题(《两兄弟》、《琴》、《做大哥的人》等)。

巴金最重视的也是对小说人物形象的塑造,他想通过人物来作为整部作品的关键连结点,通过人物来传达自己的思想感情、抨击不合理的观念制度。对于如何描写和塑造人物的性格特点,只要有与人物相关的重要事件,应该就可以比较淋漓尽致地对人物形象进行刻画,不必刻意在乎事件的先后顺序。但是,巴金不但给了串起人物的一系列事件,更是给出了这些事件前后相连的时间链条,让这些事件在时间的链条上有先有后地依次出现;这还不算,巴金十分注意时间的完整和连续性。

"能指时间"和"所指时间"是叙事学中经常提到的概念。

赵毅衡在研究过中国传统白话小说的叙事特点后,总结道:"总的看起来,白话小说有一种'时间满格',即在叙述线上所有的

时间不管有事无事，都至少提及，不省略任何环节。”①

尽管正如陈平原在《中国小说叙事模式的转变》中所论述的那样：“五四”作家“很少谈论小说的叙事时间，倒装叙述早已司空见惯，交错叙述似乎也很平常”，最要紧的是他们学会“借交错叙述来更真切地表现人物情绪和突出作品的整体氛围”。②但是，巴金的《家》、《春》、《秋》对“所指时间”非常在意，叙述者努力使自己的叙述保持叙述时间的满格和线性完整，不断地提示读者时间的连续性。

以巴金的《家》为例，我们一起来看一下作者如何兢兢业业于这种时间满格和完整线性的维持。

《家》共有四十章，就每一章的开头一句来看，我们已经可以清楚地看到作者对“所指时间”的重视。我们可以通过作者在每章的开头提供的“所指时间”，大体明了《家》的故事是从旧历新年前的一个飘雪的傍晚开始，到觉慧出走结束，大约持续了半年的时间。我们甚至可以把这半年时间里高家发生的事情，给出一个按照时间顺序大体详尽的事件列表。“大事日表”自然谈不上，因为事件并不能每天都被记载，它不够详尽，难以将“日表”填充完满；但是如果用“大事周表”就会有遗漏的事件。

总体来说，作者哪怕是对简略叙述的事件也往往会用“所指时间”来标示：比如“觉慧这几天虽然没有走出公馆，可是他的心依旧跟他的同学们在一起活动”。“恐怖的时期很快地过去，和平的统治恢复了。”“暑假来了。这些日子里……”③事件虽然被简略化了，但是时间线性却被较好地保存了下来。

至于《春》和《秋》，巴金保持线性、“填充”、有头有尾叙述的热情虽然逐步有所减弱，④这种努力却仍然顽固地存在着，作者不时

① 赵毅衡：《苦恼的叙述者》第137页，北京十月文艺出版社，1994年。

② 陈平原：《中国小说叙事模式的转变》第55、58页，上海人民文学出版社，1988年。

③ 巴金：《巴金全集》第1卷，第77、231、307页，人民文学出版社，1986年。

④ 这种线性叙述方式的减弱，造成了三部作品之间总体叙事节奏上的差异，后有详细论述。

地用“所指时间”提醒着读者，故事进行的阶段。[①]

《家》、《春》、《秋》的叙事保持了相当的线性链条叙述，这固然与长篇小说叙述方便的需要有关，笔者认为这可能还与巴金的创作上的情感动机密不可分。[②]巴金在《家》、《春》、《秋》中对线性叙事的运用和对时间满格的追求，使读者在阅读之时有一种循次游览的感觉；“游客”在游览的途中，有对每一个景物的虽不求细看却也不愿放过的心理。《家》、《春》、《秋》中叙述者的线性叙事对读者的引导，类似于一个导游的景点讲解对游客的引导一样有详有略，却基本不会有所遗漏；一旦有所遗漏，可能就会造成一些读者的好奇和缺失感。巴金正是用这种有头有尾的、流畅的线性叙事，带给读者流水淙淙、润物无声，而又有头有尾的完整感。

（二）场景，对话与独白，给读者带来亦张亦弛的丰富感

《家》、《春》、《秋》的叙事，虽然在总体上保持了线性的叙事方式，这条线却不是一条粗细一般、虚实一贯、松紧一致的线。在《家》、《春》、《秋》的叙事链条上，有的线被作者浓墨重彩、层层渲染地精雕细镂一番，有的线则被作者蜻蜓点水、不着痕迹地轻轻一笔带过。

① 《春》中有：“这晚”，“吃了午饭”，“第二天早晨”，“一天午后”，“早晨十点钟”，“第二天下午”，“星期一下午”，“星期三早晨”，“星期五下午”，“第二天早饭后”，“星期日下午”……《秋》中有：“星期日早晨”，“第二天下午”，“傍晚”，“差不多在同样的时刻”，“端午节逼近了”，“端午节大清早”，“端午节后四天的下午”，“第二天”，“第二天早晨”，“初八日”，“初九日上午”，“一天午后”……参见：巴金《巴金文集》第6卷，人民文学出版社，1958年。

② 巴金所要在《家》、《春》、《秋》——尤其是《家》中着力表现的人和事，都是有着人物和事件原型的，他们争先恐后地在作者的脑海中涌现；作者唯有用明确的时间链条来贯穿这些人和事，才能让他们有序出场，并借以理顺自己的思路；巴金青少年时的生活经历也在时间的链条上次第展开，巴金借助于这种成长历程来展开叙述最自然不过。另外，巴金非常重视读者，他写作《家》、《春》、《秋》的过程就是与读者面对面交流的过程，是展示自己熟悉的生活、揭示自己内心的过程；我们可能也有这样的经验，当自己想要向一个人叙述自己的生活和感情的时候，总是乐于从头讲起、娓娓道来，让对方捋清自己所有生活和感情的来龙去脉，从而也更好地融入自己的故事、理解自己的感情、认同自己的观点。

1. 场景描写：

《家》、《春》、《秋》中有大量的场景描写，如《家》中第十三章，对高家迎接旧历新年的过年气象，以及第十五章高家过除夕之夜的描写就很有代表性。

……

这两段场景描写，故事、叙述和阅读三者仿佛在同步速度进行，使读者有如临现场的真实感。读者由第一段的场景描写中，感受到了封建官僚地主家庭的宏大气派和森严等级；又由第二段的场景描写中，了解到了那时一般的大家庭过旧历新年的繁缛风俗和考究摆设。

2. 对话与独白描写：

如果在场景描写中加入对话描写，叙事节奏就会变慢，叙事的速度也会明显地慢下来。这种有行动和对话的场景在《家》、《春》、《秋》三部曲中比比皆是、不胜枚举，比如：《家》的开篇两章高觉慧、高觉民两兄弟的对话，三部曲中更多的高觉民和琴的对话，高觉慧和高觉新的对话，钱梅芬和李瑞珏的倾心交谈，高淑华和高觉英的斗嘴，高淑英姐妹的闲谈等等。对话中往往会插入叙述者的评论或者注释，或者插入对人物以往情况的叙述。

需要指出的是，节奏和速度的快慢都是相对的。我们来看一段高觉新、高觉民、高觉慧和陈剑云在对话过程中，插入了一大段对高觉慧心灵历程的介绍：

……

我们可以看到，由于加入了高觉慧的一段思想独白，文本中正在进行的"对话"过程被强行中断，叙事节奏变得愈发慢起来。但是，单就斜线部分的这段内心独白来看，作者用不到一千字的篇幅就勾勒出了高觉慧思想的发展历程，这一段的叙事节奏又相当快的。整体叙事速度的缓慢和细节叙事速度的加快形成一种鲜明的对照，二者穿插使用也可以调节叙事速度和叙事节奏的单一，增强小说叙事的丰富感。

与对话描写相比，叙事速度更慢的是对人物大段的心理独白的描写，这在《家》、《春》、《秋》三部曲中也占有很大比例和篇幅，像鸣凤对高觉慧爱而不能的幸福与矛盾的独白，鸣凤自杀前的心理独白；高觉新娶了李瑞珏之后的内心独白、面对钱梅芬的不幸产生的极度自责、因无力挽救落入不幸婚姻的周蕙而时时发自内心的自省……

这种大段的心理独白描写极尽曲折与缠绵，让读者的思绪在人物思绪弯弯绕绕中，感受叙事速度和节奏的缓慢，带给自己的细致和无穷的回味。

除了这些场景、对话与独白描写之外，作者对事物概括性和跳跃式的描述使得小说的叙事速度和节奏加快。比如《家》的第六章，用了将近一章的篇幅就简略地描述出高觉新的"前事"，与那些甚至是半天内发生的对话所占用的篇幅来比，作者的笔墨在此处用的可谓"极俭省"。

作者正是利用对场景、对话与独白的适时浓墨重彩的处理，来减缓叙述速度，而借概述和省略来提高叙述速度，从而达到有效控制叙事节奏的目的；使读者在阅读过程中，心理上有张有弛、有松有紧，进而享受阅读带给自己的无尽乐趣。

3.《家》、《春》、《秋》叙事节奏的渐慢。

不少研究者在研究《家》、《春》、《秋》这三部作品时，指出了这三部作品之间存在着一定的差异，尤其是《秋》与前两部的差异更是明显。

如，巴人在《略论巴金的〈家〉三部曲》中指出："通过这两部小说的依然是以恋爱和婚姻问题作为主题，描写出新和旧两种势力两种思想的斗争。但也很显然的，《春》和《秋》较之于《家》，是更多接近于《红楼梦》式的家庭生活的琐屑的描写。在人物的刻画上，《春》和《秋》较之于《家》更来得逼真。但在给予读者的激情上说，则《家》将超过《春》和《秋》。"他还指出："在《春》和《秋》里，巴金对于旧家庭的详细情节的真实性是很妥帖地展开了，但失落了可作为中国社会特征的情势，充满那些篇幅的，是《红楼梦》式的家庭'韵事'的繁琐，打牌，游湖，吵嘴。"[①]

① 巴人：《略论巴金的〈家〉三部曲》，李存光编《巴金研究资料（下）》，第552、558页，海峡文艺出版社，1985年。

另外，夏志清更是指出："《秋》是一种强有力的震惊。在这本书里，巴金一反过去的作风，不再耽溺于温情式的表兄妹恋爱，以及不成熟的革命行动，转过头来，细细描写大家庭中的你争我夺，以及肺痨病的惨状。"①

《家》、《春》、《秋》三部小说都是以事件为主要线索，来将一个又一个的场面贯穿起来。每一部里所发生的事件都不少，但是，《家》里的事件比起后两部（尤其是《秋》）来，冲突更为激烈和集中，也显得更具有悲壮的意味；《春》在冲突的突然和激烈方面，就稍逊一些；在《秋》中，事件的冲突几乎揉碎在日常的平淡里——处处都是不幸的踪影，即便是死亡也那么不惨烈。

《家》里的病患犹如外伤，虽血肉模糊、鲜血淋漓，痛哭、痛喊、痛骂过之后，却也给人长舒一口气的痛快感；而愈到后者，尤其是《秋》，病患已入骨髓，不见鲜血淋漓、血肉模糊，唯有失色的面容、失神的目光，哭不出、喊不出也骂不出的憋屈感贯穿小说的始终。而也许这也就是为什么，巴人说它们在人物刻画上更为逼真，而夏志清又说《秋》是"一种强有力的震惊"的原因吧。

《家》中觉字辈集体游园的经历只有一次：第十九章元宵节的游园，这次游园主要是觉新和梅的不幸被彰显。而到了《春》，游园的次数明显增多：第一至第四章里都有游园，第八章、第十五章至第十八章、第二十八章也是游园，这些游园里承载了太多人的悲哀：觉新、淑英、蕙、淑贞，并且游园的气象和心情每况愈下。到了《秋》，游园已不能担受缓解压力和苦闷的重任，生活的苦闷更多地在吵嘴、打牌、生活的繁琐、勾心斗角、你争我夺中无形渗透开来。

《家》中所记述的是从旧历新年前的一个飘雪的傍晚开始，到觉慧出走结束，半年多的时间内发生的事情；《秋》中所记述的是，从端午节前夕到农历八月的秋天，三个多月时间内发生的事情。作者在《家》中叙述这些半年多时间内发生的故事，用了四十章、426页的篇幅；而在《秋》中叙述三个多月时间内发生的故事，则用了五十章、680页的篇幅。我们可以很清晰地看出，二者在单位"所

① 夏志清：《中国小说史》第179页，复旦大学出版社，2005年。

指时间”内所容纳的“能指时间”有着极其大的差异,描写一天内发生的事件《秋》比《家》的所占用的篇幅要多得多,事件的详尽程度也要高得多:例如,《秋》第二章到第七章,用了74页的篇幅来描写一天中发生的聚会游园活动;紧接着第八章到第十二章,又用了66页的篇幅讲述另一天的事件,《家》中则不见这种慢节奏的叙述方式。因此,《秋》的叙事节奏要比《家》和《春》慢得多,而《春》的则比《家》的慢。

由于没有了激烈事件的拉动或者推动,读者感到《春》和《秋》——尤其是后者——的叙事速度明显放慢,呈现出一种令人恹恹欲睡慢节奏。如前所提,夏志清等在对《秋》进行肯定的时候,更看重的是巴金在其中所表现出来的对人性的复杂性的深入思考和描写;但是,对于更期待事件、情节冲突的读者来说,这种慢节奏可能就让他们难以忍受了。

(三) 叙述的呼应与重复,给读者带来回环往复的节奏感

根据心理学理论,在各种图形中,圆形给人的感觉最舒服、最圆满。在各种结构中,一种接近圆形的结构给人的美感最充实、最丰厚。

《家》、《春》、《秋》在叙述上的呼应与重复,就是一种类圆形的叙述方式;这种叙述方式给读者以回环往复的节奏感。

1. 篇首篇尾的呼应与重复

《家》、《春》、《秋》篇首篇尾的相互呼应,给读者以《家》,以觉慧、觉民兄弟的出场开篇,而又以觉慧的出走终篇;《春》,以淑英的苦恼开篇,而以淑英的出走摆脱烦恼终篇;《秋》,以觉新给觉慧写信、提到家长要他续弦开篇,而以觉新给觉慧写信、按要求续弦终篇。三部小说都完成了一个由一个人物出发转了一圈又回到这个人物本身的圆形轨迹,并且三个人物的人生也似画了一个完满的圆形轨迹。这种首尾呼应的结构,也是一种重复,只不过重复是变调与升级的重复而已。

这种呼应与重复,不仅给读者一种有始有终、成功完满等感觉,也暗示读者只要不懈地与黑暗的社会现实作斗争,“希望”与

“春天”终会来临，由此启发和鼓舞读者的斗志。

2. 篇中的呼应与重复。

A. 江河日下的家庭气势：

《家》中吃年夜饭的情景，与《秋》中过端午节的情景相呼应和重复。

在《家》的第十三章中，作者首先以场景描写开篇（详见本章场景描写一节），给读者展示了高家旧历新年的层级景象，在高老太爷心目中这是何等让他欣慰……

《秋》中大家庭的家长已是高克明。在第十七章中，这年的端午节依旧重复了以往过节繁琐的摆设和礼仪，高克明似乎又重复了高老太爷的心情：当他看到一家人又坐在一起过端午节的时候，他“举杯，动箸，谈笑，有时满意地四顾，他觉得自己还是一个幸福家庭的家长”。只不过高克明眼中的这一切不过是种幻象，他无疑是在自欺欺人。

如果说《家》中“静物”的辉煌还能遮掩人事的不济、增添过节的喜庆，那么《秋》中“静物”却再也无力担此重任，作者的着力点已放在对“人物”的观察上。

陈姨太和克字辈的人，除了张太太和克明夫妇，貌似快乐和兴奋，实则戴着不同的假面、各怀鬼胎。

在这里年轻一代的欢乐是分层级的：高觉人、高觉先、高淑芬，少不更事、无忧无虑，新衣美食自由无不让他们欢欣；高淑华，一个天生的乐天派，热闹的聚会总能引起她的快感；然后是琴和高觉民，有着比较平和的感情；高淑贞，一个被锻造出来的木然的灵魂，无法打心底里找到快乐，只是沾染一下喜庆的气氛；高觉新，永远的悲观者，眼前的情景只是他触物思人的媒介，也愈发凸显了他的苦痛。

《秋》里大家庭的气势已经不复存在，在这个家庭气势江河日下中掩藏着的是人性的堕落。作者通过对克字辈的衰落和堕落，以及对觉字辈中觉英、觉群等的学坏的描述，告诉读者旧的家族制度下的寄生者们已经日益走向腐化，要想得到新生必须与此作坚决的抗争。读者通过作者对高家由盛到衰的过程的讲述，完成了一次由对繁华背后肮脏的初步了解，到看到肮脏败落之后的无奈，再到寻找新的出路的认识过程。读者对大家族江河日下状况的认识经历了一个由浅入深的发展过程，如果说这种认识过程在水平上是逐级上扬的，那么这种上扬便与家族的衰落之间形成一定的张力，也构成一个有趣的对比；读者的情感体验则在这两条一上扬和一衰落的线条中，被牵拽得忽松忽紧，呈现出一种类似波形运动的状态。如此一来阅读的过程就充满了张力，《家》、《春》、《秋》的艺术感染力也就得到较好的表现。

B. 物是人非的游园场景。

《家》、《春》、《秋》中觉字辈，有几次不同的游园。这些游园的情景，有相似也有差异，构成了情景的呼应与重复。

《家》的第十九章[①]，高觉新、高觉民、高觉慧三弟兄，高淑英、高淑华、高淑贞三姊妹和琴、鸣凤，一行八人进行元宵节夜晚的游园活动。在这次游园活动中，大家总体是快乐的。

《春》和《秋》中的游园忧伤，甚至是悲苦的调子愈来愈浓郁。

读者跟随着作者的笔，在一次又一次游园和聚会中行进，体会和触摸物是人非的境况，也加深对造成这种现状的原因的认识。但是，巴金对游园场景的多次描写，有时不免也显得累赘和繁琐，可能有"江郎才尽"之嫌。比如在《红楼梦》中刘姥姥曾三入荣国府，每次入府都有象征性的意义，作者有意借刘姥姥一个外人的目光，来反映出贾家的衰败路线图。巴金在描写游园场景的时候，如果能有选择地摘取几次有象征性的场景，效果可能会更好一些。

C. 似曾相识的场景再现。

高觉新、周蕙和周枚的婚礼，也是遥相呼应的。

《家》中，高觉新在他的婚礼上是个傀儡。

《春》中，周蕙在结婚这天也是一个傀儡。

《秋》中，周枚结婚的时候，更是一个傀儡。

《家》、《春》、《秋》三部曲中，每一部都有对一个傀儡婚礼过程

① 详见巴金：《巴金全集》第1卷，第171—183页，人民文学出版社，1986年。

的描写,几乎相同的程序和新人几乎相同——甚至一个比一个软弱和麻木——的感受,重复讲述着一个又一个年轻生命的浑浑噩噩。这样的讲述方式无疑警示读者旧的封建礼教的存在是造成循环往复悲剧的根源,从而增强了读者对旧婚姻制度的认识和痛恨。

另外,《春》中高觉民阻拦高觉群对绮霞的无理,与《秋》中高淑华阻止高觉英调戏春兰情节的呼应与重复等,也起到类似的警示作用。

3. 纯粹的呼应与重复。

《家》、《春》、《秋》中,纯粹的呼应与重复叙事也存在,比如对陈剑云心目中两颗明星的叙述。

第十二章中作者这样写道:……

第十五章作者重复写道:……

在这两章中,作者利用这种重复,把陈剑云感情的真挚、人格的卑微表现得惟妙惟肖,让读者看到一个略带神经质青年的病态却又值得同情的内心世界,从而产生对人物的亲近感。

《春》中,翠环重复叙述淑英:为人厚道,不把自己当下人看待;高觉新自己对苦痛的意识和叙述等等,都是一种呼应与重复。

这种纯粹的呼应与重复,似音乐中的重音符,增加了信息的纵深感、情感的真挚和深刻度。这种让读者时时遇到相似或者相同情景的做法,又似乎使读者在行走的过程中,停下来反观以前的景色,有种走走停停的游历感。①

(四) 感情的忧郁与轻快,给读者带来亦哭亦笑的收放感

巴金曾经说过:"我喜欢用忧郁的,甚至哭诉的调子讲故事。"②

① 这种纯粹的重复是否是一种作者的创作重复?笔者认为对巴金对这种叙事方式的运用上,他运用的意识和水平是有差别的。比如说对陈剑云心目中两颗明星的重复,有利于更好地表现他的性格特点,这个重复的技术性相对来说是较高的;但是对于高觉新对自己苦痛意识的重复叙述,巴金在主观意图上可能是为了浓墨重彩地表现高觉新的痛苦,但是在客观效果上,读者对这些重复的叙述的感觉可能并不像巴金预期的那样好。

② 巴金:《谈我的短篇小说》,收于李存光《巴金研究资料(中)》第70页,海峡文艺出版社,1985年。

《家》、《春》、《秋》中，作者叙述高觉新、钱梅芬、周蕙、周枚、陈剑云、高淑贞，或者让他们自己张口说话的时候，最常用的就是那种忧郁哭诉的调子；这种忧郁、哭诉的、无力的调子与高觉慧、高觉民、琴、高淑华等的青春、欢快的、有力的调子形成了鲜明的对比。

高觉新的忧郁和哭诉迷漫在整个三部曲之中。

在钱梅芬的生活里，生活同样充满难耐的悲苦。

陈剑云是一个自怜自哀的小人物，但是他的软弱与痛苦却在读者心里留下了难以抹去的印记。

与以忧郁的，甚至哭诉的调子进行描写的方法不同，三部曲中杂陈了以青春、欢快、有力的调子来描写另一些人物。

在描写高觉慧的时候，作者总是用充满力度、总体昂扬的调子。

高觉民在《春》和《秋》里，则多接续了高觉慧的思想和行为，他的思想言语和行为，一样处处透出青春、欢快、有力的气息。

高淑华是巴金笔下的一个乐天派，浑身上下透出阳光的明媚。

作者不仅仅是在对人物的描写上，采用了两种调子相交错的方式，在景物气氛的描写上亦是如此，例子很多。

描写高觉慧、高觉民所采用的多半充满"暴力"突进的调子，描写高淑华所采用的明快青春的调子，不仅与描写高觉新、钱梅芬、周蕙、周枚等所采用的的畏缩妥协调子形成鲜明的对比，最紧要是前者对后者这种忧郁、哭诉调子的有冲淡以及调和的作用。

对"悲哀、忧伤、压抑、消极、平和、安静"的情绪状态加以表现的叙述方式，往往给人慢速的感觉；而相反，对"快乐、兴奋、活跃、积极、激动、急躁"的情绪状态加以表现的叙述方式，则往往会给人快速的感觉。[①]对这些不同情绪状态的加以表现的叙述方式，有时让人感到放松，有时又会让人感到紧张，总体来说就是让读者的阅读感受变化多端。

总之，作者利用了以上四种(甚至更多)调节叙事节奏的手段，

---

① 参见：周海宏《音乐与其表现的世界》，第72—76页，中央音乐学院出版社，2004年。

努力丰富《家》、《春》、《秋》的艺术感染力，使得读者的阅读过程既能一线贯穿、有始有终，又能感到故事意味的回环往复、走走停停，在情绪上收到亦张亦弛、亦哭亦笑的效果。

结　语

一部成功的小说所拥有的艺术感染力取决于多方面的因素：性格塑造的形象感人，时代反映的真切深广，思想认识的高屋建瓴，篇章结构的布局合理等等；这些多方面的因素又取决于作者技巧手段运用的恰当与否，即如何让读者对小说的性格塑造、时代反映、思想认识、篇章结构认可甚至欣赏。

在写作《家》、《春》、《秋》的过程中，巴金无论是对“距离控制”还是对“节奏调整”技巧的运用可能都不是自觉的。但可以确信的一点是，巴金会提醒自己尽量减少读者对小说的隔阂，减少阅读时读者心理上对小说接受所产生的阻力；他在写作过程中的种种为顺畅表达自己道德、情感、认识等方面的判断，为读者如他所愿地接受小说所传达出来的一切所做出的努力，就会在不知不觉中渗透于技巧的运用之中。

“距离控制”和“节奏调整”是作者在探寻减少读者对《家》、《春》、《秋》的隔阂和阅读阻力、提高小说感染力上采用的重要技巧。通过这两种技巧的自觉、不自觉的运用，巴金将《家》、《春》、《秋》比较成功地呈现在读者面前。

黄长华

论《家》的叙事意图和叙事策略

作为一位重视作品的文学效应和社会效应的作家，巴金始终认为“文学的目的是要使人变得更好”[①]，这个“好”的内涵包括：纯洁、善良、团结、热爱生活、努力向上的勇气等，为此，巴金强调“艺术的良心”，主张“作家与人要一致，作品与人品也要一致”[②]。对自己的作品，巴金有时会作较多的论述，试图让读者理解其写作的出发点和目的。《家》是巴金自己特别喜爱的作品。阅读《家》，首先引起我们注意的问题也许是巴金为什么要写《家》——关于《家》，巴金作了许多阐述，反过来，从《家》的阐述之多我们可以见证这部作品对巴金的意义。叙事意图的探究因此显出其意味——从巴金关于《家》的各种论述中追寻小说文本最初的叙事意图是一条捷径，而从《家》的文本实际中寻找创作意图也是一条路径，辜也平先生就认为“在《家》的创作过程中，巴金的创作意图还是较为完整、始终如一地贯彻在整个创作过程，创作实际和创作意图并未产生悖离，至少巴金本人在当时是这样认为的”[③]。

① 巴金：《〈巴金论创作〉序》，《巴金全集》第 17 卷，人民文学出版社 1986 年版，第 52 页。

② 巴金：《作家的任务》，《巴金全集》第 19 卷，人民文学出版社 1986 年版，第 604 页。

③ 辜也平：《巴金创作综论》，福建教育出版社，第 124、150 页。

本文作者在纪念《家》出版75周年学术研讨会上发言

《家》的叙事意图

《家》创作前后，巴金分别于1931年4月作《〈激流〉总序》、1932年4月作《呈献给一个人（初版代序）》、1932年5月作《初版后记》、1936年5月作《五版题记》、1937年2月作《关于〈家〉（十版代序）》、1953年3月作《新版后记》、1956年10月作《谈〈家〉》（最初题为《和读者谈谈〈家〉》）、1977年8月作《重印后记》等文章及在各种为外文版本写的序文中反复阐释其创作动机、创作心态及对创作成果的满意度，兼及对艺术安排的说明，其中《〈激流〉总序》、《初版代序》、《初版后记》、《十版代序》及根据英译本《家》的《后记》改作的《谈〈家〉》因写作时间与小说形成时间很近或写作时受到外在因素影响较小而成为我们理解巴金和他的《家》的较为客观的原初材料。

《〈激流〉总序》以散文语言书写了巴金对《激流》三部曲的最初设想，其中，巴金反复提到“生活的激流”，他说“我无论在什么地方总看见那一股生活的激流在动荡，在创造它自己的道路，通过乱山碎石中间"、"在这里我所要展开给读者看的乃是过去十多年生活的一幅图画。自然这里只有生活的一小部分,但我们已经可以看见那一股由爱和恨、欢乐与受苦所构成的生活的激流是如何地在动荡了";1932 年 5 月,《家》刚完成,巴金就说:"然而单以这一年的大小事变底描写,我们已经可以看到一个正在崩坏的资产阶级家庭底全部悲欢离合的历史"、"用了二十三万字我写完了一个家庭底历史"(《初版后记》);在《关于〈家〉(十版代序)》中又说"我所写的应该是一般的封建大家庭的历史"。1980 年劫后余生的巴金再次谈起《家》,对《激流》的题名的由来作出了明确的解释:"……我写完《总序》,决定把《春梦》改为《激流》,故事虽然没有想好,但是主题已经有了。我不是在写消逝了的渺茫的春梦,我写的是奔腾的生活的激流。"①

在这些论述中,出现最多的字眼——"历史"、"生活的激流"——提示我们注意巴金的生活观。对生活,巴金持传统的"生活历史观",是典型的"子在川上曰:'逝者如斯夫'"和"滚滚长江东逝水"式的时间意识。巴金将生活看作"一种历史",视之如长江大河一般,奔涌向前,永不停息,又是善恶夹杂,泥沙俱下的,此其一;其二,《家》是以作者成都家族生活为基础而构成的,他试图写出"一般的封建大家庭的历史"。"我当初刚起了写《家》的念头,我曾把小说的结构略略思索了一下,最先浮现在我的脑子里的就是那些我所熟悉的面庞,然后又接连地出现了许多我所不能够忘记的事情,还有那些我在那里消磨了我的童年的地方",巴金在《关于〈家〉(十版代序)——给我的一个表哥》②中的论述强调了他是以青少年时期的家庭生活作为小说虚构的基础。而《家》中的故事情景、人物关系与巴金的回忆、自传等常有重合之处,一定程度上强化了读者将《家》与作者生活相混淆的意识。因此,我们很难否认《家》的某种写实色彩及为着记录家族历史和家族人物故事而写

① 巴金:《关于〈激流〉》,《巴金全集》第 20 卷,人民文学出版社 1986 年版,第 675 页。

② 巴金:《巴金全集》第 1 卷,人民文学出版社 1986 年版,第 442—443 页。

作的目的。其三,《家》又是为向一个不合理的社会制度提出抗议而作的。在晚年的回忆中,巴金对自己提笔写作的最初动机作了说明:藉纸笔倾吐感情,安慰自己那颗年轻孤寂的心。1928 年 11 月归国途中,在邮船四等舱里,巴金萌生了写一部为自己和同时代年轻人控诉、伸冤的小说《春梦》的打算,并计划将家族的一些事情写进小说。大哥来信鼓励给了巴金莫大的鼓舞,决心"我要把我过去咽在肚里的话全写出来,我要拨开我大哥的眼睛让他看见他生活在什么样的环境里面"①。《家》的《初版代序》题为"呈献给一个人",这个人便是巴金的大哥,巴金还提到曾经打算为大哥写一部长篇小说。若干年后,巴金在《谈〈家〉》中又针对大哥的死作了假设,"要是我早把《家》写出来,他也许会看见了横在他面前的深渊,那么他可能不会落到那里面去",希望大哥看见小说中熟悉的场景和人物而醒悟过来的苦心历久不改。30 年代初,逃异乡走异地的巴金定居上海,为完成《时报》约稿,记录生活过十九年的官僚地主家庭故事不仅成为巴金写作《家》的最初动机,更成为他为遭压制的一代年轻人呐喊伸冤的最好载体。巴金在《家》的各种"序"和"后记"中反复申明:是过去的生活逼着我拿起笔来,直到写《家》,"我的'积愤',我对于一个不合理的制度的'积愤'才有机会吐露出来"②,他更在《十版代序》中说"我要向一个垂死的制度叫出我的 J'accuse(我控诉)"③。因此,记录封建大家庭的历史并以生动的人物故事揭示"制度吃人"、"礼教吃人"④是巴金写作《家》的最明确的意图。

① 巴金:《关于〈激流〉》,《巴金全集》第 20 卷,人民文学出版社 1986 年版,第 675 页。

② 巴金:《新版后记》,《巴金全集》第 1 卷,人民文学出版社 1986 年版,第 153 页。

③ 巴金:《关于〈家〉(十版代序)》,《巴金全集》第 1 卷,人民文学出版社 1986 年版,第 442 页。

④ 陈思和:《从鲁迅到巴金:新文学精神的接力和传承》,见《第八届巴金国际学术研讨会综述》,《中国现代文学研究丛刊》2006 年第 1 期。

《家》的叙事策略

作家为实现其叙事意图所做的文本形式和技巧方面的种种安排即可看作是作家的叙事策略。在意图与策略之间发挥根本作用的是作家。作家的文化修养、文学趣味及所处的文化语境和文学语境成为他对具体创作的总体安排的制约因素。叙事策略的产生与叙事意图有很大关系。但一定的叙事意图并不必然地导致某种叙事策略,毕竟,某种叙事意图可以通过不同的叙事策略加以实现。

叙事策略又必须落实在叙事作品的形式层面,由文本形式和技巧来体现。即便作家对其未成形的小说有许多的想法和布局安排,他也不可能在写作前喋喋不休,而须由文本和成书后的论述来阐述其叙事策略。

设置全知全觉的叙述视角

《家》中人物众多、人物性格各异、命运结局各不相同,情节波澜起伏,小说所涉及的一个中国传统大家庭的日常生活和缓慢变化过程借助故事人物视角或第三者的全知视角皆可以得到充分表现,但巴金选择了后者。

风刮得很紧,雪象扯破了的棉絮一样在空中飞舞,没有目的地四处飘落,左右两边墙脚各有一条白色的路,好象给中间满是水泥的石板路镶了两道宽边。

街上有行人和两人抬的轿子。他们斗不过风雪,显出了畏缩的样子。雪片愈落愈多,白茫茫地布满在天空中,向四处落下,落在伞上,落在轿顶上,落在轿夫的笠上,落在行人的脸上。

……

"三弟,走快点",说话的是一个十八岁的青年,一手拿伞,一手提着棉袍的下幅,还掉过头看后面,圆圆的脸冻得通红,鼻子上架着一副金丝眼镜。

在后面走的弟弟是一个有同样身体、穿同样服装的青年。他的年纪稍微轻一点，脸也瘦些，但是一双眼睛非常明亮。

……

小说就是这样开始的。一个客观的画面：先是漫天飘舞的风雪、行人的情状，继而是回家路上的两兄弟，如电影镜头式的，由风景→行人→中心人物的依次呈现。而将这些画面呈现出来的主体——叙述者——却隐藏了起来，不露痕迹，景物和事件仿佛是纯客观地呈现。这是一种典型的全知全觉的第三人称叙述模式。

《家》的第三人称叙述模式的突出特点在于叙述者具备全能型叙述视角，叙述者在叙述过程中可以全面地、多方位多角度地、内外结合地叙述故事情节及人物的行动和心理活动，其充分的自由性恰如“有权从任何角度拍照花瓶的摄影师”[①]。小说以觉新故事、鸣凤之死、觉民逃婚、梅芬之死、瑞珏之死、觉慧出走作为重要的故事情节，又涉及过年、祝寿、捉鬼、丧事等家族大事件；既借学潮、兵变、办报点明时代氛围和社会背景，又提示次要人物的性格和命运走向；既展现人物的外在行动和外在矛盾，又深入人物的精神世界并寻找人物行动的心理动因。……如此曲折复杂的情节、包容激烈的外部行动和丰富的内心隐秘的容量，若非全知全觉式的第三人称叙述，是不能达到表现广阔的现实生活的效果的。在这里，叙述者无处不在，他了解高家的过去、现在和将来，了解发生在不同地点的几件事情，也熟悉人物的内心思想和情感活动，我们注意到：他既是高家日常家庭生活的见证者，又是督军署门前学生请愿行动的在场者（第 8 章）；既能仔细观察到觉慧的一句玩笑话“我去告诉太太说你已经长成人了，早点把你嫁出去罢”引发鸣凤脸色的瞬间变化（第 10 章），又一字不漏地记录了觉慧的私密日记（第 11 章）；甚至连兵灾即将发生时琴内心的慌乱与脆弱（第 22 章），克定迷惑于连长姨太太时的苦恼（第 23 章）以及高老太爷“四世同堂”的好梦幻灭之后空虚的感觉（第 33 章）他都能一一加以洞察。

① 赵毅衡：《当说者被说的时候》，中国人民大学出版社 1998 年，第 119 页。

"叙述者"何以能获得如此自由的全知视角？——根本原因在于叙述者属于"文本叙述者"类型。"文本叙述者"不同于小说中的"故事叙述者"，它是"小说全部话语行为的发出者"[①]，即米克·巴尔所谓的"叙述者，或叙述人（narrator）指的是语言的主体，一种功能，而不是在构成本文的语言中表达其自身的个人"[②]。"文本叙述者"具有多方面的功能。热奈特就认为，"文本叙述者"既具有叙述故事的职能，又具备叙述文本、组织话语的管理职能，同时还具有交际职能和思想职能[③]。正是因为《家》中的叙述者"文本叙述者"的特点，他担任的角色不仅是故事的讲述者，更是《家》文本的编织者的角色，小说的情节走向、人物关系的设置、叙述侧重点的安排都属于他的权限：他将高家的众多人物分为两大类型；他赋予觉新、觉民、觉慧三兄弟不同的性格并安排他们三种不同的结局；他还在女性群体中安排了三种不同的性格和命运，为的是让她们的遭遇代受压迫的女性喊出"冤枉"；他又特意设置觉新—梅—瑞珏三人间的情爱纠葛，又让鸣凤拒绝出嫁冯家而选择投湖自尽……这样的人际关系和情节是叙述者为让读者了解"封建制度吃人"而设立的，没有哪一条叙事规则规定非得如此表现，完全是文本叙述者发挥其"组织话语的管理职能"的结果。

《家》中的第三人称叙述模式又是一种开放式的叙述结构。叙述的本质是交流，但"交流"是在怎样的结构层次中、又是在何种成分之间进行呢？查特曼试图用符号学交际模式来表示以叙事交流为核心的文学创作活动流程，即：[④]

真实作者——隐含的作者→（叙述者）→（被叙述者）→隐含的读者——真实读者

① 祖国颂：《叙事的诗学》，安徽大学出版社 2003 年版，第 21 页。

② 米克·巴尔：《叙述学：叙事理论导论》，中国社会科学出版社 1995 年，第 138 页。

③ 热奈特：《叙事话语 新叙事话语》，中国社会科学出版社，第 181 页。

④ 参见里蒙·凯南［以色列］《叙事虚构作品》，姚景清等译，生活·读书·新知三联书店 1989 年，第 155 页。

里蒙·凯南对此图作了修改，她认为"……和叙事虚构作品的诗学理论关系更为密切的并不是作者和读者的实际交流过程，而是文本中与之相对立的叙述者和被叙述者的交流"，"在查特曼的六个参与者里，和我的叙述观点有关的只有四个：真实作者，真实读者，叙述者，被叙述者"[①]，此处，查特曼和凯南所谓的"被叙述者"即"本文中隐含的叙述者的叙述对象"，意即"叙述接收者"。因此，更能说明叙述交流流程的图表可被修改为：

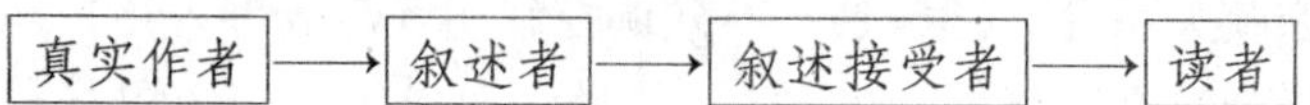

小说中叙述者不明显，如前述，小说的开头，电影镜头式的画面看不出叙述者的在场，叙述者仅将高家的各色人物、大小事件依次道来。与叙述者的隐蔽相对应的是，叙述行为的另一端、介于叙述者和读者之间的叙述接受者也不明确。在《家》的文本中，从未有只言片语提示"叙事接受者"的存在。因此，小说的叙述行为两端的交流主体在很大程度上都隐藏了起来，如用更明确的方式表示，图示为：

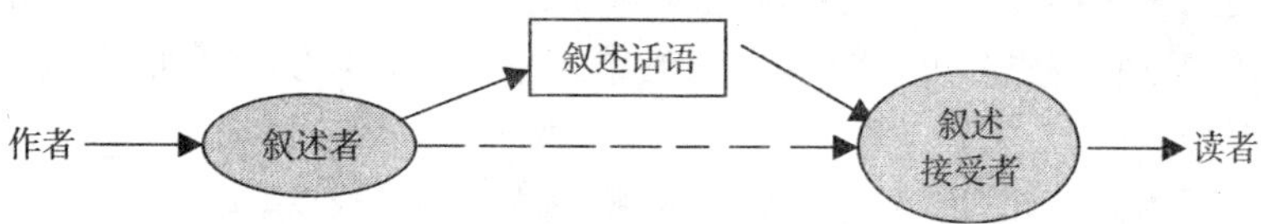

这种开放性的叙述结构，隐蔽了作者与读者之间的交流中介环节，叙述行动因此呈现出客观化倾向，但另一方面，从叙述效果来看，此种结构又促使读者产生自己就是叙述话语的接受者的假象，从而能有效地调动读者的主观情感和文本参与意识，激发读者的阅读创造性活动。

调控叙述者与故事人物之间的远近距离

举凡叙事作品，叙述者的存在是毋庸置疑的。一部小说总会

① 参见里蒙·凯南[以色列]：《叙事虚构作品》，姚景清等译，生活·读书·新知三联书店1989年，第160页。

讲述一个或几个故事,故事的发生及相关事情都是被叙述对象,叙述者是小说所有话语行为的行为主体。按照布斯的观点,叙述者又是作者在小说中的代言人。

由于小说的故事情节是经由叙述者传递给读者的,因此,在故事+人物↔读者这两个环节之间,叙述者及其态度、倾向就成为影响读者接受的关键因素,文本的艺术感染力也由此产生。叙述者与故事人物之间的距离意指叙述者与故事人物之间的角色间距、情感亲疏关系等。《家》通过有效调控叙述者与故事人物之间的距离以增强故事叙述行为的激情,并藉此增强文本的亲切感和可接受性。

叙述者与故事人物之间的距离主要表现在叙述者对故事人物的情感倾向上。《家》中的众多人物被叙述者区分为二个阵营:一方是以觉新、觉民和觉慧三兄弟为代表的年轻人阵营,另一方是以高老太爷、陈姨太和冯乐山为代表的长辈阵营,对不论哪一方人物,叙述者都倾注了隐蔽但又是坚定鲜明的爱憎情感。他通过叙述长辈人物种种残忍、龌龊之事和描绘其可笑之面貌表达厌恶情感,又通过叙述年轻人的进步、诚挚之事迹和描绘其光彩形象表明喜爱之情。

如以下几段,分别是关于鸣凤、陈姨太、年轻人、克安、冯乐山的描写:

(1) 说话的婢女鸣凤,脑后垂着一根发辫,一件蓝布棉袄裹着她的苗条的身子,瓜子形的脸庞也还丰润,在她带笑说话的时候,脸颊现出两个酒窝。她闪动着两只明亮的眼睛天真地看他们。(第2章)

(2) 他们年轻一代整天在花园里玩各种有意义的游戏,或者讲有趣味的故事。没有人打扰他们。(第17章)

(3) 然而陈姨太进来了,那颈长颧骨高、嘴唇薄、眉毛漆黑的粉脸在他的眼前晃了一下。她带进来一股刺鼻的香风。(第9章)

(4) 克安在辛亥革命的时候在西充县受过惊,还是丢了知县的印化装逃回省城来的,因此他非常胆小。他好几次在后面扯克明的袖子要克明住口,但是看见这个举动没有一点用处,又害怕会

有不寻常的事情发生，便惊惶地逃开了，……（第23章）

(5) 觉慧看见那个满是雀斑同皱纹的脸和那根香肠似的红鼻子，感到极大的愤怒。（第30章）

上述几个片断，叙述者与故事人物之间的情感距离清晰可辨。“晃了一下”、“刺鼻的香风”、“惊惶地逃开”、“香肠似的红鼻子”等带感情色彩的词汇的运用，将叙述者对陈姨太的厌恶、对克安胆小的蔑视、对冯乐山外貌与灵魂的双重丑陋的愤怒等情绪充分地表达出来，可见叙述者与长辈人物之间的距离是大的、疏远的。而对于年轻人，叙述者则宽容、爱护、偏爱有加，对鸣凤的描写是“苗条的身子”、“丰润的脸庞”、“带笑说话”、“天真地看”，而即便年轻人在年节里玩的不外乎是掷筹码、行酒令、讲故事等游戏，叙述者仍认为他们的游戏是“有意义的”、所讲故事是“有趣味的”。叙述者与年轻一辈之间的距离是小的、切近的。

小说还通过让叙述者融入人物视角的方式缩短叙述者与故事主要人物之间的距离。在许多场合，叙述者与觉慧之间的距离甚至为零，叙述者常直接借助觉慧的视角、以觉慧的思想倾向和价值判断来组织故事、评判人物。如，第9章，觉慧被叫到祖父房里，面对假寐中的老人，想起祖父过去现在的种种：

自从他有记忆以来，他的脑子里就有一个相貌庄严的祖父的影子，祖父是全家所崇拜、敬畏的人，常常带着凛然不可侵犯的神气。……

现在祖父在他的眼前显得非常衰弱，身子软弱无力地躺在那里，从微微张开的嘴里断续地流出口水来，把颔下的衣服打湿了一团。……

祖父还有一个姨太太。这个女人虽然常常浓妆艳抹，一身香气，可是并没有一点爱娇。她讲起话来，总是尖声尖气，扭扭捏捏。她是在祖母去世以后买来服侍祖父的。祖父好像很喜欢她，同她在一起过了将近十年。她还生过一个六叔，但是六叔只活到五岁就生病死了。他想起祖父具着赏玩书画的心情同这个姨太太在一起生活的事，不觉哑然失笑了。

上述片段叙事和描写融为一体,但显然遵循觉慧的视角。文中称高老太爷为“祖父”,称陈姨太所生之子为“六叔”,完全是觉慧的口吻,同时,文中“浓妆艳抹”、“尖声尖气”、“扭扭捏捏”等带感情色彩的词汇也是觉慧对陈姨太的厌恶之情的外化。这段从“早过了六十岁的祖父躺在床前的一把藤椅上”直至“于是两个人悄悄地走了出来”的片段里叙述者的独立视角消失了,始终以主人公觉慧作固定内聚焦,透过觉慧的眼光在看,透过觉慧的意识来描写。叙述者的视角与觉慧的视角重合,显示了叙述者对觉慧观点的认同。又如第14章,本章叙述“旧历年的最后一天”发生的故事:早晨,黄妈与觉民、觉慧兄弟的聊天;花园“晚香楼”上,觉慧与觉新讨论梅与瑞珏的话题;天井里,觉新兄弟加入觉英、淑英的“踢毽子”游戏。在这三个场景中,叙述者亦完全以觉慧的视角来观察这一天与觉慧有关系的人和所发生的事,以觉慧的情感立场来感知黄妈对兄弟俩的慈爱诚恳的特殊感情,感知觉新面对自家兄弟时才可能敞开的内心世界。由此,读者不知觉地随着叙述者的视角融入了觉慧的视角,并以觉慧的情感、眼光来看待家中诸人、诸事,心理上与觉慧毫不隔膜。

小说通过对叙述者和故事人物之间距离的设置,有效地将作者在现实生活中聚集起来的真实感情转移到故事人物身上,使得读者亲近作者所赞赏的小说人物,疏离作者所厌恶的小说人物,通过此种方式,让读者认同作者的价值立场和道德立场,从而实现小说的叙事意图。

凸显叙述者的主体意识

与巴金诸多短篇小说叙述者作为故事中一员的情况不同的是,《家》的叙述者并非被设计为“故事的参与者”而存在,而是作为“高家故事的在场者”而存在,他高居于故事之上,清楚地掌握着高家脉脉温情面纱之下的种种故事。他熟悉高家的每一个角落、洞悉人物的内心隐秘,力求客观地展现出这个大家庭的大小事件和人物风貌。

但这位叙述者并没有被限定始终维持其客观倾向。高家发生了太多的悲剧和喜剧，高家众多成员的每一次行动背后可能皆有隐衷，叙述者对这一切都知悉，有时他忍不住站出来，对某个现象或某种行为加以评议或解释，流露出作为叙述者的主体意识。

(1) ……黄妈一个人咕噜地说，不过她的满是皱纹的脸上还带着笑容。她常常责备他们，犹如母亲责备儿子。他们知道她的脾气，又知道她真心爱护他们，所以兄弟两个都喜欢她。(第 14 章)

(2) 觉慧的脸上掠过了一种异样的微笑，这是妒忌的微笑，虽然极力忍住，但是终于露了出来，不过别人很难注意到。他起了一种从来没有过的感觉。他也曾在暗中爱过琴……他一旦听见他所爱的人被另一个人占了去，他还是不能不妒忌，然而这也只是一瞬间的事。他的感情马上就改变了，他暗暗地责备自己会有这样的恋爱观念，而且又惭愧自己对哥哥的事情竟然有这样的心理。(第 30 章)

(3) 人们躺下来，取下他们白天里戴的面具，结算这一天的总账。他们打开了自己的内心，打开了自己的“灵魂的一隅”，那个隐秘的角落，他们悔恨、悲泣，为了这一天的浪费，为了这一天的损失，为了这一天的痛苦生活。自然，人们中间也有少数得意的人，可是他们已经满意地睡熟了，剩下那些不幸的人，失望的人在不温暖的被窝里悲泣自己的命运。无论是在白天或黑夜，世界都有两副不同的面目，为着两种不同的人而存在。(第 4 章)

例句 1 是针对黄妈责备觉慧的行为作出的解释。显然叙述者宽容并喜爱老黄妈，因此他特意解释了老黄妈与觉慧兄弟的感情。这一段的解释，为读者理解其后黄妈与觉慧兄弟的谈话打下了情感基调。

例句 2 也是一段解释，是叙述者针对觉慧听到觉民说与琴的事情已经决定了时“脸上掠过了一种异样微笑”而作的一长段解释。与通常叙事中的解释一般用来告知读者事件真相的作用有所不同的是，《家》中的解释，有不少是叙述者对认为可能导致对觉慧等人产生误解的事件的说明，这样的解释往往出现在作为作品主人公的觉慧、觉新两兄弟的身上。小说第 30 章中的这大段话语就是为了避免读者对觉慧脸上出现的“妒忌的微笑”而作的。觉慧曾暗中爱过琴,尽管他曾对觉民说过他把琴当作姐姐那样地爱,尽管他的感情世界一度曾被鸣凤所占据,然后乍一听到他所爱过的人(也许仍在爱着)被另一个人占了去,即使这个人是他的亲哥哥,“他还是不能不妒忌”。这是作为年轻人的觉慧正常的心理反应。叙述者的解释行为,表明他也和觉慧一样认为这样的嫉妒心理不应该,因此出面为觉慧辩护。在此,叙述者明显地流露出为觉慧的行为寻找合理性的意图。

此种为主要人物而作的解释在第 6 章中有典型的运用。从全书的结构来看,小说前六章既是叙事,更主要是安排主要人物出场。第 6 章可谓是“觉新小传”,内容关乎觉新的家庭地位、理想、性情和婚姻生活,整段话语,且叙且议,既是对觉新故事的讲述,又处处渗入叙述者对觉新性格形成、行动原因的理解和解释,既怕觉新的个性不能被读者全盘了解,又怕读者误会了觉新,于是,叙述者时时出面解释说明。如父亲为觉新挑选了一个不认识的姑娘作为结婚对象时,叙述者着意于觉新的心理反应,“他不反抗,也想不到反抗,他忍受了。他顺从了父亲的意志,没有怨言”;结婚仪式进行时,叙述者又关注觉新的神情“他没有快乐,也没有悲哀。他只有疲倦,但是多少还有点兴奋”;第一次领到薪水时,“他心里充满着欢喜和悲哀,一方面因为这是自己第一次挣来的钱,另一方面却因为这是卖掉自己前程所得的代价”。第 6 章对觉新几年来生活的回顾和总结,是从叙述者作为一个“旁观者清”的角度作出的。整整一章,作为“传主”的觉新没有发出一点声音,唯一的一句话“一切都完了”还是作为一个念头在他的脑子里打转,与此相对比,却复述了两大段决定觉新人生命运的父亲的话,其余的都是叙述者话语。叙述者的讲述行为无意中在形式上暗合了觉新懦弱、容忍、顺从的性格,暗合了觉新虽贵为高家长房长孙,却不能依自身主观意志行事、仅为他人而活的“失语”状态。这样的形式布局,盖由于叙述者的在场和主动介入。

有时叙述者也会将关注点放在非主要人物身上,为之辩护。

如第19章，观赏完射龙灯的节目后，觉慧询问觉民和琴的观感，琴发表了见解，“五舅他们得到了满足，玩龙灯的人得到了赏钱。各人得到了自己所要的东西，这还不好吗?”被觉慧加以冷笑和讽刺，接下来，叙述者方面，有这样一段话：“琴不说话了。她有一种脾气，她对于某一个问题回答不出来的时候，便闭上嘴去思考，并不急急地强辩。但是她却不知道这个问题是她的少女的心所无法解答的”，针对觉慧的讽刺，叙述者出面解释了琴的性情及生活给予她的局限，试图弥补琴因在这个问题上的幼稚见解而伤及她在全书中的形象。

而上述例句3则是一段评议，出现于鸣凤打开“灵魂的一隅”的叙事之前。在高家，主人与下人的生活待遇是截然不同的，叙述者对此有很深的体会，公然出声对人世间的不公予以批评。又如第27章，当觉民答应剑云的请求——如果剑云不幸早逝，将和琴一道到坟地上看他——剑云对此感激不已时，叙述者忍不住中断叙事，对剑云的身世凋零发出了感喟：“这时候在广大的世界中，有许多的光明，很多的幸福，很多的爱。然后对于这个除了伯父的零落的家以外什么都被剥夺去了的谦虚的人，就只有这轻轻的一诺了”。此类评议，相当一部分是叙述者针对所观察和了解到的不公平之事、针对被损害者、弱小者而发出的，流露出叙述者同情弱小的人道主义情怀。但叙述者又往往居高临下，自信比故事中人更清醒和高明，并试图以较强烈的叙述者主体意识和褒贬倾向对读者产生影响。对作者巴金而言，不合理的社会制度从来都是他愤怒抨击的对象，“它（巴金的信念——作者注）使我更有勇气来宣告一个不合理的制度的死刑。我要向一个垂死的制度叫出我的J'accnse（我控诉）”[①]是巴金反复阐明的创作宗旨。作者巴金强烈的主体创作情绪被有意识地转移到文本叙述者身上。即便是对作者所偏爱的主人公，叙述者的态度有时也是严峻的。如第15章，旧历年的最后一晚，觉慧愉快地沉浸在高家的祝福声中，叙述者批

① 巴金：《关于〈家〉（十版代序）》，《巴金全集》第1卷，人民文学出版社1986年版，第442页。

评觉慧,“然而在这个公馆的围墙外面,在广大的世界中又怎样呢,年轻的觉慧却不曾想到,而且他甚至于忘记了昨晚遇见讨饭的小孩的事情了”,含蓄地批评觉慧的健忘和幼稚。又如第 17 章,初八日晚上,年轻人经过精心布置,演出了一场欢乐的烟火晚会,作为这一章的结束语,叙述者的议论与之前平稳、欢乐的叙述语调有很大的不谐:“烟火的确带来了很多的欢乐,像彩虹一样,点缀了这年长的一代人的生活。但是短时间以后,一切都成了过去的陈迹,剩下这座花园,寂寞地立在寒冷的黑夜里。”有曲终人散的感慨,有对高家年长一代贪恋眼前欢,对前景无所用心的感慨,也有对高家不久的将来凋零的景象的隐约暗示。

上述解释性、评议性话语总属“非叙事性话语”。此类体现叙述者较强的主观情感和见识的非叙事性话语,因之真诚、坦白,给《家》文本的客观叙事注入了主观色彩,格外增强了小说的抒情色彩和特殊的艺术感染力。

“不管我们怎样给艺术或艺术性下定义,写作一个故事的概念,似乎就已有寻找使作品最有可能被接受的表达技巧的想法包含在自身之中了”[①],布斯肯定了“写作”与“寻找最有可能被接受的表达技巧”之间的内在联系。年轻的激情、对具体境遇的深切感受和愤怒激发巴金提笔倾述《家》。围绕“叙述者”这一角色和视点,小说采取设立全知视角、有效控制叙述者与故事人物间距及凸显叙述者主体意识的叙事策略来实现“叙述一个封建大家庭历史”和“倾述对一个垂死的制度的积愤”的意图,对巴金这位处于现实苦难和内心求索双重困境的现实主义作家而言,小说这种语言艺术创作的过程便是将思想纳入词语的过程,提笔写作不仅仅为形式,更是为思想、言说和生活本身。

① 布斯:《小说修辞学》,华明译,北京大学出版社 1987 年,第 115 页。

李雅博

巴金与岛崎藤村的同名家族小说《家》的比较研究

岛崎藤村的《家》，是以作家本人从27岁到39岁这12年间真实的家庭生活经历为基础而创作的，小说描写了两个典型的日本封建大家族——木曾马笼的旧驿站老板小泉和福岛镇药材批发店桥本家日趋衰败没落的过程。这部小说被认为是一部独具风格的杰作，可称得上是自然主义文学的纪念碑，甚至确立了“藤村文学”作为明治社会文学代表作的地位[①]。巴金的《家》同样有着作者本人家庭生活的影子，小说构设了高家的变故与兴衰，展现了典型的中国式家族生活的画面。两部《家》诞生在有着相似传统文化背景的国土上，且均取材于作家本人“生于斯，长于斯”的家庭生活经历，再加上小说中的“家”都处于现代社会新旧交替的历史节点，两位作家都自叙传式地讲述了大家族在时代冲击下无可挽回的衰落，以及身在其中的家族成员那复杂而忧郁的生命体验，但是由于中日两国的家族文化传统同中存异和两国的近代的历史语境的不同，影响了两位作家的叙事立场和策略，进而使两部作品文本呈现出迥异的风貌。笔者将从人伦秩序、家业继承、家族价值理想中日家族文化的三个方面，对中日两部家族小说《家》展开讨论。

① 陈德文:《家·译序》,引自【日】岛崎藤村:《家》,枕流译,江苏人民出版社1981年版,第2页。

一　人伦秩序

家族是建立在血缘关系的基础上的扩大的家庭，家庭中的人伦秩序亦渗透于家族生活之中，因此家族中的每一个成员都处于错综复杂的人伦链条或称“差序结构”[①]之中，而且他所处的位置几乎决定了其所有的“行动功能”[②]，这种人伦秩序在中日封建家族中表现得尤为谨严，甚至延伸到家族之外的社会政治领域，形成家国一体的社会结构。相对来说，巴金的《家》所体现的中国家族中的人伦秩序结构无论在内容和形式上都更为复杂，仅从家族成员的差序结构的阵容上就可见出。在中国的大家族中，所有同辈的男性和所有同辈的女性都要按长幼次序大排队，“大排行”的目的，不仅仅是为区分同辈间的长幼，更是为了弥合小家庭和大家族之间的界限，让家族成员意识到自己是这个大家族的一部分，自觉走出“小家”融入“大家”，这无疑有利于宗族的团结。而这一特点在日本的家族中并不十分明显，这也就造成了两部小说的家族故事主体存在差别，巴金《家》的故事主体是行将分裂的以父子为主轴的大家族；岛崎藤村《家》的故事主体是家族结构中几个以夫妻为主轴的小家庭，故事主体的差别也与作家的家族叙事立场和创作方法有关。巴金在给《家》作的序言中曾说道：“我不单要给我们的家族写一部特殊的历史，我所要写的应该是一般封建大家庭的历史。……我要写这种家庭怎样必然地走上崩溃的路，走它自己亲手掘成的墓穴。”巴金的创作充满着不可遏抑的激情和冲动，这表现在小说中对旧的家族制度和耽于旧家族的各色人物毫不留情的批判，而且巴金的《家》把家族故事置于更为广阔的时代语境中来生发，小说的叙述不仅向着故事也向着文本外的历史敞开。巴金把家族故事置于时代洪流中，讲述的是家族内外的故事；岛崎藤村把

① 费孝通：《乡土中国　生育制度》，北京大学出版社1998年版，第33页。

② 李永东：《现代家族故事的生成机制》，《海南大学学报》2004年第2期，第141—145页。

家族故事封闭起来,讲述的是家族内的视景。岛崎藤村曾解释说:“我写《家》的时候,是想借助盖房子的方法,用笔‘建筑’起这部长篇小说来。对屋外发生的事情一概不写,一切都只局限于屋内的光景。写了厨房,写了大门,写了庭院。只有到了能够听见流水响声的屋子里才写到河。……运用这种笔法要写好这个《家》的上下两卷,长达十二年的历史,是不容易的。”[①]两位作家所选择的视点,分别适合了叙述聚族而居的中国内地大家族和明治维新后日本由小家庭组成的大家族。因此在藤村的《家》中,我们更多地感受到时间的自然流动,四季的交替,山野的变换,人物的起居衣食、悲欢离合,世态的炎凉变化,都以活生生的生活节拍来表现[②]。虽然中日两位作家构设家族故事的方式有所不同,但是两位作家都对本国的传统家族文化,尤其是对腐朽僵化的封建道德和因袭观念,进行了反思。

“父”对“子”具有绝对的权威,“子”必须绝对服从“父”,这一“父与子”秩序模式普遍存在于中日封建宗法制家族的各种等级关系中,如巴金《家》激烈控诉的“主”对“仆”的生杀予夺和岛崎藤村《家》中丈夫对妻子的主宰,其实都是“父与子”这一秩序模式的渗透和施威。两部《家》都淋漓尽致地刻画了“父”辈们的威严与独断,以及“子”辈们的畏惧与压抑。巴金《家》中,连最不屑家长权威的觉慧也感到了“父”的压力,“自从他有记忆以来,他的脑子里就有一个相貌庄严的祖父的影子。祖父是全家所崇拜、敬畏的人,常常带着凛然不可侵犯的神气”。“……他无论在什么地方,只要看见祖父走来,就设法躲开,因为有祖父在场,他感觉拘束。祖父似乎是一个完全不亲切的人。”在岛崎藤村《家》中多次写到这种“子”辈对“父”辈自然流露出的敬畏,他甚至更细致地书写了“父”辈们有意为之的种种细节。比如,小泉家的大哥实“在外面为人处

① 陈德文:《家·译序》,引自【日】岛崎藤村:《家》,枕流译,江苏人民出版社 1981 年版,第 2 页。

② 郑丽娜:《巴金的〈家〉与岛崎藤村的〈家〉比较研究》,《沈阳师范大学学报(社会科学版)》2007 年第 1 期,第 108—112 页。

世显得极为圆滑”，对待自己的家人却有着父亲一样的威严，尤其对久病而丧失谋生能力的弟弟宗藏和自己软弱的妻子仓苛刻至极。桥本家的当家人达雄在外人看来，性情温和，对下人宽厚，但是当面对儿子正太时，就立即变得严肃起来。“他们”有意强调自己与“子”辈的身份差异，以期对家族的其他成员保持持久的控制力和威慑力，而如果“子”辈敢于质疑和反抗“父”辈的权威，那就被认为是扰乱了维系家族存在的人伦秩序，不仅“子”辈们要受到“不孝”“不守规矩”的诘难，他们的家长——父母或兄长也要背上“不教”的骂名。在儒教文化深深扎根的中日两国，“不孝”是万劫不复的罪名，人们对此都避之唯恐不及，“子”辈们的压抑和痛苦在某种意义上说，是根源于对“不孝”的恐惧。两位作家都深深地同情着“家”中那些为家长的独断、专行而苦恼着的儿女们，描画了他们在被“父”辈安排的婚姻和事业中的郁郁寡欢与苦苦挣扎。

二 父业子承

无论在中国还是日本，家族的延续都具有义务的性质，长房长子都被规定为家业、家产的继承人。父业子承，在日本的“家”中首先表现为更加纯粹的家族事业的传承，其次是“家长”地位和责任的传承。岛崎藤村《家》中，桥本家的独子达雄和小泉家的长子实都继承了本家族经营的事业，而其他子女就没有获得任何产业的机会。但是作为家长的哥哥，仍然要抚养未成年的弟弟妹妹直至成人，还有义务为他们张罗婚姻大事。如果有的已经成人却没有能力养活自己，像久病的宗藏，长兄实虽然会收留他，但已不可避免被当作是累赘，遭人厌恶，他只能没有尊严痛苦地活着。而三吉结婚后就不能再做书生了，他必须另起炉灶，单独过活。但是作为家长的哥哥依然可以命令式地对待弟弟、妹妹，比如三吉刚刚结婚，大哥实就提出让三吉来抚养久病丧失工作能力的二哥宗藏，大哥的话虽然是茶余饭后提出来的，却有不可违拗的力量，这事让三吉大伤脑筋，最后是哥哥自己承认考虑不周才免去三吉一大负担。如果家中没有男继承人，像三吉的妻子雪的娘家那样，就只好为大女儿和二女儿招赘女婿，让女婿以养子的身份继承家业，婿养子可以与亲生儿子享受同样的待遇，但是他必须放弃祭祀自己的祖先而且要改姓养父的姓氏，只有这样才能将自己姓氏的家业完好地传递下去；而其他的女儿就只能“嫁鸡随鸡，嫁狗随狗”，跟随丈夫过活。这是日本家族文化中最为独特的“婿养子”制度。幼子和幼女通常得不到祖先的恩惠，就只能白手起家，但是“婿养子”制度也说明，在日本，女性并未完全被排斥在继承权利之外，然而在同等亲属等级上，她们总在男人之后。[①]

中国“家”中的“父业子承”，更多地表现在财产的继承和“家长”地位和责任的继承。巴金《家》中，虽然写到了高家富裕的家境和残存的势力，但高家产业的经营情况却着墨不多，而争夺财产的战争，早在老太爷未去世的时候就已经在暗中开始，老太爷一死，有关遗产分配矛盾进一步明朗化，作者用悲愤的笔调，控诉了几个叔婶将尸骨未寒的高老太爷撇在一边，热闹而激烈地讨论怎样分老太爷的遗产的卑劣行径。依据遗嘱遗赠，各房子孙分得一部分财产家业，原本一份大的产业被分割成多个小份，这个大家族的实力也相应地被分割了，想要和原来一样继续维持当地首富的地位就不太可能了。按照老太爷的遗嘱，姑母张太太也得到了一份遗产，但是很少也不太有保证。由于每一房都不可能独占祖业，所以因分配不均而使族内各个小家庭之间关系紧张，矛盾恶化，爆发冲突几乎成了定律，作者似有意这样去写高家的“树倒猢狲散”，以表达他对“长宜子孙”这一家族文化中的价值理想的嘲讽。

三 价值理想

在家族文化中，价值理想是家族成员共同追求的目标和维系家风的思想基础，中日两部《家》都将价值理想作为了构筑家族故事的重要因素，但两位作家对此所持的态度却不尽相同，且其具体

① ［法］安·比尔基埃等主编：《家庭史　三卷：现代化的冲击》，袁树仁等译，生活·读书·新知三联书店 1998 年版，第 344 页。

内容也同中存异。岛崎藤村在创作《家》时，正是日俄战争以后，日本已经走向资本主义。当时的情况是，一方面，工业化的潮流以迅雷不及掩耳之势吞没了山村的庄园经济，使人们感到迷惘和恐惧；另一方面，日俄战争的胜利使统治者洋洋得意，疯狂地压制民主力量，逮捕进步人士，迫使许多作家逃避社会，向往自然，岛崎藤村就是如此。他的《家》更加深沉、冷静地观察和思考着“家”中发生的一切，对于传统与现代的价值理想的冲突，并不做过多的评论。[①]传统的“家”在时代的冲击下，虽然已经不可挽回地衰败下去，但“家”里的父辈对于家族存在的经济基础的珍惜，使他们对家族传统价值观念的认同程度进一步加深，具体在处理家族事务时就表现为恪守遗训，丝毫不逾祖宗的规矩，生怕损害家族的名声，辱没家风，而“名声”和“家风”正是家族中那些年长的，尤其是作为中坚力量的成员心目中永远珍视的价值理想。他们认为家业的兴隆全仰仗祖宗的荫德，只要能够好好地经营家业，并且极负责任地把它完整地传递给子辈，父辈才能放心地将家族的重任交付给下一辈。

而在巴金的《家》中，高老太爷年轻时勤学苦读，得到功名，做了多年的官，尝够了其中的甘苦，才得以造就一个庞大显赫的家族。高老太爷非常珍视自己一手建立起的这份家业，眼看着自己的多子多孙，“四世同堂”的梦想实现了，“一家人读书知礼，事事如意，像这样兴盛、发达下去，再过一两代他们高家不知道会变成一个怎样繁盛的大家庭。他这样想着”，心中很满意，所以他要拼却残年余力来维持这个大家族的强盛。家族的未来、家族的荣耀是老太爷心目中永远的价值理想，这一点与日本的《家》较为相似。但是由于巴金一直强调：“我所憎恨的并不是个人，而是制度。”“家”在这里变成了旧制度、旧礼教的化身，作家在创作过程中，又遭受了失去亲人的不幸，这一打击使他更深刻地认识到封建家族制度发展到专制和反动之时对人个性的压抑、否定和摧残是何等

① 郑丽娜：《巴金的〈家〉与岛崎藤村的〈家〉比较研究》，《沈阳师范大学学报（社会科学版）》2007年第1期，第108—112页。

的惨烈。另外，巴金年轻时怀有相当远大的社会理想，认为应该消除家庭、坚决不与旧势力旧传统妥协，于是他用自己的笔将养育了自己十八载的封建大家族进行了毫不留情的解剖和批判，不仅将其中的罪恶和腐朽展示给人看，还对如“家业兴隆”、“长宜子孙”、“知书达礼”等传统的价值理想进行了尤其猛烈的嘲讽。

两部同是描写家族史的同名作品，都扎根于本国传统家族文化的深厚土壤之上，由于两位作家所处的历史语境和具体的叙事手法和叙事立场的不同，使两部小说呈现出迥异的叙事风格和思想内涵。

山口 守

巴金作品《家》文本的变容

——关于小说·戏剧·电影

本文以考察巴金的代表作、小说《家》在由文学文本被改写为戏剧脚本，抑或电影剧本的过程之中，是被如何解读的，而作为其结果，文本又是如何变容的为第一步，以检验各文本成立的经纬和故事的变容为目的。

一般而言，人们有着这样一种模糊的印象，即在“五四”新文化运动以降的中国现代文学当中，出版部数最多的小说，恐怕当数巴金的《家》[①]。由于没有正确的统计数字，所以要证明这一点十分困难，然而作为印象而言，这一见解未必就可以说失之千里。战后台湾作家白先勇，也曾举出了巴金的《家》、《春》、《秋》，与还珠楼主、张恨水、徐訏等人的作品并列，声称是其少年时代的爱读书[②]。在这里，巴金的《家》与武侠小说等在文学市场上拥有众多读者的作家同列，成为阅读对象，让人感受到其读者层的范围之宽。仅仅是以下将要介绍的开明书店版，从初版印行的1933年至1951年间，就重版了33版，发行部数虽然难以正确统计，然而从几乎每年都

① 有关民国时期巴金《家》的印数有各种说法。如司马长风《家——第一畅销书》(《新文学丛谈》，香港，昭明出版社，1975年)称：“中国自新文学诞生以来，第一畅销小说要算巴金的《家》了”(第117页)。作为其根据，举出了1933年到1941年印到第21版，然而并没有给出印数的统计。关于《家》各种文本间的异同初步研究、龚明德的《巴金〈家〉的修改》(《巴金研究论集》，1988年，重庆出版社)也指出重版次数之多，断定《家》初版本印数为2000部，但认为统计印数不可能的。

② 白先勇:《蓦然回首》，《蓦然回首》，台北，尔雅出版社，1978年，68页。

要重版多次这一情形来看，足以推定其发行量之多。而其读者层也当是多种多样的，此外还存在读者个别性的问题，究竟有哪些解读方法曾得到过实施？要描绘一个统一的整体像固然是不可能的，然而通过分析它被转换为戏剧、电影之类文学以外的领域的文本时其解读方法的特征，则是有可能考察在某一特定的社会和时代状况下得以实施的解读方法、探索被共有化了的解读类型的。

一　文学文本的形成与变迁

首先，我们从巴金执笔写作《家》的动机来看一看。在晚年的回忆中，巴金曾经说明：他首先是于 1928 年在巴黎受到爱弥儿·左拉的《卢贡·马卡儿丛书》的触发，开始零零星星地写作一些断片，其中一部分后来被写进了《家》第 37 章[①]，然而当时尚没有后来形成了小说《家》的构想；未几于 1928 年 11 月从法国回国的途中，在四等船舱内，决心为了大哥和自己以及被残酷欺凌的兄弟姐妹写小说，写一部基于为包括自己在内的同时代的青年而告发黑暗非道的构想的《春梦》；归国后的 1929 年夏天，他向由成都来到上海的大哥谈了这一计划，后来还曾写信提及此事[②]。《家》的初版中作为代序而收录的《献给一个人》中，介绍了大哥如何激励自己，希望自己写出一部像查尔斯·狄更斯的《大卫·考波菲尔》那样的小说来[③]。具体地谈及此事的是 1930 年 3 月 4 日大哥的来信，内容如下：

《春梦》你要写，我很赞成；并且以我家人物为主人翁，尤其赞成。实在的，我家的历史很可以代表一切家族的历史。我自从得到《新青年》等书报读过以后，我就想写一部小说。但是我实在写

① 巴金：《谈〈新生〉及其它》，《巴金全集》第 20 卷，人民文学出版社，398—399 页。初版收录于《巴金文集》第 14 卷，人民文学出版社，1962 年 8 月。

② 巴金：《关于〈激流〉》，《巴金全集》第 20 卷，675 页。初出见香港《文汇报》副刊《文艺》1981 年 1 月 10 日。

③ 巴金：《呈献给一个人》，《巴金全集》第 1 卷，431 页。初出《创化》第 1 卷 1 号，1932 年 5 月 1 日。

不出来。现在你想写,我简直喜欢得了不得。我现在向(你)鞠躬致敬,希望你有余暇把他(它)写成罢。怕什么!《块肉余生述》若(害)怕,就写不出来了。①

正如大哥信中所述的那样,这部小说乃是以在成都家中的所见所闻为基础而构成的。“我当初刚起了写《家》的念头,我曾把小说的结构略略思索一下。最初浮现在我的脑子里的就是那些我所熟悉的面庞,然后又接连地出现了许多我所不能够忘记的事情,还有那些我在那里消磨了我的童年的地方”②,巴金的这段话也可以证实这一点。如是,由于是取材、构想于巴金的真实生活,尤其是在家里少年时代的体验,所以这是一部容易导致现实与故事混同的小说,也不容否认悲剧性的插话使得这种看法得到了加强。因为1931年4月18日,上海的报纸《时报》③开始连载这部小说,而就在第二天,巴金便收到了大哥自杀的电报。自杀事件其实是与巴金的创作无关的个人事件,然而这一插话后来却的的确确地成为了将小说《家》与巴金的真实生活简单地结合起来加以解读的理由之一。

小说《家》起初作为报章连载小说发表,后来方以单行本的形式出版的。然而如同下面将要说明的那样,这样一种发表形态并非如同一般想象的那般,可以认为报章连载这一方式对于小说构造和故事叙述几乎没有产生影响。其实巴金在《时报》上连载小说,不妨说是偶然的结果。自从留学法国期间写的中篇小说《灭亡》④1929年发表于《小说月报》以来,一跃而成为引人瞩目的作家

① 巴金:《关于〈激流〉》,《巴金全集》第20卷,第674页。

② 巴金:《关于〈家〉(十版代序)》——给我的一个表哥〉,《巴金全集》第1卷,442—443页。初出《文丛》第1卷第1号,1937年3月15日,标题为《“家”》。

③ 《时报》1904年6月12日于上海由狄葆贤创刊。当初因为地方政府的干扰,只好以日人宗方小太郎作为名义上的发行人,实际上是一份受康有为和梁启超援助的改良派系的报纸。到民国时期逐渐把重点转移到文化和时事新闻方面继续发行,最后抗日战争开始后的1939年9月1日停刊。

④ 《灭亡》初出连载于《小说月报》第20卷第1号至第4号(1929年1月—4月),单行本1929年10月由开明书店初版。

的巴金,在《家》发表以前,以短篇小说及与安那其主义相关的翻译居多,《灭亡》以后最长的作品只有中篇小说《死去的太阳》[①]。《家》的发表对巴金而言,实质上是第一次发表长篇小说,而且是报章连载小说。连载得以实现的契机乃是世界语。回顾当时的经纬,巴金曾这样说道:

> 过了不到一年,上海《时报》的编者委托一位学世界语的姓火的朋友来找我,约我给《时报》写一部连载小说,每天发表一千字左右。我想,我的《春梦》要成为现实了。我没有写连载小说的经验,也不去管它,我就一口答应下来。我先写了一篇《总序》,又写了小说的头两章(《两兄弟》和《琴》)交给姓火的朋友转送报纸编者研究。编者同意发表,我接着写下去。我写完《总序》,决定把《春梦》改为《激流》。故事虽然没有想好,但是主题已经有了。[②]

连载《家》(连载时题为《激流》,后来出版单行本时改名为《家》)的上海报纸《时报》,在当时的上海新闻界,与《申报》和《新闻报》那样的大报相比,其销量稍稍落后,应当说处于中坚报纸的位置,有一个统计,标明其发行量在开始连载巴金的《家》(《激流》)的1931年为三万五千份[③]。20世纪30年代中国总人口约为4亿,从这一点来看的话,当然是个压倒性的小数字。然而当时上海市内的人口约为300万,而且考虑到识字者不能算多的社会状况,并从日报连载这一点出发来看的话,与作为以上海市内为中

① 《死去的太阳》1931年1月由开明书店出版单行本。

② 巴金:《关于〈激流〉》,《巴金全集》第20卷,第675—676页。

③ 这是二手资料:据秦绍德《上海近代报刊史论》(复旦大学出版社,1993年)第182页的统计资料,1931年8月国民党中央宣传部登记编制的全国日报销售量称,《申报》15万份,《新闻报》15万份,《时事新报》5万份,《大公报》3万5千份,《时报》3万5千份,《益世报》3万5千份。小关信行《五四时期的新闻业》(同朋出版,1985年)第120页根据日本方面的资料所作的统计,1925年《申报》2万份、《新闻报》2万5千份,而《时报》为5千~6千份,按照这个比率增长的话,1931年《时报》的售数为3万5千份这一统计的盖然性很高。顺便提一句,《申报》突破14万份是在1928年,还有统计说1936年《申报》《新闻报》《时报》《时事新报》《大公报》等主要报纸的总销售量达到了50万份(《上海通志》第9册,上海社会科学出版社,2005年,第5737页)。

新华影业公司、中国联合影业公司摄制电影《家》的剧照。

心的中坚报纸的地位相当的读者，恐怕是得以确保了。不过对于读者来说，这一连载小说采用的连载方式，委实是一种难以阅读的形态。连载时期为1931年4月18日至1932年5月22日的约400天，连载次数为246回，单纯计算的话平均每周刊载4、5天，然而实际上停载的周日却没有固定。连载开始之后的三个月之内，每个月没有几天停载，几乎是天天刊载，然而进入8月份之后，停载增多，未几便以11月28日为最后一回，连载一度中止，而重开连载则是在两个月之后的1932年1月24日。报章连载小说而不作说明便停载两个月之久，这可不是寻常小事，不过考虑到中国现代史，其理由便不难想象了。那是由于"九一八"事件的爆发。重启连载的1932年1月24日的重开说明如下：

《时报》发表巴金先生的创作小说《激流》，在去年已有六个月，因为"九一八"事变发生，多登国难新闻，没有地位续刊下去，空了近两个月，实在对不住读者和作者。

今天起决定抽出一部分地位，将此稿每天不断的刊登，继续于五六礼拜内登完，并已商请李先生再为我们担任撰作中篇小说。[1]

尽管作了这样的说明，然而《家》(《激流》)不但没有按照预定在五六个星期内完结，实际上从重启连载的第六天，即1月29日再度发生了约两个月的停载，3月16日未作任何说明，突然又重开连载，结果于1932年5月22日终于刊载完了最后一回。未能按照预告的那样如期刊载，大概是因为上海发生了"一二八"事件。而前后两次，约达四个月的停载，即便是极热心的读者，要继续读下去也非得拥有极大的耐心和良好的记忆力才行。而据巴金回忆，报社似乎对于连载并不那么热心。

没有人向我催稿，报纸的情况我也不清楚。但是形势紧张，谣言时起，经常有居民搬进租界，或者回家乡。附近的日本海军陆战队随时都可能对闸北区来一个"奇袭"。我一方面有充分时间从事写作，另一方面又得作"只身逃难"的准备。此外我发现慢慢地写

① 《关于小说》，《时报》1932年1月24日。

下去,小说越写越长,担心报馆会有意见,还不如趁早结束。果然在我决定匆匆收场,已经写到瑞珏死亡的时候,报馆送来了信函,埋怨我把小说写得太长,说是超过了原先讲定的字数。[①]

巴金在该文中还说道,他觉得交涉也不会有结果,于是最终提出不要稿费,要求连载到最后,结果《家》(《激流》)才得以完成连载[②]。由此可以推察,至少《时报》方面对巴金的《家》评价并不太高。在其他文章中,巴金还曾提到过《时报》的编辑换人,原来的编辑请假回故乡后,《时报》方面曾经来询问过终止连载的事宜[③]。也许背景中有着连载的开始乃是出自编辑的私人关系亦未可知。

除了连载常常这样中断之外,起初约定每次一千字的《家》的连载,采取了常识上来说难以想象的刊载方法。不光是在报章上刊载文学作品时,便是就连载这一方式而言通常也是无从想象的:只有版面上的篇幅是机械性地设定死了的,每一次连载当初是分为4大块,后来是3大块,依据这篇幅的大小规定好行数,其他便死活不问了。不仅是不管情节未了,甚至无视句子、单词是否完结,常常是在句子的中途,甚至于是在单词的一半处便一刀斩断,留待下回连载。例如第77回最后一个字为"鸣",第78回的第一个字则为"凤",须将两者联接起来方才能够判明原来是"鸣凤"这一人物的名字,它所采用的便是这样一种对读者极不客气的连载方式。因此,除却连续两次的长期停载之外,《时报》上《家》的连载,即便是在正常的连载期间之内,也不是足以获得众多读者的文本,而且这部作品还是一部采取了连载小说这一形式也无法影响其小说结构和故事叙述的发表形态的作品。

巴金自己也在回忆收到大哥自杀的电报的1931年4月19日的文章中说道:"我当时住在闸北宝山路宝光里,电报是下午到的,我刚把第六章写完,还不曾给报馆送去。报馆在山东路望平街,我写好三四章就送到报馆收发室,每次送去的原稿可以用十天到两

① 巴金:《关于〈激流〉》,《巴金全集》第20卷,第677页。
② 同前,第677—678页。
③ 巴金:《谈〈春〉》,《巴金全集》第20卷,第427页。

个星期”[1]。就算连载这一形式对小说结构产生过影响,也无非仅限于章节的构成而已,除了大哥的自杀、“九一八”事变、“一二八”事变等,长达一年以上的创作期间身边发生的事件对故事内容产生过何种影响之外,很难发现连载这一发表形式的意义。

多少缓和了一点由于这一连载方法的缺陷而造成的难读之处的,是全书40章都一一加上了标题,起到了将故事的展开告知读者的作用。每一章的刊载次数最短的是3回,最长的是14回,故当一章的连载时间较长时效果并不明显,然而全部通读一遍时,对于把握故事的推移还是有用的。在同后面将要检验的戏剧脚本和电影剧本进行比较时可资参考,故在此不计繁琐,姑且将各章的标题抄写如下:

一「两兄弟」,二「琴」,三「两個面庞」,四「决心」,五「灵魂底一隅」,六「母与女」,七「做大哥的人」,八「旧事重提」,九「請愿」,一〇「祖孙両代」,一一「爱」,一二「生活之一页」,一三「掘开過去的坟墓」,一四「合家欢」,一五「忘」,一六「除夕」,一七「雪下的火山」,一八「彩虹」,一九「烧龙灯」,二〇「明月夜」,二一「围城」,二二「重逢」,二三「恐怖」,二四「邂逅」,二五「女人底心」,二六「新的路」,二七「生与死」,二八「微小的生存」,二九「两夜的梦」,三〇「青年的心」,三一「一件大事」,三二「逃婚」,三三「梅」,三四「变」,三五「捉鬼」,三六「祖父底死」,三七「復仇之一」,三八「新的“塔布”」,三九「叛徒」,四〇「再见」 (数字为每章序数)

就这样,连载完成后的《家》由开明书店推出单行本,时在1933年5月,在这一阶段,由作者自己进行了第一次改写。首先,全书由40章构成这一结构没有变化。然而《时报》版的第3第4两章在单行本中被合并成为一章变成了第3章,而且《时报》版的第40章在开明书店版中则被分割为第39和第40章,于是就结果而言全书章数未变。除了细微的字句修正之外,开明书店版的第7、第22、第28、第32、第35、第36各章均有大幅度的改写,然而故事内容却

① 巴金:《关于〈激流〉》,《巴金全集》第20卷,676页。

并没有清晰的变化，因而开明书店版尽管在结构上对《时报》版进行了改动，但不妨认为故事内容仍是位于其延长线之上的（以下言及各章时，均以开明书店版为依据）。

前面也已经提到，开明书店版从1933年至1951年共计再版了33版，但是途中还进行过改写。首先是1936年在执笔创作《家》的续篇《春》时，巴金自己再读之后，“把误植的字一一改正，另外还改排了五页”[1]，推出了第5版，但未见大幅度的改写。其次进行改写的，是推出第10版的1937年，在短短的不到一年之内再版了五次，由此可以判明这一时期读者有了飞跃性的增加。而恰好续篇《春》这一时期连载于《文学季刊》上[2]，可以认为是最大的理由。此时的改写全面涉及整部小说。在形式方面，各章的标题被削除，并且恰如巴金自己所说的那样：“这次我重读我五六年前写成的小说，我还有耐心地把它从头到尾修改了一次。”[3]与人物形象相关的部分也有所改写。作为例子之一，巴金介绍说第40章中陈剑云“我知道他患着很重的肺病，恐怕活不到多久了”处被改写成“他身体不好，应该好好地将息”。[4]然而并不见事关小说整体结构与主题的大幅度改写，所作的修正基本上仅限于文字表达和细微的人物造型。这第10版中意味深长之处，毋宁是新写的序文。在序文中，巴金告白说对不公平的命运的反抗乃是写作《家》的动机，而接到告知大哥自杀的电报的晚上，《家》的整体结构已经最后决定好了[5]。作为与小说《家》成立相关的、来自作者一方的说明，具有参考价值。依据这一证言，《家》应当并未因为在《时报》连载这一形式而使得故事结构受到左右，而当第6章完成时，整体结构便已经定下来了。

---

① 巴金：《五版题记》，《巴金全集》第1卷，436页。

② 巴金：《春》连载于《文季月刊》第1卷第1期至第6期，第2卷第1期（1936年6月—12月）。单行本1938年4月由开明书店出版。

③ 巴金：《关于〈家〉（十版代序）》，《巴金全集》第1卷，452页。初出《文丛》第1卷第1号，1937年3月。

④ 同前，438页注1

⑤ 同前，441页及444页

上海电影制片厂摄制电影《家》剧照。

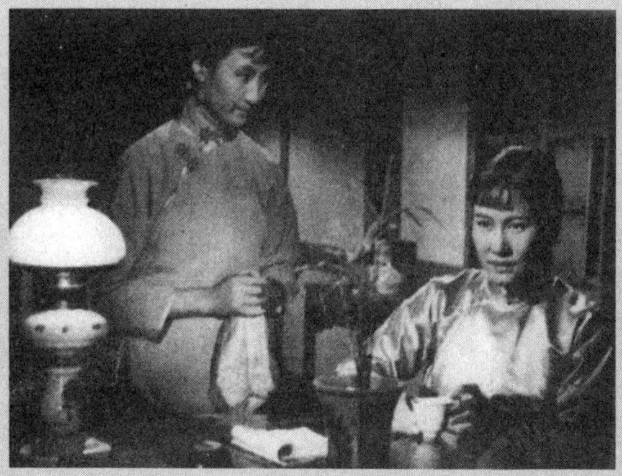

这第10版在此后很长一段时间内作为《家》的文本得到了认知,直至1951年为止,为众多的读者所阅读。注意到1941年第22版印行,或许可认为1937年以后,在抗日战争大规模展开,出版业面临着困难事态的情况下,4年之中还刊行了11版之多,这一事实——尽管战争时期大量印刷困难,具体印数无法确定等不确定要素甚多,实态尚有待揭明——可以估计《家》,与当初在《时报》连载时相比,甚或与开明书店初版时期相比,似乎在战争期间反而赢得了更多的读者。这与下面将要谈及的电影改编问题多少有所关连,然而在民族主义的高涨期,《家》得到了众多人们的阅读究竟是因为什么,这一问题的揭明姑且留作今后的探讨课题。

未几,在中华人民共和国体制下这开明书店版被重新改订,1953年6月由人民文学出版社出版了新版。1952年3月起作为随军作家奔赴朝鲜的巴金,于同年10月归国后,开始着手改订民国时期发表的小说,从《家》起首,逐一修改了《新生》、《海的梦》、《爱情三部曲》、《憩园》、《旅途随笔》、《还魂草》等,翌年的1953年陆续出版了新版。在就《家》的修改予以说明的文章中,巴金称是"按照我自己的意思"[①]而修改的,然而在这一时期特地修改民国时期的小说,可以认为巴金是在社会主义体制下赋予过去的小说以新的形式,对自己的文学进行社会主义改造。巴金说道:

这次人民文学出版社重印《家》的时候,我本想重写这本小说。可是我终于放弃这个企图。我设法掩饰二十二年前自己的缺点。而且我还想用我以后的精力来写新的东西。《家》已经尽了它的历史任务了。我索性保留着它的本来的面目。然而我还是把它修改了一遍,不过我改的只是那些用字不妥当的地方,同时我也删去一些累赘的字句。[②]

① 巴金:《关于〈激流〉》,《巴金全集》第20卷,第684页。

② 巴金:《新版后记》,《巴金全集》第1卷,第454页。后来巴金全面撤回了这一见解,称"我说这部小说已经完成了它的'历史任务',我并不是在说假话,当时我实在不理解。但是今天我知道自己错了"。(《〈爝火集〉序》,《巴金全集》第15卷,第474页)

然而其修改却远在单纯的字句订正之上。例如，大哥的形象塑造第一次得到集中描写的第6章，开明书店版中的“他只是一个胡适主义者，并且连胡适的易卜生主义一篇文章，他也觉得议论有点过火”[①]这一处被全面削除。再如第35章描写觉慧跟祖父和解的部分，在开明书店版中觉慧紧握住祖父从被子下面伸出来的手，跪在了床边的场面，以及觉慧被祖父的话所打动、感激而泣的形象等，觉慧与祖父之间的亲情得到描写的场面均遭削除，变成了作为封建时代代表的祖父向现代青年觉慧道歉、描绘对比鲜明的二人形象的叙述。虽然故事结构的基本框架没有发生变化，然而恐怕不妨说在人物形象的塑造和表现方法上，很好地体现了不同国家体制下改写修订的特征。进而以这个人民文学出版社版为本而加以修订的1958年5月《巴金文集》第4卷《家》，也进行了超出字句修正水准的改写，可以说社会主义体制下的《家》的文本至此得以了确定。当时巴金曾经说明道，他是受到曹禺的剧本《家》的启发，在同样收于《巴金文集》的《春》中，对故事进行了改写。由巴金的《家》到曹禺的《家》再到巴金的《春》，改作文本容受超越了作者和作品而得以承继，对于修改，巴金便是如此地毫无抵触。

从人民文学出版社初版到《巴金文集》之间，发生了胡风事件和反右派斗争，巴金两次都站到了批判胡风和“右派”的一方，于是认为这个《家》的修改问题与这样一种政治形势两相关连的看法便十分自然，然而在此由于篇幅有限，该问题的探讨姑且留作今后的课题。这里我想指出，1958年3月至1962年8月间刊行了《巴金文集》（人民文学出版社），而在其刊行期间，发生了针对巴金作品的批判运动，可以推测此事恐怕与修订问题直接相关。1949年以降，关于巴金民国时期作品的个别评论散见于报刊，而集中地出现，则是在反右派斗争刚刚过去之后，而巴金发表了针对美国作家霍华德·法斯特（Howard Faster，1914—2003）的、不无同情的批判

① 此处引自巴金《家》开明书店，1941年8月，21版，第48页。

文章《法斯特的悲剧》[1],也成为了加强巴金批判的要因之一。虽然政治姿态鲜明却也并未丧失学术立场的作品评论,在此之前有扬风的《巴金论》[2]和王瑶的《论巴金小说》[3],而1958年以后的巴金批判则是作为政治运动的一环而得以展开的,其中的一部分后来编为两本书得到了出版。分别为北京师范大学中文系和武汉大学中文系的学生作为运动而开展的巴金作品批判,前者《巴金创作评论》的"出版说明"这样说道:"巴金的作品、长期以来都拥有广大的读者,也在读者(特别是青年读者)间起过较广泛的影响;解放后,作品的发行数量相当大,而且电影《家》、《春》、《秋》的上演以及《巴金文集》的编印出版以后,读者的范围就更大了","在民主革命时期,巴金的作品曾起过一定的积极作用,但由于作者的世界观以及历史条件的限制,作品中的无政府主义思想与个人奋斗、个人反抗等情绪,也对读者发生过一些消极影响","最近,北京师范大学的同学在党的'破除迷信、解放思想'的号召下,开展了科学研究工作,中文系的同学成立了一个'巴金创作研究小组'。"[4]标明了这作品批判乃是基于共产党方面的指令。后者《巴金创作试论》的"内容提要"也说道:"《论巴金的世界观与创作》一篇,较为系统地分析了解放前巴金世界观的诸种矛盾因素,评述了巴金的代表作品的积极意义和消极作用,并且论证了巴金世界观中的诸种复杂因素对其创作的制约关系。"[5]同样表明了这是一场从"世界观"的观点出发,批判民国时期巴金作品的运动。到了这个地步,已然不再是文本修订和评论层次的问题了,显而易见,作家的政治立场本身成为了问题。我们必须知道,在巴金所说的"按照我自已的意思"的背景之中,是有着这样一场政治运动存在的。

① 巴金:《法斯特的悲剧》,《文艺报》第8期,1958年4月26日,收于《巴金全集》第19卷。

② 扬风:《巴金论》,《人民文学》7月号,1957年7月。

③ 王瑶:《论巴金的小说》,《文学评论》第4期,1957年12月。

④ 北京师范大学中文系巴金创作研究小组:"出版说明",《巴金创作评论》,人民文学出版社,1958年12月,第1页。

⑤ 武汉大学中文系三年级巴金创作研究小组:"内容提要",《巴金创作试论》,湖北人民出版社,1959年9月,目录背面。

众所周知,"文革"中巴金的作品作为"毒草"成了批判对象,不可能出版。"文革"结束后,重新开始写作的巴金,在将《家》收入十卷本的《巴金选集》时,再度进行了改写,然而正如他自己所说的"上个月的修改,改动最少,可能是最后的一次了"[①],与《巴金文集》版相比,几乎没有变化。未几人民文学出版社从1986年至1994年间出版26卷本《巴金全集》时,收入第1卷的《家》成为了最后的定本。这并非对20世纪50—60年代遵循社会主义文学方向所作的修订予以否定,重新回归民国时期的开明书店版,而是蹈袭了《巴金文集》版,不妨说是位于1953年人民文学出版社版的延长线之上的文本。

综合上述事实,《家》存在着《时报》版、开明书店版和人民文学出版社版三个系列的文本。巴金自己在其晚年的回忆中表明过对于文本修改的立场,他说:"一本《家》我至少修改过八遍","我一直认为修改过的《家》比初版本少一些毛病。"[②]然而这里我视为问题的,并不是哪一个文本更为妥当,而是由于文学文本的变容,形形色色的解读被实行,并且连各个文本在同一时代的解读也具有个别性和集团性这一点。因此,在思考以下将要介绍的戏剧改编和电影改编的过程时,有必要一面确认剧作家或导演是如何阅读哪一时期的文本,一面展开考察。再者,一如业已谈论下来的那般,一部文学作品的改写次数如此之多,这在中国现代文学史上也是罕见的,这也是表现了将作品视为未完成的自我表现过程的作家巴金之特性的例证,然而从别的视点出发来看的话,不妨说改写的机会如此之多这一事实本身,也证明了小说《家》乃是在不同的国家体制之下也能够一版再版的畅销书。

二 戏剧改编

小说《家》曾被改编为各种戏剧,从地方戏到外语版,要逐一细

① 巴金:《关于〈激流〉》,《巴金全集》第20卷,第685页。

② 巴金:《为香港新版写的序》,《巴金全集》第1卷,第465页。该文最初作为《随想录》第123篇(1984年12月11日),收入《无题集》(三联书店香港分店,1986年12月)。

细进行调查是十分困难的,因此在这里,作为《家》的戏剧改编的代表作,我想举出出自曹禺和吴天[①]之手的两种话剧脚本,对两者加以比较来思考其解读方法的差异。一般而言作为《家》的戏剧脚本,享有知名度的是曹禺的《家》,不容否认,其中有着曹禺作为剧作家的知名度及与巴金私人关系的影响。另一方面,关于远不如曹禺的作品那般受人瞩目的吴天的戏剧《家》[②],就如同有人批评的那样:"吴天改编的《家》并不是一部失败的作品,但是,由于他过分拘泥于原著,看来十分忠实,反而显得逊色了。"[③]批判改编没有鲜明地表现出作家自身的个性,此外登场人物的造型中也看不到作者独自的解释,然而我以为正因为如此,其力图再现原作中存在的多角度视点和多层次故事结构的努力反而应该得到更高的评价。这两部作品都是在与抗日战争相近的时期创作并上演的,让我们且从改编时期相对稍早的吴天的剧本《家》开始,来检验一下其创作经纬和解读方法。

吴天的话剧《家》的单行本虽然是战后的1947年出版的,然而实际上的执笔与上演却比这要早,大约应当在抗日战争中的1940年末或是1941年初。单行本的"后记"(执笔于1941年9月)中对于执笔经纬这样说明道:"一年前的今天,我受了朋友们的怂恿,剧社的嘱托,开始改编《家》。一共化了三个月,最后一个月差不多全是熬着严寒的冬夜,在极端痛苦的状态中工作的。"[④]由此判断,可知改编戏剧乃是吴天周围的人们劝导的结果,是以上演为目的而执笔的。同样"后记"中还有这样一段:"由于路远和出版期的急

① 吴天(1912—1989),本名洪吴天,江苏扬州人。中学时代1927年加入共青团,1931年上海美术专门学校时代从事学生运动。1935年去日本后参加东流社,1936年潜入马来西亚从事抗日活动,1938年加入马来亚共产党。未几受到英国当局指名通缉,归国。在上海加入中国共产党,从事地下活动和戏剧运动(参照《中国近代人物名号大辞典》,浙江古籍出版社,第350页)。改编巴金的《家》就在这一时期。

② 吴天:《家》(五幕剧),光明书局,1947年6月。

③ 田本相:《曹禺剧作论》,中国戏剧出版社,1981年12月,第246页。

④ 吴天:《家》,第244页。

迫，未能得到原著者宝贵的意见。”[①]虽然是发表之前未经原著者巴金确认原稿的剧本，然而“在改编后，健吾、于伶、西禾三先生细心的校阅，特别是健吾先生在演出时的精密的删节，使我不会忘记”[②]，举出了巴金友人的名字，倒也并非出自毫不相干的第三者之手的改编。三人中陈西禾和李健吾分别负责了《家》的续篇《春》和《秋》的戏剧改编[③]。根据李健吾的自传，“本来巴金约我改编《春》，后来陈西禾要我对调，我同意了，改编了《秋》。这个戏，动员大批人马，由黄佐临导演。”[④]如果吴天在改编过程中曾得到李健吾的支持，巴金知道吴天将小说《家》改写成戏剧的可能性是不能否认的。初演系由上海剧艺社[⑤]于 1941 年 2 月，在法租界的上海辣斐(Lafayette)剧场举行。根据吴天“后记”：“幸而上演后，观众舆论尚好，接连演了三个月。”[⑥]仅看这些的话，倒不失为在某种程度上获得了成功的戏剧，然而自从翌年 1942 年曹禺的话剧《家》发表以后，便不复有人惠顾了[⑦]。在这里，我们在点检吴天提出了什么样的解读之前，先来思考一下为什么是在这一时期《家》被改编成了戏剧。这是因为在抗日战争最为激烈的日子里，在租界里上演话剧《家》这件事本身就被认为具有时代意义。

相当于《家》的续篇的《春》于 1938 年 4 月，《秋》于 1940 年由

① 吴天：《家》，246 页。

② 同前，245 页。

③ 林柯：《春》(林柯戏剧集)，文化生活出版社，1947 年 2 月。林柯系陈西禾的笔名。李健吾《秋》(李健吾戏剧集Ⅵ)，文化生活出版社，1946 年 3 月。

④ 李健吾：《李健吾自传》，《咀华与杂忆》，中央编译出版社，2005 年 4 月，530 页。

⑤ 上海剧艺社 1938 年 7 月成立于法租界，太平洋战争爆发后的 1942 年解散。由于伶、李健吾、阿英等在上海开展演剧运动的演剧人，继此前的青岛剧社、上海艺术剧院之后，以中法联谊会戏剧组的名义结成。

⑥ 吴天：《家》，第 244 页。当时担负导演的洪谟也在《抗战时期的上海话剧(二)——访洪谟》(《新文学史料》2007 年)上证实了几乎同样的经纬。邵迎健《上海抗战时期话剧的轰动剧目及日本电影上映场数比较》(《话剧》2006 年第 4 期，上海话剧艺术中心)也介绍了具体的上演状况。

⑦ 当然在此只指出抗战时期的一般情况而已。战后或其他地区会有个别的情况，如香港综艺剧团 1953 年根据吴天改编的《家》剧本作过演出。

开明书店出版，被改编为话剧时，《激流三部曲》业已完成这一事实，无疑是推动了戏剧改编的原因之一。然而仅此而已的话，作为《家》、《春》、《秋》被改编为戏剧，以及下面将要验证的电影改编集中于1941—1942年间的说明却是不充分的。将戏剧或电影作为作品推向社会，是需要众多的人力的，有时候还需要相当高额的费用，仅凭个人意志是难以实现的，我们只能假设是集体意志在发挥作用。“戏剧家们在鼓动全民抗战的同时，也愤怒揭露阻碍民族解放、破坏抗战建国的种种黑暗现象，以深沉的忧国之情写出了一批优秀作品。”[①]这样的概括看上去似乎是意识形态的片面表现，然而实际上，在这说明的背后却隐藏着这样一个事实，即抗日战争时期的文艺并非全部都是服务于爱国卫国这一目标的，在国统区的文学、戏剧、电影界，还有着一些志在社会批判和现代化建设并付诸实践的人们。不难想象，对于躲过了审阅、禁售等言论镇压，一面投身于抗日战争，一面为社会的现代化而努力的人们而言，利用反封建这一口号的号召力，在战略上当是有效的。在这种场合，如果揭发家族制度的封建性，则描写由恋爱、结婚的不自由而导致的悲剧，塑造争取自由的青年形象的作品，更能够确保动员大众的力量，如此思考也丝毫不足为怪。再考虑到抗战时期街头活报剧的盛行，如果像曹禺那样，以小说原作中的恋爱悲剧为中心创作文本的话，则通过一次性的形体艺术——戏剧，可以在远比文字文本更接近现实生活的空间之中，集体开展这一表演实践。另一方面，它同时也是催生了与对小说的评价无关的、对其解读方法、创作方法自身的评价、招来意识形态问题的双刃之剑。曹禺对《家》的个性十足的解读方法，一方面得到了众多的人们的支持，对电影的改编产生的影响，也符合了抗战时期的民族主义意识认同，然而另一方面，如同下面我们将看到的，其受到另一种意识形态批判的理由也在于此。

对于曹禺的将《家》改编为戏剧，原作者巴金曾深深地关注，这由种种资料亦可得以证明。在写于曹禺去世之后的回忆文中，巴

---

① 葛一虹主编：《中国话剧通史》，文化艺术出版社，1997年3月，第214页。

金提到了他于1940年11月中旬访问当时在四川省江安的国立戏剧专科学校任教的曹禺，在“每夜在一间楼房里我们隔一张写字台对面坐着”[①]中，被告知了《家》的改编计划。

> 那时他处在创作旺盛时期，接连写出了《蜕变》、《北京人》，我们谈起正在上海上演的《家》（由吴天改编，上海剧艺社演出），他表示他也想改编。我鼓励他试一试。他有他的“家”，他有他个人的情感，他完全可以写一部他自己的《家》。四二年，在泊在重庆附近的一条江轮上，家宝开始写他的《家》。整整一个夏天，他写出了他所有的爱和痛苦。那些充满激情的优美的台词，是从他心底深处流淌出来的，那里面有他的爱，有他的恨，有他的眼泪，有他的灵魂的呼号。他为自己的真实感奋斗。我在桂林读完他的手稿，不能不赞叹他的才华，他是一位真正的艺术家！[②]

曹禺是在吴天业已发表了话剧《家》的情况下着手创作的，而且发表时原作者巴金亲自读过剧本原稿，这一点与吴天的执笔、发表情况迥异，而对小说的解释也大相径庭。演剧是一次性的身体艺术，虽然具有临场性和时间性，但是其装载的信息却远远少于文学文本，因而无需赘言，无法原封不动地照搬小说，在舞台上进行表演。在改编为剧本时，首先重要的就是在演剧时间与空间条件下，如何对小说内容进行取舍。正如后面将要进行比较的那般，吴天试图尽可能地蹈袭小说原作的梗概，而曹禺却试图突出描写原作中的爱情悲剧部分。后来在接受采访时，据说他曾这样说道：“我读巴金小说《家》的时候，感受最深的和引起当时思想上共鸣的是对封建婚姻的反抗。当时在生活中对这些问题有许多感受，所以在改编《家》时就以觉新、瑞珏、梅小姐三个人物的关系作为剧本

① 巴金：《〈蜕变〉后记》，《巴金全集》第17卷，人民文学出版社，1991年，第338页。初出曹禺《蜕变》，文化生活出版社，1941年1月。

② 巴金：《怀念曹禺》，《再思录》（增补本），广西师范大学出版社，第80—81页。初出《人民日报》，1998年5月15日。除此以外，当时巴金还对杜宣给予改编成剧本的许可（参照杜宣《两都思翔》，《杜宣文集》第6卷，上海文艺出版社，2004年，第418页）。

的主要线索,而小说中描写觉慧的部分、和他许多朋友的进步活动都适当地删去了","《家》的原著着重描写觉慧这个人物对封建家庭的反抗,写他的革命热情;而剧本《家》着重突出反抗封建婚姻这一方面,描写觉新、瑞珏、梅小姐这三个善良的青年在婚姻上的不幸"[①]。如何解释这一资料姑且不论,事实上故事结构与小说相去甚远,在几个爱情悲剧中,集中描写了与觉慧相关的场面。曹禺自己说道:"我送给巴金同志看时,心里是很不安的。我怕他不同意我的改编,尽管大致情节与人物都是根据原作,但终有些不同的地方。而我的老友巴金同志读完后,便欣然肯定。这使我终生不能忘怀。"[②]然而与吴天的《家》相比,所谓"大致情节与人物都是根据原作"的,仅限于一个个的场面,整体结构却被大大地改写了。为了比较,我们来把这两部话剧的结构进行一个比较。

吴天改编的《家》(1941 年 2 月首演)

幕·场		主要内容	小说主要对应章节
第一幕		大年夜全家欢聚。觉新与瑞珏与儿子海儿。叔父们的堕落。觉慧的反抗。	2,9,12—13,33
第二幕		元宵节前夜。觉慧与鸣凤恋爱。琴与陈剑云来访,与觉民的三角关系。苦恼的觉新无法忘怀梅。冯乐山的伪善。巷战爆发。梅逃难来高家。	3, 7, 10, 12, 14, 16,18—20,26
第三幕	第一场	觉新和觉民各自的三角关系。鸣凤的绝望。	10,12,15,26
	第二场	觉新,梅,瑞珏的苦恼。鸣凤自杀。	16,21,24,26

① 《曹禺同志漫谈〈家〉的改编》,《曹禺研究资料》(上),中国戏剧出版社,1991 年 12 月,第 187 页。

② 曹禺:《为了不能忘却的纪念》,《家》,上海文艺出版社,1979 年,第 225 页。初出《文汇报》1978 年 8 月 6 日。

（续表）

幕·场		主要内容	小说主要对应章节
第四幕	第一场	祖父生日。觉慧萌生反抗心。觉民被逼与冯乐山侄女结婚，离家出走。觉新一再妥协。叔父们的堕落。梅死去。	30—33
	第二场	病床上的祖父。迷信的家人们。觉慧的反抗心。祖父道歉。觉民回家。祖父死去。	34，35
第五幕		为避讳妊娠中的瑞珏被撵到城外。觉慧告诉觉新、觉民和琴，要出走上海。瑞珏死去。	37，38

曹禺改编的《家》（1943年4月18日首演）

幕·景		主要内容	小说主要对应章节
第一幕	第一景	觉新被逼结婚。与瑞珏结婚当天高家的情形。女性悲剧的种种例子。	6
	第二景	新婚之夜。觉新与瑞珏的对话。	
第二幕	第一景	两年半之后。觉新与瑞珏关系和睦。觉慧与鸣凤恋爱。鸣凤被逼做妾，陷入绝望。	10，16，26
	第二景	两小时之后的深夜。巷战爆发，高家混乱。	20—23
	第三景	十几天后。来避难的梅、觉新、瑞珏各自的苦恼与爱。	24
第三幕	第一景	三个多月后。觉慧因鸣凤的死而更加憎恨家。觉民被逼结婚而离家出走。觉新只能向长辈妥协。梅死去。伪善的冯乐山。	30—34
	第二景	两个多月后。祖父死去。觉民回家。觉慧与周围对立。	35
第四幕		一星期后。怀孕的瑞珏被撵出城外。觉慧告诉大哥觉新要离家出走。瑞珏死去。	36—38

看看这两个表便可一清二楚：尽管两部话剧的后半部分相似，前半却迥然不同。由于曹禺的《家》系以觉新、瑞珏、梅的恋爱悲剧为中心来搭建故事的，所以其他的恋爱悲剧以及以觉慧的活动为中心的与社会的接点便相对地被后景化了。其实作为文学文本的小说《家》，以"五四"运动后的1920—1921年为时代背景，通过同时展开几个恋爱故事，鲜明地凸显了生活态度各不相同的三兄弟和周围人们生活态度的对比及苦恼，描写了恋爱的自由与个人自立问题的不可分割，这一点吸引了众多青年的心。如果将小说中描写的恋爱问题加以分类，可以发现当时的中国青年所可能直面的形形色色的问题都在这里得到了描写。首先围绕着觉新、瑞珏、梅这三人的爱情悲剧，梅与瑞珏的死更加增强了对封建制度的批判和悲剧性。而觉民与琴为争取恋爱自由的斗争，与觉民对自己家庭的反抗相比，由于希望成为一个自立女性的琴的存在，其意义变得更为深远；在揭示了恋爱自由如果没有女性的自立便不可能实现这一点，大胆地主张了女性革命。再加上优柔寡断的虚无主义者陈剑云对琴的单相思，于是拒绝不能自立的男人的女人，同未能自立男人之间的对比变得鲜明，甚至还描绘了觉醒于自立而结果却成为了败残者的男人如同鲁迅笔下的"孔乙己"一样，作为社会的多余者而只能生活于边缘的形象。觉慧的恋爱由于超越了身份差别，在三兄弟之中是最为路途艰难的，最后优先选择了社会运动这一公共革命的道路，而不是拯救鸣凤这种私人革命的觉慧，作为一个家里的革命者他失败了，他拒绝了家这一命运共同体，怀抱着创建新的命运共同体的梦想，迎来了离家出走这一结局。

曹禺的《家》系将其中的觉新恋爱悲剧置于中心而进行戏剧改编的，对此有评论认为"为了更有力地突出原著的精神，加强主题思想的艺术表现力。"①仅仅如此评价未免太片面，太肤浅。巴金的《家》描写了多种多样的恋爱形态和青年群像，与之相比，曹禺的《家》之所以集中地描写特定的爱情悲剧，乃是曹禺基于自己的视

① 王正：《从巴金的〈家〉到曹禺的〈家〉》，《曹禺研究专辑》下册，海峡文艺出版社，1985年，第393页。初出《文学评论》1963年第3期。

点解读小说《家》，作为话剧剧本而进行再创作的结果，在这一点上，它与力图在舞台上再现原著所拥有的多视点多层面的故事结构的吴天《家》之间，存在着解读上的差异。吴天在剧本《家》的最后，作为附录写了一篇对小说中的高家进行解说的文章，其中对其基调说明道："时代的浪潮不断地汹涌。高家大房三弟兄觉新，觉民，觉慧因为受新思想的熏陶都直接间接地被捲了进去。"[①]并且还周到地言及了觉新、觉慧二人对比鲜明的人生态度以及其他登场人物。从这一视点出发，倘能成功地完成戏剧改编的话，这部作品恐怕足以成为堪与曹禺的《家》比肩的作品，然而它却不够成熟，作为作品的完成度不及曹禺的《家》。然而突出地描写了觉新爱情悲剧，尚不能断言就是曹禺富于个性的创作。因为尽管巴金当初所构想的《家》的续篇，乃是以出走到上海的觉慧为主人公的小说《群》，然而最终他却没有取描写觉慧那样投身社会活动的青年，而是在续篇《春》、《秋》中展现了以觉民为中心的"家"里的爱情悲剧；参照这一点，可以认为，曹禺的戏剧改编其实是遵循了巴金在《春》、《秋》中将其定为焦点的爱情悲剧这一方向的。于是乎，将小说《家》所内含的多视点多层面的结构予以改编，单线条地描写以觉新为中心的恋爱悲剧的做法，在赢得了面临着恋爱婚姻不自由这一现实问题的同时代青年读者热烈支持、反封建这一政治方向性的解释得以成立的同时，反过来也招来了"婚姻不自由并不是封建社会的主要矛盾"[②]这种片面的意识形态批判，则也不妨说是势在必然的事态了。

曹禺的《家》将焦点聚定于觉新的问题，不单单与吴天的《家》进行比较，比如说还想通过同以下将要介绍的、把焦点仅仅聚定于觉慧同鸣凤恋爱的香港电影《鸣凤》进行比较，以期能够验证围绕着当时的恋爱自由的现实性。我觉得在这里毋宁应当认为，曹禺的《家》通过将爱情悲剧定位于中心，鲜明地表现了反封建立场，是

① 吴天：《家》，第248页。

② 何其芳《关于〈家〉》，《曹禺研究资料》下册，中国戏剧出版社，1991年12月，第1159页。

符合先前业已阐述过的抗战时期社会批判的政治方向性的。事实上，让我们来看看曹禺的《家》发表后的公演情况。首演于1943年4月18日在重庆的银社剧场由中国艺术剧社举行，导演章泯，出演者有金山、张瑞芳等演员，与吴天的《家》在上海公演时相同，连续公演了三个月，盛况惊人。据称"《家》共演出86场，近9万观众，场次和观众都创重庆抗战时期剧场演出最高记录，当时，重庆人口94万，也就是说近十分之一的市民看了《家》的演出"[①]。随后7月12日留桂剧人实验团在桂林的"广西剧场"由欧阳予倩导演举行公演，8月初留桂剧人协会又在桂林由田汉、熊佛西导演举行公演，9月抗敌演剧二队在陕西兴集举行公演等等[②]，几个月之内在各地举行了多次公演，这恐怕不妨认为，不仅标明了演剧人对于曹禺的《家》的热情，同时也表明了对于其所依据的原本、巴金小说的高度关心。巴金的小说《家》在抗战时期再三重版的理由，除了可以通过与演剧、电影的关连加以说明之外，小说所描写的青年的反抗及追求理想的热情吸引了抗战时期的青年读者这一点，大概也不妨假设为理由。这一时期巴金《激流三部曲》的影响力甚至波及到了意想不到的地方，在日本帝国主义扶持的伪满州国，巴金的《春》也曾得以公开出版[③]。这样，《激流三部曲》的完成，小说《家》的大量出版，《家》的被改编为戏剧，《家》的一再公演，将这些同电影改编放在一起来看的话，它们都集中于1940—1943年间，于是不言自明，抽去了抗日战争这一时代，这个问题是无从思考的。以下将就电影改编的问题进行一番思考。

---

① 田本相等编著：《抗战戏剧》，河南大学出版社，2005年8月，第99页。

② 曹禺《家》的公演记录参照了田本相〈曹禺年谱〉，《曹禺研究资料》上册，中国戏剧出版社，1991年12月，第45—46页，以及曹树钧《曹禺剧作演出史》，中国戏剧出版社，2006年，第41—50页。

③ 巴金《春》(激流之二)初版于伪满康德8年(1941年)6月，由新京的启智书店出版部出版。再版于10月出版，由此可见有不少读者。巴金在抗战期间的孤岛上海写的、附有献给努力生存下去的青年的序文的《春》，为什么会在伪满得以出版，理由与经纬不明。序文中未见任何删除，然而未经详细研读正文的话，尚无法判断是否原封不动地依照原文出版。

三 电影改编

小说《家》的电影改编作品为中国国内一般公众所熟悉的，是1956年上海电影制片厂拍摄的《家》，然而实际上，《家》是20世纪中国文学中被改编为电影次数最多的小说之一，迄今为止已经被用两种语言改编了四次。按时间序列列表如下：

1.《家》(国语)：1941年上海中国联合影业公司，新华影业公司

制片：张善琨

导演：卜万苍，徐欣夫，杨小仲，李萍倩，岳枫，吴永刚等集体导演

剧本：周贻白

演员：袁美云，陈云裳，梅熹，刘琼，姜明，胡蝶，顾兰君，陈燕燕，王引，韩兰根，殷秀岑，王元龙，李红

2.《家》(粤语)：1953年香港中联电影企业有限公司

导演：吴回

剧本：吴回

演员：吴楚帆，张瑛，张活游，紫罗莲，梅绮，黄曼梨，小燕飞，容小意，林妹妹，石坚，卢敦，李月清，周志诚，黄楚山，柠檬

3.《家》(国语)：1956年上海上海电影制片厂

导演：陈西禾

剧本：陈西禾、叶明

演员：孙道临，张瑞芳，张辉，魏鹤龄，王丹凤，黄宗英，章非，汪漪

4.《鸣凤》(国语)：1957年香港长城影业有限公司

导演：程步高

剧本：魏博

演员：石慧，张铮，鲍方，李次玉，姜明，洪亮，陈思思，刘恋

最早将小说《家》改编为电影的1941年上海版《家》，与前一章讨论的话剧版《家》的成立、公演几乎是同一时期，仅就这一点而言

便显而易见，它的改编是无法同抗日战争剥离开来进行思考的。要思考何以在这一时期《家》被改编为电影，首先需要思考上海这一国际城市的特征。上海乃是中国电影的发祥地，并且是20世纪30年代以降催生了众多电影的中国电影中心地，然而由于拥有1937年抗日战争爆发之后日军轻易无法进驻的外国租界，故而走过了不同于其他地区的历史进程。在思考抗战时期的电影时，不能不将国民党统治地区（国统区）、共产党统治地区、满洲和华北等日军占领区、上海及香港等外国势力统治地区等，各地区之间迥然不同的社会状况相互联系起来进行思考。而且上海只是拥有一块被唤作"孤岛"的租界，而不是香港那样的殖民地，于是留下了日本势力进入的余地，在上海就有好几家诸如中华电影（1939年成立），中华联合制片（1942年成立）那样日本人脉的电影公司。1941年在上海制作了《家》的制片人张善琨[①]也是这样一群人中的一个。只是当时上海电影节在政治上文化上商业上都相当复杂，人们的行为也无法凭借一张标签来决定青红皂白。既然是抗战时期，则爱国救国主题的电影数量增加便是理所当然的，然而在国民党及租界当局的审阅和日军的监视之下，要拍摄直接宣传抗日的电影却是不容易的。由张善琨制片的电影《木兰从军》（1939年）尽管采取了历史故事的形式，却被观众目之鼓舞民族主义的电影而大受欢迎，获得高度评价，这一语境便表现了上海电影界形势的复杂性。受到《木兰从军》成功的刺激，1940年曾迎来了历史片的兴隆。而在言论自由权受到限制时，便借助历史来织入政治批判，这种做法在中国的其他地方其他时代也每每有过。

此外，有人认为抗战时期上海电影中爱情片居多[②]，如果是这

① 张善琨（1905—1957），生于浙江省，靠贩卖烟草起家，1934年在上海创建新华影业公司。在川喜多长政等人策划的中华联合制片股份有限公司（中联，1942年4月）和中华电影联合股份有限公司（华影，1943年5月）中据重要地位。战后在香港的电影界继续活动，也在台湾作为反共意识的爱国艺术家获得国民党政府的青睐。

② 例如李道新《中国电影史研究专题》，北京大学出版社，2006年3月，第48页。

样的话，则恐怕与电影自身的特性有关。电影需要制片，器材，宣传，甚至电影院，是倘无巨大的商业资本则无从成立的艺术，与文学相比，商业资本的影响更为巨大。自1937年至1941年，上海租界在"孤岛"时期共拍摄了多达近200部的影片。有见解试图从电影作为产业恰逢发展期，因此尽管有审阅制度却相对地独立于统治者；租界系非战斗地区拥有电影消费能力；当时拥有大量的创作人员等事实中寻找理由[①]。更为现实的问题恐怕是由于战争的缘故好莱坞等外国电影的进口减少，而与民族主义的高涨相联动国产影片的拍摄机会得以增加，对此大概也有所影响。在这样一种情况下，电影资本方为了拍摄既能够应付限制又能够与短期投资收支平衡的作品，"更热衷于商业性题材的运作"。[②]另一方面，导演、剧作家、演员等创作方也肯定会千方百计试图躲过限制确保表现的主体性，可以认为古装片爱情片兴隆的背后，恐怕有着这样的背景。

然而上海也不可能置身于战争之外，还是有许多电影人离开了上海，其中一部分逃往香港。"其中也包括一些剧作家。这时的上海面临的是"剧本荒"。在原创电影剧本严重匮乏的情况下，很多电影投资商把目光投向了中外文学名著。"[③]对于这一说明的详细探讨姑且置之不问，恐怕应当说不只是文学名著这一基准，而是改编为电影而具有足够商品价值的文学作品得到了选用。在这一场合，描写爱情和家主题、得到众多青年读者支持的巴金的小说《家》、《春》、《秋》获选，可以认为是自然而然的结果。顺便提一句，据说"在1941年，各影片公司共摄制上映八十多部影片，时装片占了六十多部。而且1941年拍摄、上映的时装片，占整个'孤岛'时期时装片的五分之四。"[④]与故事内容一道，接近现实生活的

① 李多珏主编：《中国电影百年》上编，中国广播电影出版社，2005年6月，第110—111页。

② 陆弘石：《中国电影史1905—1949》，文化艺术出版社，第106页。

③ 张巍主编：《中国电影专业史研究·电影编剧卷》，中国电影出版社，2006年1月，第120页。

④ 陈文平、蔡继福编著：《上海电影100年》，上海文化出版社，2007年3月，第237—238页。

电影这一形式受到关注，这也与现代文学名著的电影改编相关。

这次电影改编，同吴天的话剧改编几乎时期相同，而编写剧本的周贻白[①]以及几位导演在小说解读的方向性上，也与吴天相似。首先开场就是大年夜阖家聚会，自然地逐一介绍登场人物，这一设定与吴天的话剧相同，只不过由于电影这一表象艺术的特性，场面规模更为宏大。此后的故事展开更是基本上与原作相同，情节不但没有省略，毋宁更多补充，比吴天的话剧远为接近小说原著。场面的展开就技术而言相对容易，并非使用文字而是可以使用画面来讲述故事，对这样一些电影的特性加以最大限度的利用，通过图像来几乎是全面地再现小说的故事——作品的这一意图清晰可见。因此，尽管故事结构人物造型对原作忠实得无以复加，然而却不同于由文字激发的想象因读者的个别性而异的文学，可以说它变化为了一种表象文本，这种文本只是单向地提供由图像来做的故事诠释。承继这部《家》，上海在 1942 年还拍摄了根据原作改编的《春》和《秋》两部电影[②]，《激流三部曲》全部被改变成了电影。如果仅仅从单纯的商业主义式的逐利，都市文化中传统与现代的冲突，抑或出自抗战时期的民族主义立场，以爱情婚姻主题的作品指示了反封建的方向性等角度来说明的话，则作为 20 世纪 40 年代初期这些作品得以在“孤岛”上海诞生的理由说明尚不够充分。

如果我们把电影《家》视为与小说相同的、意识到了恋爱乃是个人自立的起点、而该作品又是通过多视点多层面的结构宣告了这一点的话，则其意义不是可以从巴金在回忆 1939 年至 1940 年间在“孤岛”上海写作《家》的续篇《秋》的意图时所说的“抗战以后怎

① 周贻白(1900—1977)，湖南长沙人，年轻时做过传统戏剧演员，1927 年来到上海参加南国剧社。抗日战争爆发后，参加上海戏剧界救亡协会活动。“孤岛“时期创作许多剧本。1941 年以降，辗转北京、天津、无锡等地。

② 电影《春》(1942)，中华联合制片股份有限公司制作，导演·剧本：杨小仲，演员：徐立，严化，王慕萍，周曼华，王丹凰，陈琦，粱影，陈一棠等。电影《秋》(1942)，中华联合制片股份有限公司制作，导演·剧本：杨小仲，演员：徐立，李丽华等。

样？抗战中要反封建，抗战以后也要反封建"[①]这一视点中得到理解么？亦即是说，抗战时期的文化创造，不仅仅是为了单纯的爱国卫国，挺身而出为抗日而战乃是每一个中国人自立与实践现代化的一个过程——应当是立足于这一同鲁迅、巴金在国防文学论战中的立场相通的认识的。尽管不甚明晰，然而这恐怕是电影制作者与观众之间在某种程度上所共有的。一方面有一种误解，即描写恋爱容易与娱乐和商业性联系起来，故而每每被批评为通俗媚众，评价不高。然而巴金的成名作《灭亡》(1929)却以为了革命而抛舍爱情的形式，竟像是反证了放弃爱别人这一行为可以成为最大限度的牺牲，正因为恋爱问题所引发的为争取个人自立的苦斗吸引了读者和观众的关注所以方才是通俗的、大众的，正因为是通俗的、大众的所以方才能够成为现代化实践，我以为恐怕有必要从这一视点来看这部电影。这与民族主义、祖国憧憬问题也相互关联，是在战后香港电影中由巴金原著改编的影片中亦可发现的重要之处。

担任1956年上海拍摄的电影《家》的导演和剧本的，是抗战时期将《春》改编为话剧的陈西禾，他是原作者巴金的友人，电影剧本的初稿和第四稿也曾给巴金看过[②]，似乎是与原作者的作品解释立场最近的人物，然而当电影公映后征求意见时，巴金却发表了否定性的见解："影片只叙述了故事，却没有多少打动人心的戏。编导同志似乎想用尽力气来解释原著，却忘记了他应当做'艺术的再创作'的工作。他放弃了他的责任，所以他失败了。"[③]这一见解让人联想起了当年对吴天的评价。然而一般评价却与巴金相反，以肯定者为多。"电影《家》则以忠实于原著，且含蓄简约、动人情愫为影界与世人所称赞，"[④]似乎这一评价在某种程度上为观众所共有。

① 巴金：《关于〈激流〉》，《巴金全集》第20卷，第682页。

② 巴金：《谈影片的〈家〉》，《巴金全集》第18卷，人民文学出版社，1993年，第694页。初出《大众电影》第20期，1957年10月26日。

③ 同前，第703页。

④ 孟犁野：《新中国电影艺术史(1949—1959)》，中国电影出版社，2002年9月，250页。

虽然有评论所说的“同话剧《家》的改编思路不同，这部影片对原小说的主要人物、主要情节大都予以保留，同时，在不削弱觉新戏的同时，根据当时广大青年观众新的审美取向与审美追求，把觉慧放在了比较重要的地位，”[①] 似乎要说故事结构既保留了曹禺话剧《家》中觉新的爱情悲剧部分，又添加了对觉慧鸣凤悲恋的描写，然而实际上小说中的多角度多层面的视点和构造却未能得到再现。

战后香港拍摄了许多以巴金小说为原作的电影一事，多少已为人知，然而为何会有那么多的巴金作品被拍成电影，这一问题的揭明尚无大的进展[②]。而且关于这些电影，例如本文第一章介绍20世纪50年代后半期巴金作品批判运动时曾经引用的文章，“解放后，作品的发行数量相当大，而且电影《家》、《春》、《秋》的上演以及《巴金文集》的编印出版以后，读者的范围就更大了”，其中所提到的电影《春》、《秋》，其实是香港电影《春》(1953)、《秋》(1954)的普通话配音版。为什么不是民国时期上海拍摄的1942年版《春》、《秋》，而是战后香港拍摄的粤语版《春》、《秋》的配音版在社会主义中国国内得以上映的呢？可以想象其间恐怕有针对制片人张善琨在战前和战后政治上的批判，然而还不能说研究已有充足的进展。故在此先就战后香港被称作“文艺片”的、改编自文学作品的电影中巴金作品居多的理由，从历史的脉络出发来进行一番思考。

香港虽然是英国殖民地，然而居民大多数为操广东话的中国人，从一开始，就香港域内的电影市场来看，用粤语制作影片乃是理所当然之举，同时以南洋东南亚为中心，海外居住有操粤语的华侨，粤语电影在海外也拥有市场。然而正如有些看法所认为的那样：“上海电影市场是面向全国和南洋的，南洋片商直接到上海购片。香港电影市场在1933年以前，则只限于香港本地或广州，乃

① 孟犁野：《新中国电影艺术史(1949—1959)》，中国电影出版社，2002年9月，第250页。

② 关于巴金小说与粤语片及文艺片的先行研究，现在已知的仅有道上知弘的〈战后初期的“粤语文艺片”〉(《关于香港识字率的变迁和变异的社会语言学研究》，2004—2006年度日本文部省科研费补助金成果报告书，课题番号16320048，研究代表吉川雅之)。

至是中国内地影片转口向南洋发行机构的所在地。”[①]无论是作为产业的成熟度，还是电影制作的条件、经济规模、人口，20世纪30年代以前的香港电影产业远不及上海。不久，1933年上海的电影公司天一公司的粤语片《白金龙》在香港和南洋上映，获得极大成功，从此粤语片产业在香港也得以崛起。1939年共有69家电影公司拍摄了117部粤语片，1937年时香港的人口约为上海的三分之一，一百万人左右，可以想象电影公司泛滥到何种程度。然而1936年国民党政府以统一国语为理由（一说是为了保护国语片产业中心地上海的权益），制定了禁止制作方言片的法律，粤语片制作产生重大障碍，经过反对运动的错综曲折，未几抗日战争爆发，一部分电影产业由上海转移到了香港，法律的实施困难重重。具有讽刺意味的是，战争给电影产业带来的打击反而促进了战前香港电影的兴隆[②]。因为内地文人的所谓“南下”开始了。

抗战时期的“南下”浪潮共有二次，第一次是广州沦陷的1938年10月，大量难民流入英国殖民地香港，其中包含文化人，电影人。当然抗日题材的电影制作得以积极地开展。第二次是国民党对左翼镇压变本加厉的1941年3月至5月，茅盾等文学家也转移到了香港。1941年香港人口达到160万，与1937年相比猛然增加了6成。就这样，“当时香港俨然成为中国文化中心之一，形成以内地人士居主导地位的文化繁荣”，[③]文化活动活跃起来。然而这

① 周承人、李以庄：《早期香港电影史（1897—1945）》，三联书店（香港），2005年12月，第134页。

② 尽管是二手资料：这里有一个统计表以数字表明了上海和香港电影产业地位逆转。（引自钟宝贤《香港影视业百年》，三联书店（香港），2004年10月，第98页）

电影拍摄部数

年份	上海	香港
1909－1920	33	2
1921－1930	644	11
1931－1937	459	195
1938－1945	571	396
1946－1949	157	434

③ 周承人、李以庄：《早期香港电影史（1897—1945）》，第208页。

也只是一时的现象,1941 年 12 月太平洋战争爆发,香港被日军占领后,直至战争结束,又不得不再次陷入停滞状态。未几抗日战争结束后,这下国共内战正式爆发,又一次的“南下”开始了。1948 年来到香港的左翼文化人中,包括郭沫若、夏衍、曹禺、欧阳予倩、司马文森、于伶、柯灵、程步高等多位文学、演剧、电影界人士,其中包含了后来将巴金小说改编为电影的人们。

就这样,香港伴随着战争的结束,战前的电影产业复苏,再加上内地流入的电影人,实现了比战前更大的发展。当初由于国民党禁止制作方言片,粤语片在中国内地没有市场,国语片居优势地位,也有从上海转移来港的张善琨与同为浙江出身的李祖永携手设立的永华电影公司那样,靠制作国语片而获得成功的公司。然而随着 1949 年大陆成立了社会主义政权,香港虽则是英国殖民地,却同台湾一道,成为了另一个体现中国文化的创造基地,并以其经济发展和都市生活为基础,面向自身的电影市场和南洋市场,粤语片遂发展成为与国语片相颉颃的片种。香港电影市场的确立,恐怕可以说是殖民地型资本主义的发达和战后香港文化形成的标志。另一方面,再度进入南洋市场也许是通过华侨社会的、中华民族主义的膨胀,然而换个视点来看的话,也可以说通过广东话而使香港电影的越境和国际化由此开始。

据统计,1950 年至 1959 年,香港制作的电影约 2130 部,其中粤语片 1530 部,国语片 452 部,剩下的是其他方言片①。直到 1970 年出现逆转为止,在香港粤语片是多数派②,尤其是 20 世纪 50 年代粤语片压倒了国语片。在大陆,共产党成立了社会主义政权,在台湾,国民党作为流亡政权继续存在,在这样的对立状况下,香港形成了殖民地文化特有的混合性(Creole)和杂交性(hybrid)。首先是人口上占压倒多数的华裔居民,传统的价值观与“五四”精神

① 廖志强:《50 年代到 60 年代香港粤语片再解读——意识形态的探讨》,吴月华、陈家乐、廖志强编《同窗光影——香港电影论文集》,国际演艺评论家协会(香港分会),2007 年 6 月,第 187 页。

② 钟宝贤:《香港影视业百年》,第 177 页的统计:1968—1969 年粤语片和国语片部数为 83 比 72,1969—1970 年逆转为 63 比 95。

所象征的现代价值观并不是单纯地对立，两者时而对立，时而融合，而且其对立与融合的程度和水平也可能会是不同的。其中还有英国带来的欧美文化，并且还存在着作为自由贸易港的国际性，香港文化拥有着独特的多样性和多层性。就电影而言，在分析20世纪50年代的香港电影时，有观点将它分为四大类，即传统片、武侠片、文艺（恋爱）片和喜剧片①。无论哪一种主题，不管是依据传统价值观也罢，抑或是批判也罢，同时也都选择商业上可望成功的主题。于是乎传统片中虽然描写悲恋，却同时也批判封建道德，志在现代化；描写现代青年自由恋爱的同时，却也将与家庭伦理的冲突作为不可避免的东西加以描写等等，电影制作是在艺术追求和商业追求的相互斗争中得以完成的。然而战后初期香港电影产业一经确立，来自作为市场的马来西亚和新加坡等地的资本便一拥而入，被揶揄为“一片公司”的粗制滥造的粤语片增加，然而影片数量的增加却并不与作品水平的上升直接相关。在这种形势下，1949年4月出现了一批志在提升电影文化水准的人们，发表了《粤语电影清洁运动宣言》。由吴楚帆②、白燕③、李晨风④等164人署

① 廖志强：《50年代到60年代香港粤语片再解读——意识形态的探讨》，第185—191页分析了传统中国价值观支配了香港电影主要主题的状况。

② 吴楚帆（1911—1993），本名吴钜璋，原籍福建，生于天津。1930年香港倍正中学毕业后，当过店员、工人，1932年出演默片《夜半枪声》成为演员，后来出演抗日电影《生命线》（1935）、《人生曲》（1937）获得名声。至1966年退休为止共演过250部电影，他是演员、导演、制片人、剧作家，活跃于多方面，被称为“华南影帝”。1948年发起“粤语片清洁运动”，1952年中联成立时他是中心人物，担任总经理。在根据巴金小说改编的粤语片《家》、《春》、《秋》、《爱情三部曲》、《寒夜》、《人伦》中全由他担任男主演。

③ 白燕（1920—1987），本名陈玉屏。1935年在广州教忠女子中学就读时投身电影界，未几前往香港成为演员。战后参加“清洁运动”和中联的成立，与吴楚帆合作，在根据巴金小说改编的粤语片《春》《爱情三部曲》《寒夜》《人伦》中担任女主角。

④ 李晨风（1909—1985），本名李秉权，生于广州。1927年在广州省立第一中学时为逃避国民党“清党运动”考入岭南大学附属戏剧学院。并于1929年考入欧阳予倩开设的广东戏剧研究所附设戏剧学校，直至该校1931年被国民党解散，一面在该校学习一面从事演剧活动。1933年前往香港，1935年投身电影界。1941年香港落入日军手中后脱逃，辗转南洋。战后返回香港重归电影界，1952年与吴楚帆等人创立中联，1953年将巴金小说改编为电影，并担任导演。

名的这份宣言中，有下面这样一节：

华南电影事业，过去由于客观环境的种种困难，及主观认识之不够，我们的出品未符理想，甚至有使社会观众感觉失望。然而，往者已矣，来者可追，时代在不断进步，我们愿意从新检讨，深自反省，今后加倍努力，团结一致，坚定立场，监守岗位，尽一己之责，期对国家民族有所贡献，不负社会之期望；停止摄制违背国家民族利益，危害社会毒化人心的影片，不再负人负己！愿光荣与粤语片同在，耻辱与粤语片绝缘。[①]

逐字逐句的检讨姑且搁置不论，我想注意一点的是，在此所明确主张的，乃是虽然生活于殖民地香港，却鲜明地标明了对中国这个国家的归属意识的、民族认同宣言。此处所说的中国，究竟是现实中的社会主义中国，抑或是中华民国，甚或是继承了传统的、作为文明象征符号的中国，还是充满了期待的想象中的假想国中国，由于篇幅有限，对这一概念的分析姑且留待别的机会，总之拥有这样一种意识的电影人投身于战后粤语片水准的提高，这对于讨论以下将要介绍的根据巴金原著改编的电影来说，颇为重要。这是因为正是发表这篇宣言的中心人物们，将巴金的《家》、《春》、《秋》改编成电影的。

经过了1949年的“清洁运动”，以及旨在明确传统戏剧和现代话剧的演员角色分担的“伶星分家”运动，到了50年代成立了被称作四大公司的中联、新联、华侨、光艺四家公司，创作了许多优秀的粤语片。尤其是1952年12月15日成立的中联电影企业有限公司(中联)，这家电影公司是一个同人组织，这是一种崭新运营形态，不仅如此，它以“清洁运动”的领袖之一吴楚帆为总经理，李晨风为编剧导演部主任而起步，“南国话剧的传统与粤语片工业进一步结合；五四时代的话剧传统——如反对封建、提倡恋爱自由、知识分子的郁结、读书人的怀才不遇、现实社会的离乱与不公等——亦成

① 这是二手资料，引自钟宝贤：《南国传统的变更与消长——李晨风和他的时代》，黄爱玲编《李晨风——评论·导演笔记》，香港电影资料馆，2004年4月，第20页。

了不少中联作品的母题”，[①]既不是单纯由左翼知识分子“南下”创办的，也不是由电影产业投机性的运营付诸实施，而是同时受到两者的影响，作为香港电影人主体性的实践而进行电影制作的集团。可以说是作为创造战后香港电影现代性的基地而发挥了机能。中联在1952年公司成立的同时，表明了自己电影制作的方向性而最初拍摄的第一部电影，便是根据巴金的小说改编的粤语片《家》。

粤语片《家》1953年在香港公映，大获成功，不仅中联的经营因此走上了轨道，而且为战后粤语片以及“文艺片”的确立作出了重大贡献。吴楚帆在回忆当时的情况时说道：“它的收入比较元旦期中上映的歌唱片还要加倍，戏院连日爆场，售票处的窗口一直排上了长龙，蜿蜒不绝。是这些长龙迫使院商对我们作品的票房价值改观的。”[②]的确，查看当时的报道，便有这样的记载：“《家》自七日起公映，不出所料，第一天收入三万四千多元，第二天比第一天更高。收入三万七千多元。估计第三天可能更卖座，因为九龙方面的龙城戏院加入联映。据说院方跟中联订的影出日期为一连八天，看目前卖座之盛，一般估计，大概会超出十五天之数，”“据透露，《家》成本约为十二万余元，照目前卖座估计，将来结算《家》在港九一地的影出便有若干赢利。”[③]50年代的香港粤语片制作费为3万元至8万元，而中联为了提高电影作品的质量，将迄今为止粤语片每90分钟300个镜头（国语片为500镜头），增加到了400至500镜头，据说因此制作费大幅度地攀升[④]。然而电影《家》的票房效益却为中联带来了超过其高额制作费的利益[⑤]。观众人数究竟达到多少，没有正式的统计，不过有资料认为：从票房收入逆运算，

① 钟宝贤：《南国传统的变更与消长——李晨风和他的时代》，第23页。

② 吴楚帆：《吴楚帆自传》，台北：龙文出版社，1994年，第160页

③ 《〈家〉公映后的消息》，香港，《商报》，1953年1月10日。

④ 钟宝贤：《香港影视业百年》，第139页及第141页。

⑤ 根据余慕云《巴金和香港电影》（香港《文汇报》，1984年11月3日），电影《家》的票房收入达到28万港币。另外，据称继之拍摄公映的《春》的票房收入为18万港币，《秋》为25万港币。

可推测香港九龙地区的居民224万人中18%看了这部电影[①]。《家》之所以获得如此的成功,其理由除了香港文化的历史文脉之外,我们只能认为终究还是制作方与观众的意图和期待凝集在了表象文本之上的缘故。

站在制作者的立场来看的话,在殖民地香港不管是假想还是现实,以对祖国的憧憬为基础、追求现代性的社会意识恐怕是存在的;而站在观众立场来看的话,则不管是拥护伦理也罢批判伦理也罢,要欣赏描写恋爱和家庭的情节剧的欲求恐怕也是存在的[②]。光是巴金的原著,战后在香港被改编成电影的作品除了《激流三部曲》之外,还有《爱情三部曲》、《寒夜》、《火》、《憩园》等,主题为恋爱和家庭问题的作品居多[③]。自从1913年香港开始拍摄电影以来,20世纪中被改编为电影的所谓"五四文学"作品总共33部,其中的3成弱共9部为巴金小说的改编,紧追其后的也就是《雷雨》

① 根据1953年电影《春》公映时的说明书中写道:"《家》的收入,香港、九龙两地的居民为二百数十万人,其中1.8成看过《家》"(香港电影资料馆,档案号码PR605X)。

② 通过家庭剧和南洋市场来考察殖民地香港的电影由"国片"这一民族身份追求蜕皮变化状况的日本国内先行研究,有韩燕丽的《家庭情节剧的政治学——二十世纪五十年代香港"国片"与变容的母亲表象》(《野草》第80号,中国文艺研究会,2007年8月1日)。

③ 除了《家》改编的两部电影《家》(1953年)、《鸣凤》(1957年)以外,巴金原作的香港电影有以下作品(参照《影展》30,2006年1—3月,及《香港影片大全》第4卷,香港电影资料馆,2003年1月):《春》1953年,中联,粤语,导演·编剧:李晨风,演员:吴楚帆,白燕,容小意,张活游;

《秋》1954年,中联,粤语,导演:秦剑,编剧:司马才华(秦剑),演员:吴楚帆、红线女、张活游、容小意、林家声;

《寒夜》1955年,华联,粤语,导演·编剧:李晨风,演员:吴楚帆、白燕

《爱情三部曲》1955年,国际,粤语,导演:左几,编剧:何愉(左几),演员:吴楚帆、白燕、梅绮、容小意;

《火》1956年,国际,粤语,导演:左几,编剧:何愉(左几),演员:红线女、张瑛、梅绮、李亨、冯奕薇、姜中平、李月清、黎雯;

《人伦》(原作《憩园》),1959年,中联,粤语,导演:李晨风,编剧:李兆熊,演员:吴楚帆、白燕、张活游、黄曼梨、容小意;

《故园春梦》(原作《憩园》),1964年,凤凰,国语,导演、编剧:朱石麟,演员:鲍方、夏梦、平凡、王小燕。

《日出》《原野》被改编为电影的曹禺了[1],而这些原本便是戏剧,与小说改为电影的巴金,情况和经纬均不同。巴金的小说,尤其是《家》,作为粤语片在香港大获成功,其中当然有上述从战后香港电影的视点来看的理由,然而电影的故事内容本身也融入了香港电影人主体性的解释,对此也应当加以验证。因此接下去我想对粤语片《家》的剧本进行一番点检。

这部电影的男主演是总经理吴楚帆,女主演是名列"清洁运动"联署人及公司创立同人的白燕,由此可知有着集体制作的一面,将小说改编为剧本的,是兼任导演的吴回[2]。当时吴回使用的油印剧本[3],与映像相比较,可知在摄影时还有过变动,不过改变不大,而且文字资料更易于同小说比较,所以在此打算通过这没有公开的剧本来思考文本的变容。首先是由于电影剧本的性质既不同于小说也不同于话剧,故事是根据摄影场面而分割的,而且大概是为了便于演技指导,剧本开头是对于各登场人物的说明,从年龄到性格,十分详细。这些登场人物几乎是遵照小说原著,与1956年上海的电影《家》不同,人物设定相当地忠实于原著。然而,其所描述的故事中,却有着此前的电影、话剧中所无的独特解释。总共由70个场景构成,每一场景又分为多个镜头,因此就形式而言故事是分作88段来展开的。首先故事梗概的整体展开几乎与小说相同,然而故事的中心人物成了觉慧,这一点乃是与其他诸文本最大的不同之处,而这种解释文本的姿态,让人猜想是否同1957年拍摄

① 文学题材的香港电影细表可参考梁秉钧、黄淑娴《香港文学电影片目》(岭南大学人文学科研究中心、2005年6月),该书第223页有原作为"五四文学"文学的电影片目。

② 吴回(1912—1996),1929年与卢敦、李晨风一起就读于广东戏剧研究所附设戏剧学校,后于1931年与卢敦、李晨风在广州展开剧团活动,41年前往香港成为演员,擅长演善良的小市民角色,以后出演的电影超过100部以上。从1947年的《今宵重建月儿圆》起开始做导演,除了巴金《家》以外,还导演过《败家子》(1952)、《原野》(1956)、《雷雨》(1957)等200部以上的电影。中联成立时的中心人物之一。1970年之后还打入电视界。

③ 粤语片《家》的油印剧本收藏于香港电影资料馆。档案号码SCR1762。

的、以鸣凤为主人公的电影《鸣凤》一线相连。一开始描绘觉新和瑞珏的新婚生活，这一点同曹禺的话剧《家》以及1956年的上海电影《家》相似，然而其内容在场景1至场景20中，只占了一半左右而已。从场景21至场景38是觉慧和鸣凤的悲恋故事，看上去是小说的第26章内容忠实的影像化。场景32中觉慧跳入池塘试图救投水自杀的鸣凤，没有救成，鸣凤的遗体被放入棺材，从高府的后门运走，这些场面在场景33至38中得到了描写。场景39至最后的场景70，主要是小说的第30章至第37章的故事，几乎遵循小说原样展开，因而从整体上来看，这是小说、话剧、其他电影里面都没有的，这样一种新的故事创作，不妨说乃是这部粤语片的最大特征。

自己本人也是电影导演的舒琪，作为1953年版粤语片《家》比1941年版及1956年版要高明的理由，举出了梅到高家来的场面和鸣凤投水自杀的场面为例[①]。究竟是否高明乃是个人的价值判断，限于篇幅关系在此不作讨论，然而围绕着鸣凤之死创造出了新的文本，其独特性不妨予以高度评价。拒绝将觉新的爱情悲剧同反封建直线型地联接起来进行解读，而将觉慧的恋爱问题定位为焦点，通过对家里最具反抗精神、最为热情的觉慧为了解救自己所爱的人而告失败、到场参加送葬的形象，与立足于两个时代之间而无力自拔的觉新形成对照，鲜明地表现了反抗、挫折、走向出发与再生的觉慧在家里的人生航路。这个极为独创的改编，一方面使原作中觉慧作为社会活动家的侧面变得看不出来了，这一点显示出了将觉慧这一人物形象平面化了的缺点；然而若从恋爱问题这个视点来看的话，则表明了自由恋爱并非终极目标，而是揭示了现代人自我的出发点这一认识。这样去思考的话，则它便是由对于小说《家》的非常深邃的解读所支撑，从而进入到了创造新故事的境地。就这一点而言，它不独是对小说文本的高水平解读，而且不妨

① 舒琪：《电影〈家〉〈春〉评》，黄爱玲编《李晨风——评论、导演笔记》，第63页。此外该文作为先行研究，通过对电影场景的详细分析来论述香港电影《家》《春》，大有参考价值。然而该文不重视1941年上海版电影《家》和1956年上海版电影《家》之间的重大差异，笔者不能苟同。

说它是成为战后香港电影人主体性和现代性标志的电影。不仅学习“五四”文学而且学习香港商业电影，追求图像表现的独特性和主体性的电影实践得到了战后香港观众的热烈支持，乃是香港文化成熟的里程碑。

总结以上各章，作为表面的类型，我们也许可以这样来分类，即曹禺的话剧《家》与 1956 年上海版电影《家》是同巴金的《春》、《秋》一线相连的聚焦爱情悲剧型，吴天的话剧《家》和 1941 年上海版电影《家》是爱情悲剧复数比较型，而 1953 年香港版电影《家》和 1957 年香港版电影《鸣凤》，则是反映了香港文化独特性的聚焦觉慧型。然而小说、戏剧、电影既然是形式、信息量和欣赏方法均不相同的文本，就无法平面地进行比较和讨论。在这里，从阅读行为的自由度高的小说文本，到由于是一次性的身体艺术因而信息量虽少却富于凝缩性、即时性和临场感的戏剧文本，再到单通道、受到商业主义影响然而信息量却最大的电影文本，我们探讨了在这样一个改写过程中，小说原作中的什么部分、怎样地被定位为焦点，确认了这不仅有助于各文本的探讨，而且还是对解读小说原著之丰富果实的验证，至于各文本间的详细比较即其他文本的发掘，则留待下一阶段的研究。

辜也平

《家》的影视改编的历时考察

作为20世纪中国文学的经典,巴金的小说《家》问世以来,曾被数度改编成电影或电视,并且大多受到观众的喜爱和社会的好评。1941年,中国联合影业公司为了纪念新华制片厂成立八周年,调集旗下新华、华新、华成三家分公司的精兵强将,将《家》第一次搬上银幕。影片由周贻白任编剧,由当时十大著名导演组成导演团联合执导。演员则聚齐当时沪上影圈的所谓"四大名旦"和当红的电影小生,甚至连有"影后"之称的胡蝶也在《家》中扮演大小姐淑云。因此第二年就有了《家》"改摄成电影,连映七八十天,甚至连专演京剧的共舞台,现在都上演起《家》来,藉以号召观众"①的文字记载。此后,在半个多世纪里,《家》又不断被著名编导和当红演员演绎成影视作品,并且都产生很好的社会效应。此后,《家》又先后七次被改编成电影或电视连续剧②,从而成为中国现代文学经

① 王易庵:《巴金的〈家·春·秋〉及其它》,1942年9月10日上海《杂志》第9卷第6期。据相关资料记载,当年郑正秋的《姊妹花》连映60天,蔡楚生的《渔光曲》连映84天,又及。

② 1941年上海中国联合影业公司改编的电影《家》之后,据《家》改编的影视作品有:1953年香港中联电影企业有限公司的电影《家》(粤语)、1956年上海电影制片厂的电影《家》、1957年香港长城影业公司的电影《鸣凤》(国语,及粤语配音版)、1982年香港(ATV)丽的电视台的26集电视连续剧《家春秋》、1988年上海电视台和四川电视台的19集电视连续剧《家春秋》、1996年中国电视剧制作中心和安徽电视台的8集黄梅戏音乐电视连续剧《家》、2007年北京慈文影视制作有限公司的21集电视连续剧《家》。

本文作者在纪念《家》出版75周年学术研讨会上发言

典中被反复改编为影视作品的特殊个案。

可以说,影视的不断改编为《家》的传播起到了重要的推动作用。但是,每次改编的差异也使人们思考是否忠实于原著的问题。尽管大多数文学名著的影视改编者都信誓旦旦地声称,自己的作品忠实于原作,但无论在原理上或实践上,这些表白都经不起深入的检验。这是因为影视与文学本身就属于不同的艺术门类,各有各的表现规则,而名著的改编又是影视编导对原有文学文本进行解码和重新编码的过程,在这一过程中,编导本身身兼二职,既是名著的接受者又是影视作品的创造者,名著只不过是其艺术创造的素材,无论接受或创造,他们一般都无法摆脱来自自身所处的时代、社会以及影视受众的制约,无不受制于自身接受原作的期待动机。一次次的重复改编本身,实际上也体现了后继者对既有改编的不满,或暗含了后继者超越既有改编的企图。所以今天我们更应该关注或探究的是,不同的影视的改编具有哪些不同的特点?造成这些不同除了改编者个人的审美趋向差异外,有何共同的深层原因?而从改编的不同效果看,是否可以寻找些许文学名著改编所必须共同遵循的基本准则?

为讨论上述问题，我选择的是《家》的影视改编中比较有代表性的几个版本：1941 年中国联合影业公司的电影《家》、1956 年上海电影制片厂的电影《家》、1988 年上海电视台和四川电视台联合拍摄的十九集电视连续剧《家春秋》（其中《家》为第 1—9 集）、2007 年北京慈文影视制作有限公司的二十一集电视连续剧《家》。这四个版本，刚好也代表了三四十年代、五六十年代、八九十年代和新世纪初年影视界对《家》的多维解读。

1941 年版电影《家》的拍摄距原著发表、出版刚好十年[①]。就小说文本的先在条件而言，《家》本身同时具备了言情小说、家族史小说、父与子冲突小说、"革命 + 恋爱"小说等故事的潜在意义，这就像许多文学名著一样，"其诞生之初，并不是指向任何特定的读者"[②]。但在这十年间，《家》所以风靡一时的主要原因，是共时接受的青年读者从中读出了独特的价值和意义。因为这时的青年大都有"觉慧"式的热情与苦闷，他们"遵守着一套每一个人都使之内在化的规则体系"[③]，把《家》当成鼓舞他们去奋斗、去抗争的行动指南。他们读完《家》后认为："巴金认识我们，爱我们，他激起我们热烈的感情，他是我们的保护者。他了解青年男女被父母遗弃后生活的不幸，他给每个人指示得救的路：脱离父母的照顾和监视，摈弃旧家庭中的家长，自己管自己的生活，对结婚问题，是青年们自己的事，父母不得参与任何意见"[④]。对于这些读者来说，言情小说的老掉牙故事根本就不是他们的接受期待，因为才子佳人的情感悲剧自近代以来始终是流行小说反复讲述的通俗故事，旧式家庭的家长里短在任一时期也都不是什么新鲜的话题。小说《家》满

① 《家》1931 年 4 月 18 日在上海《时报》开始连载，1933 年 5 月上海开明书店初版。

② 汉斯·罗伯特·姚斯等著，周宁、金元浦译：《接受美学与接受理论》，第 33 页，辽宁人民出版社 1987 年版。

③ 斯坦利·费什：《读者中的文学：感受文体学》，文楚安译：《读者反应批评：理论与实践》第 160 页，中国社会科学出版社 1998 年。

④ 明兴礼著，王继文译：《巴金的生活和著作》第 68 页，上海文风出版社 1950 年。

2007年摄制电视连续剧《家》剧照。

足的是青年人反抗、斗争的接受期待，改编《家》必须超越的也是这种期待。因此，1941 年的编导在弱化觉新、梅、瑞珏情感悲剧，弱化长辈罪恶的同时，有意突出的是觉慧的主导地位，并且增加了琴勇敢反抗封建军阀避婚、抢婚的情节，突出表现鸣凤投湖前的决绝，最后还特意交代觉民和琴也将步觉慧后尘而冲出家庭走向社会（影片最后，觉民与琴说："今天是我们来送三弟，过些时候大家就要送我们啦"）。这种对年轻一代反抗力度的强化，是编导依据那一时代青年受众的价值取向，满足他们对原著的期待后的新的超越，体现的是共时受众在原著基础上的新的意义重构。

1950 年代初期的三场文艺批判运动使中国的文化界进入高度意识形态化的时期，文学艺术的运作开始受到来自国家意识形态的全面干预。对于 1956 年版的电影《家》的改编而言，1954 年的《红楼梦》研究批判的思想影响不可低估，因为《红楼梦》研究的批判牵涉到的刚好是如何阐释文学经典的问题。针对胡适、俞平伯等人提出的"自传说"、"色""空"观念、"怨而不怒"和"钗黛合一"等，批判者格外强调《红楼梦》对于封建末世的社会矛盾和时代冲突所作的高度的典型概括，强调作者对于书中人物的强烈爱憎，强调《红楼梦》鲜明的反封建倾向。这种一味强调《红楼梦》的倾向性和战斗性的政治导向，和简单而极端的二元对立的思维模式，此后一直影响着文学艺术的评判标准。而几乎就在电影《家》的改编拍摄期间，北京的《文艺学习》和《中国青年报》又分别推出了韩悦行、冯雪峰的署名文章，从思想意义角度对《家》做出了具体的政治评判。在肯定《家》“在当时有暴露封建家庭的丑恶和黑暗以及地主阶级的罪恶的进步作用”的同时，他们谈到了《家》的局限，如“对于社会生活的分析和描写还不是最深刻的，作者对于他所憎恶的旧家庭、旧社会的解剖和批判也是不够彻底和尖锐。……他不能从阶级分析的观点和被剥削的劳动人民的要求认识和揭露地主阶级的罪恶；……他对于剥削者的地主阶级还保留着一种温情和怜悯”。“这部长篇小说中的青年觉慧所走的那种道路——不是真正的革命道路”，他们“并没有真正离开了以剥削阶级的生活为基础的个人主义的立场”[①]。这种阶级、革命的观念以及二元对立的思维模式深深地影响了1956年版电影《家》的改编，如关于觉新婚事的拈阄情节固然来自于原著，但被放到影片的开头无疑是为了突出和强化封建家长专制、愚昧的本质。影片中的婉儿从小说里的受虐变成被迫害致死（淑华告诉觉慧：“婉儿得急病死了”），增加的是封建阶级的罪恶。影片不让高老太爷临终发善（原著中高老太爷最终说：“冯家的亲事不提了”，但影片中改为“再说吧，再说吧！”），为的是表现封建专制者的顽固和反动，从而警示人们不能对阶级敌人抱以任何的幻想；而高老太爷、冯老太爷、克安、克定、陈姨太等在影片中则分别充当着形形色色恶魔与小丑的角色。与表现阶级敌人反动性同时进行的是，影片尽可能强化了觉慧等的反叛性。但这种强化与1941年版的强化又有很大的区别。如原著中觉慧与高老太爷临终前的情感交流充满了温情，但影片中的

① 韩悦行：《怎样理解巴金的〈家〉的现实意义》，《文艺学习》1955年第4期；冯雪峰：《关于巴金作品的问题》，1955年12月20日《中国青年报》。这里引用的是冯文的表述。《文艺学习》为中国作家协会主办刊物，而冯雪峰时任中国文联党组书记、中国作协副主席、人民文学出版社社长兼总编辑。这两篇文章实际上代表着文艺界高层领导对《家》的价值评判。

觉慧却似乎刻意与垂死的祖父保持着距离。这种人为的冷漠距离折射的,正是改编者当时必须表现的与阶级敌人划清界限的立场。觉慧出走前对大哥觉新说:“这个家,我住不下去了,而且我觉得,像我以前那样的反抗是不行的,我得投身到民众里面去,踏踏实实地做点事情”,这体现的是对原著中觉慧反抗道路局限性的矫正。总之,改编者采用的二元对立的表现模式固然使1956年版的电影《家》的语义更为明晰,但原著所包含的历史的丰富性和人物思想性格的复杂性却被明显削弱。

电视连续剧的出现拓展了电影表现的范围。同样是通过直观视听形象诉诸受众,电视连续剧在表现时空方面的优势显然是电影所无法比拟的,这就为电视连续剧全面还原(而不是以前的删减)《家》的全部内容提供了技术条件。而从1980年代开始,文艺界对简单二元对立表现模式进行了全面的清算,加上文化寻根和家族题材热的影响,1988年版的电视连续剧《家》充分挖掘和演绎了原作者写“一个正在崩溃中的地主阶级的封建大家庭的悲欢离合的故事”[①]的创作动机。在第一集庆祝觉新毕业、议定其婚事等情节中,克定与沈氏、克安与王氏关于长房和长房长孙等的对话就揭开了家族内部复杂矛盾的面纱。接着,陈姨太在瑞珏和觉新和睦夫妻生活中故意挑唆使坏、觉慧参加社会活动被高老太爷发现后各房(包括小孩)的反应,无疑强化了大家族生活的复杂和觉新所处位置的微妙。加上演员的因素,1988年版的电视连续剧明显给人以《红楼梦》现代版的强烈印象[②]。《家》、《春》、《秋》与《红楼梦》的渊源关系一直受到人们的关注,所以1988年版的电视连续剧给人以这样的印象也非偶然的巧合,但这和1980年代中期人们

① 巴金:《谈〈家〉》,《巴金全集》第20卷第415页。1933开明书店初版本《后记》中的表述为:“一个正在崩坏的资产阶级的家庭底全部悲欢离合的历史”。在1950年代后的许多文章中,作者一般都用“地主阶级的封建大家庭”表述。

② 1988年版电视连续剧中梅的扮演者为此前的电视连续剧《红楼梦》中林黛玉的扮演者陈晓旭,鸣凤的扮演者为原《红楼梦》薛宝钗扮演者张利。

对这一话题的重新关注不无关系[①]。因为是整个三部曲的电视连续剧,觉新无可替代地成为改编后的一号主角,甚至连原著中三叔克明赶走连长姨太太的光彩一笔也改到了觉新身上。改编者根据连续剧的结构法则,把觉新坎坷的人生历程和复杂的情感世界当成贯穿全剧、扣人心弦的中心情节,而鸣凤、觉慧、觉民、琴、淑英等人相继的反抗在高家生活里似乎只是一次又一次的过眼云烟,在整个连续剧中被当成觉新故事的穿插。或许受当时相当流行的"文学的主体性"和"人物性格的二重组合原理"[②]等的影响,原著中比较单一的青年视角得到较好的矫正,连续剧中的高老太爷比原著、比此前的电影中的高老太爷更富人情味,也更具丰富的文化性格内涵。但是,新增加的冯老太爷以及陈姨太、王氏、沈氏等的表现仍然简单而拙劣地承担着减轻或分摊高老太爷罪恶的功能。从总体看,改编者对《家》的这些重新阐释,注重的是对原著家族史、文化史内涵的深入挖掘,某种程度上体现了当时已经开始的"名著重读"或"重写文学史"的努力,反映了逐渐告别革命、告别简单的二元对立思维模式的文艺倾向。

虽然 1980 年代中期中国的社会已经开始转型,但这对于电视连续剧《家》、《春》、《秋》的影响还不明显。但到 1990 年代之后,市场经济逐渐取代计划经济,文学艺术的娱乐功能逐渐凸显,文艺受众的消费习惯发生转移。商品社会高节奏的生活使文学艺术的欣赏变成一次性消费,人们对文学、艺术或影视的接受期待已经不再是教育与启示,而追求乐趣、追求感官享受以及文艺通俗化的倾向成了不可抗拒的趋势,2007 年版的电视连续剧《家》充分体现了社会转型后的这些特点。这一版本的《家》又回到青年的视角,觉慧的叙述主体性被充分地突出,这在一定程度上摆脱了 1988 年版

① 单是 1985 年的学术讨论会(1985 年 5 月在四川成都召开的"巴金、阳翰笙、沙汀、艾芜学术研讨会"——辜注)上,把《激流》和《红楼梦》进行比较的论文就有三篇",见谭兴国:《巴金研究之回顾》,《巴金的生平和创作》第 319 页,四川文艺出版社 1988 年 7 月。

② 参见刘再复《论文学的主体性》,《文学评论》1985 年第 6 期;《论人物性格的二重组合原理》,载《文学评论》1984 年第 3 期。

连续剧的文化/历史的解读模式。但是2007年版并不是简单地回归原著那种青年/革命的叙事模式，改编者似乎力图在原著的青年/革命的视角和当代青年观众的接受期待中探索出一条平衡的路线。这种平衡的最后代价是原著中的革命的元素被弱化，而当代青年受众先在的言情期待全面渗透到八十年前的生活故事中。为使故事“比琼瑶剧有趣，比历史剧轻松”①，编导大肆渲染觉新和梅表兄妹间的青梅竹马、亲密无间，以及两人都结婚后一直藕断丝连的关系，并一改1988年版连续剧力图深入表现家族史和文化史的深度模式追求，大量加入了诸如苏福遇绑匪被打（第1集）、梅和瑞珏出嫁路上的邂逅（第3集）、瑞珏养蚕柴房失火（第5集）、克定请连长姨太太被抓（第12集）、婉儿出嫁觉慧截轿（第15集）和觉新和梅表妹一起遭遇绑架（第16集）等等离奇的戏剧性情节。这些改动，明显带上了文化快餐的特征，以至于整个电视连续剧几乎接近1990年代之后流行的言情/武打模式的边缘。

就上述四个影视作品看，半个多世纪以来《家》的改编实际上是不同时代接受者对《家》的不同解读，体现了不同接受者对《家》的不同期待，折射出的是数十年来中国社会的历史文化变迁。这正印证了姚斯著名的经典断言：“一部文学作品，并不是一个自身独立，向每一时代的每一读者均提供同样观点的客体。它不是一尊纪念碑，形而上学地展示其超时代的本质。它更多地像一部管弦乐谱，在其演奏中不断获得读者新的反响，使本文从词的物质形态中解放出来，成为一种当代的存在”②。

但是，在考虑或尊重这些改编出现的历史合理性的同时，是否也应该探寻一下这些改编的成败得失，总结些许经验教训，从而找出文学名著改编所必须遵循的某些基本准则呢？回答是肯

① 该连续剧导演汪俊曾谈到：“观众可以把它（指二十一集电视连续剧《家》——笔者注）当成比琼瑶剧有趣，比历史剧轻松的剧集来看。这个《家》，应该更有活力，更适合年轻人看的”，见《新版〈家〉遭质疑，导演汪俊：为了年轻人能看》，2008年1月8日《扬子晚报》。

② 汉斯·罗伯特·姚斯等著，周宁、金元浦译：《接受美学与接受理论》第26页，辽宁人民出版社1987年版。

定的。尽管一百个读者就有一百个哈姆雷特，而影视改编本身也是一种独立的艺术创造，但无论怎么说，这一对文学原著进行重新解码、编码的过程首先是在小说文本的基础上进行的，哪怕作为“管弦乐谱”或“创作素材”，原著对于影视作品都会有起码的制约。至少在改编后的影视接受者那里，小说原著作为先在的理解或先在的经验，仍然是他们接受或反驳影视作品的重要参照。在电影或电视艺术的发展历史上，编导们所以热衷于文学名著的改编原因是多方面的，但很主要的原因是名著改编的影视有着与生俱来的人文底蕴和广告效应，可以帮助影视艺术提高文化品位，使其不至陷入单纯追求画面感觉刺激的误区。正因为如此，既有名著的一切也就更像幽灵一样，时刻跟随在影视作品身旁，成为接受者衡量改编者诚信的参照。因此，就改编本身也包含着创造而言，一定的改动并不是太大的问题，但从尊重原著原作者的角度看，任何的改动都必须格外慎重，至少必须在原著基本精神内进行。

在《家》的几次影视改编中，不管是侧重对家族制弊端的暴露还是侧重展现新一代的反抗，都属于在原著精神中进行，因此也基本上得到受众的认可，但对一些具体人物、具体故事的改动则不尽然。如对陈姨太，早期两个电影版本中变动还不是很大，但在后来两个电视连续剧中，她却被添上许多不光彩的故事，如挑唆瑞珏插梅花、有意以避“血光之灾”报复长房，等等。读过原著的观众其实都很清楚，陈姨太只不过是十年前高老太爷的原配死后被买来侍侯高老太爷的，和高老太爷生过一个小孩，但小孩在五六岁就夭折了，所以不仅地位低下而且命运坎坷。原著对陈姨太的描写有些丑化，这种偏颇作者自己后来感觉到了，他在1957年的文章中说：“我承认我写《家》的时候，我恨陈姨太这个人。我们老家从前的确有过一个‘语言无味，面目可憎’的‘黄老姨太’，我一面写陈姨太，我一面就想到‘黄老姨太’。不过我恨她不如我恨陈姨太那么深。我在陈姨太身上增加了一些叫人厌恶的东西。但即使是这样，我仍然不能说陈姨太就是一个‘丧尽天良’的坏女人”，“她没有理由一定要害死瑞珏，即使因为妒忌”，“她只是一个旧社会中的牺牲者”[1]。所以在后来的版本的《家》中,巴金对陈姨太的相关描写进行了适当的修改。如在初版第34章:“捉鬼”的闹剧在觉慧的反抗下失败后,陈姨太最后“带着满脸羞容走开了”,“可是在心里她却打算着报仇的方法。这仇结果是报复了,虽然受害的并不是觉慧本人”。按这样的描述,紧接下去的“血光之灾”导致了瑞珏的死一事,当然是陈姨太有意报仇陷害的结果了。在第十版里,这后一句被改成“可是在心里她却打算报仇的方法”,小说的叙述没再暗示“血光之灾”是陈姨太捣的鬼,但也没排除她企图报复的心理。但在1950年代之后的版本中,就都改成“可是在心里她咒骂着这个不孝顺爷爷的孙儿”,陈姨太蓄意报复的“嫌疑”终于被最后排除。其实,在谈到对小说人物的褒贬时巴金曾经反复强调过:“我所憎恨的并不是个人,而是制度”[2];“在我所有的作品里面我认为有罪的是制度。倘使有人问:是人坏还是制度坏,我的回答自然是‘制度坏’”[3]。所以,后来的电视剧改编还一味往陈姨太身上增加不光彩的故事实在大可不必。

又如觉新,在2007版的电视连续剧中把他改成一个已经有了三四岁儿子了,但仍整天惦记昔日情人而冷淡妻子的丈夫。这不仅违背原著的精神,也不符人物本身的个性;因为觉新所以成为觉新,除了软弱犹豫,最根本的性格特征就是他的善良和责任感。就是1988版的电视连续剧的最后(第19集,已属《秋》的情节,因与此相关一并论及)让觉新自杀也同样不可理喻,因为当时刚刚分家,翠环又爱上了他,更主要的是,弟弟觉民刚刚被警察抓走,虽然营救已被拒绝,他还得设法营救。总之,这个家还需要他支撑下去,在这关口上他怎么会轻易自杀呢?

所以,为尽可能保持原著精神,我觉得文学名著的影视改编有个近乎原则性的规律,即适当减少头绪无妨,但新增任何东西都必须小心。一般来说,文学名著(特别是长篇小说)的内容都比较丰

① 巴金:《谈影片的〈家〉》,《巴金全集》第18卷第699—700页。

② 巴金:《谈影片的〈家〉》,《巴金全集》第18卷第699—700页。

③ 巴金:《关于〈家〉》,《巴金全集》第1卷第443页。

富,改编成电影主要进行的是删除枝蔓、压缩内容。但如果改编成动则十几集、几十集的电视连续剧,就必须在原有故事情节的基础上加入大量的内容。删除枝蔓的压缩是提纯,一般来说可以收到比原著紧凑含蓄的效果;而再增加新的内容则是膨胀或扩容,属于添油加醋或无中生有,或像对美酒进行勾兑,处理不当很容易丧失或改变原有的韵味。这就是改编后在影视中频频出场的冯老太爷使人觉得乏味的原因,一个高老太爷就足够了,何必再来一个小丑般的冯老太爷。小说中的冯老太爷本身并不出场,他只是一个影子,有点像曹禺《日出》中的金八,虽然没出场,但却像阴霾一样,一直笼罩着整个故事,具有很好的艺术效果。

也曾有人认为,改编只要神到,"在保证主要故事和主题思想不变的前提下,细节、结构甚至人物性格都可以根据观众口味调节"[①]。实际上也不尽然。所谓"神到"指的是保持原著的基本精神,但人物(特别是主要人物)和结构(这里指主体结构)的改变怎能不影响到作品的基本精神呢? 至于细节也不能一概而论,普通的细节无关宏旨,改编者可以根据剧情和观众的口味进行调节,适当增加或减少也都无妨,但基本的原则是必须符合剧情,具有历史的合理性。哪怕是原创的影视作品,如果不是闹剧或戏拟,细节的真实仍是第一要义。在2007年版电视连续剧的第3集里有这样的细节:当觉新获悉梅将出嫁,为冲出大门闹得不可开交时,突然有人大声叫道:"李家花轿到!"这场面紧张,富于戏剧性,但仔细推敲却很不合理。这么大户人家,这么隆重的大事,更主要的是,从老太爷到大老爷、三老爷都是经过世面历练的人,怎么可能疏忽到新娘花轿突然出现在家门口的尴尬!

而原著中的经典性或关键性的细节本身,往往也包含了深厚的内涵,改动同样得格外慎重。如"鸣凤之死"一节,原著对鸣凤投湖前的心理过程和语言动作的精彩描写,后来成为经典片断被选入各种选本。在小说的初版本中,鸣凤是"用极其温柔而凄楚的声音叫了两声'三少爷'"后投湖自尽的;到第十版,作者把这改为"用

① 《名著改编热引发新争议》,2003年3月20日《南方日报》。

极其温柔而凄楚的声音叫了两声'觉慧'";到最后的文集本和全集本中,这一句终于被改定为"用极其温柔而凄楚的声音叫了两声:'三少爷,觉慧'"。最后这一改既体现了鸣凤固有的身份,也反映了她与觉慧特殊的感情。而最为重要的,这一改动准确地展示了鸣凤投湖前那一刹那间复杂的心理变化。因为鸣凤平时对觉慧总是以"三少爷"称之,这是她第一次,也是最后一次直呼心上人的名字。在这之前,哪怕即将投湖,她与觉慧的主仆关系的心理障碍一直难以逾越,所以才有了这三少爷和觉慧两个的称呼,而且是"三少爷"在前,"觉慧"在后。但目前几种影视版本的《家》对鸣凤投湖前的细节的改动都很不理想,这一经典细节内涵,在不同版本的电影、电视剧中都被颠覆了。最初是 1941 年版的电影,改编者可能为了强化反抗的主题,让鸣凤在投湖前最后呼喊道:"你们谁也不能再逼我了!"这不能不说决绝,但鸣凤是否有这样刚烈的性格,能否有这种自觉的反抗意识却不能不令人怀疑,而这一反抗所包含的殉情意味也明显被淡化。1956 年版的电影依的是第十版的小说,改成"觉慧,觉慧啊",内涵当然不及最后文集或全集的定稿本,但还算比较含蓄地表现了人物丰富而复杂的内心世界。在 1988 年版的电视连续剧中,这最后的呼喊改成"觉慧,我的慧——",突出了殉情的意味,但又似乎太露、太现代,简直有点像琼瑶小说改编后的电视剧了。到 2007 年版的电视连续剧,又来了个折中,鸣凤说"三少爷,觉慧,我一定要对得起你!"然后含着微笑投湖,原著的反抗内涵彻底被消解!这些不同改动的效果也印证前面所提到的,适当减少头绪无妨,新增任何东西都必须小心,哪怕仅仅是其中的一个小小的细节的改动。

总之我认为,文学名著的创作是作家个体的艺术创造,其本身就具有不可重复的性质;而改编者虽然都以原著故事内容为素材,但其改编的过程同样也是艺术的创造,结果的不同也是显然的。因而名著的改编是富于挑战性的工作,名著的改编的历史也包含着丰富的历史文化内涵,无论从哪个角度看,文学名著的影视改编都是值得深入探讨的话题。从接受或传播角度看,共时或历时的编码、解码都不可能是一致的,不同的演绎或许可以使原著的意义得到更为充分的现实化。但从尊重原作者、尽可能忠实于原著精神看,文学名著的影视改编可以是多元的,但这个多元也应该是有界的。

刘福泉

激流:穿越时代的隧道

——论《家》、《春》、《秋》的影视改编

文学作为人类最古老最主要的艺术形式之一,在其悠久的历史长河中,取得了辉煌灿烂的成就,积累了成熟而丰富的艺术经验,它的无数优秀作品,以自已独特的艺术气质吸引、滋润着一代代读者的心灵,它优美的语言形式、丰厚而感人的艺术形象、精彩而生动的故事,以及独特而富有创造性的叙述方式,更具有超越时代的永久的艺术魅力。那些具有非凡创造性的文学大师们,把人类的智慧、情感与精神的力量浓缩在自已独特的艺术创造之中。他们不仅为后人留下了独一无二的文学遗产,还以崇高的心灵和宽广的胸怀拥抱着整个人类,以自己深邃而独特的视角洞察并探索着人类灵魂与情感的奥妙,他们天才般的艺术创造,其意义早已超越了文学本身。文学大师的经典名著往往蕴藏着丰富的文化、历史、社会、民俗等多方面的内容,甚至被誉为"百科全书",其蕴藏的艺术宝藏,取之不尽,用之不竭。在这个宝藏面前,艺术家族中的"新秀"——影视艺术,自然地会向文学这位"前辈"学习与借鉴,从丰富的文学资源中挖取自己所需的珍宝。在电影的百年历史中,大量文学作品被搬上银幕,电影的发展史在某种程度上甚至可以说是电影文学的改编史。电视出现以后,电视剧又成为文学作品被改编的重要阵地,很多电视剧因为改编自优秀的文学文本而取得了巨大成功。苏联著名导演格拉西莫夫说:"我深信,一个电影导演是可以从崇高的文学典范中学到很多东西的。这两种艺术之间存在着联系,而且这种联系应该得到加强,伟大的文学所积累

本文作者在纪念《家》出版75周年学术研讨会上发言

的经验能够帮助我们电影工作者学会怎样深刻地去研究复杂多样的生活。"因为"文学是一切艺术中间具有最大容量和最高智慧的艺术",它"可以使人类灵魂的整个世界、使全部社会生活从属于自己"。[①]文学作品深刻的思想内涵常常启发导演对人生的思考,点燃他们的创作欲望。张艺谋说:"我一向认为中国电影离不开中国文学……永远没有离开文学这根拐杖。中国有好电影,首先要感谢作家们的好小说为电影提供了再创造的可能性。如果拿掉这些小说,中国电影的大部分都不会存在。"[②]其中,根据文学大师巴金的小说改编的影视剧,在同时代作家当中是数量最多的。

经典的意义在于不停地被各个时代所接受,并且加以诠释、演绎。巴金的代表作《家》从 1931 年 4 月 18 日在《时报》上连载,名为《激流》,1933 年 5 月在开明书店出版单行本时,更名为《家》,出版后大受欢迎,迄 1951 年 4 月,共印行了 32 版次,可见其受读者欢

① [苏]《格拉西莫夫论文集》,北京:中国电影出版社,1961。

② 李而威:《当红巨星——巩俐张艺谋》第 10 页,北京,北京出版社,1989。

迎的程度。像《家》这样史诗式的全景式的批判封建专制、张扬个性解放、呼唤自由民主人道精神的长篇小说,在现代文学史上具有里程碑意义的代表作品,可以说是第一部。像高觉慧那样敢于向封建家庭挑战、决裂,投身创造新世界之路、个性鲜明的新青年的艺术形象也是崭新的,成为现代文学画廊中的艺术典型,使人耳目一新,精神为之一震。《家》给这一变革提供了当时时代环境中的典型人物和典型故事,引起当时广大读者的强烈共鸣。"电影改编以特殊的方式影响电影制作的主要原因中,占据首位的是商业上的原因。"①"单单改编作品的作家名字就足以在广告上确保电影的质量。"②1941 年中国联合影业公司拍巴金的《家》,因为"这是一部细致地描写封建大家庭中的那种令人窒息的人际关系的自然主义与现实主义的巨作。"影片连映两个多月场场客满,创造了票房奇迹,各家报纸更是好评如潮。当时的评论家曾有这样评价:"《家》、《春》、《秋》,这三部作品。现在真是家弦户诵,男女老幼,谁人不知,哪个不晓,改编成话剧,天天卖满座,改摄成电影,连映七八十天……一部作品拥有如许读者和观众,至少这部作品可说是不朽的了。"他接着分析其中主要原因"是在于他具有丰富热烈的感情,贯穿于他文字中间的是对人间的热爱……",因此引起青年读者"内心热烈的共鸣,……深受青年读者的欢迎了。"(王易庵《巴金的〈家·春·秋〉及其他》,上海《杂志》月刊第 9 卷第 6 期,1942-9-10)

"在电影适合改编的情况下,修改会同时在数量与质量两个范畴内进行。"③作品被改编的数量与质量取决于改编是否成功与受观众的欢迎的程度,文学史上适合影视改编的经典作品总是能够在不同的时代反复被搬上银幕和屏幕。《家》的第二次改编是 1953 年 1 月,香港当时新成立的中联电影公司把根据巴金小说《家》改

① [法]莫尼克·卡尔科-马赛尔,让娜-玛丽·克莱尔:《电影与文学改编》,刘芳译,北京:文化艺术出版社 2005。

② [法]莫尼克·卡尔科-马赛尔,让娜-玛丽·克莱尔:《电影与文学改编》,刘芳译,北京:文化艺术出版社 2005。

③ [法]莫尼克·卡尔科-马赛尔,让娜-玛丽·克莱尔:《电影与文学改编》,刘芳译,北京:文化艺术出版社 2005。

编的同名电影作为创业作品。1956 年上海电影制片厂再次将它改编成电影。如果说当时大陆改编巴金的作品是出于政治上的考虑的话,那么香港的电影公司将巴金的作品当作公司开张电影并接连拍摄一系列电影,则更多的是从市场经济效益的角度考虑。因为巴金的作品拥有十分广泛的读者群体,是票房收入的有力保障。1955 年长城电影公司(香港)根据《家》的部分章节改编成《鸣凤》。《春》和《秋》作为《家》的续集,交代了高家这个大家族每个人最后的结局,成为《激流三部曲》不可或缺的组成部分,同样牵动着广大读者的心,因此,1953、1954 年中国联合影片公司(香港)分别将它们改编成电影,该片于 1957 年获文化部 1949—1955 年优秀影片荣誉奖。1988 年上海电视剧制作中心、四川电视台将《激流三部曲》改编成十九集电视连续剧《家春秋》,一反以前以觉慧为主角的做法,而以觉新为第一男主角,最大的改动是将原著中觉新被逼到无路可走时愤而反抗,根据觉新的原型的自杀结局而让他走上绝路。此剧当年曾经创下很高的收视记录,并获第七届"金鹰奖"优秀电视连续剧奖和饰演瑞珏的徐娅获得最佳女主角奖。1996 年中国电视剧制作中心、安徽电视台再次将其改编成黄梅戏电视连续剧《家春秋》,并荣获第十四届中国电视金鹰奖,还将其中的人物鸣凤单独拿出来拍了电视单本剧《鸣凤》。这说明《家》不仅被改编成影视作品的次数多,在不同的时代三次改编成电影,还有部分章节被改编成另外一部电影,三次被搬上电视屏幕,其中还被改编成戏剧电视连续剧,还有部分内容改编成戏剧电视单本剧,而且质量高,在中国还没有专门的电影奖项时就获得了政府的文化部优秀影片荣誉奖。参加制作的阵容强大,1941 年的《家》调集了下属的新华、华新、华成三家分公司的影业力量,大牌手笔周贻白出任编剧,由当时中国影坛上最为出众的十大名导卜万苍、徐新夫、吴永刚、方沛霖、岳枫、王次龙、杨小仲、李萍倩、张善琨、陈翼青联合执导,这样规模的导演阵容,中国电影史上还没有第二例。演员规模也是空前的,聚齐了当时沪上影圈的所谓"四大名旦":陈云裳、袁美云、顾兰君、陈燕燕,分别饰演《家》中的琴,梅,瑞钰,鸣凤。三位红极一时的小生梅熹、刘琼、王引扮演觉新、觉民、觉慧三兄弟。而息影多年、避居香港的“电影皇后”胡蝶也被请回来，饰演了一个小角色淑云。1953 年的香港版的《家》也由著名导演执导，聚集了香港的电影明星，1956 年的电影中更是齐聚了后来评选的二十二大明星中的四位：孙道临、张瑞芳、黄宗英、王丹凤，由此可见当时对影片拍摄的重视程度。两部经过公映的电视连续剧和戏剧电视连续剧都荣获中国电视剧的最高奖项“金鹰奖”和最佳女主角奖，这在现代文学名著改编的电视连续剧作品中是极为罕见的。

即使在今天，充满生命力和饱满的戏剧性的巴金作品，仍然是众多影视人关注的焦点。2007 年 1 月，20 集电视连续剧《家春秋》在四川宜宾开机拍摄，根据原著让觉新活下来，连死的自由都没有，以增强他命运的悲剧性。巴金的经典作品反复被改编是因为“一部改编自著名书籍的电影比一部由不知名的作家所创作的原版剧本拍成的电影更能吸引人。”[①]巴金的文学作品堪称影视改编的热门。在 20 世纪的文学大师里，巴金作品改编成的影视作品从数量与质量上绝对都是名列前茅的。

为什么不同时代的导演都如此钟情于巴金的作品？“可以被改编也就意味着它与新的图像媒体之间相互影响；同样它与文化和社会环境之间也相互影响；文化与社会环境下复制品工业生产的扩张体系，将会决定它们被改编的可能性的大小。”[②]

首先是作品的思想性与故事性强，能够被不同时代的读者与观众接受，是因为作品长盛不衰的影响力，文学作品影响了几代人，被改编成电影、电视的作品经过历史的检验，已经成为历史上的经典，都是长时间的畅销书，书店里的畅销书，图书馆里的借阅率最高的作品，《家》被第一次拍摄成电影时，以觉新和梅的爱情悲剧为主要线索，用爱的悲剧唤醒了觉新，也促成了他帮助弟弟们离

① [法]莫尼克·卡尔科-马赛尔，让娜-玛丽·克莱尔：《电影与文学改编》，刘芳译，北京：文化艺术出版社 2005。

② [法]莫尼克·卡尔科-马赛尔，让娜-玛丽·克莱尔：《电影与文学改编》，刘芳译，北京：文化艺术出版社 2005。

开大家族，追寻自己的幸福和人生价值。这种反抗，恰好适应了时代精神的需求，鼓励青年人走出家庭，走向社会，去寻找自己人生的出路。觉慧影响许多当时的青年人冲出家庭的桎梏，走向社会，走向革命的道路，觉慧成为三四十年代青年人的榜样，因此电影拍摄成功后，在上海曾经创造了连续放映二个多月的奇迹，用现在流行的话语说就是取得了社会效益和经济效益的双丰收。成为上海孤岛时期的少有的思想艺术水平都得到肯定的优秀电影，也成为电影史上的经典。建国后，《家》的反封建主题得到了强化，《家》也因揭示出封建官僚家庭的必然灭亡而得到当时主流意识形态的肯定，得到了更加广泛的传播，较早地被重新搬上了银幕。即使是到了21世纪，封建思想买卖婚姻也没有完全绝迹，在一定程度上可以说是沉渣泛起，上一世纪文学名著中的男女青年的命运，他们的人生之路对今天的青年人仍然具有借鉴与指引的意义，所以才会有1988年和2007年两次将《家春秋》改编成电视连续剧搬上电视荧屏。

《家》在不同的时代环境中，不同的社会制度下，以不同的形式被反复地进行新的演绎，被不同时代背景的观众所接受，恰恰是这部经典作品所具有的思想价值、艺术价值、商业价值的明证，1941年的第一次被搬上银幕，编导所看重的是作品的思想价值——引导青年人走出家庭的樊篱走向社会，市场价值——广泛的读者群体是票房的保证；香港的电影厂改编这部名著，显然更多的是看重作品的商业价值，并将其作为公司的开业影片，还连续进行续集的拍摄，如果没有良好的市场回报与前景的预期，在当时完全商业化的香港社会，这样的拍摄现象是根本不可能出现的；如果说1956年的大陆版的《家》看重的是其政治思想价值——反封建主题的话，1988年的电视连续剧和1996年的黄梅戏电视连续剧的改编则显示出其强大的艺术生命力和广阔的市场前景，两剧的前后在以观众投票为主的奖项中获奖，恰恰证明了这一点。最新版的电视连续剧的拍摄，恰逢巴金诞辰百年纪念和巴金逝世的纪念，成为社会关注的焦点，投资方所看重的正是这部名著的强大的市场号召力。

面对自己的作品被改编成影视剧，巴金总是很大度，从不提具体的要求,很少直接参与电影的拍摄与制作,他认为影片并不是原著的复制,而是影视艺术工作者的再创造。他甚至还谦虚地说:"我的小说不是一部成功的作品,它本身就有不少的缺点,我不能要求编导同志'化腐朽为神奇'。"[①]他曾对改编电视连续剧《家春秋》的艺术家们说:"希望你们根据电视艺术的特点和规律,大胆去再创作,只要对观众有益,我都支持。你们改编好了,我的小说也生辉,即使你们改编得不那么好,也不会影响小说。"[②]话虽如此,改编是否忠实原著,原著者是最有发言权的。作为带有自传性质的原著的作者,巴金的小说是跟自己所经历的生活分不开的,小说中几个主要人物身上都看到他熟悉的影子,因此,他要在影片中找寻自己生活的影子,跟他在一起生活过的人。但当他看到影片中"背景改变了,风俗习惯改变了,因此人物的面貌也不得不改变"的时候,他感到失望。他觉得《春》、《秋》"两部影片,像高家那样的大家庭居然开门就看见山,而且转来转去都是那个不像住房也不像私人花园的地方,好像一家人都住在公园里面。"[③]影片《秋》以大家庭的分散作结束,但镜头处理得不大真实,这不像是一个富裕人家的从容的迁居,倒像是这一家人在军阀混战中慌慌张张的逃难。在小说《秋》的结尾,高家还是富豪,在抗战期间高家的人有的破了产,有的却靠收田租发财买进了更多的田,整个高家彻底垮掉应当在解放以后。在影片《家》中,"高家那许多人就住在一个古庙似的小小四合院里,再加上一个不大使用的大厅和一个外天井。即使他们还有一所与住房太不相称的大花园,也无法显出四世同堂的热闹气象。任何时候公馆里都是冷冷清清的。连吵架的时候,也少有看热闹的人。整个公馆里听不见小孩的声音,也看不到人们进进出出。……倘使每天看见的就只是一个冷清清的家,高老太爷凭什么还会让'这个家一定要兴旺呢?'"[④]

① 巴金:《谈影片的〈家〉》,1957年12月26日《大众电影》第20期。
② 巴金:《谈影片的〈家〉》,1957年12月26日《大众电影》第20期。
③ 巴金:《看影片〈春〉和〈秋〉有感》,《文艺学习》1956年9月号。
④ 巴金:《谈影片的〈家〉》,1957年12月26日《大众电影》第20期。

其次,巴金认为改编作品要充分体现原著精神。承认影片《春》、《秋》"抓住了原著的反封建的精神,我对两位编导也就不能有更多的要求了,何况我的小说并非可以传世的佳作,它们也只是因为那一点反封建的精神才'流传'到今天的。"[①]巴金多次说过,他的作品是通过人物来批判不合理的社会制度,在坏的制度下好人也往往做坏事。如对于小说《家》中的重要情节——瑞珏之死,他认为是制度之罪,而不能说陈姨太是罪魁祸首。在那个家里,暴君是旧社会中的好人高老太爷,那些年轻人的命运都掌握在他的手里,他把人命当作儿戏,即使死后也有余威。陈姨太拿他做护身符,她没有理由一定要害死瑞珏,她不是一个丧尽天良的坏女人。因此,他对影片中瑞珏之死是陈姨太的责任,是"迷信"之过,让她为官僚地主家庭的罪恶负责,这不但不公平,也不合事实。"鞭挞了人却宽恕了制度,这倒不是我的原意了。"

对于原著的主要人物,巴金认为改编应熟悉、把握他们的精神面貌。他说:"我不赞成香港拍的那部影片,叫三十七八年前的女人穿类似今天的服装的办法。但是三十七八年前的太太、小姐们也讲究穿戴,衣服的剪裁不但合身,还要使人显得好看。头发的样式,也因人而异。我认为这才合乎当时的真实生活。"[②]关于觉新,巴金说我同情他,更憎恨他的软弱和妥协。他无法摆脱旧礼教的束缚,他没有勇气为自己开辟新路,在爷爷的主张下,"无抵抗主义"使他违心地放弃了自己的所爱,娶了一个陌生的姑娘,而且还陶醉在新婚的幸福里。"他的脸上常常带着笑容,而且整天躲在房里陪伴他的新婚的妻子。周围的人在羡慕他的幸福,他也以为自己是幸福的了。"[③]这才是真实的生活和真实的人。而电影编导惟恐观众误认封建婚姻会给人带来幸福,所以甚至不敢让觉新享受一点"闺房之乐",他跟瑞珏在一起的时候,从不肯对她露一下笑脸。觉新爱面子,他做事情要做得漂亮,他不肯输一口气。为了这

---

① 巴金:《看影片〈春〉和〈秋〉有感》,《文艺学习》1956年9月号。
② 巴金:《看影片〈春〉和〈秋〉有感》,《文艺学习》1956年9月号。
③ 巴金:《家》,人民文学出版社,1983。

个他宁愿让自己、让自己所爱的人受苦吃亏。他的眼泪不会少，但都是吞在肚里去了的。他常常在人前露笑脸，只有关上房门他才会伤心地哭一两个钟头。例如，在老太爷的灵堂上陈姨太逼着他把瑞珏送到城外生产的时候，大家都说："搬"，瑞珏就答应"搬"，觉新就把满腹不忍咽下去，看好房子把瑞珏送出去。而影片却处理成觉新说一句："这日子活不下去了"，就伏在桌上痛哭。这好像在耍无赖，又像是故意哭给瑞珏看。这不真实。编导未能深入地体会原著者的用心，把觉新复杂的内心"简化"了，处理成了让人厌恶、轻视的人物。同样，觉慧也被"简化"了，只有外在的勇敢、天真和热情，坚强而单纯的信仰，却看不见他的内心的斗争，他的变化和生长。

巴金认为，改编也是创作，改编者必须增加或删去一些东西，使改编本成为有创造性的艺术品，不要让影片变成小说的注解或翻版。或者选取其中的一个部分作为再创造的主体，而舍弃其他的部分，使它成为一个自具中心、自有特点的新作品，否则就"只叙述了故事，却没有多少打动人心的戏。编导同志似乎想用尽力气来解释原著，却忘记了他应当做'艺术的再创造'的工作"。结果，想抓住太多东西，样样都不肯放手，但样样都是一瞬即逝，没有得到充分的发挥。好像影片只是在对观众讲故事，并不让人们看清楚人物的面貌和内心。因此他坦承："老实说，我并不喜欢这部影片。"①

虽然巴金只有为数不多的电影评论文章，但也能看出他在电影方面的见解。首先，巴金肯定的是那些能够深刻地反映社会现实、具有积极思想意义的影片。如他说影片《春》、《秋》抓住了原著的反封建的精神，能使观众强烈地憎恨封建制度而且更加热爱生活，因此这样的影片就不能说是坏的影片。电影作为艺术，必须诉诸观众的内心，感染人、打动人。巴金认为电影并不是那种非常正确，叫人找不到一点毛病的富于教育意义的论文，它们是激动人心的戏。他说影片《春》、《秋》的"编导先生的'艺术的再创造'是成

① 巴金：《谈影片的〈家〉》，1957年12月26日《大众电影》第20期。

功的,它们产生了艺术的效果,观众的喜爱和感动就是一个证据”。[①]而影片《家》“只叙述了故事,却没有多少打动人心的戏”。[②]所以他是失望的。这与他一向所坚持的认为文学的最高境界是能够引起接受者的共鸣的主张是一致的。

电影与文学的不同在于,文学是以文字唤起读者的联想,在头脑里构筑画面;而电影则是以画面直接作用于观众的感官,所以电影的画面要以扑面而来的真实的生活气息引领观众进入那个光影世界。

无论编导有怎样的用心,最终都要由演员来完成。影视是镜头艺术,镜头语汇尤其要求人物具有逼真感。它要求演什么像什么,不是造型的虚拟和艺术合理夸张,而是还生活的原生态。因此首先要“形似”,演员的外形要与作品中人物相像,外在条件要接近。而影视艺术既是空间艺术,又是时间艺术,要在几个小时甚至几十个小时中,立体地、多侧面地、生动鲜活地展示出人物的音容笑貌,言谈举止,以及人物性格的发展史,走进人物的内心世界,把内在的气质表现出来,具有“神”,塑造出一个有血有肉的人。所以在“形似”之外还要求“神似”。神与形是一个不可分割的统一体,二者相互依存,神以形存,形为神体。神为灵魂,形为躯体。形与神构成一个灌注生气和灵魂的、像活生生的人体那样的有机整体。否则空有灵魂或是空有形体,都不能说是成功的。巴金在谈到《家》中扮演觉慧的演员时说:“我喜欢张辉同志那个纯洁而充满朝气的形象。但是可惜他没有机会充分了解‘五四’前后那一种青年的思想感情,却看不见他的内心的斗争。”[③]

演员只有外在的形似,表演不能深入到人物的内心,结果就流于浮泛。而如果有了“神似”,却能克服“形不似”的缺憾。巴金在谈影片《春》时说:“他们的出色的演技给这两部影片增加了光彩。我首先得提起吴楚帆先生,论他的外形,他绝不能扮演觉新。倘使

① 巴金:《看影片〈春〉和〈秋〉有感》,《文艺学习》1956年9月号。
② 巴金:《谈影片的〈家〉》,1957年12月26日《大众电影》第20期。
③ 巴金:《谈影片的〈家〉》,1957年12月26日《大众电影》第20期。

觉新有那样魁梧的身材，就不会事事让人，处处退缩，别人看见他即使不退避三舍，至少也不敢任意欺侮。可是觉新时时在人前低头，事事体谅别人，委屈自己，忍辱苟安，任人摆布，把痛苦咽在肚里，用叹息安慰寂寞，看见自己的幸福一个个让别人毁掉，仍然怀着一片好心空等将来。这一切吴楚帆先生演得入情入理，十分自然。甚至在他帮忙别人把他所爱的人送进虎口，自己躲在房里为这个损失落泪的时候，观众也忘记了他那个巨人般的身形。他的痛苦和挣扎得到了观众的同情，观众真替他耽心，时时都想伸手拉他一把，让他勇敢地站起来。他最后终于站起来了。这个镜头使得观众多么高兴地吐一口气，吐出这口憋了好久的闷气。”“我至今还记得她悲痛地在桥头唱歌和怀着绝望心情想在湖水中找寻归宿的两个镜头。我很感谢红线女女士的无言的表演，她让我看到一个纯洁的少女的内心，她对不幸者的同情，她跟恶势力的挣扎和她对幸福的渴望。她和另外两个婢女偎在一起为自己的命运叹息的时候，我们家里一个从农村出来的年轻保姆简直没法制止畅流的眼泪。我们常说‘心心相连’，她的演技的确把观众的心跟演员的心连在一起了，正因为她不发长篇大论，她跟观众‘以心相见’，所以一声叹息，一瞥眼光，一个简单的动作，或者一句短短的话，都能打动观众的心。”①

反之，如果演员脸谱化，好人身材魁梧、浓眉大眼，坏人歪瓜裂枣、獐头鼠目，那就幼稚可笑了。巴金在谈到《家》时说，克定是高老太爷最小的儿子，眉清目秀，聪明过人，而且能诗能文。虽然后来吃喝嫖赌，无所不为，但他并非天生怪物，也不是流氓瘪三。而银幕上的克定却一望而知是个“坏人”，因为面孔摆在那里。倘使克定生成那个怪相，高老太爷一定不喜欢他。事实上生活常常并不是这样简单的。

著名导演和电影理论家郑洞天曾指出，尽管电影的魅力对于观众来说是无穷的，但“真正打动了他们心灵的，还是影片所展示的那个世界，那些或熟悉，或陌生，或末曾经历却渴望感知，或无法

① 巴金:《看影片〈春〉和〈秋〉有感》,《文艺学习》1956年9月号。

预见却心中神往的人生”。而“每一部优秀的影片,都从一个特定的角度,按一种特定的框架创造了一个世界,它们千姿百态,又各有各的精彩,因为创造它的,是活生生、有情感有思想的人”。[①]这说的是电影,其实对于文学也是一样的。

① 郑洞天:《电影导演的艺术世界》,中国电影出版社,1996

赵志刚

青春是美丽的

——关于越剧《家》

很荣幸,今天能在纪念一代文豪巴老的小说《家》出版 75 周年的活动中,与大家交流,分享我对于这部经典作品的理解和我在创作越剧《家》,塑造觉新这个人物过程中的一点心得体会。

一、一段青春伤逝的挽歌——小说《家》

75 年前,小说《家》正式出版问世,直到今天,它依然是各大书店最受读者欢迎的畅销书之一。

大家都知道,巴老的"激流三部曲"《家》、《春》、《秋》是我国现代文学中的经典之作,也是 20 世纪对中国人影响最大的书籍之一。早在上海越剧院学馆的时候,我读过巴金先生的小说《家》。那个时候我不过十多岁,对于巴老在小说中所揭露的封建礼教的黑暗,对旧制度的控诉还不能完全理解,但也为剧中人纯真的爱情所感动,为他们悲剧的命运感到悲伤。后来又看了电影《家》,觉新、觉慧、梅、瑞珏、鸣凤,那些被压抑和吞噬了的青春的灵魂,一直镌刻在我的脑海中。随着年龄的增长,我才慢慢开始理解了这部巴老投入了无限心血、感情的作品,真正理解了巴老关于青春的阐释:"我自己喜欢这本小说,因为它同我过去的一段生活有密切的联系,因为它保存了不少我幼年时期和少年时期的回忆,因为我在小说里又看到了自己的青春。青春,不管我的回忆中充满痛苦,我仍然爱我那消逝了的青春,我仍然要说:青春

本文作者在纪念《家》出版75周年学术研讨会上发言

是美丽的东西。”

我想，一切动人的文学，都是用血泪凝结而成的。而《家》之所以如此感人，也许真是由于这个原因。在读小说原著的时候，常常感受到巴老在与小说中的人物同呼吸，为美丽的青春而伤逝、悲悼。

因为特别喜欢这篇小说，我一直有着把它搬上越剧舞台的想法。把这些原本美丽的青春凋零的过程，通过舞台演出的形式，展示于人前，求得更多的共鸣。但因为小说揭露的社会太广阔了，内涵太深。同时，又有话剧、电影及其他戏剧等不同文艺样式的改编珠玉在前，因此也会令我感受到很大的压力。

二、一首关于美的赞歌——从小说到越剧

2003 年是巴老诞辰一百周年，在一系列的纪念活动中，上海越剧院决定把巴老的代表作《家》搬上越剧舞台。其实早在这次创排《家》之前，越剧院的前辈也曾经演过这个剧目。

这次重排，大家都感觉压力很大。从历史上说，巴金的《家》曾

越剧《家》剧照（一）

几次搬上越剧舞台:1941 年“三花一娟”中的王杏花根据沪剧本首次移植演出,1953 年新新越剧团高剑琳根据小说改编演出,1979 年上海越剧院又重新编演,袁雪芬老院长曾亲自带着主创人员拜访巴金,并在改编、演出过程中得到巴老的多次指导。从横向上说,曹禺改编的话剧本堪称经典,屡演不衰,戏剧学院戏文系历来作为编剧的范本教材;即使在去年,为纪念文坛泰斗巴金诞辰 100 周年,上海舞台上就有香港著名导演吴思远执导并集中了茅善玉、孙徐春等沪剧界六代同堂的豪华版沪剧《家》,演出于上海大剧院,有来自巴金故乡四川的川剧《激流之家》,还有名导演陈薪伊执导,汇聚了影视界一大批明星大腕的话剧《家》。要超越前人,要在横向比较和激烈竞争中赢得观众,难度可想而知。

小说和戏曲属于两种不同的样式,虽然《家》的小说为我们提供了很好的改编基础,但也给我们提出了更高的要求。而且那一年,全国的舞台上,一共有四台《家》在演出。在相互的比较中,也令我们感到如履薄冰。为此,越剧院排出了最强大的阵容,全力以赴完成这次创作。编剧是资深的越剧剧作家吴兆芬老师,又特地从杭州请来了戏曲界的获奖专业户杨小青导演。由我和单仰萍、

越剧《家》剧照（二）

孙智君、许杰四个一级演员及优秀的青年演员陈湜联袂主演。

如何另辟蹊径，排出一台既忠实于原著，又有越剧特色的《家》？主创人员为此也动了不少脑筋。后来大家一致认为，越剧的特色是“美”，而《家》中所描写的青春也是“美”的，大家认为就要在这个“美”字上做足文章，适当地减弱原著中抗争的一面，而突出人物的心灵美、环境美、音乐美，用唯美的气氛感染人，从而使得让人们对于这种美的毁灭产生感同身受的同情。

巴老的小说，是20世纪初四川地区的一幅社会人情的浓墨重彩的画卷，对中国历史有着很深刻的反映。对中国历史反映最深刻的是《家》。但小说中人物关系比较复杂，而舞台演出又有它容量的限制。对此，编剧吴兆芬老师删繁就简抓住了觉新、梅表妹、瑞珏和觉慧、鸣凤这两组爱情的悲剧展示人物内心的波澜起伏，落笔简练却意味浓重。在剧场里，让我们看到了一段段感人至深的情，鸣凤与觉慧纯真的爱情、梅芬和觉新伤感无奈的恋情、瑞珏与觉新深沉炽热的夫妻之情、觉慧与觉新的手足之情、梅芬和瑞珏之间两个女人细腻、微妙的感情，这些情都被吴兆芬写得丝丝入扣、荡气回肠。不论是觉新、还是梅芬、还是瑞珏，他们都是“眼中不灭

越剧《家》剧照（三）

仁爱影，心中常留冰清美”。

在舞台呈现上，导演杨小青注重发挥越剧写意抒情的特色，强化了男女合演的特点，展现了流派唱腔的魅力，凸显了越剧诗化的美感，在梅林、荷塘、喜堂等精心营造的唯美艺术氛围中，缠绵悱恻的唱腔给观众以酣畅淋漓的听觉享受。没有明确的幕序场次，没有华丽的舞台布景，没有花哨的歌舞陪衬，导演杨小青充分运用了戏曲表演上虚拟写意的手法，在演员的形体表现上下功夫，营造了一个空灵幻妙的空间。舞台除了梅林、荷花和屋内的部分家具为写实，其余大多无实物，隐约的屋檐，平坦的转台使时空转换自由广阔，表演空间收放自如。

对于《家》，全院上下都非常重视，几经修改，也获得了一些荣誉：其中包括第七届中国艺术节上文华新剧目奖；文华音乐奖；上海市重大文艺创作领导小组评为上海文艺创作优品等，而我本人也凭借觉新这一角色获得了“文华表演奖”和“第21届中国戏曲梅花奖”，接下来，我就想谈谈我在塑造觉新这一人物过程中的一些心得体会。

三、一曲围绕"家"的悲歌——我怎样理解家并塑造觉新这个人物

觉新,《家》中最主要的形象种子,也是小说中的主角。如何出新,这一点成为越剧《家》筹备过程中的头等大事。我曾经用了几个夜晚,静静地把巴金的小说原著又读了一遍,发现当时小说中的觉慧,对他的大哥有太多的不理解,甚至还骂过大哥觉新。后来我又到网络上搜索了一篇巴老的文章——"做大哥的人",发现若干年后的巴金,在经过风雨岁月的磨砺后,理解了他的"大哥"。巴金在那篇文章里谈到:"他被旧礼教、旧思想害了一生,始终不能够自拔出来。其实他是被旧制度杀死的。然而这也是咎由自取。在整个旧制度大崩溃的前夕,对于他的死我不能有什么遗憾。然而一想到他是悲惨的一个,一想到他对我所做过的一切,一想到我所带给他的种种痛苦,我就不能不痛切地感觉到我丧失了一个爱我最深的人了。"于是,我更加明白了,我想要演绎一个什么样的觉新,我想给予觉新更多的理解和同情。我所理解的觉新是封建家族重压下的觉新,两个女人纠葛中的觉新,新旧思想挣扎中的觉新,悲剧命运笼罩下的觉新。

经过整理,我把觉新这个人物的性格转变归结为"成家、败家、离家"三个层次。

1. 成家

成家是觉新与梅芬爱情的幻灭,是命运被人作弄的痛苦,是觉新悲剧的转折点。理想的破碎,青春的悲哀,家庭的重负,都在一次抓阄中显现。"家"的转型也是当时社会的转型:军阀混战,社会混乱,家中的三代人是高老太爷、父亲和叔叔们、觉新弟兄们,他们代表了当时三种社会思潮和生存方式,高老太爷是希望清朝复辟的封建势力遗老;叔叔们则靠固有财产过着奢靡挥霍的生活,吃喝嫖赌无所不为;觉新弟兄们则接受了新思想,想要冲出家——这个"象牙的监牢",自由激进的思潮让他们热血沸腾。觉新则处在这三种思潮的漩涡中,上进心、安逸感和旧礼教都有,不仅有,而且相

互缠绕,不停争斗。所以这个戏觉新的与众不同之处在于浓墨重彩地突出了觉新灵魂深处的呐喊、挣扎和自我搏斗的过程。

成家,造就了觉新、梅芬、瑞珏,三个善良的人,一段畸形的缘。成家,是觉新悲剧性格的第一次重大演变,他从此陷进了一种无奈和自责的情绪,不可自拔。

2. 败家

败家,是指整个家族分崩离析之前所透露出来的一种衰败气息。军阀混战进一步加剧,渴望有一个温暖的家的人们却终日惶惶。而觉新的那些叔叔们把家中的财产挥霍殆尽,经济的危机和生活的重担过早地一股脑儿地落在了觉新肩上,昔日恋人梅芬的不幸遭遇也进一步刺痛了觉新愧疚和自责的神经,从此他的脸上不见了笑容,他的箫音充斥着悲哀。还好有善良多情的瑞珏相伴,心灵得到稍许慰藉。但他的那颗上进之心渐渐消沉,有时干脆借酒浇愁。

在鸣凤事件中,他被兄弟觉慧误解,年轻气盛的觉慧对大哥脱口骂出了"懦夫"二字,这两个字在觉新流血的伤口上又割了一刀。鸣凤之死是觉慧最终离家出走的导火索,也是觉新悲剧性格进一步重大演变的分水岭。觉慧想要离家出走是因为对哥哥的失望、爱情的破灭、亲情的苍白、人情的冷漠,家,成了一个没有阳光、没有欢乐的地方。

3. 离家

随着高老太爷的离世,似乎压在觉新身上的沉甸甸的心理负重甩掉了,家里的事情终于可以按照自己的意愿了。但高老太爷人之虽死,阴魂未散,"血光之灾"逼迫着即将分娩的瑞珏不能在家里生产,必须离家出城淌河过桥。这个段落并非写觉慧的离家出走,而是写觉新陪伴瑞珏离家分娩。觉新再次顾全了"家"的大局,保住了家的"无灾无难",然而,又一个善良的女子——瑞珏——成了这个家的牺牲品。觉新在妻子分娩或"走"或"留"的痛苦抉择中,完成了悲剧性格的最后一次重大演变,悲剧性达到极致。

家,本是庇佑风雨的港湾,却成了摧残人性的地狱。

全剧的结尾,是我演得最过瘾的部分,我的内心体验得以淋漓尽致地宣泄。觉新惊惶惶负载着梅芬吐血病危的噩耗,又眼睁睁感受着瑞珏生不如死的痛苦。这一路上,寒风瑟瑟,大雪飘飘,而两个心爱的女人几乎同时离开了觉新。

这一围绕“家”的三部曲,是觉新性格演变的三大导火索,也是这样一个曾经美丽的青春逐渐沉沦和消逝的三大炼狱。在表现这三个性格演变的过程中,我呼吸到了觉新的善良、顾全大局、勇于自我牺牲等良好的品质,也感受着他无力与命运抗争的无奈和悲哀,以及自我封闭的痛苦。觉新的青春饱含着痛苦,浸润着心酸。通过这个人物的演绎,我真正理解了巴老关于青春的阐释。

吴福辉

《家》初刊为何险遭腰斩

文学永远需要读者，这即是任何一种文学都离不开与人民大众或“小”众（我把某种先锋文学的读者姑且定名于此）的关联。在20世纪的现代作家中，没有谁比巴金的读者观念更强烈的了。他一生几乎达到侈谈“读者”的地步。巴金早在1933年便说过：“我的文章是直接诉于读者的，我愿意它们广泛地被人阅读，引起对光明爱惜，对黑暗憎恨”，“我的文章是写给多数人读的，我永远说着我自己想说的话，我永远尽我在暗夜里呼号的人的职责”（见《灵魂的呼号》）。一直到晚年写《随想录》，他还说：“倘使关于我的写作或者文学方面的事情，我有什么最后的话要讲，那就是对读者讲的。”这篇文章的题目就是“把心交给读者”（《把心交给读者——随想录十》）。可是谁会料到，这样一个作家的代表之作《家》在初刊时竟差一点被“腰斩”，而且问题正出在读者身上。

《家》初刊于1931年。是巴金参与上海世界语学会活动而认识的朋友火雪明，将《时报》负责文艺版面的编辑吴灵缘介绍给他，才有了这个长篇连载的约定。《时报》是一份历史悠久的大型日报，先后担任过该报主笔的都是著名文人墨客和通俗作家，如狄葆贤（楚青）、陈景韩（冷血）、包天笑、毕倚虹等。所以一向重视文艺副刊的编辑。巴金其时的创作刚起步不久，1927年在法国一个小城完成了小说处女作《灭亡》。1928年10月回国途中，在马赛等船和漫长的航行日子里，萌生了用自己的家族生活为原型写作《春梦》即以后的《家》的想法，并起草了若干片段。“写《家》的念头在在《时报》上连载的小说《激流》。

我的脑子里孕育了三年。后来得到一个机会我便写下了它的头两章，以后又接着写下去。”(《关于〈家〉》)这个“机会”，便是《时报》约稿造成的巴金的一次喷发。等到1931年4月18日《时报》第一次登载这部将来要给中国人带来巨大震动的小说时，名字已改为《激流》，并配以显著的“编者的话”：“本报今天起揭载/新文坛巨子/巴金先生作/长篇小说《激流》/按日刊登一千余字/不致间断/阅者注意。”(转引自龚明德《新文学散札》)这里虽然有不免夸张的广告语，但报纸对年轻巴金的期望值之高，也是显见。每天刊载千字是当年连载小说的规矩，以期长久地吸引报纸读者，增加报纸销量。开头的两章除《引言》外，分别为《两兄弟》、《琴》，是为了让报馆通过才同时交出去的，后每周送一次稿，边写边载，巴金从来没有耽搁过。可是六个月后，即刊到了第一百八十六期，书中觉新的妻子瑞珏因长辈以“血光之灾”为由驱赶到郊区破庙去生产而死去，突然停载。这便是“腰斩”《家》的未遂事件。

《时报》为何会竟然违约，提出停止连载日后名声大震的《家》呢？这背后究竟发生了什么？这个谜团随着当事人再没有出来说话，可能永远解不开了。后来众多的传记作者所提出的理由，不外是两条。第一,因东北发生“九一八”事变,国难新闻大大增加,《时报》版面紧张所致;第二,编者抱怨,这部小说写得太长了。连载发生“危机”,最后是巴金提出办法,答应不要后续连载的稿费,才得以解决。因而在停载近两个月后,从1932年1月26日第一百八十七期起,恢复连载,直至1932年5月22日全书载毕。在现代文学的历史中,因连载中止而造成作品从此夭折的事情并不鲜见,不管巴金的性格在真的停载到底会不会坚持写完,我们总是感谢他的高尚品格及临危英明决策,使得今日读者得窥《家》的全豹。

这两条“腰斩”的原因,其实一条也站不住。

先说第一条。所谓局势紧张造成时事新闻陡增,而对文学连载的空间产生压力,这种说法最初便来源于报纸的遁词。《时报》在决定恢复刊登《激流》之后,1932年1月26日的报纸上曾披露编者一篇题作《关于小说》的告白,其中解释说:“时报发表巴金先生底创作小说《激流》,在去年已有六个月,因为‘九一八’事变发生,多登国难新闻,没有地位续刊下去,空了近两个月,实在对不住读者和作者。”(转引自龚明德《新文学散札》)许多巴金研究者都相信了《时报》的话,觉得停载的缘故在于局势,即人力不可逆转之因素,没有想一想恢复连载的时间,起始的1月26日与马上要发生的上海“一二八”战事只差两日,中间经历了这场发生在家门口的战争的全过程,5月5日政府对日屈辱签署淞沪停战协议,5月22日《激流》的连载完成。这之间,上海全民卷入支持十九路军抗战的热潮,报刊因战事不知比报道东北、华北的战事要多多少,但是《时报》的连载却丝毫没有停顿。我们还可举张恨水的长篇小说在报纸上连载做例子,也能说明“国难”在当时自然对报纸会有局部的影响,但报纸的“上帝”是读者,只要“上帝”不打退堂鼓,继续买报读小说,连载一事是不会受到根本性摧残的。比如张恨水的《金粉世家》在北平(京)的《世界日报》连载,从1927年2月14日至1932年5月22日,后期经历了从“九一八”到“一二八”的全过程(与《激流》同年同月载毕)。以地理位置论,北平受“九一八”国难刺激应当更剧,但没有影响刊出。如举上海报纸连载张恨水长篇为例,曾因1930年连载《啼笑因缘》而获巨大利益的老牌《新闻报》

(上海的大报当以《申报》、《新闻报》最老,其次是《时报》,都创刊于辛亥革命之前),在1931年9月到1933年3月26日期间又连载了张恨水的《太平花》。此书在张恨水的小说中并不出色,文学史地位更无法与《家》抗衡,可是《新闻报》从“九一八”到“一二八”的时间内都不曾中断刊载。这与同处一地的《时报》形成鲜明对照。

再说第二条。《激流》的长度是三十万字左右,从《激流》到《家》,后来曾经发生一些修改,但都未影响到总的数字。这要与上边所举张恨水的三部小说来比,本不应该对长度构成问题的。《金粉世家》是一百一十万字,《啼笑因缘》和《太平花》与《激流》都是一般长短。我们知道许多长篇通俗小说的初刊,都经过报纸,比较极端的例子,如还珠楼主(李寿民)的代表作《蜀山剑侠传》,从1932年在天津《天风报》连载始,到后来一集一集出版,到1949年历时十七年之久,写成五十五集,总字数达四百一十万字。据白先勇承认,“从头到尾,我看过数遍”(转引自金开诚《〈还珠楼主小说全集〉序言》)。既然连白先勇这样的读者都会对《蜀山剑侠传》有那么浓厚的阅读兴趣,可以相信,此书如跨抗战前后一直在报上连载,作者写作十几年,肯定就会有读者(今天可称“粉丝”、“李迷”)跟着读它十几年,绝不会发生报纸停载的事情。本来,拿新文学作品和通俗文学作品用创作字数和读者数量,来鉴别它们彼此的文学质量,是缺乏可比性的。但本文自有一种特殊的角度,偏要来比较巴金和张恨水两人的长篇小说连载状况。我的用意,下面即待揭晓。

究其实,《家》遭遇《时报》中途拒载的原因,有那么复杂么?它很简单,只是很久以来大家不愿正视而已,那就是它没有得到《时报》初刊的读者的青睐。

一张商业性的报纸,之所以愿意连载小说,是要借文学的力量扩大它的销路。如果《家》和张恨水上述的几种小说的性质一样,甚至就如《太平花》那样名不见经传的作品,肯在爆发“九一八”事变后连忙调整故事,把“内战”改写成“抗战御敌”,那么,不管国难如何汹涌而来,不管字数是少是多,《时报》都不会作出那样错误的决策。我们现在再来观察、分析起初《时报》对巴金的态度,那是异常推崇的。连载前几日已发预告,大造声势,当天又授以“新文坛巨子”的桂冠,所盼何其殷切！虽然几年后的巴金真的成为“巨子”,但在《家》发表之前给他戴上的这顶帽子仍不免大了些,无非是要达到自己的营销目的。但这个目的在《激流》连载一段时间后,就被现实击破了。我们从后来巴金智慧的、富有效应的应对,就能窥探到当时的事实真相。巴金明白对于报纸,这是个经济问题,并不是长远的文化问题和爱国主义的时事宣传问题(那都是事后的掩饰、下台阶的借口),他把不索取后续稿费办法一说出,报纸的损失一得到补偿,事情便迎刃而解了。

但是接下来,出版史上出现了奇迹般的怪事。那就是从1933年上海开明书店出版了《家》的第一种版本起(改《激流》为《家》,也是这个初版本开始的。“激流”的名字后来移作包括《家》、《春》、《秋》的三部曲的总称),这本小说就热销了！因为中国版本资料的缺乏,我个人力量无法对《家》的版本数和印数作出精确的统计,我只能初步交代几个数字:第一,到1951年为止,仅开明版的《家》就印了三十三次;第二,《家》的版本种类繁多,国内的主要版本在十种以上,这不计算用全世界各种文字翻译的版本,更不包括海内外各种盗印本;第三,《家》的总印数当在几百万册到千万册之间。1951年后北京人民文学出版社的印数是很大的,那时候的气候,每次印刷总有几万到几十万之数。还有一个现象也足以发人深思,那就是曾经推动报纸在最大营销利益之下争相刊载的张恨水的小说,到了出版单行本的时候,竟比《家》的成绩低得多。解放前的文学书籍印数,一般每版本(等于今天的一次印刷)是两三千本,各出版社之间的出入不是很大,是可以比较的。如同比到1951年止,《金粉世家》印过七八版;《啼笑因缘》最厉害,也不过二十版左右;而《太平花》只有三版。(以上张恨水小说资料见董康成、徐传礼《闲话张恨水》附录“张恨水作品系年”。)这与《家》的开明版便有三十三版,就拉开距离,不可同日而语了。所以,文学史家早就做过定评,称《家》是“中国自新文学诞生以来第一畅销小说”(见司马长风《中国新文学史》)。此言不虚！

结论是:《时报》的连载小说读者们,并没有看中《家》,或者说他们并没有发现《家》,我们不妨称之为巴金《家》的“连载本读者”;而阅读单行本《家》的读者,却衷心地发出了他们的呼应心声,并让巴金迅速成长为青年人热爱的作家,应称是《家》的“单行本读者”。以上当是都市里的两类人。因为城市中天天在报纸上浏览“千字文”的读者,是抱着休闲、游戏的态度平稳度日的市民大众。而花钱购买《家》这本书的读者,则是思想激进的广大青年学生,是处在幻灭和觉悟间正待选择道路的旧家庭出身的进步青年,是积极思考自己人生意义和价值的光明青年们。这些青年大众读者一旦积聚,就形成中国激进运动的洪流,成为巴金持久的读者群体。巴金的《家》通过《时报》首先交给前面的那些读者,纯属时代的误会。正是后面这些读者,参与了《家》作为一部现代文学名著的形成,才将《家》高高发扬。之后,市民读者或许受到触动,他们在未来的岁月里也可能开始注意到报端上出现频率渐多的“巴金”两字。如果文学史上要讲“读者接受”是怎样加入到作品的产生、传播和经典形成的过程里面去的,这就是个最生动的实例。

最近,我利用在各大学给研究生讲课的机会,进行过一些关于现代文学作家、作品与当代青年关系的调查。在巴金一项的名下,问卷的回答显示:百分之百的人读过《家》;百分之九十的人认为《家》可以传世;百分之八十的人以为《家》将来肯定属于大众作品、通俗作品;同样是百分之百的人认定,将来愿继续读《家》的人仍然是青年学子,是一些要走出“家”,要挣脱束缚和成规的叛逆青年。这预示着巴金的未来读者所在,以及它的进一步经典化的可能。

当年读《家》的单行本的青年读者带动着、启发着阅读报纸连载本的大众读者,以致促成后来巴金的读者面的大大加深加宽。尤其是当巴金已被越来越多的人所认识,《家》、《寒夜》等作品不断地被改编成话剧、电影、电视剧、戏剧等文化消费品的时候,我们是否可以把这种单行本读者与连载本读者的互动关系,看作是一种文化运行的必要机制呢?

王海波

谈巴金的《家》在人民文学出版社的出版情况

——纪念《家》出版 75 周年

今天我们在这里相聚,是为了纪念一本在中国文学史上产生了深远影响的书,一本关于青春和生命的书。那就是巴金先生的《家》。

长篇小说《家》自 1933 年 5 月在开明书店首次出版单行本,到今年整整 75 年了。75 年间,这部作品以它对新旧交替时代中国封建家族制度的批判,对身处变革激流中青年一代命运和选择的形象揭示,对青春的激情礼赞,感动了一代又一代的读者,成为他们青春岁月中不可或缺的伴侣。作品问世以来,销量经久不衰,成为中国现代文学作品中常销常新的经典。从中国文学发展史的视角,《家》是中国新文学成熟繁荣时期的代表性作品,是中国最早的一批具有现代意义和形态的长篇小说之一,对以后文学的发展产生了久远的影响。

人民文学出版社自 1951 年建社以后,一直把整理出版优秀的"五四"新文学作品作为自己的重要任务,近 60 年来出版了鲁迅、郭沫若、茅盾、巴金、老舍、曹禺、郁达夫、沈从文、冰心、丁玲等一批中国现代文学作家的全集、文集、选集和作品单行本。

巴金的《家》从建社初期的 1953 年开始出版单行本,到现在一直作为保留书目,每年不间断的重印,并收入各种丛书当中。在《家》75 年的出版历程中,人民文学出版社就占有 55 年的历史时段。55 年来我们的几代编辑都见证了这本现代名著在中国大陆地区的印行,也见证了中国读者对《家》、对巴老的热爱和崇拜。我作

本文作者在纪念《家》出版75周年学术研讨会上发言

为现在的责任编辑，负责《家》的重印出版工作也有 10 年的时间了，为了参加这次会议，我特地在我社的总编室、出版部查阅了《家》55 年的出版记录，也到版本库翻阅了人文版《家》的一些现存版本，下面我就简单介绍一下《家》55 年来在人民文学出版社的出版情况。

在人民文学出版社现存最早记录中，《家》的 1 版 1 次出版时间是 1953 年 7 月 15 日。这个最早的版本为 25 开，平装，竖排，繁体，共 342 面。封面是朴素的白色，以绿色印有书名“家”和作者“巴金”。巴金先生特为这次出版对作品做了一些文字修改，并在“后记”中又一次激动地写道：“青春是美丽的东西。而且这一直是我的鼓舞的源泉。”1 版 1 次的印数是 25080 册，因为当时使用的是第一套人民币，所以定价是 12000 元。需要说明的是，现在我们所见到的我社出版的《家》，版权页上都标注 1953 年 6 月第 1 版，这与我上面的所说的 7 月 15 日的首次记录相差 1 个月，这是出版印制和见样书的一个时间差。总编室记录卡片上的时间是见到样书的时间。

这个版本在出版以后的几年中相继重印，比如在 1954 年重印

5次，其中1954年12月第一次出版了精装本，印数是1030册，定价是22000元。1955年，《家》重印4次，这一年开始按照第二套人民币计价，定价1.13元。1956年和1957年重印3次，定价改为1.00元。

从1962年1月开始《家》改版为第2版，重新排印，大32开，平装，横排，繁体，共422面，定价1.35元。改版后的第1次印刷，版权页标注，1962年1月北京第2版，1962年1月北京第13次印刷。这一个印次封面仍然是白色，但书名是在红色菱形色块衬底下，一个隶书"家"字，巴金的署名是手写体。这个印次除了有第1版的后记，在书后还附有《呈现给一个人（出版代序）》、《关于〈家〉（十版代序）》、《和读者谈〈家〉》（根据1956年英译本《家》的后记改写）。这个印次最大的不同是插入了刘旦宅先生为《家》所作的插图7幅，这是刘旦宅先生为外文出版社《家》的英文版绘制的，这些插图保持了刘旦宅先生一贯的简笔泼墨风格，融工笔、线描、泼墨为一体，人物雅健生动，古朴脱俗。遗憾的是，这唯一一个图文并茂的插图本由于印刷的当时正处在三年困难时期，所用纸张质量很差。本年5月，这个插图本做了精装，与英文版的封面装帧是一样的，设计很考究，用纸也有所改善，在我们的出版记录上标注这是特地为作者制作，只印制了55册，我们现在推断可能就是为巴老和刘旦宅先生特意制作的。这是《家》印数最少的一次，也是最珍贵、最具收藏价值的一个版次。今天来看也是《家》最精致最漂亮的一个版次。当时的定价是1.90元，可以称得上是豪华版了。

《家》的出版记录"文革"前到1962年就停止了，累计印数为258557册。从1963年到1967年"文革"结束，这14年的时间里，没有《家》的出版记录。

"文革"后《家》的出版从1977年12月5日开始有记载。巴老为这次恢复出版，于1977年8月9日写了后记。由于长期的文化禁锢，造成了"书荒"，使得读者的阅读需求猛然增大。为了满足这种需求，《家》和其他一些中外文学名著一样，都增大了印量。1977年，《家》的印数是56000册，1978年增加到100000册，1979年为100050册。

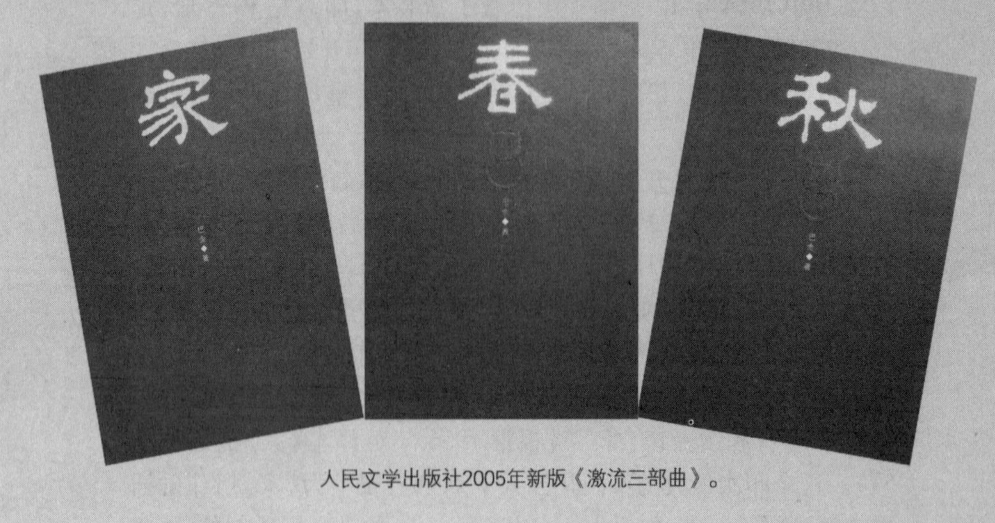

人民文学出版社2005年新版《激流三部曲》。

1981 年 10 月,《家》出版第 3 版,简体,横排,巴老在这一版书前新写了《关于〈激流〉》,当年的印量达到 250500 册,创下作品出版以来年印量之最。

1985 年图书调价,使得当年出版的《家》定价由原来一直保持多年的平装 1 元左右(最低 0.84 元),涨到平装 2.05 元。这以后《家》的定价随着纸张和印刷费用的提高,逐渐上升。定价的最高记录为 2003 年重印的精装本 29.00 元和 2006 年重印的平装本 23.00 元。

《家》是中国文学史上的经典名著,同时也是拥有最广泛读者的大众读物,长期以来它被收入我社的各种丛书中。据统计,1990 年作为非卖品被收入北京市教育局编选的"青年文库";1995 年收入"世界文学名著文库"和"中国现代长篇小说"丛书;2000 年 5 月收入"中学生课外文学名著必读丛书";7 月收入"百年百种优秀中国文学图书";2003 年收入"语文新课标必读"丛书;2004 年收入中国出版集团的"中国文库";2008 年收入"中国现代长篇小说典藏"丛书。

在没有实行国际统一书号之前,人文版《家》的书号是 10019 ·

190。1988 年,《家》开始使用国际统一书号,到目前为止《家》的各种版本共使用书号 17 个。

截至 2008 年 9 月 22 日,我社《家》的各种版本累计印次 90 次,累计印数 4071032 册,另有 1978 年山西的租型造货 300500 册,共计 437 万余册。为了有一个参照比较,我还特别查阅了几种有代表性的人文版中外文学名著的印数情况,其中鲁迅的《呐喊》约 255 万册,茅盾的《子夜》170 余万册,老舍的《骆驼祥子》约 406 万册,《红楼梦》443 万册;巴尔扎克的《高老头》80 多万册,托尔斯泰的《安娜·卡列尼娜》43 万册,夏洛蒂·勃朗特的《简爱》55 万册。在我随意检索的几种图书中只有《红楼梦》的印数超过了《家》。

通过这样的比较,确实能够看出,巴金先生的《家》不仅是一部历久弥新的文学经典,也是一本在读者中广为流传的大众读物。经典与流行在这部作品上达到了高度的合一。这是值得我们去认真思考和研究的。

作为出版人,我们很高兴能为《家》的研究提供出版方面的相关资料。我们也会一如既往地为《家》这样的文学名著的出版传播尽我们最大的努力,让巴老这样的作家"把心交给读者的愿望"通过我们的工作得以实现,这也是我们感到骄傲和欣慰的事情。

2008 年 10 月 7 日

[韩]朴兰英

关于《家》在韩国的出版简况和我与巴金先生的对话

1.《家》在韩国出版的情况

1920 年梁白华的《以胡适为中心的中国文学革命》将中国现代文学动向介绍到韩国，从柳基石翻译并连载在《东光》杂志上的鲁迅先生的《狂人日记》开始，中国现代文学作品被陆续介绍到韩国。但是韩国文坛对中国现代文学的关注和介绍从 1931 年的“九一八”事变起开始萎缩，1937 年中日战争以后完全停滞。1945 年光复以后金光州翻译的《鲁迅小说选集》出版了，但是 1949 年中华人民共和国成立，1950 年朝鲜战争爆发，中国的参战使韩中两国断交。因此，韩国的中国现代文学研究和翻译工作停止了。[①]

从 20 世纪 70 年代起中韩两国关系发生了很大变化。1972 年 2 月美国总统尼克松访华前后，韩国社会对中国的关注复苏了。随着 1978 年邓小平的改革开放政策，两国之间频繁接触，韩国国内开始关注中国。这种变化中最明显的就是以 1972 年为起点，开设中文系的大学开始逐渐增多。而 1972 年之前只有首尔大学、外国语大学、成均馆大学有中文系。表面上看 1972 年，高丽大学、淑明女子大学、檀国大学等大学创设中文系，而后创设中文系的大学数

① 金时俊：《在韩国中国现代文学研究的动向和展望》，《中国语文学志》第 4 辑（首尔：中国语文学会，1997 年 12 月）第 1—8 页。

本文作者在纪念《家》出版75周年学术研讨会上发言

量年年增加，现在全国已有 110 多所大学有中文系。

中国现代作品的翻译方面，小说占有绝对优势。除武侠小说外，包括再译再版 450 多部小说已在韩国出版。比较 150 多部散文集，25 本诗集，五六本剧本，对小说的翻译算是绝对的优势。这可能是由于翻译的特性，小说比诗容易满足读者的需求，而且容易满足韩国民众对中国人和中国社会的好奇心。从时间上看，20 世纪 70 年代前和 70 年代，各有十多本，到了 1980 年代渐渐增加。尤其两国之间建交的 1992 年以后，飞速增加，每年翻译达 30 余部之多。

还要注意的是 2000 年以前翻译的小说中，1976 年以后的作品达到 200 多部，占 43%。因此新时期有名的作家中邓友梅、张贤亮、戴厚英、高行健、古华、阿城、贾平凹、刘恒、曹文轩、莫言、王朔、余华等作品已经出版了两种以上，茹志鹃、鲁彦周、宗璞、柯岩、白桦、从维熙、王蒙、周克芹、陈忠实、梁晓声、张抗抗、王小波、卢新华、王安忆、方方、张炜、池莉、刘震云、苏童的主要作品也陆续出版的。[①]

① 金惠俊：《中国现代文学和韩文翻译》，《中国语文论译丛刊》第 6 辑（首尔：中国语文论译学会，2000 年 12 月）第 47—108 页。

1985年巴金成为诺贝尔文学奖的候选人,所以韩国的很多出版社要出版巴金的作品。在这种气氛中,1985年10月巴金《家》的三种翻译本出版了。分别由崔宝燮(青览出版社)、姜启哲(世界出版社)、朴兰英(穗儿出版社)翻译。崔宝燮的翻译本是以日文版为基础,其他的两本是以中文版为底本的。

80年代的韩国,虽然经济增长很快,收入再分配也圆满完成,但是政治方面由军部掌握政权,实行独裁,被称为"抵抗"的时代。当时韩国的很多年轻人把《家》看作是鼓励自由和民主的必读书。1993年首尔大学选定了"东西方古典200册",《家》跟鲁迅的《阿Q正传》,茅盾的《子夜》,老舍的《骆驼祥子》一起入选。

目前在韩国关于巴金的学位论文有31篇,包括1篇博士论文和30篇硕士论文,选题的情况如下:博士论文是关于巴金的《革命三部曲》、《爱情的三部曲》、《激流三部曲》、《抗战三部曲》的。硕士学位论文30篇中专门论《家》和《激流三部曲》的就有16篇,论《随想录》的有4篇,论《寒夜》的有3篇,其他论文分别是关于《灭亡》,《爱情的三部曲》,《火》以及巴金的短篇小说等。[①]

韩国1987年加入了国际版权公约,著作权协定受到重视以后,2007年韩国金牛座出版社有意介绍中国近现代名作,计划出版"中国现代小说选",而这套计划出版的丛书的第一部就是《家》。我是在嘉兴参加第八届巴金国际研讨会的时候,听说金牛座出版社的这个出版计划的。

在韩国虽然有《家》的 三个译本,但那些译本都没签过版权合同,所以金牛座出版社想要重新出版《家》,我与他们签定了《家》的翻译合同。这次翻译《家》的时候,我把1985年翻译的文章修改了一下,1985年穗儿出版社版本中人名、地名等固有名词是按照韩国的汉字音进行标记的,而2007年的新版本是按照汉语拼音标记的。从第一次翻译《家》到现在,已经过了20多年。而这期间巴金先生逝世,当年怀着实现万人享乐的社会梦想的少年巴金,在他的

① 朴宰雨:《韩国巴金研究的历史与动向》,《中国雅俗文学》(中国江苏人民出版社,1998,11)

1984年10月，巴金先生在香港会见青年学生，右二为朴兰英女士。

创作历程中虽然有过无数的痛彻经历，但他86岁时仍然说，“我愿意擦别人的眼泪，不让任何人伤害别人的一根头发。我愿意成为一把尘土，而留在人的温暖的足迹中”。翻译巴金的作品时，我希望能够同别人共享我曾感受到的先生作品中对于理想社会的乐观希望。

2. 我与巴金的因缘和见面

第一次接触巴金的作品是在我刚刚考上研究生的时候。在“中国现代小说”这门课上，我读到了《家》这部小说。当时我的看法是人生中苦难比快乐多得多，所以相当消极，认为人生就是悲剧。可是在《激流》序中，巴金引用罗曼·罗兰的话说，“人生不是悲剧，而是奋斗”。

念高中的时候，我读了罗曼·罗兰的《托尔斯泰评传》，被深深地感动，托尔斯泰认为把人与人之间的距离缩短的艺术是伟大的艺术，如若不然，即便是技巧再好的艺术也不能被称之为伟大的艺术。

的确,在《家》这部小说中蕴涵着一种直面人生困苦,不逃避,并勇于与之斗争的作家精神。是他小说的主人公激励着我前进。而且巴金拥有蓬勃的对未来的热情和勇于献身革命的精神,实现理想并不遥远的乐观信仰,所有的这些让我决定继续研究他的作品。

1984 年 2 月我写了硕士论文,《关于巴金〈家〉的主题思想研究》这篇论文主要探讨巴金以控诉束缚人自由发展而且阻碍社会进步的不合理制度来开始写作生涯。他憎恶压迫人的整个制度,怜悯弱者,为他们控诉。《家》以封建思想和新思想的冲突为基础展开,这个冲突从两个方面描写,一方面是接受了"五四"新文化运动影响的觉慧等青年一代与维护封建礼教的祖父叔父辈的矛盾冲突,另一方面是觉慧等青年一代对自己软弱性与知识的幼稚性的觉醒过程。这一代青年人从个性解放出发,因共同理想联合起来,为建设更好的未来而奋斗。

从 1984 年 9 月起我在香港中文大学亚洲课程部研究中国现代文学。当时中文大学授予了巴金名誉文学博士学位,使我有幸见到他。通过这次会面,解开了我读过先生小说后产生的疑问。当时他虽然已有 80 岁高龄,但仍以热情坦白的态度回答了我的问题。

通过这次对话我理解了为什么他可以被称为"青年的朋友和老师"。他的作品在法国、日本、美国等自由主义国家也拥有很多读者,不仅是因为他平易近人的文体,还有他具有的自由精神。

与巴金对话的具体内容如下:(1984 年 10 月在香港中文大学宾馆)

朴:您在《信仰与活动》中谈到,"从《告少年》里我得到了爱人类爱世界的理想,而相信万人享乐的社会就会和明天的太阳同升起来"现在还是这样想吗?

巴:不,当时看过几本书,我很感动,所以相信万人享乐的社会很快就会实现,但是经过很长时间的生活经验,思想也慢慢地改变了,又感觉到那不是件很简单的事情。

朴:您认为现在的中国比过去更接近这个理想吗?在这个世界上那种理想世界可不可以实现?

巴:很难回答——但是现在人的生活比以前好了一些。我觉得有一天会实现真正美好的世界,但是可能要过很长时间。

朴:您的小说,比如《家》、《新生》、《爱情的三部曲》的主人公都具有信仰,对人生的信仰,您现在还是信他们的信仰?

巴:可以说那些小说的主人公的信仰是写他们的时候我自己具有的信仰。当然现在我经历了很多变化,因为生活会继续下去,我一边生活,一边学习,一边写作,所以写作也跟着生活变化,这就是事实。过了几十年的生活,我的思想也在各个方面发生着变化。我最后的思想表现在最近出版的《随想录》中,可以说第一、第二卷还不错。

朴:您在《随想录》中说,《家》、《春》、《秋》即"激流三部曲"里表现的封建主义的遗毒现在仍然存在,这是什么意思?

巴:现在封建主义的遗毒仍然还存在,是我的脑子里那个遗毒仍然存在,所以我通过不断的分析,试图找到那个问题的根源。我到了晚年,最重视的就是这个问题。到目前为止,封建主义的遗毒仍然存在。

朴:《家》的人物中您最喜欢的是谁?

巴:我最喜欢觉慧,他不是我的自画像,但他里面不仅有我的一些影子,而且有当时大多数人的影子。觉慧虽然决不是英雄人物,有很多缺点,但是从当时的标准看来,可以说是具有进步思想的人物。

朴:"文革"期间,很多作家、知识分子受到迫害,您也不是例外,请问当时支撑您坚持下去的信仰是什么?

巴:我一直信仰光明必将战胜黑暗。那时候也仍然相信光明的未来。但是那时我也有很多解决不了的问题。别人都批评我的时候,只有我的爱人萧珊鼓励我,安慰我。

(萧珊"文革"期间病了,但因为她是巴金的爱人,因得不到治疗而去世,提起爱人的时候,先生的语调,让我觉得太凄凉。——作者)

朴:我听说从50年代到"文革"期间,把知识分子下放到农村或者工厂去,你觉得作家到民间去生活,有利于作家吗?

巴:我想作家深入到生活中去,总是有好处的。但更重要的是作家要有选择的自由。每个作家都有自己愿意去的地方,要是受上级命令到那儿去,那对作家来说是最尴尬的事情,不能得到任何好处。

朴:您的早期作品理想主义色彩很强,但到了后期现实主义色彩比较浓厚,这是您有意而为吗?

巴:不,不一定。有的时候是有意识的,但有的时候是没有意识的。从青年起,经历了中年、老年,感情和生活方式都发生了变化,对生活的理解也发生了变化。年轻时候把感情赤裸裸地吐露出来,年纪越大,越喜欢含蓄的、精炼的,而且随着生活经验的积累,懂得了要在现实的基础上实现理想。年轻人容易激动,年纪大了不是有变化吗?年轻时期的作品,我怕读者不能理解我的感情,所以要添加解释,后期的作品不用解释而是让读者自己去感悟,所以年纪大的时候,不必解释太多,写得很简练。

朴:您的作品,从处女作《灭亡》到《寒夜》都受到读者的热烈欢迎,但"文革"期间受到了批评,"文革"结束后又再一次地受到读者的重视,您觉得您的思想和现在的体制有什么区别?

巴:很难回答,其实我自己的思想,我还没仔细研究分析,关于这方面我在《随想录》中写了一些。我也不知道现在的社会往哪个方向走,所以自己也还在生活中学习,仔细看别人的著作。但是年纪太大,身体又不好,因此看书也不多,所以进步得很慢。

朴:您的文章被评为既平易近人又流利,您是怎么锻炼写作技巧的?

巴:以前也说过,我不断地修改文章。刚开始写小说的时候,我的文章很不流利,但是通过翻译外国文学作品,自己的文章也渐渐变得流利起来。而且一边写着,一边念,写文章的时候,一边念,一边写,这就是我的习惯。听了以后,我觉得不对,或者不流利的时候,就修改。尤其是初期作品都修改了好几次。

朴:您在《火》中描写过一些搞独立运动的韩国人,他们是不是您在生活上接触的人物?您是怎么认识他们的?

巴:我过去见过很多韩国人,跟他们很熟悉,所以就描写了他们，1930 年我认识一个韩国人，他到北京来。我们关于韩国民族的处境和韩国独立运动有过交谈，《发的故事》就是以韩国独立运动为背景创作的。[①]

3. 关于《巴金的三部曲研究：作家的无政府主义和作品的关系》[②]。

1992 年我完成有关巴金的博士论文，下面把论文的内容简单地介绍一下。纵观对巴金作品的研究史，就可以知道无论是肯定的评价，还是否定的评价，作家论的宏观研究和对于特定作品等的研究比较多。中国的巴金研究随着国家政治状况的变化而有着很大的差异，其主要论点就是巴金作品由于无政府主义的思想的限制而没有表现出时代的本质。在其他国家的评价则指出由于巴金对于艺术的贬低，他的作品缺少艺术性。

建立新中国以前，巴金的作品受到肯定性评价，有人说巴金那些使人充满激情的作品有助于青年走向光明的道路，也有人批评说他的作品的思想基础是无政府主义和虚无缥缈主义，显出忧郁的色彩，缺少现实性。在建国以后也有两种评价：一种是，从马克思和列宁主义的角度来看，作者因无政府主义具有的个人主义和英雄主义等小资产阶级思想而受到批评；另一种是，他的反帝和反封建主义受到肯定的评价。

到了 80 年代，开始具体地研究无政府主义对巴金的影响，展开对他作品的评价。这个时期的评论虽不像“文革”期间那么偏左，不过那些评价都是基于马克思主义的，仍是对无政府主义的消极性批评。

我这篇论文对巴金的《革命三部曲》、《爱情的三部曲》、《激流三部曲》、《抗战三部曲》分析探讨了以下问题：第一，巴金为何一直追求无政府主义？是哪些坚定的经历给了他无政府主义信仰？他的无政

① 巴金著，朴兰英译：《家》，（首尔：金牛座出版社，2007）附录。

② 朴兰英：《巴金的三部曲研究：作家的无政府主义和作品的关系》（首尔：高丽大学，1992）。

府主义有什么特点？第二，巴金介绍无政府主义理论并发表自己的作品和翻译的作品，把无政府主义运用到中国现实中去，他采取无政府主义批评中国社会情况并提出自己对理想社会的设想，那他所想的中国社会问题是什么？第三，无政府主义对他作品中的人物和主题有什么影响，随着创作时期的变化，作品的思想内涵有什么改变？

巴金三部曲的主题思想和他的无政府主义思想的关系如下：巴金对个人和社会利益关系的看法是，认为社会利益胜于个人利益，在解放民众的条件下追求幸福。这是他的基本原则和行为规范。他在《新生》里描写李冷的从个人主义到集体主义的变化，揭示人类和个人的幸福有密切的关系。事实上，我们从他作品中的忧郁色彩和悲剧性的事件也可以感到乐观的情绪，这是因为他的创作基于上述信仰。与克鲁泡特金所说的一样，无政府主义所提出的问题是，哪一种社会形态可以给人带来最理想的幸福并能够将这种幸福带给全人类。

《激流三部曲》通过对中国封建社会政治制度的基础，即中国的大家族制度的没落来揭露封建社会的本质，也表现了那些反抗封建礼教束缚，追求个性解放和万人自由与幸福的新一代青年的形象。由于作家的生活经验和无政府主义理想紧密地结合在一起，这部作品不但引起了很多青年的共鸣，而且被评为第一部完整地再现“五四”时代封建大家族衰落式的长篇巨著。

巴金的无政府主义的特性就是作为伦理观的互助论和利他主义，还有作为社会革命观的工会主义。社会革命观主要反映在《革命三部曲》、《爱情的三部曲》，后期作品反映得少一点。但是他的伦理观一以贯之地反映在三部曲中。巴金认为革命就是无限地扩张人类之间的爱，但是怀着梦想直接实现这个理想的巴金意识到它和社会现实有很大的距离，所以到了后期他的作品主要描写小人物之间的人情味，而这小小的人情可以扩大成为人类之爱。巴金无政府主义的变化过程可以说是由他对理想与现实差距的认识而引起的。

巴金追求的理想社会是整个人类可以自由平等地生活，这可以说是所有人的愿望。他作品中的主人公为了实现这种理想社会牺牲掉了自己的生命，那种纯粹的热情受到当时青年们的欢迎。

史　　料

刘心武

巴金与章仲锷的行为写作

一位帮我整理书橱的“80 后”小伙子,从一本旧书里抖落出一样东西,他拣起向我报告:“有封信!”我问他:“谁写给我的?”他把信封上的落款报告我:“上海……李寄。”我听清了那地址,忙把信要过来:“是巴金写来的啊!”

我抽出信纸。巴金来信用圆珠笔写在了《收获》杂志的专用信笺上,现照录如下:

心武同志:

谢谢您转来马汉茂文章的剪报。马先生前两天也有信来,我写字吃力,过些天给他写信。我的旧作的德译本已见到。您要是为我找到一两本,我当然高兴,但倘使不方便,就不用麻烦了。

您想必正为作协代表大会忙着。这次会开得很好。我因为身体不好,不能参加,感到遗憾。

祝好!

巴金

一月三日

说实在的,我已经不记得那是哪年的事了,仔细辨认了信封前后两面的邮戳,确定巴金写信是在 1985 年的 1 月 3 日。

我在“80 后”前持信回忆往事,他望着我说:“好啦! 你又有回顾改革开放三十年的活材料啦!”我听出了他话音里调侃的味道。跟“80 后”的后生相处,我不时会跟他们“不严肃”的想法碰撞,比如巴金的《随想录》，他一边帮我往书架上归位，一边哼唱似地说："这也是文学？"我不得不打破"不跟小孩子一般见识"的自定戒律，跟他讨论："文学多种多样，这是其中一种啊！"最惹我气的是他那一副"不跟老头子一般见识"的神气，竟欢声笑语地说："是呀是呀，这是一部大书！好大一部书啊！"巴金的《随想录》，确有论家用"一部大书"之类的话语赞扬，所以他才说这话。

在和"80后"茶话的时候，我跟他坦陈了自己的看法。巴金无疑是写过无可争议的正宗文学大书的，不仅有"激流三部曲"《家》、《春》、《秋》及其他长篇小说，还有无论从人性探索到文本情调都堪称精品的《寒夜》、《憩园》等中篇小说，当然，他后半生几乎不再从事小说创作，他的最后一本短篇小说集《李大海》，其中就有《团圆》——从文学的角度来看，那不是一篇杰作，更不能称为他的代表作，但根据这篇小说改编的电影《英雄儿女》自20世纪60年代初拍成放映后，影响极大，不过看过电影去找小说看的人，恐怕很少，电影里那首脍炙人口的插曲《英雄战歌》，小说里是没有的，词作者是公木。

巴金后半生没怎么写小说，散文随笔写了一些，我记得少年时代读过巴金写的《别了，法斯特》——法斯特是一个20世纪四五十年代颇活跃的美国左翼作家，写过一些抨击资本主义的小说，但在斯大林去世、赫鲁晓夫否定斯大林的"秘密报告"泄露出来以后，感到幻灭，遂公开宣布退出美国共产党——法斯特当然可以评议，但巴金那时写此文是奉命，是一种借助于他名气的"我方""表态"。这类的"表态"文章他和那个时代的另一些名家写得不少。那当然不能算得上文学。可是，粉碎"四人帮"以后，巴金陆陆续续写下的《随想录》，却和之前的那些"表态"文章性质完全不同，他这时完全是从自我心灵深处，说真话，表达真感情，真切地诉求，真诚地祈盼，这样的文字，在那一特定的历史阶段，得以激动人心，获得共鸣，我作为一个过来人，可以为之见证。我眼前的这位"80后"，他也许觉得像帕慕克的《我的名字叫红》那样的著作才算得上文学，这思路并没有什么不妥。帕慕克并不是一位"为文学而文学"的作家，实际上这位土耳其作家的政治观念是很强的，《我的名字叫红》

里面就浸透着鲜明的政治理念。但无论如何帕慕克不能凭借着一些说真话的短文来标志他的文学成就，他总得持续地写出艺术上精到的有分量的小说来，这才能让人服气。

巴金后半生没能写出小说，这不能怪他自己。他实在太难了。“文革”十年他能活过来就不易。粉碎“四人帮”后他公布过自己的工作计划，他还是要写新作品的，包括想把俄罗斯古典作家赫尔岑的回忆录翻译完，但他受过太多的摧残，年事日高，身体日衰，心有余力不足。尽管如此，他仍不懈怠，坚持写下了《随想录》里的那些短文。特殊情况下的特殊写作，我们除了尊敬，别无选择。

“80后”小伙子问我：“巴金给你的信讲的究竟是什么啊？怎么跟密电码似的？”其实也不过二十多年，但拿着那张信纸重读，我自己也恍若隔世。我和巴金只见过一面。从这封信看，我起码给他写去过一封信，这是他给我的回信。“你既然见过巴金，还通过信，前几年他逝世的时候，怎么没见你有文章？”我告诉他，以前的不去算了，粉碎“四人帮”以后，跟他交往频密的中青年作家很多，通信的大概也不少，算起来我在他的人际交往中是很边缘、很淡薄的，对他我实在没有多少发言权。不过既然发现了这封信，却也勾出了我若干回忆，而与眼前的小青年对话，也激活了我的思路，忽然觉得有话要说。

我跟“80后”小伙子从头道来。而这就不能不提到另一个人——章仲锷。“他是谁？也能跟巴金相提并论？”我说，世法平等，巴金跟章仲锷，人格上应享有同样尊严，他们可以平起平坐。确实，巴金跟章仲锷平起平坐过。那是在1978年。那一年，我和章仲锷都在北京人民出版社文艺编辑室当编辑。当时只有《人民文学》、《诗刊》两份全国性的文学刊物，我们北京人民出版社文学编辑室的同仁以高涨的热情，自发创办向全国发行的大型文学刊物《十月》，一时没有刊号，就“以书代刊”，兴高采烈地组起稿来。章仲锷长我八岁，当编辑的时间也比我长，他带着我去上海组稿。那时候因为我已经于1977年11月在《人民文学》杂志发表了短篇小说《班主任》，在文学界和社会上获得一定名声，组织上就把我定为《十月》的“领导小组”成员之一，章仲锷并不是“领导小组”成员，所以他偶尔会戏称我“领导”。其实出差上海我是心甘情愿接受他领导的，无论是社会生活经验还是对文学界情况的熟悉，他都远胜于我。去巴金府上拜见巴金，我多少有些腼腆，他坐到巴金面前，却神态自若，谈笑风生。巴金祝贺《十月》的创办，答应给《十月》写稿，同时告诉我们，他主编的《上海文学》、《收获》也即将复刊，他特别问及我的写作状况，为《上海文学》和《收获》向我约稿。他望着我说，编辑工作虽然繁忙，你还是应该把你的小说写作继续下去。现在回想往事，就体味到他的语重心长。他自己的小说写作怎么会没有继续下去？他希望我这个赶上了好时候的后进者，抓住时代机遇，让自己的小说写作进入可持续发展的轨道。我说一定给《上海文学》写一篇，巴金却说，你也要给《收获》写一篇，两个刊物都要登你的。《收获》也要？那时记忆里的《收获》，基本上只刊登成熟名家的作品，复刊后该有多少复出的名家需要它的篇幅啊，但巴金却明确地跟我说，《上海文学》和《收获》复刊第一期都要我的作品。我回北京以后果然写出了两个短篇小说，寄过去，《找他》刊登在了《上海文学》，《等待决定》刊登在了《收获》。我很惭愧，因为这两个巴金亲自约去的小说，质量都不高。我又感到很幸运，如果不是巴金对我真诚鼓励，使我的小说写作进入持续性的轨道，我又怎么会在摸索中写出质量较高的那些作品呢？回望文坛，有过几多昙花一现的写作者，有的固然是外在因素强行中断了其写作生涯，有的却是自己不能进入持续性的操练，不熟，如何生巧？生活积累和悟性灵感固然重要，而写作尤其是写小说，其实也是一门手艺，有前辈鼓励你不懈地“练手”，并提供高级平台，是极大的福气。

作家写作，一种是地道的文学写作，如帕慕克写《我的名字叫红》；一种则是行为写作。巴金当面鼓励我这样一个当时的新手不要畏惧松懈，把写作坚持到底，并且作为影响深远的文学刊物主编，在有特殊意义的复刊号上向我约稿，这就是一种行为写作。巴金的行为写作早在他的青年时代就已十分耀眼，他主编刊物，自办出版机构，推出新人佳作，我生也晚，20 世纪前半叶的事迹也只能听老辈“说古”，但 20 世纪五六十年代他和靳以主编的《收获》，我作为文学青年,是几乎每期必读的,留有若干深刻的印象。别人举过的例子,我不重复了。只举两个给我个人影响很深而似乎少有人提及的例子。一个是《收获》曾刊发管桦的中篇小说《辛俊地》,写的是抗日战争时期游击队员辛俊地,他和成分不好的女人恋爱,还个人英雄主义,自以为是地去伏击给鬼子做事的伪军通讯员,将其击毙,没想到那人其实是八路的特工……让我读得目瞪口呆却又回味悠长,原来生活和人性都如此复杂诡谲——《辛俊地》明显受到苏联小说《第四十一》的影响,但管桦也确实把他熟悉的时代、地域和人物融汇在了小说里。这样的作品,在那个不但国内阶级斗争的弦越绷越紧,国际范围的反修正主义也愈演愈烈的历史时期,竟能刊发在《收获》杂志上,不能不说是巴金作为其主编的一种"泰山石敢当"的行为写作。再一个是《收获》刊发了儿童文学作家任大霖的系列短篇小说《童年时代的朋友》,跳出那时期政治挂帅对少年儿童只进行单一的阶级教育、爱国教育、品德教育的窠臼,以人情人性贯穿全篇,使忧郁、惆怅、伤感等情调弥漫到字里行间,文字唯美,格调雅致,令当时的我耳目一新。这当然是巴金对拓展儿童文学写作空间的一种可贵行为。

其实中外古今,文化人除了文字写作,都有行为写作呈现。比如蔡元培,他的文字遗产遗留甚丰,我不敢说其中能有几多现在还令人百读不厌的,但说起他在担任北京大学校长期间以及跻身学术界后那兼容并包宽容大度的行为遗产,我们至今还是津津乐道、赞佩不已。哥伦比亚的马尔克斯,《百年孤独》固然是他杰出的文学写作,而他一度履行的"文学罢工",难道不是激动人心的行为写作吗?晚年的冰心写出《我请求》的短文,还有巴金集腋成裘的《随想录》,当然是些文字,但我以为其意义确实更多地,甚至完全体现为了一种超文字的可尊敬和钦佩的文学行为。

"80后"小伙子耐心地听了我的倾诉。他表示"行为写作"这个说法于他而言确实新鲜。他问我:"那位章仲锷,他的行为写作又是什么呢?难道编刊物、编书,都算行为写作?"我说当然不能泛泛而言,作为主编敢于拍板固然是一种好的行为,作为编辑能够识货并说动主编让货出仓,需要勇气也需要技巧。当然前提是编辑与作者首先需要建立一种互信关系。章仲锷已被传媒称为京城几大编之一,从我个人的角度,以为他确实堪列于中国进入改革开放时期的名编前茅。

这篇文章还没写完,忽然得到消息,章仲锷竟因肺炎并发心力衰竭,在10月3日午夜去世!呜呼!我记得他曾跟我说过,想写本《改革开放文学过眼录》,把他三十年来编发文稿推出作家“沙场秋点兵”,一一娓娓道来。“你是其中一角啊!”我断定他会以戏谑的笔调写到我们既是同事又是作者与编者的相处甚欢的那些时日。但他的遗孀高桦在电话里哽咽着告诉我,他的肺炎来得突然,他临去世前还在帮助出版机构审编别人的文稿,“苦恨年年压金线,为他人作嫁衣裳”,自己的这样一部专著竟还没有开笔!

从这段文字起我要称他为仲锷兄。他的音容笑貌,宛在眼前。1980年我一边参与《十月》的编辑工作一边抽暇写小说,写出了我的第一个中篇小说《如意》。这是我写作上的一个转捩点,我不再像写《班主任》、《爱情的位置》、《醒来吧,弟弟》那样,总想在小说里触及一个重大的社会问题,以激情构成文本基调。我写了“文革”背景下一个扫地工和一个沦落到底层的满清格格之间隐秘的爱情故事,以柔情的舒缓的调式来进行叙述。稿子刚刚完成,被仲锷兄觑见,他就问我:“又闯什么禁区呢?”我把稿子给他:“你先看看,能不能投出去?”过一夜他见到我说:“就投给我,我编发到下一期《十月》。”我知道那一期里他已经编发着刘绍棠的《蒲柳人家》,还有另一同仁正编入宗璞的《三生石》,都是力作精品,中篇小说的阵容已经十分强大,就说:“我的搁进去合适吗?”他说:“各有千秋,搭配起来有趣。听我的没错。”我虽然是所谓《十月》“领导小组”成员,但确实真心地相信他的判断。那时《十月》的气氛相当民主,不是谁“官”大谁专断,像仲锷兄,还有另外比如说张守仁等资深编辑,也包括一些年轻的编辑,谁把理由道出占了上风,就按理发稿。

后来有同辈作家在仲锷兄那里看到过我《如意》的原稿,自我涂改相当严重,那时一般作者总是听取编辑意见对原稿进行认真修改后,再誊抄清爽,以供加工发稿,仲锷兄竟不待我修改誊抄就进行技术处理,直接发稿,很令旁观者惊诧,以为是我因《班主任》

出了名“拿大”。仲锷兄却笑嘻嘻地跟我说:“人怕出名猪怕壮,活猪也能开水烫,说你几句是你福,以后把字写清楚!”他后来告诉我,他是觉得我那原稿虽较潦草但文气贯畅,怕我正襟危坐地一改一誊倒伤了本来不错的“微循环”,你说他作为编辑是不是独具慧眼?

1981年我又写出了中篇小说《立体交叉桥》,写居住空间狭窄引发的心灵空间危机,以冷调子探索人性,这是我终于进入文学本性的一次写作,但我也意识到这个作品会使某些曾支持过我的文坛领导和主流评论家失望甚至愠怒。写完了我搁在抽屉里好久不忍拿出。那时我已离开出版社在北京市文联取得专业作家身份。仲锷兄凭借超常的“编辑嗅觉”,一日竟到我家敲门,那时我母亲健在,开门后告诉他我不在家,他竟入内一迭声地伯母长伯母短,哄得母亲说出抽屉里有新稿子,他取出那稿子,也就是《立体交叉桥》,坐到沙发上细读起来,那个中篇小说有七万五千字,他读了许久,令母亲十分惊异。读完了,我仍未回家,他就告辞,跟母亲说他把稿子拿走了,“我跟心武不分彼此,他回来您告诉他,他不会在意”。我怎么不在意?回到家听母亲一说急坏了,连说“岂有此理”,但那时我们各家还都没有安装电话,也无从马上追问仲锷兄“意欲何为”,害得我一夜没有睡好。第二天我才知道,他拿了那稿子,并没有回家,直接去了当时《十月》主编苏予家里,力逼苏予连夜审读,说一定要编入待印的一期,苏予果然连夜审读,上班后作出决定:撤下已编入的作品以后再用,将《立体交叉桥》作为头条推出。《立体交叉桥》果然令一些领导前辈和主流评论家觉得我“走向歧途”,但却获得了林斤澜大哥的鼓励:“这回你写的是小说了!”上海美学家蒋孔阳教授本不怎么涉及当代文学评论,却破例地著文肯定,这篇小说也很快地被外面汉学家译成了英、俄、德等文字,更令我欣慰的是直到今天也还有普通读者记得它。如果没有仲锷兄那戏剧性的编辑行为,这部作品不会那样迅速地刊发出来。

我的第一部长篇小说《钟鼓楼》,责任编辑也是仲锷兄(那时他已调到人民文学出版社)。《钟鼓楼》获得了第二届茅盾文学奖,记得颁奖活动是在国际俱乐部举行,我上台领奖致谢颇为风光,但三部获奖作品的责任编辑虽然被点名嘉奖，却没有安排上台亮相，仲锷兄后来见到我愤愤不平，说就在后台把装有奖金的信封塞到他们手里完事，抱怨后还加了一句国骂。“80后”小伙子今天又来跟我聊天，听我讲到这情况说：“呀，这位章大编确实性格可爱，其特立独行也真是构成了行为写作！”

再回过头来说巴金给我的那封信。原委应该是1984年冬我应邀去联邦德国（西德）访问，期间见到德国汉学家马汉茂（Martin，Helmut），他虽然原本以研究中国清代李渔为专长，但在20世纪70年代末和80年代初，对中国当代文学产生了浓厚兴趣，那时他对巴金等老作家的复出和改革开放后新作家作品的出现都很看重，当时他是波鸿大学的教授，他也是行为写作胜于实际写作，他自己翻译中国作家作品并不多，主要是写推介性文章，积极组织德国汉学家进行翻译，并且善于利用自己在学术界的地位和社会影响，说动出版社出版中国当代作家作品的德译本，还从基金会或别的方面找到钱来邀请中国作家到德国访问，联系媒体安排采访报道以扩大影响，他并且具有向瑞典文学院推荐诺贝尔文学奖候选人的资格，尽管他后来的立场和观点具争议性，而且不幸因患上抑郁症在1999年6月跳楼身亡，但他那一时期对中国当代作家作品进入西方视野的行为写作，我们不应该遗忘抹杀。我从德国回来，应该是把马汉茂在境外发表的与中国当代作家作品特别是与巴金有关的文章、访谈的剪报寄给了巴金。马汉茂那时候跟我说，后来我又从瑞典汉学家马悦然等那里听说——他们虽然观点多有分歧，但在这一点上却惊人一致——中国当代作家的作品本来不错，但缺少好的西文译本，特别是由外文局自己组织翻译的那些译本，几乎都不行，他们认为中国文学要走向世界，必须要有好的外文译本。马汉茂很具体地跟我议论了巴金作品的英、法、德文的译本，其中德译《寒夜》一种比较好，他说要是巴金其他小说的译本都能达到或超过那样的水平，那么西方读者对巴金的接受程度会大大提升。我大概是带回了《寒夜》的德译本转给巴金，所以他信里说“我的旧作的德译本已见到”。那时巴金在浩劫后手里已经没有几个自己小说的境外译本，希望我能替他多找到一两本，这是很自然的。

改革、开放对中国当代文学带来怎样的生机？一是无论从作家的生存方式到作品的面貌都呈现多元了，这是以前难以想象的。还有就是对外面的文学敞开了门窗，而中国文学也确实走出了国门，尽管到目前还是“入超”的局面。从巴金二十三年前的这封来信，你可以看出像我这样的新作家已经得到他那样的老前辈的平等对待，我们已经完全不必惧怕“里通外国”的嫌疑，坦率地谈论与外国汉学家的交往以及中国作家作品在境外的翻译出版情况。“80后”小伙子说他从网络上查到一个资料，天津一位用世界语写诗的苏阿芒，写的诗完全不涉及政治，因为投往境外世界语杂志发表，竟被以“里通外国”的罪名锒铛入狱，直到胡耀邦主政才平反昭雪。我说你应该多查阅些这类的“近史”资料，有助于理解祖辈父辈是通过怎样的历史隧道抵达今天的，而几辈人也就可以更融洽和谐地扶持前行。

巴金信里说“您想必正为作协代表大会忙着”，他的猜想不确，我这人不习惯开会，到了人多的会场总手足无措。他说的是中国作协的第四次全国代表大会，其实我没等会议开完就回家去了，那以后我没有参加过类似的会议，我从未为开会而忙碌过。

巴金的一封信，使我对老一辈肩住因袭的闸门，自己走不动了仍鼓励后辈冲出闸门去往广阔的天地那样一种悲壮的情怀，深为感动。而忆及仲锷兄那样一起往前跑的友伴，就实质而言，我们的生命价值可能也都更多地体现于行为写作。我对“80后”小伙子说，创作出真正堪称“大书”的作品，希望正在你们身上。他没有言语，只是拿起那封巴金的信细看，似乎那上面真有什么“达芬奇密码”。

2008年10月6日写完于绿叶居

（原刊《文汇报》，2008年10月28、29日）

糜华菱

找寻记忆:巴金与沈从文相识时间考

沈从文爱交朋友,但能始终相与者不多,早年交好的徐志摩和胡也频不幸英年早逝,稍后相识的胡适在北平解放时彼此分道扬镳,而丁玲、曹禺等文坛旧友则在新中国成立后因地位悬隔而日渐疏远,只有一个巴金与沈从文的交情生死不渝。在“四人帮”横行时,沈从文自身难保,但他还挂念着遭受迫害的巴金夫妇,想方设法托人打听他们在“五七干校”的情况;而巴金在复出之后,荣膺全国政协副主席和作协主席,每次到北京,总要去沈从文家中看望。在沈从文身后,巴金抱病写成一篇充满感情的《怀念从文》,则是这两位友人生死不渝友谊的明证。这篇文章在《文汇读书周报》发表时,各地读者纷纷写信到报社,要求邮购这期报纸,报社破例加印一次,依然未能满足读者的要求(参看第213期《文汇读书周报》的《致读者》),足见广大读者对这两位挚友高谊的崇敬。

然而,巴金与沈从文的友谊究竟始于何时,至今却还是个尚未完全解开的谜团。巴老自己在《怀念从文》里是这样写的:

我和从文见面在1932年,那时我住在环龙路我舅父家中。南京《创作月刊》的主编汪曼铎来上海组稿,一天中午请我在一家俄国西菜社吃中饭,除了我还有一位客人,就是从青岛来的沈从文。我去法国之前读过他的小说,1928年下半年在巴黎,我几次听见胡愈之称赞他的文章,他已经发表了不少的作品。我平日讲话不多,又不善于应酬。这次我们见面谈了些什么,我现在毫无印象,只记得谈得很融洽。他住在西藏路上的一品香旅社,我同他去那里坐了一会，他身边有一部短篇小说集的手稿，想找个出版的地方，也需要用它换点稿费。我陪他到闸北新中国书局，见到了我认识的那位出版家，稿子卖出去了，书局马上付了稿费。小说过四五个月印了出来，就是那本《虎雏》。他当天晚上去南京，我同他在书店门口分手时，他要我到青岛去玩……

这里说的是相识“在1932年”。

但是，经过推敲，其中有两个细节却不足以说明是“在1932年”：一是沈从文的小说集《虎雏》出版于1932年1月（见书目文献出版社《中国现代作家著译书目》），据此，巴金帮沈从文卖出书稿的时间就只能是在之前的1931年，而两人相识的时间也就不可能是在1932年。二是南京的《创作月刊》创刊于1931年5月，它只出版了4期，当年8月以后就停刊了（见上海辞书出版社《中国现代文学词典》），因而也不可能在1932年有主编汪曼铎赴上海组稿，并请巴金和沈从文二人吃饭，从而为二人提供相识的机会；倘若有这样的事，那也只能是在《创作月刊》出刊的1931年。因以上两点，我在1994年撰写《沈从文生平年表》的时候，便把这两位老友相识的时间定在了1931年；而且由于这年4月中旬，沈从文刚从湖南回到上海（他是陪丁玲送胡也频遗孤去常德寄养的），5月中旬又离开上海去了北京，所以我把他与巴金在上海相识的时间进一步定在这年的4—5月间，而这一时间，又恰好与《创作月刊》的创刊时间相一致。

本来，人的一生要经过很多事情，有的事情过去之后终生难忘，甚至连其中的细节也能记得很清楚；但是，对于事情发生的时间，却往往记忆不准确。比如沈从文，他走出湘西到北京去闯世界，这是他人生中的一大转折，可是他后来却常常把这个时间记成是在1922年他20岁的时候，后来经过许多人考证，才改正为在1923年他21岁的时候。对于巴金与他相识的时间，我为慎重起见，也曾在1996年写信给巴金先生，提出上述的疑问。但当时巴老在病中，由他的侄外孙李舒以“私人秘书”身份代笔作答：

一、巴金先生很清楚地记得，他和沈从文先生第一次见面是在1932年；

二、汪曼铎请吃的是俄国菜，饭后去了沈住的“一品香”旅馆，这些细节巴金先生依然记得；

三、最重要的是当时谈到巴金先生要去北京，沈先生邀巴金先生去青岛，并说可以介绍几个北京的朋友；巴金先生接受了，并于当年赴京，途中到青岛沈先生的宿舍里玩了几天，第二年(1933年)再去北京，就住到沈在北京的家里了。

看起来，这封回信是在巴金先生经过认真回忆之后才让人代笔的。但是，它仍然未能解决我因汪曼铎请客吃饭以及《虎雏》出版时间所产生的对1932年的疑问。或许，这正如巴老在《怀念从文》中所说：“这说明我的病(帕金森氏综合症)在发展，不少的事情逐渐走向遗忘。”于是，我只好暂时把这个问题搁置了下来，等待另有人能对这两个疑问作出圆满的解释了。

后来，随着《沈从文全集》的出版，对这个问题又出现了另一种说法。在《全集》第14卷的《艺文题识录》里，有沈从文写在《都市一妇人》小说集自存本扉页上的一段题识：“书由巴金交书店付印。时在申住一品香饭店中，天极热，由武汉下行。”这里说的“书由巴金交书店付印”，自然是指《都市一妇人》，而《都市一妇人》这本书是在1932年11月由新中国书局出版的，于是在吴世勇编的《沈从文年谱》(天津人民出版社，2006年版)里，便把巴金帮沈从文所卖掉的《虎雏》书稿，改成了《都市一妇人》，并因此而把巴金与沈从文相识的时间定在了1932年。

这样定，当然还可以举出一条旁证，那就是沈从文妻妹张充和在《三姐夫沈二哥》中的一段话：“一九三二年暑假，三姐(按即张兆和)在中国公学毕了业回苏州，同姐妹兄弟相聚……有一天，九如巷三号的大门堂中，站了个苍白脸戴眼镜羞涩的客人，说是由青岛来的，姓沈，来看张兆和的。”随后又写道：“沈二哥(按即沈从文)带了一大包礼物送三姐，其中全是英译精装本的俄国小说……这些英译名著，是托巴金选购的；又有一对书夹，上面有两只有趣的长嘴鸟，看来是个贵东西。后来知道，为了买这些礼物，他卖了一本书的版权。”(引自台北《联合文学》第3卷第3期)这一段描写很重要，它补充了巴金在《怀念从文》中那段回忆的细节，不仅印证了巴老与沈从文相识在1932年，而且是在“一九三二年暑假”。

但这“一九三二年暑假”，却又与沈从文在题识中所说的“由武汉下行”不相吻合，因为无论是在《怀念从文》里或者是在《三姐夫沈二哥》里，都交代得很清楚，沈从文“是从青岛来的”，并非是“由武汉下行”。事实上，“由武汉下行”乃是1931年的事情，那一年沈从文陪丁玲把遗孤送到湖南后，正是取道武汉回上海的。这一次“由武汉下行”之后，沈从文不久就从上海去了北平，后来又由北平转到青岛大学任教，在1932年里就再也没有去过武汉，又何来“由武汉下行”？因此如果根据《都市一妇人》出版于1932年，而确定沈从文与巴金相识于1932年，则与沈从文“由武汉下行”之说难一致；反之，如果因“由武汉下行”之说而判断其与巴金相识在1931年，则又与《怀念从文》和《三姐夫沈二哥》两文里所说的沈从文“是从青岛来的”有矛盾。

看来，根据现有的资料，我们目前还难以作出关于巴金和沈从文究竟相识于哪一年的结论。这不仅因为巴金与沈从文的记忆不尽相同，而且两人各自的说法也有前后矛盾之处。根据现有资料，我的考证暂时只能到此为止。但是，熟悉巴金和沈从文的专家学者很多，我把我的考证写在这里，以抛砖引玉，希望有高明之士提出新的证据，对两位大师相识时间作出更为完满的解释，帮助这两位当事人把他们“逐渐走向遗忘”的记忆重新寻找回来！

（原刊《寻根》，2007年第6期）

王龙飞

《读书》关于巴金作品讨论运动的实质

从1958年开始，巴金自编的《巴金文集》由人民文学出版社陆续出版，至1962年全部14卷出齐，再一次掀起了阅读巴金的热潮。据巴金自己80年代估算，仅《家》在那时就印了几十万册。1958年第16期《读书》[①]的“读书讨论会”栏目将巴金作品作为讨论的对象，而这是应“自《巴金文集》出版以来，本刊收到不少评论巴金作品的文章”的要求，于是从第16期开始，《读书》连续8期用大篇幅刊登相关讨论文章。与此同时，《文艺报》、《文学研究》、《文学知识》等报刊也就巴金的作品展开了热烈的讨论，汇集成所谓的“巴金作品讨论运动”。本文将通过考察以《读书》为阵地所进行的讨论，试图解析这场以及类似的大规模关于文艺作品讨论、批判的实质。

一

从《读书》第16期的开始这场讨论的《编者按》反映的情况来看，当时读者的评论主要有两个方面：一方面盛赞作品中某些人物的革命精神，并把高觉慧、杜大心、张蕴华等人作为学习的榜样；另

① 《读书》原名《读书月报》，始创于1955年，1958年第4期更名为《读书》（半月刊），1961年第13期后停刊，1979年复刊。当时其主要功能在于介绍书籍，指导阅读，发行量巨大，影响相当广泛。

一方面有人批评巴金的作品是“发泄资产阶级的情感，宣扬疯狂的个人主义”，指出觉慧是一个妥协者，不值得推崇。还有读者指出，“在我国进入建设伟大共产主义的时代，还有一部分青年迷醉于巴金的作品，这是文化的倒退，是思想颓废的表现，应该引起各方面的注意”。在这样的情势下，《读书》给这次讨论定的基调是“这些评论文章说明，如何对巴金在资产阶级民主革命时期的作品作出恰当的估价，也就是说，如何把过去的文学作品，作为历史遗产正确地接受下来，是文艺思想领域内迫切需要解决的问题”[①]，因而希望通过一场大的争辩，得出比较正确全面的认识。

这一期（第16期）刊载的几篇文章基本上都是对巴金作品正面评价的，如《觉慧的革命精神》、《但愿成为琴那样的人》、《欢迎〈巴金文集〉出版》。接下来的几期，批评则越来越多，而且越来越严重，如第19期刊登了读者的来稿，其强烈的批判性仅从标题就可看出：《与小资产阶级思想息息相通》、《成为我犯错误的根源之一》、《一切从个人出发》、《把集体当囚笼》、《多愁善感人生灰色》、《故意从精神上折磨自己》。让人感到震惊的是所刊登的六篇（则）文章，给人的直觉是“全盘否定”！第20期则更为激烈和尖锐，有一组回应第18期刊出的署名为柔剑的《关于巴金的作品》（其主要观点是“维护一个作家的声望”）一文的读者来稿摘编，总标题为《柔剑的剑刺向哪里?》，有读者直陈“柔剑是在反对革命文学维护资产阶级文学”。同期还发表了署名为“北京大学鲁迅文学社第二小组”的《文学的党性原则不容攻击》一文，说柔剑在他的文章中表达了“对无产阶级政治的强烈反感，把矛头直接指向了文学的党性原则”，其实质是“以资产阶级虚伪的文学艺术标准，来抹杀革命文学的成就，为宣扬资产阶级情调的作品抬高身价”。第21期只发表了一篇名为《巴金在〈灭亡〉里鼓吹了什么东西》的文章，认为《灭亡》是一部“鼓吹极端疯狂的个人主义的作品”。1959年第2期《读书》发表了姚文元《分歧的实质在哪里》一文，同期还发表了刘正强的《巴金的民主主义和现实主义》一文，至此，《读书》组织的

① 《读书》，1958年第16期。

关于巴金作品的讨论告一段落。

二

从讨论演进发展的过程来看,这次讨论存在以下几个方面的特色:

(一) 由讨论发起者"定调子,树靶子"

讨论的发起者将本次讨论定位为"如何对巴金在资产阶级民主革命时期的作品作出恰当的估价以及如何把过去的文学作品作为历史遗产正确地接受下来"。这就相当明确地指出本次讨论不是"就事论事",而是以巴金的创作为个案,通过讨论从而确立对同类作品的总体认识以及基本态度。并且编者有意将"建设社会主义的伟大时代"与"沉醉于巴金"的"思想颓废、文化倒退"[①]做鲜明对比,用不无严肃的口吻提醒"应该引起各方面的注视"。这样的言论实际上在暗示这场讨论是以批判为主,编者进一步指出批判的指向为解决"文艺思想领域迫切需要解决的问题",按照"文艺反映现实"的逻辑,则"文艺思想领域"实际上也就是"思想领域",这正是讨论发起者定的基调,后续的发展正是按照这一基调展开的。

在这里,编者还用了一"阳谋"——树靶子。讨论开始那一期刊登的几篇文章几乎都是正面评价巴金的创作,通过读者之口讲出巴金作品中所谓的"积极进步因素",从后续的讨论来看,这样的安排并不是为了澄清事实,也不是为了辩证地看问题,而是为了树一"靶子"——16 期发表《觉慧的革命精神》,18 期发表《觉慧不是英雄》;16 期发表《但愿成为琴那样的人》,19 期发表《琴不值得学习》;16 期发表《读灭亡》(积极肯定杜大心),21 期《巴金在〈灭亡〉里鼓吹了什么》;18 期《关于巴金的作品》(作者柔剑),20 期《柔剑的剑刺向哪里?》,先"正"后"反"的层次相当分明。诚然,这些是来自读者的声音,姑且不怀疑其真实性与自主性,但至少有一点可以质疑:这些是具有代表性的声音吗?能够代表最广大读者的心

① 《读书》,巴金作品讨论《编者按》,1958 年第 16 期。

声吗？这显然是“编辑”的效果，还可以从许多人关于阅读巴金作品的体验和记忆中得到印证：美籍华人作家董鼎山在晚年的文章中写道：“巴金是我幼时思想发展上的第一个明灯，第一个导师”；杨振宁说：“巴金的《家》、《春》、《秋》是一部伟大的著作，对当时的知识分子影响很大”；钱正英在巴金九十华诞代表全国政协前往祝贺时也讲到年轻时读了巴老作品而深受影响……从书的印数，当时图书馆的借阅情况也可见一斑。

（二）用当下的现实苛求作家、作品

按照现代的文艺理论，文本一旦产生就具有其自身的独立性，不再由作家掌控，文本中所反映的生活更不等同于具有相同或相似背景的现实。按照这个标准来衡量，则当时许多言论显得颇为苛刻，甚至近于荒唐——不仅要求巴金的创作符合20、30年代的生活，还要符合50年代的实际。以《家》为例，它是以“五四”运动后20年代初期四川地区为背景，描写的是特定历史时期一个封建旧家庭走向崩溃的过程。因而作品理所当然地反映了刚刚受到“五四”新思想冲击的青年如何痛苦，如何挣扎，如何反抗，如何追求，但由于对现实和未来难有一个清晰的认识因而不可避免地出现悲观颓废的情绪。平心而论，这样写恰好反映了真实的现实，这也是引起强烈共鸣的地方——这是许多“过来人”共有的情感体验与生活经历。而有人针对这一点批评巴金没有注意到小资产阶级知识分子在党的领导下认真地自我改造，积极投身于革命，因而没有给青年人指出一条光明的前进道路。

这一点也就是许多文章指出的关于巴金作品的真实性问题。尽管有人认为作品反映了某方面的社会本质，作品就具有真实性了，但更多地是反对这一观点，而是认为应该考察所反映的那一方面能不能充分体现社会的主流，具体对巴金而言，就是部分小资产阶级知识分子由追求到幻灭的情况能不能体现民主主义革命的主流及其发展。有文章指出，即便是在革命处于低潮——国民党反动派残酷屠杀革命群众的1927—1928年，我们党所点燃的革命烈火还是没有熄灭，党和毛主席在井冈山革命根据地指出了“星星之火可以燎原”，并以此鼓舞了革命群众和革命的青年知识分子，而出现在《灭亡》里的“革命”青年却与此相反——在反动派的大刀下软弱动摇以至悲观幻灭，因而“对整个革命来说，这种真实性就不充分了，甚至是歪曲了”。[①]也就是说，不否认巴金反映的也是现实，但不是主流，那么主流又是什么呢？处在50年代的人说是当时的“整个革命”，但对于当时的人来说是不是心中都应该有这样的“星星之火”已成燎原之势的图景呢？要知道作家不是政治家，更不是预言家；作家的作品也不是政治宣言，更不是施政纲领。

（三）表现出浓厚的政治意识形态色彩

巴金作品遭到批判主要集中在以下两个方面：

其一，颂扬了个人主义人生观和脱离人民群众的思想作风。认为《灭亡》、《爱情的三部曲》中的革命者都是“鹤立鸡群”的“救世者”，把群众看成是“自愿被吃的奴隶”。他们忽而狂热，忽而颓废，任凭疯狂的激情支配自己的行动，自由散漫，无组织、无纪律。而《家》中觉慧反封建的目的不过在于追求个人的自由与幸福，因而反封建很不彻底。而这些“小资产阶级看了，当然是正中下怀”，因为“小资产阶级往往自私软弱”[②]。

其二，对于资产阶级的温情主义和颓废感伤采取了美化态度。认为巴金通过强调觉新是长房长孙而原谅了他向封建势力妥协投降的帮凶行为，而觉新的难处就是要顾全那个封建大家庭，不使崩溃。顺着这样的逻辑，巴金则有意无意地当了觉新的“帮凶”，就因为他同情觉新的处境，而不是彻底地批判。并且其暴露也就仅限于旧家庭的不合理与腐朽，而不关心怎样去摧毁这个制度。

从这两个方面来看，这些都带有鲜明的意识形态色彩。反对个人主义实际上就是树立集体主义，反对资产阶级的价值观，实际上就是树立无产阶级的价值观，也就是说讨论围绕着一个中心——当前的政治社会需要。其中就有文章旗帜鲜明地指出“文学的党性原则不容攻击”[③]。而姚文元则著文称：“我们是马克思列宁主义者，应该站在无产阶级立场上，从政治上、艺术上两个方面

① 陈传才、陈衍俊：《巴金作品的真实性和局限性》，《读书》，1959年第1期。

② 王世德：《今天的青年应该怎样看巴金作品》，《读书》，1958年第20期。

③ 北京大学鲁迅文学社第二小组：《文学的党性原则不容攻击》，《读书》，1958年第20期。

去分析作品，并把政治分析放到第一位。政治和艺术，是对立面的统一，两者是有区别又有联系的。不承认两个标准而只承认一个标准，那或者就陷入资产阶级的艺术即政治谬论（历来一切修正主义者提倡的所谓“写真实”都是从模糊政治标准开始的），以艺术性来掩盖美化错误的、反动的政治性；或者陷入政治即艺术的教条主义，否认艺术作品中有不同于政治性的艺术性存在。”①姚文元进一步指出，我们要的真实是反映了生活发展根本规律的真实，是符合历史唯物主义的真实，是政治上正确的真实，用毛泽东的话说就是“文艺作品中反映出来的生活都可以而且应该比普通的实际生活更高，更强烈，更有集中性，更典型，更理想，因此就带有普遍性”。而这正是这次讨论所围绕的中心。

三

从讨论的发展演进过程来看，这次讨论绝非一般关于文学艺术作品的“争鸣”，而仅仅是以此为开端，或者是凭由，其实际远远超出了作家、作品的范围。姚文元评价这次讨论是“一场深刻、细致而又复杂的思想斗争，主要是无产阶级思想同资产阶级、小资产阶级思想的斗争，同时也有马克思主义辩证法和形而上学的片面性的斗争”②③。

王世德在《今天的青年应该怎样看巴金作品》（《读书》，1958年第20期）一文中讲到巴金作品的消极因素影响青年人有两种情况：一是自己思想中原有着消极成分，就特别容易接受巴金作品中相通的东西，加深和发展自己不健康的思想情绪；另一种是自己思想本单纯，但因为出身为小资产阶级，出于本能不自觉被吸引，不知不觉接受错误思想影响。在他看来，文艺作品不止是简单地告

① 姚文元：《分歧的实质在哪里》，《读书》，1959年第2期。

② 同上。

③ 《在延安文艺座谈会上的讲话》，《毛泽东选集》第三卷，人民出版社，1991年版。

诉人们一个主题思想,它是通过细腻的描写表现具体的生活情境和人物的喜怒哀乐、言行举止的。而这些具体的表现饱含着作者的爱憎情感和他对事物的评价,作家及其创作正是通过这种方式和途径潜移默化地影响读者。所以,当我们还未彻底改造,灵魂深处还有很多小资产阶级思想感情的时候,阅读文艺作品就更必须要“政治挂帅”,首先从政治上分析一下他们的性能:是促使人更加热爱集体、积极向上呢,还是使人消极颓废、离群索居?将王世德的看法引申开去实际上就是在特定意识形态的指导下通过对巴金作品的讨论从而确立一种新的看问题的视角。巴金的作品产生于旧民主主义时代,主要反映的也是该时期的社会,其中不可避免地有许多不合今天实际发展需要的因素,而这些因素则可以“潜移默化”地影响读者,进而影响社会,因而有必要作出修正,通过讨论与批判将认识统一到社会主义意识形态上来。具体就“巴金作品讨论”的实际而言,这实际上是文艺思想领域“拔白旗、插红旗”的斗争。

回顾历史,很容易发现这样的做法并不是第一次。从建国开始,在文艺界就展开了对电影《武训传》的批判,对俞平伯“红楼梦研究”的批判,对胡风文艺思想的批判。而实际上这种“大批判”式的批评成规,并不肇始于建国之后,“革命文学”论争,“两个口号”的论争,乃至延安时期的对王实味、丁玲的批判,已经逐步形成了一种政治火药味十足的“大批判”式的文艺批判风格。而《在延安文艺座谈会上的讲话》等文件则是这一系列讨论与批判的纲领性文件,“讲话”所确立的一些基本原则则是讨论和批判的衡量标准。在这次讨论中许多文章都不约而同地引用了毛泽东“讲话”的相关论述:“有许多同志,因为他们自己是从小资产阶级出身,自己是知识分子,于是就只在知识分子的队伍中找朋友,把自己的注意力放在研究和描写知识分子上面。这种研究和描写如果是站在无产阶级立场上的,那是应该的。但他们并不是,或者不完全是。他们是站在小资产阶级立场,他们是把自己的作品当作小资产阶级的自我表现来创作的,我们在相当多的文学艺术作品中看见这种东西。他们在许多时候,对于小资产阶级出身的知识分子寄予满腔的同情，连他们的缺点也给以同情甚至鼓吹。”

综合考察这一时期诸多的文学作品批判讨论活动，可以发现一个共同特点——都具有明显的政治意识形态色彩。许多关于文学问题的批判话语带有强烈的情绪化的政治斗争冲动。这种文学问题转化为政治斗争的言说方式，构成了这个时期风起云涌的“大批判”式样的文学批评风格，是以“反常”、“非常”的手段表达“正常”的文学观点的一种批评陈规。以特殊的方式传达着当时的官方意识形态对文学的期待、要求和焦虑。换另一个角度看，“大批判”式的文学思潮运动历史，除了以文学批评表达政治观点的作用外，还承担着规划、组织、指导文学生产的功能。“大批判”振聋发聩的“宏大观点”，既有警示意义，又有为文学创作“导航”的功能。从建国后小资产阶级知识分子形象几乎绝迹，工农兵形象占领审美领域的事实看，主流意识形态以“大批判”方式表达的审美取舍，确实对文学创作产生了巨大而直接的作用。差不多同期进行的关于《青春之歌》等作品的讨论以及由此所引发的对初版本的修改则更为典型地体现了这种批判的实际功效。

所谓“大批判”式文学批评的规划、指导作用，以及最终的效果，更多地在于对文学作品的感性叙述层面的控制和规训上。这个感性的叙述层面是指叙述语言、人物的感知角度、故事结构的比例分配、叙事切入的角度、叙事注意力的分布形态、语言的阶级特征等微观要素。这一时期被批判被批评的文艺作品，一般说来，在主题层面上，并不见得出现了太大的意识形态偏离。只有在微观的叙述层面即小说的感性方式上通过“合法性”的检测，才能最终决定此时期文学创作的是否“合格”，是“香花”，还是“毒草”。

通过对旧的文艺理论话语和政治话语的批判，是建设新的文艺理论系统和新的政治话语系统的一个主要途径。这样做虽然对更新人们的文艺观念，进而更新思想观念具有不可忽视的作用，但是，这样的规训毕竟还多停留在理性的认识阶段。也就是说只有通过对具体的文艺作品的批判式分析，才可能以振聋发聩的方式“扭转”当时人们的欣赏趣味，培养人们对作品的意识形态立场的敏感能力和辨析能力。而这个复杂的过程可以简化为：对具体作家作品的讨论与批判→建构一种新的文艺观念→确立一种新的符合现实需要的话语体系。亦即通过在微观层面上的修正与规训达到在宏观上建构一种话语并将之合法化进而服务于现实的目的。

参考文献

《读书》,1958 年第 16—21 期,1959 年第 1—2 期。

毛泽东:《毛泽东选集》(第二、三卷),人民出版社,1991 年版。

余岱宗:《被规训的激情——论 1950,1960 年代的红色小说》,上海三联书店,2004 年版。

辜也平:《近二十年来巴金研究述评》,《福建论坛》(文史哲版),1999 年第 1 期。

(原刊《文学教育》[下]2007 年第 9 期)

—张宏图

巴金在桂林出版工作考

巴金于抗战时期曾数度生活在桂林:1938 年,巴金和萧珊辗转于 11 月 8 日到达桂林,寄居在漓江东岸福隆街的友人林憾庐处,直到次年 2 月才离开。1941 年 9 月巴金又重返桂林,住到次年 3 月。1942 年 10 月中旬,巴金再回桂林,一直住到 1944 年 5 月。在这座城市里巴金开办了文化生活出版社桂林分社,大量印行书刊。

一

上海成为孤岛后,1938 年 3 月,巴金和靳以到广州建立文化生活出版社广州分社。当巴金和萧珊于 9 月底从武汉回到广州后不久,即到了 10 月初,战争形势发生很大变化。当时日军已开始进攻广东。我国军队准备不足,日军长驱直入,直逼广州。10 月 20 日凌晨 5 点警报大作,稍顷,青年记者叶广良就来请巴金赶快撤退。这样,在叶的帮助安排下,巴金与萧珊、兄弟李采臣、文化生活出版社同人以及朋友林憾庐等十人一起,于当日乘木船匆匆离开广州,次日,广州就失守了。逃亡之路是痛苦而漫长的,巴金和萧珊经过艰难跋涉于 11 月 8 日才到桂林,寄住于漓江东岸福隆街林憾庐处。木板小房,镂花的糊纸门窗,生满青苔的天井,并有七星岩做屏障,令颠沛流离逃亡而来的巴金很是满意。至此,巴金开始了他八年抗战中与桂林"文化城"的不解之缘。

疯狂的日寇轰炸武汉、轰炸重庆、轰炸广州……中国的城市遍遭日寇轰炸，桂林自然也无法幸免。由于敌机没完没了的轰炸，迫使巴金和萧珊他们经常“游山”，这使得本已是逃亡的生活，更加不安定。再加上桂林经过几次大轰炸，市区一半成了废墟。许多工作因轰炸陷于停顿，《丛刊》难以继续出版，文化生活出版社办事处的筹建工作也受到影响，一时无法开展业务。这使巴金又产生了返回上海“孤岛”去的念头。1939年2月下旬，春节（18日除夕）过后，巴金偕萧珊离开桂林，绕道温州、金华回到上海。

二

1941年9月8日巴金和萧珊、友人王文涛一起由昆明再次来到桂林，其目的是建立文化生活出版社桂林办事处。仍住桂林东江路福隆街，一栋木制的小楼里，与王鲁彦、林憾庐相邻。与上次逃难的狼狈不同，这次巴金和萧珊能从容地欣赏美丽的山水。15日乘木舟沿漓江游阳朔，晚上又乘舟返回桂林。17日接受《广西日报》记者采访：

［本报专访］名小说家巴金先生日前由昆明来桂旋即往阳朔游览。现已于15日返抵桂垣。记者昨日往访，据谈由桂林乘船赴阳朔途中，山水秀丽风景绝佳。久闻“桂林山水甲天下”“阳朔山水甲桂林”，信不谬也。记者复询问氏今几行踪，氏当答称，拟暂在桂作一二月之逗留，再赴渝或他往尚未决定，外传彼拟长住桂林，主编文艺杂志，并主文化生活出版社出版事宜实属不确。氏末语记者，其所著长篇小说《火》一部二部已完成，并已在桂付印，第三部尚未着手，至文化生活出版社之文学丛刊，第七集已编好，尚未出书云。（《广西日报》桂林版1941年9月18日，星期四，第二版《巴金由阳朔返桂林》。在唐金海、张晓云主编的《巴金年谱》以及多数巴金传记中都记录着：1941年9月22日巴金偕萧珊坐木船沿漓江游阳朔，晚上返桂林。从当年的桂林《广西日报》看二人游阳朔应为1941年9月15日。）

抗战以来，桂林特有的政治宽松、宽容的气氛，使桂林荟萃了来自全国各地的一千多名进步文化人士，使桂林成为文化思想重要的交流地和集散地。这里的印刷条件、纸张质量都优于内地，且有交通运输之便，还可以与香港及上海“孤岛”联系。这为书籍和刊物的组稿、出版、发行都提供了便利和保障，图书出版业大都以桂林为造货基地。从1938年10月武汉、广州沦陷到1944年9月湘桂大撤退，短短六年时间，出版了占当时全国总量80%的抗战书籍与刊物。作为文化生活出版社的总编，巴金当然会把桂林作为其文化生活出版社继续生存和发展的首选地。所以，1941年初巴金返川，在重庆沙坪坝与吴朗西相聚，商谈后，决定分别在桂、渝两地成立出版社办事处，桂林的工作由巴金自兼。决定以桂林为主，渝、蓉两地为辅。桂林为造货中心，侧重于排印造货，重庆则利用沪、桂两处的纸型再版一些畅销书，同时也少量排印部分新稿，以减轻桂林的负担。

不可否认，也许是出于谨慎，巴金对记者并没讲实话，其来桂林的目的就是建立出版社。所以谨慎，我想可能是巴金担心出版社的运转能否持久，这不外乎是处于经济的考虑。1941年夏开始，物价发疯似的往上涨。全国都是如此，桂林也不例外。1941年11月15日桂林《广西日报》的社论就指出：

桂林在一年前是全国大都市中物价最便宜的地方。粮食和日用必需品的价格都还相当合理，在全国物价高涨的狂潮中，桂林哪能跳出这个旋涡呢？……在八九月间米价飞涨，由五六十元涨到一百二三十元，后经各方努力，总算平抑到百元上下，……最近日用必需品，特别是布疋之类服用品，价格之惊人高涨，抗战前一块钱一双的胶皮套鞋，目前国货公司的标价要四十二元。阳丹士林布不久以前还只卖二块多钱一尺，目前已涨至四元以上，有若干日用品甚至比重庆还贵。

物价像发疯似的往上涨，文人们的生活都非常的困难。……办事很困难，只要我们动一动，外面就有谣言，每每还遭受了打击。我们可是不灰心，也不抱怨。我们诸事谨慎，处处留神。为了抗战，我们甘心忍受一切的委屈。①

① 老舍：《八方风雨》，见《老舍生活与创作自述》，人民文学出版社1982年版。

这是老舍、巴金等文人当时的真实处境和心境。在这种艰难的时期,为了让这一共同的事业不致因战争而萎顿,巴金在内地开展业务,在桂林建起了文化生活出版社分社。在东江路福隆街设立了总理处。11月12日桂林《大公报》第一版终于刊出了广告:

曹禺近著《正在想》(独幕剧),定价八角;《日出》(重版四幕剧)渝版,桂林实售国币四元二角;在印刷中的三幕剧《北京人》具柴霍甫的作风,为古旧衰老的社会唱出挽歌;用写实主义的手法,在行将崩溃的废墟上绘出新生的光明。

文化生活出版社印行

桂林分社　东江路福隆街32号之六

四川分社　重庆沙坪坝新77号

这是巴金成立文化生活出版社桂林分社以来,在桂林《大公报》上刊登的第一份广告。16日该报又刊出了文化生活出版社的出版广告,是曹禺戏剧全集的第五种《蜕变》、第六种《北京人》、独幕剧《正在想》、第二种《日出》。曹禺是当时最红的戏剧作家,他的戏剧在全国广受欢迎,每一出戏剧的上演都人满为患。巴金辟《曹禺戏剧集》专收曹禺的作品,以其作品打开市场是最好的方法。

1942年3月14日,巴金在桂林处理好出版社事宜,在桂林中北路桂北商场建好分理处后,离开桂林前往成都、重庆,去拓展文化生活出版社的业务。

三

1942年10月14日巴金结束了他的川渝之行返回桂林。至此结束了从3月14日开始的历时七个月的辗转旅行。这次巴金在桂林比较安定地住了约一年半多。1942年,由于抗战吃紧,巴金所领导的文化生活出版社桂林分社,许多编辑人员无法忍受骨肉分离之苦,为生计与战事所迫,他们开始脱离巴金领导的分社。巴金对于这种局面一筹莫展,面对着事业的凋零,巴金顿感悲寂。萧珊见他心情痛苦,就决定中止学业来桂林陪他,决心和他相伴相随共赴国难。

1943 年前后，巴金虽然写作繁忙，但仍一丝不苟，呕心沥血地从事文化生活出版社的编辑出版工作。他不以名家自负，不谋私利，不计得失，连一些最为人所不愿顾及的琐屑事：代作者剪辑文稿，看校样，跑印刷厂等等，均默默去做，无所怨言。“我并不怕失业，因为这是义务劳动。不过能不能把一项工作做好，有关一个人的信用。”①

这期间，抗战中的大后方物价飞涨，人民生活很是困苦。可桂林的出版业却是异常的繁荣，这繁荣给出版业所带来的并不是经济效益，而是竞争的压力。1943 年 3 月 2 日桂林《广西日报》第三版，署名紫风的文章《〈文化城〉中访问三位出版家》中这样写道：

的确“文化城”名不虚传，就报社来说，日报四家，晚报三家，三日小报及周刊还不算在内。书店，星罗棋布于桂西路，中北路，中南路一带，由卅一年起到现在，一口气就增加了卅八家。出版社也是风行一时的，资金二、三万的有，二、三十万的也有，或隐或现……无法统计。呈准登记杂志，共六十九种，三分之一仍在发行。这个数目除了战后繁盛的陪都之外，国内恐怕再找不到第二处可堪匹敌了。不过，就在这繁荣的背后，却透出一股芜杂空虚的臭味，表示出版业中隐藏着一部份垃圾正在开始腐烂，若干投机书商，但求营利不择手段，专事翻印，抄袭以侵占作者呕心沥血应得的版税为能事，同时又拼命赶印大量充满色情意味及富有投机性的“风流”、“桃色”、“必读”、“秘诀”来投合和刺激读者的低级兴趣，……

良友杂志公司赵家璧：对于读者，我们总以他们的福利为前提，最近组织的读书会便是本此宗旨。加入这会的，一次过付百元，需用何种书籍都可以想办法寄去，厚的分为两册，不论远在川、滇、闽、粤、西北等省都可以寄到，而且还照市面打九折优待。

从这篇文章中可以看出，在桂林从事出版事业，既要面临盗版和低俗读物的冲击，又要面对同业者的竞争。可以想见，为了出版社的生存，巴金的工作压力有多大。出于生存的考虑，经营的需

① 巴金：《上海文艺出版社三十年》。

要,和良友杂志公司组织读书会相似,桂林《大公报》1943 年 2 月 18 日刊出《文化生活出版社桂林办事处征求“基本读者”启事》:

我们为了方便外埠读者购买,切实的做到是在为读者减轻负担,特发起征求“基本读者”,办法列后:一、凡参加“基本读者”诸君,请一次汇款五十元,可享下列优待:1. 购本版图书八折优待。2. 购外版图书九折优待。3. 购买文具,除收极少手续费外,均义务代办。4. 每届年终,赠送书籍一册,或优待卷,或特制之精美赠品(由本社临时决定)。5. 一律免收包扎费。二、若参加“基本读者”,请在函内注明,货款收到即奉收据,每发一书时,另奉发票,以凭核对。三、货款可委托银行汇划,或购邮局汇票寄下,邮票暂不收受。四、寄书邮费按邮局规定者收取。

而 2 月 26 日桂林《广西日报》也刊出了同样的启事。3 月 22 日的《大公报》又增加了两条:一条是“来款用罄时,本社当预行通知续付,每次至少五十元”。一条是“为方便读者信函投汇起见,特租定桂林邮政信箱二二二号,来函请呈寄上址,以求办理迅速”。长期征求“基本读者”的这种经营策略,既可以保持吸引固定读者群,又可以有较充分的周转资金。

另外,众多的出版社、印刷厂并没有使印刷价格降下来。据 1943 年 7 月的统计,桂林全市共有大小印刷厂 109 家,排字能力,每月可达 3000 万到 4000 万字,有关印刷工人、技师在 1 万人以上。即便如此进入 1943 年,印刷价格开始波动,1 月 25 日《大公报》文化生活出版社的广告即可看出,“《屠格涅夫选集》发售预约,暂收费一百元,每三至四月出书一册,因印刷成本波动,售价预待书出时决定,预约者可享受六折优待。”当时桂林的排工工价为多少不清楚,但桂林《大公报》4 月 25 日刊登消息:“桂市印刷业评定工资,增加百分之六十。工资分为甲乙丙丁四等,以乙等为标准(320 元),每等一律增加百分之六十,乃一百九十二元。五一起实行。”4 月 28 日桂林《广西日报》第三版“市情摘录”中报道:“桂市出版事业可谓全国之冠,大小出版社总计一百零五家,当有五十余家未曾登记。近来印排工价涨,各书店颇感棘手。”报刊杂志编辑处于困境中，不供应平价纸，印刷费高涨，大量书刊又不准卖，常常贴本。

此时巴金的困难也曾引起新闻界的关注，1943 年 9 月 25 日桂林《大公报》曾发表署名寒流的文章《桂林作家群》："过去一段时间盛传离桂的作家还有巴金，这位为青年读者敬爱的作家却没有离开桂林。他似乎比一九三六年写《沉默》一书时更沉默了，《火》的第二部第三部将在他这种态度下产生。他似乎很少烦恼的事情，但近来为文化生活出版社的发展却使他有点烦恼，运输困难，印刷不易，再加上审查的手续繁难，对着这些问题，他也感到棘手罢。"1944 年初，巴金最小的兄弟李济生来到桂林，帮助巴金打理文化生活出版社，使得巴金有时间和萧珊完婚，于是，在 1944 年 5 月 8 日，两人在贵阳花溪结婚。至此，巴金结束了其在桂林的生活和出版工作。

"在抗战中文化生活社尽过它微弱的力量，也遭受过不小的损失。可是它仍然存在，虽然不健康，毕竟活到十年了。这十年虽然飞如流矢，却也过得不易啊！"[①]"我在文化生活出版社工作了十四年，写稿、看稿、编辑、校对，甚至补书，不是为了报酬，是因为人活着需要多做工作，需要发散、消耗自己的精力。我一生始终保持着这样一个信念：生命的意义在于付出、在于给予，而不是在于接受，也不是在于争取。所以做补书的工作我也感到乐趣，能够拿几本新出的书送给朋友，献给读者，我认为是莫大的快乐。"[②]在他的竭尽心血地努力下，桂林出版、再版了大量文学著作，约在一百部左右，为广大读者输送了精神食粮，为我国文学宝库增添了佳作。

（原刊《出版史料》2008 年第 2 期）

① 《〈散文诗〉译后记》。
② 巴金：《上海文艺出版社三十年》。

陈思和

我的私人阅读

我不一定能够举出三十本。如果我们把“读书”这种行为作为社会现象来考察,一般由两个系统构成,一种是社会阅读,书籍在社会层面上流通,不管哪种职业的人都可以去阅读,这类书对于社会舆论的导向,社会风气的鼓励,甚至社会思潮的推动,都会产生影响;另外一种是专业阅读,就是限于某些专业的人才会阅读,尽管是好书,但只是对专业的推动有价值。我的主要阅读都属于后者,对于前者接触不多,我一般是拒绝社会流行的图书进入我的阅读生活。而根据我的理解,你们所要推举的“三十本书”,应该属于前者的范围——非专业的社会阅读。我只能就大概的印象回忆一下,自己的读书经历。

两个奠基者:李泽厚和钱锺书

1978年我刚刚考上大学,开始了学习的道路。因为当时的浅薄,很多书籍都足以让我们振聋发聩。对我来说,最重要的书是李泽厚的《中国近代思想史论》、《美的历程》和一本论康德思想的书。影响最大的是第一本,其中论述晚清思想人物的思想特点,集中探讨知识分子与农民革命运动的进步性和局限性,许多地方都开启了我们对时代的看法。那时候“实践是检验真理的唯一标准”的讨论刚刚开始,思想解放运动刚刚开始,这本书发挥了巨大的启蒙作用。

《美的历程》也很重要，作者用简括的笔法勾勒了两千年以来的美学简史，这种写法和对美学的普及效果，都是后来大部头的中国美学史所不及的。与李泽厚的书同时代出版并产生巨大学术影响的是钱锺书先生的《管锥编》，这是一部四卷本的学术总汇式的笔记大观，但是在"文革"刚刚结束，人们还在文化废墟上唉声叹气的时候，钱先生用他的读书实绩显现了文化的磅礴无疆，以及中西文化交流融会的可能性。李泽厚的书是新时期启蒙思想的奠基，钱先生的书是新时期中西学术的奠基，——尽管后者的意义在后来西学大潮的泛滥中几被淹没，但我仍然认为，这是不可逾越的，中国的比较文学、学术研究领域，《管锥编》都是一部奠基石。如果以我的专业而论，夏志清先生的《中国现代小说史》也是很重要的，至少后来流行的张爱玲热、钱锺书热都与此书的推荐有关。尽管这部书当时是在台湾传记文学出版社出版的中译本，但也可以计算在内。

当时巴金的声音代表良知

80 年代是启蒙思想占主流的时代，文学往往是思想前驱，时代先锋，是思想普及的重要一翼。这是"五四"以来的新文学传统，80 年代初又一次发挥了文学的这一使命。我觉得当时的文学与思想很难绝对区分，文学的作用也同样是思想的作用。我要举的是巴金的《随想录》，已经是八十老翁的巴金连续八年书写《随想录》，几乎是针锋相对地进行了思想解放的普及。由于当时思想解放运动还是在紧张地开拓，而富有政治经验的巴金始终站在前沿阵地，从容不迫，一篇一篇地展开话题，阐述思想解放的立场。现在看来，《随想录》有些话还残留当时时代的曲笔的痕迹，青年人可能感到不满足，但在当时，巴金的声音，真正起到了社会良知的作用。

与巴金的《随想录》相应起作用的，还有北岛以及他的《今天》伙伴们的诗歌，我不知道当时一份未正式出版的刊物算不算"一本书"，至少《今天》或者北岛、舒婷的《朦胧诗选》应该算一本的。还有一些流行的文艺书籍也产生过影响，如王蒙等人的《重放的鲜花》、遇罗锦的《一个冬天的童话》等等。

现在中国已经退回到弘扬“国学”的前“五四”时代，达到了连《三字经》都变成了童蒙必读、专家导读的地步，但是我可以明确地说，我不喜欢这样做。尊重传统、尊重民间是我一贯的追求，但是我是一个接受“五四”新文学传统成长起来的人，我不喜欢90年代初开始流行的、那些抬头抬脚地鼓吹“国学”，以及那些利用“国学”来欺世盗名、大发其财的社会风气，所以我还是要郑重推荐柏杨先生的《丑陋的中国人》，这是继鲁迅《阿Q正传》以来最有力的一本惊世骇俗的书，中国人的必读书。与此同时，80年代流行的一本读物《傅雷家书》也是值得怀念的，这部书到今天也是一部很好的励志类的道德修身书籍。

第二次“西风东渐”唤醒人性

如果把西方的翻译也算进去，文学方面的书籍大约有以下几种：劳伦斯的《查泰莱夫人的情人》（这本书20世纪30年代就有中译本，这里推荐的就是这个译本在香港的重版，后来在内地也曾被引进，但又由于各种原因被禁止了。但是，当时的青年大学生几乎没有不知道这部书的），卡夫卡的《城堡》，柳鸣九编的《萨特研究》，波伏瓦的《第二性》，马尔克斯的《百年孤独》，以及博尔赫斯的文集。

与这些文艺书籍相呼应的是来自西方的普及性理论书籍，如弗洛伊德的《精神分析引论》和《梦的解析》，卡西尔的《人论》，弗洛姆的《爱的艺术》，以及以“走向未来”为代表的一大批介绍西方思想理论的书籍。尽管这些书籍的内容并不一致，反映的社会要求也不一样。但在我，阅读的潜在目标是对于——把人性，尤其是把人的性的意识放在生命本源之上加以认识和体验，强调人独立于世的自由自强，不服从任何生命以外的权威；对女性的真正解放学说的尊重和理解，民间传说、家族史与历史、血缘的关系，人性深处的恶魔性因素，等等的兴趣。

我应该强调的是，促使我对如上一些问题感兴趣的远不是上述所列的书籍，就我个人而言，我更加喜欢的书籍并且对我构成决定性影响的是另外一些书籍，如关于无政府主义、关于俄罗斯和欧洲的历史文学书籍，“五四”新文学的经典性著作，还有许多边缘性的另类书籍，但这些都不属于“三十本书”的应有范畴，我在此不列。

我几乎不读90年代后的流行书

90年代社会风气大转，市场经济呼啸而至，启蒙思想连同知识分子的立场都受到了质疑。市侩主义流行一时，人文精神和原本建立在人性之上的爱、正义、自我牺牲等伦理信条都被公然轻视以至抛弃，鼓吹金钱至上的观念与逐渐形成的新意识形态相结合，渗透到思想文化教育出版等各个领域，所谓的学问家、大儒、说书人、新文人都纷纷登场，占领媒体，聒噪之声从此不绝。我几乎不读90年代以后的流行图书。能够推荐、并自以为与80年代思想脉络一脉相承的，有张中晓《无梦楼随笔》，陆键东的《陈寅恪的最后二十年》、贾植芳《狱里狱外》和顾准《顾准日记》。这四部都是难得的好书，张中晓、贾植芳都是在1955年胡风冤案中受牵连，他们以铮铮铁骨书写了高贵的“人”字；陈寅恪、顾准以晚年风骨、深刻思想流芳传世，这些著述可能都有不完善之处，但是在今天弥漫的社会风气里起到了中流砥柱催人清醒的作用。

对于社会学方面，还有几本书我以为也是不能忽视的，但是我对这些书的内容缺乏研究，只是匆匆阅读而已，手头无书，书名也可能记错，它们是《山坳里的中国》、《现代化的陷阱》和《黄河边的中国》。前两本书的作者好像都是在广东的，后者曹锦清先生在上海教书，我读这些书时的感动，现在想起来还历历在目。

如果还要我指出近三十年来的文学作品，能够对社会产生较大影响的，我想指出的是张炜的《古船》、《九月寓言》，张承志的《心灵史》，王安忆的《长恨歌》，余华的《活着》、《兄弟》（我认为后者更加传达出时代之魂），莫言的《红高粱家族》、《檀香刑》、《生死疲劳》，韩少功的《马桥词典》，林白的《一个人的战争》，阎连科的

《受活》、《坚硬如水》，贾平凹的《废都》、《秦腔》，陈忠实的《白鹿原》。——还有许多我非常喜欢的好作品，如翟永明的诗，方方、严歌苓的小说，邵燕祥的散文，蓝英年的随笔等等，但好像与社会影响无关，这里不列入。

附录："我的30年30本书"(陈思和书单)

1.《中国近代思想史论》，李泽厚，人民出版社，1979年7月初版。

2.《管锥编》，钱锺书，1979年中华书局初版。

3.《谈美书简》，朱光潜，上海文艺出版社1980年初版。

4.《城堡》，卡夫卡，汤永宽、陈良廷、徐汝椿译，上海译文出版社1980年1月初版。

5.《萨特研究》，柳鸣九编选，中国社会科学出版社1981年10月初版。

6.《傅雷家书》，三联书店1982年初版。

7."走向未来"丛书，四川人民出版社，1983年至1989年出版。

8.《百年孤独》，马尔克斯，黄锦炎译，上海译文出版社1984年出版。

9.《人论》，卡西尔，甘阳译，上海译文出版社1985年初版。

10.《爱的艺术》，弗洛姆著，李健鸣译，商务印书馆1986年初版。

11.北岛、舒婷等的《五人诗选》，作家出版社1986年。

12.《丑陋的中国人》，柏杨，花城出版社1986年初版。

13.《第二性》，波伏瓦，湖南文艺出版社1986年版(最早单行本)。

14.《梦的解析》，弗洛伊德，辽宁人民出版社1987年3月出版。

15.《随想录》，巴金，三联书店1987年初版。

16.《红高粱家族》，莫言，解放军出版社1987年5月初版。

17.《山坳里的中国》，何博传，贵州人民出版社1988年11月初版。

18.《查泰莱夫人的情人》，劳伦斯，饶述一译，香港艺苑出版社1988年版。

19.《心灵史》，张承志，花城出版社1991年初版。

20.《九月寓言》，张炜，上海文艺出版社1993年初版。

21.《白鹿原》，陈忠实，人民文学出版社1993年初版。

22.《古船》，张炜，人民文学出版社1994年10月初版。

23.《狱里狱外》，贾植芳，上海远东出版社1995年初版。

24.《无梦楼随笔》，张中晓，上海远东出版社1996年初版。

25.《陈寅恪的最后二十年》，陆键东，三联书店1996年初版。

26.《马桥词典》，韩少功，作家出版社1996年初版。

27.《顾准日记》,陈敏之、丁东编,经济日报出版社,1997 年 9 月初版。
28.《现代化的陷阱》,何清涟,今日中国出版社 1998 年初版。
29.《黄河边的中国》,曹锦清,上海文艺出版社 2000 年初版。
30.《兄弟》,余华,上海文艺出版社 2005 年至 2006 年版。

李　辉

书的价值不在是否畅销

能够有一次回忆读书史的机会,这是一件令人高兴的事情。结合我的写作经历来看,有这么几本书对我影响最大。我最先想到的一本书是巴金先生的《随想录》,开始是散见的,后来才读到合订本。1979 年我在复旦大学中文系上大二,当时在学校图书馆的香港《大公报》复印件上就陆续读到了《随想录》的连载,基本上在合订本出版之前,我就已经读过这本书了。应该说,我在上大学时就从事文学研究和历史研究,是从这本书开始的。

《随想录》属于常销书

现在看来,《随想录》提出的许多命题在当时是比较敏感和超前的,虽然书里有些观点现在来看是过时了,但大部分内容还是值得继承和思考的。我的一些写作基本上也是顺着这些思路来的,包括对"文革"的研究,对 20 世纪 50 年代以来中国知识分子的研究等等。可以说,《随想录》是影响我终身的一本书,它决定了我后来的研究方向和思路。虽然有人批评巴金做的事情还不够,但当时他在那样的历史背景下做的事情仍然无人能超越。2005 年,作家出版社又重新出版《随想录》的时候,在少有宣传推广的情况下,依然发行了十几万册,所以,这是一本长期的常销书,很多人还是非常认可这本书的。

还有一本是李泽厚的《中国近代思想史论》,这是我比较早了解近代史，尤其是了解近现代史之间如何过渡的一本书。书中的一些见解对当时的我来讲是非常有帮助的，它奠定了我的历史观，让我对近代思想有了一些了解。

在历史类书籍方面，黄仁宇的《万历十五年》和曼彻斯特的《光荣与梦想》对我产生的影响较大，尤其是在写作上。其实，1978 年出版的《光荣与梦想》之所以会引起阅读热潮，是因为当时全国都有一股“留学热”，中国知识分子开始通过这本书来参照美国现代社会的历史发展变化。《万历十五年》往往通过一个人物来串起一个大的历史画面，这和传统的历史叙述是非常不一样的，对我产生了直接的影响。

阅读对思考方式的影响

从社会经济的层面上讲，托夫勒的《第三次浪潮》是较早让读者知道未来将如何发展的一本书。当时中国社会处在“第二次浪潮”的过渡期，还未进入现代化，所以当时整个中国对外来文化充满了期待。在那样的背景和氛围下，这本书对社会各个阶层的人，对社会的思想、文化、经济都产生了影响。这里还要提一下“走向未来丛书”，包括《增长的极限》、《看不见的手》等，这些都是过了 20 年、30 年后来看，依然让人觉得有生命力、有针对性的书。《增长的极限》是罗马俱乐部“关于人类困境的研究报告”，实际上是在讲环保，讲社会的和谐发展，1983 年这本书出版后，也影响了一批作家写报告文学，开始通过写作来关注一些有关水资源等方面的问题。

从阅读对思考方式的影响上来讲，《剑桥中国史》是改变了中国知识分子很多历史观点的一套书，相对于以前我们熟悉的历史研究，它完全是另外一种研究方式。《第三帝国的兴亡》的作者夏伊勒是记者出身，他靠档案来写历史，这种译著现在看来依然影响非常深刻。此外，萨特的《存在与虚无》则对中国知识分子的思考体系产生了重大影响。在经历了“文革”大起大落的历史背景下，很多人对人的存在，对社会的存在都会重新思考，《存在与虚无》正好提供了新的思路和思考方式。现在看来,60 后、70 后就是在那个时候长大的,尤其是那些先锋派作家,就是读这类书长大的。比如现在读余华等作家的小说,就会发现有萨特存在主义哲学的影响在里面。围绕着这样的阅读热潮,文学、绘画、话剧等文艺形式也形成了相应的潮流,

说到小说,马尔克斯的《百年孤独》也是不可忽视的一本书,它也有一种哲学的意味在里面,对中国小说的影响很大。在叙述方面,不少中青年作家都因这部小说而改变。尤其是它的开头,非常多的人都在模仿。过去人们用的是狄更斯、托尔斯泰的开头方式,而当人们看到《百年孤独》的时候,就被这种叙述方式吸引住了。其实,这种叙述方式就带着一种新的思维方式。此外,《第二十二条军规》等现代派小说的引进,对当时中国社会、中国文学界的影响都是巨大的。

一些畅销书败坏了阅读取向

在 20 世纪 80 年代,关于阅读现代派作品的评判很激烈,引申出来的争论有西方文化能不能进入中国?西方现代派的小说、绘画、诗歌、话剧等艺术作品究竟该不该引进?虽然后来这些问题都逐渐解决了,但在当时却能让人如临大敌、谈虎色变。应该说,现代派阅读不再成为禁区,这对中国的思想文化发展来讲,是一种根本性的变化。

20 世纪 90 年代,有一场有关人文精神的谈论,但最后没有进一步深入下去。当时主要是围绕着“二王”,即王朔和王蒙的一些讨论,尤其谈到了人文精神的建设。讨论本来可以进一步深化,但由于各种原因却没有深化下去,没有对后来的阅读、教育产生积极的推动作用。

2000 年以后,争论热点往往围绕着一些畅销书。畅销书好的一面是让很多草根的写作者可以发表自己的见解,也让很多人产生阅读的兴趣,例如《百家讲坛》的书就让很多人去读历史,其中就包括现在读民国史的热潮。但这种阅读历史的方式很容易导致历史的“娱乐化”。一些畅销书的可怕之处,就在于它们败坏了阅读

的取向。因此,现在如何让历史从“娱乐化”向学术化、严肃化转变,是一个重要的命题。

如今网络的发展可以让人随意地发表一些看法,而不是在经过认真的研究之后才作出的看法。因此,有些从电视、网络等媒体产生的畅销书可能会“毒化”学术的研究和阅读的趣味,包括学术的娱乐化、讲座的娱乐化等等,这些都是令人担心的事情。可能娱乐化是为了取悦读者、观众,以获取更多的点击率和收视率,但这种取悦方式很可能会改变以往的阅读方式和阅读品位,使我们对历史、文学、思想、文化失去敬畏之心。我认为,每本书的著述都应该尽量更沉稳一点,这样,作者的看法才能够经得起时间的考验,作者的观点、论述和考证在5年、10年,甚至更长的时间以后依然能站得住,到时人们会说这个人不是在胡说八道。这是最基本的标准,但又是很难达到的标准。

在电视、网络等媒体的影响下,读者的阅读心态也经历了一些变化。一些报刊媒体也逐渐在削减文化副刊版面,转而增加娱乐版面,现在报纸的书评版、阅读版已经越来越少了,像《深圳商报》、《新京报》等媒体能够静下心来做一些有历史沉淀意义的报道,这是很难得的。因此,我认为评选“30年30本书”也应该以这样的历史标准为角度,去甄选、淘汰一些书,要考虑每本书的社会性、公益性和延续性等长久价值,而不是单单考虑它是否畅销。

“我的30年30本书”李辉书单

1.《1932—1972年美国实录:光荣与梦想》威廉·曼彻斯特著 广州外国语学院翻译组/译 商务印书馆1978年版。

2.《中国近代思想史论》李泽厚著 人民出版社1979年版。

3.《傅雷家书》傅雷著 三联书店1981年版。

4.《古拉格群岛》索尔仁尼琴著 田大畏等译 群众出版社1982年版。

5.《万历十五年》黄仁宇著 中华书局1982年版。

6.《第三次浪潮》阿尔温·托夫勒著 朱志焱等译 三联书店1983年版。

7.《增长的极限(走向未来丛书)》丹尼斯·米都斯等著 李宝恒/译 四川人民出版社1983年版。

8.《第三帝国的兴亡》威廉·夏伊勒著 董乐山译 中国对外翻译出版公

司 1983 年版。

9.《百年孤独》马尔克斯著 黄锦炎译 上海译文出版社 1984 年版。

10.《剑桥中国史系列》R·麦克法夸尔 费正清编 社会科学出版社 1985 年起各版本。

11.《随想录》巴金著 三联书店 1986 年版。

12.《第二性》西蒙·波娃著 桑竹影、南珊译 湖南文艺出版社 1986 年版。

13.《存在与虚无》萨特著 陈宣良等译 三联书店 1987 年版。

14.《一九八四》奥威尔著 董乐山译 花城出版社 1988 年版。

15.《强国梦——中国体育的内幕》赵瑜著 作家出版社 1988 年版。

16.《庐山会议实录》李锐著 湖南教育出版社 1988 年版。

17.《白鹿原》陈忠实著 人民文学出版社 1992 年版。

18.《皖南民居(老房子系列)》俞宏理、李玉祥著 江苏美术出版社 1994 年版。

19.《顾准文集》顾准著 贵州人民出版社 1994 年版。

20.《陈寅恪的最后 20 年》陆键东著 三联书店 1995 年版。

21.《二十世纪中国全纪录》北岳文艺出版社 1995 年。

22.《沉默的大多数——王小波杂文随笔全编》王小波著 中国青年出版社 1997 年版。

23.《1957 年的夏季:从百家争鸣到两家争鸣》朱正著 河南人民出版社 1998 年版。

24.《追随智慧》凌志军著 上海文艺出版社 2000 年版。

25.《哈利·波特》凯瑟琳·罗琳著 苏农等译 人民文学出版社 2000 年版。

26.《谁动了我的奶酪》斯宾塞·约翰逊著 吴立俊译 中信出版社 2001 年版。

27.《比我老的老头》黄永玉著 作家出版社 2003 年版。

28.《真相——裕仁天皇政治传记》比克斯著 王丽萍、孙盛萍译 新华出版社 2004 年版。

29.《狼图腾》姜戎著 长江文艺出版社 2004 年版。

30.《开卷有疑》杨奎松著 江西人民出版社 2007 年版。

(《深圳商报》记者钟华生整理)

周立民

从三十年前说起

——关于巴金和《随想录》写作

1. 1978 年的时候，巴金先生处于什么样的情况，他的文学生活和政治生活是怎样的？

我想，不妨把时间再往前拉一点，看看“文革”结束后巴金的生活和工作状态——非常幸运，这几年他写有日记，让我们能够有机会较为微观地“打量”他的生活。首先一件事情是“文革”结束后有半年之久，加在巴金头上的所谓问题才得以解决。那是 1977 年 4 月 20 日，他被告知，原来那些结论被撤消，他家楼上被封了十多年的房间和书橱才被启封。当月下旬，被抄走的文稿、物品等陆续退还。“文革”后，他发表的第一篇文章是 1977 年 5 月 25 日刊登在《文汇报》上的《一封信》。据向巴老约稿的徐开垒先生讲，当初就该不该向巴金组稿报社内部还有不同意见，没有想到，文章发表以后，报社收了一麻袋的读者来信，有表达共同心声的，也有向巴金本人致意的。连叶圣(陶)老都写了首诗向巴老致意，诗中有一句：“今春《文汇》刊书翰，识与不识众口传。”说的就是《一封信》在当时引起的强烈反响。这篇文章的发表，等于结束了巴金的沉默岁月，恢复了他的写作生活，由此也开始了各种社会活动。不久，他就有了忙不完的事情：开会，接待客人，接受采访，应邀写文章等等接踵而来，就像他给一位朋友的信上说的那样：又恢复到十一年前的忙乱生活。对于一个七十多岁的老人来说，这是在超负荷运转。

对于“第二次的解放”以后的这种生活，巴金本人是否满意呢？我看并不满意，除了身体上承受不了之外，更重要的是心理的焦虑感在加重，他感到时间紧迫不能浪费时间，想做自己想做的事情。1978年年初，在接受记者采访时曾雄心勃勃地表示：八十岁以前，他准备写出两本长篇小说，翻完赫尔岑的回忆录《往事与随想》。所以，他急于想从一个戴着多顶帽子的名流泥潭中走出来，不想坐在主席台上讲些无关痛痒的话，更不愿再发一些违心之论，他需要来自生命中的真正声音。所以说1978年是他告别“过去”、唤回自我的关键性一年。

2.《随想录》的真正写作是从什么时候开始的？它的表达是顺利的吗？如果不顺利受到过怎样的限制？

1978年，《随想录》的写作，如果孤立地看，可能就是一个偶然事件，因为当时巴老的老朋友潘际坰被派到香港《大公报》编副刊，他托黄裳向巴老约稿，正好当时社会上对日本电影《望乡》议论纷纷，甚至可以说批评声一片，巴老恰恰看过这部电影，认为影片不错，就于1978年11月30日晚上写了篇文章，这就是《随想录》中的第一篇《谈〈望乡〉》。后来巴老觉得有很多想法需要表达，就决定在《大公报》上开设一个专栏，就这样《随想录》一篇篇写下去，一共写了150篇。但是，如果把这个过程与当时的社会气氛和时代背景结合起来看的话，你会发现《随想录》的写作绝对不是偶然事件。当时“文革”结束不久，国门正在打开，各种思想意识的交锋很激烈，不可否认，国人们长期生活在“左”的思潮中，思想受到了很大的束缚，对于一些“新”的东西还是不能够接受，或者说还是戴着有色眼镜在看世界看事物。记得当时《艺术世界》杂志在封底发表了安格尔的《泉》，因为人物是裸体的，受到非议；《大众电影》登了《水晶鞋与玫瑰花》接吻剧照，丁绍光为首都机场画的大型壁画上因为有少数民族女性沐浴的场景也引起争议，还有巴老的《家》到底该不该重版也有不同看法，结果重版后倒大受欢迎连续印了几十万册……这些事情在今天看来，不但不新奇，而且人们还会反问，这也要讨论？这也受争议？当时的环境就是这样，包括《望乡》，有人说是毒害青少年的黄色电影，有人说要禁演，巴老是在这个大背景下写文章替电影辩护，同时也要讲清一些事情。1978 年还有一个大的背景，那就是实践是检验真理的唯一标准的大讨论已经开始，思想解放运动的先声已经发出，巴金本人也在解放思想，所以，他后来也说："其实并非一切都出于偶然，这是独立思考的必然结果。"（巴金：《〈随想录〉合订本新记》）众所周知，在巴金写下第一篇《随想录》的半个多月后，十一届三中全会就召开了。可以说，《随想录》是新时期思想解放运动的产物，思想解放运动推动着巴金思考和判断；同时，《随想录》也是思想解放运动的重要成果，它参与了这个运动、丰富了它，并留下了至今仍然可以思索和探讨的话题。有人说《随想录》是思想解放运动的百科全书，当时的每一个重要的论争、讨论，你在《随想录》中都能够找到回应。比如批评"长官意志"、呼唤创作自由，关于电影《望乡》的讨论，关于"歌德"与"缺德"的讨论，关于话剧《假如我是真的》及"小骗子"的争论，关于"赵丹遗言"的争论，关于"讲真话"，关于"人道主义"，关于"西化"和现代派的争论，重视知识分子，关心教育等等……都是当时的社会热点事件。更为重要的是，巴金不仅对此作出了反应，而且作出了"自己的"反应，这一点需要特别注意，因为这也是他与"文革"前十七年创作截然不同的地方，用他的话讲就是要"独立思考"。

这个"独立性"从什么地方能看出来呢？那就是《随想录》写作过程中与各种社会意识的激烈冲突，这能够看出巴金的想法与当时很多社会上流行的看法不一致，所以，当时有人说他"思想复杂"，这个不是什么表扬啊！因此你问："它的表达是顺利的吗？"可以说不顺利！我经常听到有人说：《随想录》被捧得太高了。言下之意是凭着巴金的名望和地位写个什么东西都有人来"捧"，我认为他既不了解《随想录》也不了解它的写作背景。它不但没被"捧"，还不断挨批呢！很长的一段时间里，这就是个不合时宜的作品。巴老自己就说："绝没有想到《随想录》在《大公报》上连载不到十几篇，就有各种各类叽叽喳喳传到我的耳里。有人扬言我在香港发表文章犯了错误;朋友从北京来信说是上海要对我进行批评;还有人在某种场合宣传我坚持‘不同政见’。”我看过一个材料,说当时有人在中央书记处的会议上声色俱厉地说:周扬、夏衍、巴金是三个自由化头子。说这话的人就是主管意识形态的胡乔木,还有地位更高的老革命公开在中央党校骂:“那个姓巴的最坏……”在当时足以让人惶惶不安啊。周扬、夏衍是什么人?都曾担任过文艺界的领导,而巴金不过一民主人士啊。周扬被批了,人们怎么能不替巴老担心?!巴老不是不清楚这个“形势”,周扬去世他的唁电就颇有意味:“惊悉周扬同志病逝,不胜哀悼。想到八五年和他的最后一面,我无话可说,他活在我的心里。一九八九年八月一日巴金”。巴老之所以被点名,既不是争权,也不是夺利,更不是什么文坛帮派之争,完全是因为他写了《随想录》,他的朋友们也为他担心,劝他不要写了。也有高官劝他“安度晚年”,黄裳先生《关于巴金的事情》一文中就写到这样一件事:“有一天正在他的病房里坐着时,有一位‘大人物’推门而入了。他是来探病的,交换了几句普通的问答以后,大人物说,‘我看你还是好好地休息,以后不要再写了。’说完就告辞出去,仿佛特来看病,就是为了说出这两句‘忠告’似的。”(《黄裳文集·珠还卷》第459页)

1981年,为了纪念鲁迅先生诞辰一百周年,巴老写了《怀念鲁迅先生》一文,结果该文在《大公报》发表时,文章中凡是涉及“文革”的词句都被删去了,甚至连引用鲁迅的话“我是一条牛……”也被删了,说“牛”容易让人联系到“牛棚”。作为一个在海内外有威望的作家,不打招呼就大删文章,真是少见的事情。当时责任编辑潘际坰先生在北京休假,后来一问:“当时的背景是这样的:1981年9月,在鲁迅百年诞辰之前,国务院外事办的负责人召集了香港几家报纸的总编辑在北京开了一个会,会上外事部门的负责人对各报总编主编说,海外报纸发表关于‘文革’的文章太多了,有负面影响,中央既往不咎,可是今后再发生这样的事情,就要打你们屁股了。”(潘际坰:《〈随想录〉发表的前前后后》)巴老为这事还专门给胡乔木写了信,说:我就是你的那个(不要多写“文革”)讲话的受害者……还有一件事情:1990年,四川人民出版社出版《讲真话的书》

时，收录巴老“文革”后的所有创作，最初认为《随想录》有三篇文章不能收进来，后来是《“文革”博物馆》一篇开了天窗，那一页有题目，没有内容，白纸一片，有人说这是新中国出版史的特例。我经常听到有人拿巴老是“高官”来说事儿，但在正常年代中，你见到过哪个高官享受了这样的待遇？更何况他担任的不过是个名誉职务。实际上不但是巴老，就是约请巴老写作《随想录》的《大公报》编辑潘际坰先生也受到了巨大的压力，有人让他不要再登这样的稿子，这事在 80 年代不少人都知道，范用先生在文章中曾写过。到最后，身体很好的他被莫名其妙地“勒令”退休，潘先生当时讲了个条件：退休可以，但《随想录》的稿子我要发完。

巴老并没有被声望、地位、头衔什么束缚住，写《随想录》的时候，他就是要表达自己的声音，因此也屡屡“享受”到一些特别的“待遇”。1979 年底，第四次全国文代会召开前夕，本来按照惯例巴老应当是上海代表团的团长，他是上海市文联主席、作协上海分会的主席，也是中国文联和中国作协的副主席，众望所归。但就在出发前不久，上海代表团突然出现了一个第一团长，这样巴老就成了第二团长了。这是从来没有过的事情，因此在文代会上成了代表们议论的一个话题。为什么会这样？一个很重要的原因就是当时巴老在《随想录》中写文章支持沙叶新写小骗子的剧作《假如我是真的》，有人觉得巴金不是在揭我们社会的伤疤嘛！不高兴了。还有一次，应当是 1984 年吧，上海文联换届，巴老被换下来了，理由是巴老年纪大了。巴老本人并不在乎当不当主席，自然没有什么意见了，但是新换上的主席居然比巴老还大一岁，可见还是对他有看法啊。当时很多人为巴老抱不平，认为不应该这样对待巴老。

从今天看来，我觉得更为重要和更为可贵的是，面对着这样的指责作家本人怎么对待。是患得患失，怕丢了乌纱和地位，还是勇于坚持己见？有时候，站在一边，随便说几句优雅的话，谈谈“良知”和“勇气”是很容易的事情，这块黑云真的到了你的头顶上，你怎么去做，那才是最重要的。巴金当时给朋友的信上说：“目前所作所为以及五年计划都是在料理后事，除了写作，还想促成现代文学馆的创办。我一不怕苦，二不怕死，只是热爱社会主义祖国和人民。长官点名,我不会害怕。倘使一经点名,我就垮掉,那算什么作家?点名之说早已传到耳里,我无所谓,据说是在外事工作会上讲的。但后来他又派秘书来找小林谈话,劝我不要相信别人的挑拨。我仍然不在乎。但我更感觉到我必须退休了。不能再混下去。必须把该译的书译出,该写的写出然后死去,那有多好!作家不是为了受长官的表扬而写作的。"(巴金1981年1月19日致王仰晨信)"点名问题几个月前就传过,说法不一,最近又流传起来。有人替我担心,其实我毫不在乎。这应当是最后一次的考验了。这一年多来我身体不好,很少参加活动,写字吃力,但还是写完了两本小书。我哪里有精力和时间去支持什么人?然而我的'随想'可能得罪了谁,才有人一再编造谣言。我不怕什么,也不图什么,反正没有几年可以工作了。"(巴金1981年2月16日致萧乾信)

最近,黄宗英接受采访讲了当年赵丹"遗嘱"一事,赵丹1980年9月在病床上口述了《管得太具体,文艺没希望》的文章,这是一篇在当时非常震动的文章,他说出很多人的心里话,当然也引起很大的争议。巴金在《随想录》中连写三篇文章《赵丹同志》、《"没有什么可怕的了"》、《究竟属于谁》,后来又在人代会上发言以《多鼓励,少干涉》等呼吁来回应赵丹。像长官点名这样的事情,不但没有让巴老放弃自己的主张,反而从赵丹的"遗言"中看到了独立性的重要。他公开说:"那么让我坦率地承认我同意赵丹同志的遗言:'管得太具体,文艺没希望。'"(《"没有什么可怕的了"》)以后无论是关于现代派艺术的讨论,还是清理精神污染等,巴金都能从实际出发坚持己见,并且绝不会随意放弃自己的见解。"一纸勒令就使我搁笔十年的事决不会再发生了。"(《〈序跋集〉再序》)见了领导人,巴金也是敢于表达自己的见解,胡耀邦两次接见巴金,巴金两次为青年作家仗义执言:1979年11月16日、1981年10月13日,前一次是为沙叶新的剧本,后一次是为白桦的《苦恋》,他呼吁应当爱护青年作家。曹禺1981年12月21日日记中还有这样的记录:"上午到人大浙江厅,乔木同志接见作协理事会部分人员。巴金谈'无为而治','爱护作家'等。乔木同志大谈'有为与无为,治与不治',实即反驳。"其实"无为而治"是巴金一贯的看法,在1957

年，他的发言中“把文艺还给人民”就是希望领导不要过多地干涉创作，不能你随便一句话作家辛辛苦苦的心血就白费了，而对于作品评价应当由读者和人民来决定，坏的作品，大家不喜欢，自然就被淘汰了。在《随想录》中，在巴老的晚年一再表达这个看法。曹禺日记中的这个时间也比较值得注意，因为就是在这次作协理事会上，巴金由作协的代主席正式被选为主席，就是见过胡乔木的次日，可见巴老并不是看着领导的脸色在说话。所以，我今天读到巴老的话：“倘使一经点名，我就垮掉，那算什么作家？”“作家不是为了受长官的表扬而写作的。”还感慨颇多，他这个作家协会的主席，对于作家的使命、责任，或者说内心中对作家的认定，都是有着一个很高的标准的。以上这些，也可以看出来《随想录》写作时期，巴金追求的是什么，用大家后来常说的话讲，就是“独立之精神，自由之思想”。

《随想录》写作不顺利，或者说不容易，除了上面讲到的，还应当看到写了八年《随想录》，巴老的身体越来越差，他患有帕金森氏症，骨折过，长期住院，《随想录》中有一本干脆就叫《病中集》。最厉害的时候，巴老手指没有力气，连笔都拿不动，整个的写作就是在跟自身的疾病做斗争，这个过程中也显示出他坚定的信念和超人的毅力。

3. 在公众的印象中，巴金德高望重，成为现代文学的旗帜和偶像，真实的巴金是怎样的？他的性情是怎样的？

每个人看人看事物都是从个人角度出发的，而且我们看到的，也只能是事物的一个方面，所以让我说“真实的巴金”是什么样子，我只能说在我眼中的巴金是什么样子。我来上海工作和学习的时候，巴老已经卧病在床，因此跟他没有直接的来往，但我发现一个非常难得的现象，那就是凡是与巴老有过接触的人，无不为他的人格魅力所感染所打动，我觉得做人能做到这一点是不容易的。浙江省公安厅警卫处的一位叫顾正兵的同志在文章中写得好，他说通过跟巴老的交往，他感觉到：“在我的心中，他已不再是遥不可及的文学泰斗，而是一位可亲可敬的老人。”对的，就是这样，他首先是一个真实的人，有着高尚的人格不断地打动人的老人。那他自己怎么评价自己呢？“我要做一个普通的老实人。”这是巴金1988年3月2日致李致信上的话。在1994年4月2日，巴金老人在赠送给外孙女端端的《巴金全集》的最后一卷的扉页上的一段题词是这么写的：“我说我要走老托尔斯泰的路。其实，什么‘大师’，什么‘泰斗’，我跟托尔斯泰差得很远，我还得加倍努力！只是我太累了。”可以说，他始终是一个真实、坦诚的人。那些有些人羡慕的头衔或名誉对于他本人只能感到麻烦，在给老朋友冰心的信上说：要为“不做名人而奋斗！”（1991年10月15日）从他的一生和他的晚年，还能够看出他是有着大恨和大爱的人，他没有纠缠于个人的得失，而是在为国家和民族的前途不断地忧虑，他在80年代后期和90年代初，给冰心的信中经常提到国家和民族的前途，说自己躺在病床上脑子不肯休息，常常为此而“放心不下”。在我的理解中，晚年的巴金还是一个始终处在灵魂的孤独和痛苦中的人，他寻求道德上的完美，这个目标太高了，所以老人总有一种难言的孤独感、失落感，在外人看来老人辉煌的晚年，对老人自己来说，可能是在病痛和心灵的双重折磨中度过的。“文革”虽然已结束了几十年了，但那种在别人身上已经淡化了的“伤痛感”，在巴金身上却仍然是揪心撕肺的。也许有人会认为，那么多人围着他怎么会孤独呢？我是觉得他感觉自己在《随想录》中的一些主张不被人理解。他晚年曾说过：“其实谁都不了解我，大家都按照自己的想法塑造我，但那不是真实的我。我要说的话都在《随想录》里，《随想录》就是我自己建立的‘文革’博物馆。”

至于巴老的性情，很多写过他的文章几乎众口一词：不张扬，不喜欢讲话，真诚，重友情等等。他们家的客厅中间是一圈沙发，经常高朋满座，从照片上你会找主人巴金在哪里呢？这圈沙发的一角之外，他坐在靠墙的书橱前的一把椅子上……他应当是中心啊，可却坐到了最边缘的位置上，听着别人的高谈阔论，偶尔插上几句话。我觉得这个“座次”也颇能显示出他的为人。他与沈从文先生两个人，从写作到信仰都不一致，也经常争论，当面争，写文章争，可是在大风大浪中，在不同的遭际中，两人一辈子的友谊却始终不渝，前辈的这种胸怀、气度真的不是我们简单就能学得到的。那么，巴金是个“老好人”了？萧乾讲的两件事可以看到巴金的另外一面，一件是1936年鲁迅去世，萧乾所在的《大公报》发表了阴阳怪气地讽刺鲁迅的文章，巴金见到后是震怒，萧乾说巴金的声音大得把房东太太都吓坏了，他让萧乾立即辞职，至于饭碗不要愁，没地方吃饭就给文化生活出版社翻译世界名著。还有1957年7月，萧乾已经被《人民日报》点了名，许多人对他惟恐避之不及，在周总理召集的一次文艺界的大会上，巴金毫不避讳主动与萧乾坐到一起，鼓励他不要抬不起头来。萧乾几次提示巴金：这不是你坐的地方。巴金不闻不问。其实，1958年巴金还给已经是"右派"的田一文寄过钱，田一文当年为人事纠纷离开文化生活出版社，自觉有负巴金，但生活实在困难，没有办法才向巴金求助呢。其实，巴金那时也不轻松，1957年险些成为右派，1958年拔白旗运动中遭到全国性的批判，以巴金的身份"同情'右派'"在当年会怎样，恐怕经历过的人会更清楚。这样的故事还有很多很多，我觉得有一点很重要，那就是我们研究他也好，了解他也好，不能把他当作"旗帜和偶像"，而首先应当是看作一个人，真实的人，与我们一样的人，这样才能将心比心，才能理解他，也自然明白哪些地方他能做到，我们就做不到。我也从不认为巴金就是完美无缺的人，世上没有这样的人，但当我们去评价他的时候，也不能脱离他的时代、他的环境和他所做的具体事情，我们不能用想象或自己的想法去塑造他甚至歪曲他。我曾经说过这样的话：……尤为值得警惕的是他们对巴金提倡的"讲真话"的质疑和不屑是以把它从具体的历史环境中剥离出来为前提的，有的人甚至还因为巴金没在每一篇文章的后面详细说明并"请求宽恕"，就说他的忏悔是虚伪的；因为巴金没有拍案而起就某事发表一番慷慨激昂的言词，就缺乏道德勇气。依据这种逻辑，其实我们连质疑的权利都没有，因为巴金的许多岁月和我们是一起走过的，在这些岁月中，我们又做了什么？我们又是否挺身而出了？是否拨开云雾作出了超越时代的"经得起历史检验的"思考了？面对着这样的质问，我们只能与巴金一样羞愧而不是毫无理由地指责什么。这令我想起了前不久看到的一段米兰·昆德拉的话。他说："人是在雾中前行的人。但是当他向后望去，判断过去的人们的时候，他看不见道路上任何雾。他的现在，曾是那些人的未来,他们的道路在他看来完全明朗,它的全部范围清晰可见。朝后看,人看见道路,看见人们向前行走,看见他们的错误,但是雾已不在那里。""看不见马雅可夫斯基道路上的雾,就是忘记了什么是人,忘记了我们自己是什么。"(见《被背叛的遗嘱》)是的,大家都是人,谁都不是神,因此谁也不能跳出三界外超出五行中,我们没有权利因为今天烟消雾散就去嘲笑昨天还在烟雾中跋涉的人们。对巴金和对所有的历史人物应当是这样的。

4. 建国后,中国经历各种政治运动,巴金在这些政治运动中境遇如何?比如,1957 年"反右"、"文革"、清除"精神污染"等。

你问的这些问题,在《随想录》中巴老都写到了,有的不止一次写到,对于过程、自己的心态乃至后来的反思,都有过相关的文字。因此,我只是简单地说几句:进入新中国之后,巴金说他是"投降了人民",就是说他真心实意地想为这个国家、社会做一点事情。那么,有人说你身上有旧知识分子的习气需要改造,在一段时间内,他也诚心诚意地要改造自己。这大概是"文革"以前巴金真实的心态。1957 年"反右"前,他发表了大量的杂文和言论,对于文艺体制、文艺领导、出版以及一些社会现象都发表了自己的看法,但后来风向转了,他受到市委领导的提醒,才及时刹了车,本来单位里内定他"中右"的,上面保他,这才让他过了关,他随后发表一些批判"右派"的文章。从这些文章里你能看出很有意思的现象,他一面用那种报上的大批判的语言批判他人,一面又在说应当加紧改造,像是做检讨,就是说他是批判者,但又仿佛是被批判者。从中能够看出他的紧张的心态。能不紧张吗?当时的大"右派",冯雪峰、丁玲、艾青,还有之前的 1955 年胡风等人,在巴金的眼里,他们可比自己"革命"多了,而且他们经常是代表着党在宣讲文艺政策啊。当时的气氛到什么程度,巴金的一位友人甚至认为,巴金的作品中没写过"毛主席万岁",他的旧作没有重印的必要。巴金为自己辩解:我就是这样的风格,我的作品中不写口号。他觉得已经够"紧跟"了,可是人家觉得还不够!随着形势的紧张,他的最基本的想法就是:不要犯错误。实际上,他又很矛盾,一方面明哲保身,另外一方面环境允许的时候,他还是要说出自己内心的话,像他的一些杂文,他在1962年上海文代会上的《作家的勇气和责任心》的发言,以及他曾为《文集》写过的后记中,都吐露出对1958年拔白旗运动中,对像姚文元等人粗暴地批评、肆意打棍子的文风的不满(后来邵荃麟等人说这篇后记有"怨气"替巴老压下没发)。"文革"后巴金截然不同了,《随想录》写作之初,他就坚决表示:不写遵命文学。所以在清理"精神污染"的时候,好多人都表态支持,巴金却在《随想录》中对于一些粗暴的做法明确提出批评,而且他还意识到:发动第二次"文革"的社会土壤还存在,由此更迫切地认识到,应当建立"文革"博物馆,不要让历史的悲剧重演。在关于"西化"和现代派的讨论中,巴金态度也很明确:支持大胆探索,表示不用担心,他的一段话说得非常好,不但对于"西化",对于今天梦想要去"东方化"别人的人也是一个提醒:"不论来自东方或者西方,它属于人类,任何人都有权受它的影响,从它得到益处。现在不再是'四人帮'闭关自守、与世隔绝的时代了。交通发达,距离缩短,东西方文化交流日益频繁,互相影响,互相受益。总会有一些改变。即使来一个文化大竞赛,也不必害怕'你化我、我化你'的危险,因此我不在信里谈克服所谓'西方化倾向'的问题了。"(《随想录·一封回信》)

经历这么多政治运动,对于巴金这一代知识分子来说不是什么好事情,可以说他们都付出了惨重的代价,所以晚年的巴金对此有过沉痛的反思,在他的反思中,他没有把自己打扮成先知先觉者,而是用自己的痛苦经历警醒世人。像他经常说的,"为什么我要提倡讲真话,是因为过去我自己就讲过假话,也吃过了讲假话的苦头,所以才会深切地体会到不能再讲假话了。"可以说这些运动带给巴金的伤痕至死未消,他晚年的《随想录》和其他的文字,都是一个中国知识分子灵魂煎熬和挣扎的真实记录。

5. 巴金在最后时刻,未了的心愿是什么?

大概说巴金晚年的心愿,从我个人的观察,那应当是建立"文革”博物馆吧。建立“文革”博物馆是他经过了长时间精神探索深思熟虑的结果。从《随想录》的第一篇起，巴金就开始了对于“文革”的反思，直到《随想录》写作结束，到《再思录》中，这个呼吁从未停止过。他曾对身边的人说过这样的话：“其实谁都不了解我，大家都按照自己的想法塑造我，但那不是真实的我。我要说的话都在《随想录》里，《随想录》就是我自己的‘文革’博物馆。”可见老人对这个呼吁，真算是声嘶力竭、苦口婆心。为什么要建这样的博物馆，人们已经说得很多了，巴老说得也很实在，就是“我们谁都有责任让子子孙孙，世世代代牢记十年惨痛的教训。‘不让历史重演’，……用具体的、实在的东西，用惊心动魄的真实情景，说明二十年前在中国这块土地上，究竟发生了什么事情?！让大家看看它的全部过程，想想个人在十年间的所作所为，脱下面具，掏出良心，弄清自己的本来面目，偿还过去的大小欠债。”（《“文革”博物馆》）说白了，还是让这个国家、民族，让这个社会的未来更美好，所以才要警醒世人，不让悲剧重演。如果说恶是人类骨子里的天性的话，这不可怕，可怕的是人不去反思和遏制“恶”的力量任其泛滥，人类文明发展到今天，对这一点已经认识得很深刻了。所以，巴金恰恰是爱这个社会这个国家，是希望它更好，才会一遍遍有这样的呼吁，才去与各种“健忘症”作斗争。

从今天而言，我还觉得是否真正有一个“文革”博物馆可能并不是最重要的，就像巴老晚年另一个倡议：建立中国现代文学馆，得到了实现，这也不是目的，目的是能否通过搜集大量的史料总结新文学的得失，发掘其中的优秀作品，传播这种新文学精神。所以，重要的是大家是否有这样的历史意识，是否那么快就忘记了曾经发生的悲剧，是否认识到那许多不健全的制度和不正常的力量对社会和生活的粗暴干涉，如果人人都有这样的意识，那么就是不建“文革”博物馆，巴老也可能很欣慰了。

2008 年 10 月

（此文系接受《南方周末》记者夏榆采访记录整理而成）

李济生

实话实说

——序余思牧《巴金论》

编者按：巴金研究学者余思牧先生于2008年12月逝世，本集刊特刊出李济生和陈丹晨两位先生的文章，对余先生以示悼念。

去年4月初收到余思牧先生寄赠的新著《作家巴金》增订本，上下两卷精装，八十余万言，煌煌巨作，真叫我惊叹不已。我知道近年来他身体一直欠佳，时在病中，做过三次大手术，一次一次地从濒危的顽疾中脱险而生，又平稳地逐渐恢复健康。这当然归功于现代医术的高明，而他本人生命力之强，意志力之坚定，乐观的人生态度也应该是克服病魔不可忽视的内在因素吧。“我平安地走出了病房，我应当珍惜自己的生命，更喜爱眼前的人世，更充满求生的欲望与勇气。”这句话他说得多好。特别是他那颗爱祖国，爱人民，同情关怀弱势群体的胸怀与助人之心，令人感动。年过古稀，以带病之躯竟将20万字的旧作改写，充实成眼前的巨作，怎能不叫人佩服！由于自己已届九十之龄，眼力衰退，不耐久视，匆匆翻阅之后，发觉书中的旁征传引之丰，说明作者遍览了众多书籍，其中不少有关著述竟是我未之闻见的，深深地感到其花费精力之大，所下功夫之深，打心底佩服。也曾就书中几许误植之字与传讹之处，有所指出，略谈一点粗浅的看法，求教于余先生，并因未能提出较为更具体的意见，有负先生的厚望，深感歉疚。

应该说早在四十二年前就已阅读过余先生的《作家巴金》这本

1984年10月，巴金先生在香港会见余思牧。

评传式的专著了。那时我还不认识余先生。书自然是巴金收到他寄赠的样书后，赐给我的。要知道像这样的海外版的书籍当时的大陆是难以在坊间见到的。何况又是评介一个信仰过无政府主义并非同路人、已累遭批判的来自旧社会的旧作家。我清楚记得巴金把原书递到我手中时那副郑重而又略带高兴的神态说："你不妨仔细看看。"书是香港南国出版社印行的 1964 年 8 月第一次印刷本。老实说自己当时也有些儿按捺不住的欣慰之情，心想公道自在人心啊。正如古远清 1996 年 6 月序《作家巴金》第 22 次印刷本的《开创性的研究成果》文中所说："1949 年后，虽然在 1957 年以前出现过杨风的《巴金论》和王瑶的《论巴金小说》那样有深度的论文，但到了'大跃进'的 1958 年至 1959 年一场所谓'群众性的大辩论'，很快便将刚起步的巴金学术研究冲得七零八乱。正当大陆的巴金研究陷于停滞阶段的六十年代前期，香港作家余思牧排除极左思潮的干扰，于 1961 年开始系统地动笔研究巴金并在后来出版了巴金研究史上第一部评传式的著作《作家巴金》。"（引自《作家巴金》2006 年 4 月增订本序二）身处当时我理解巴金斯际的心境。岂料两年后"文化大革命"开始不久他竟至沦为"牛鬼"落入地狱深渊长达十年之久。“十年噩梦”让他大长见识，清醒后就此不断思索，同时回忆过去，反思历史，剖析自己，终于找回了原来的自我，步步深入，就事述感，奋笔直书，写下了几十万字的五卷《随想录》和一册《再思录》，以及其他文章，四川出版社将它们合成巨册，名之曰《讲真话的书》。这正是他经历浩劫之后作过深思熟虑、发自肺腑的真心话。1989 年接受徐开垒的访问时他说：“思想随着现实的考验，总有变化、发展。我的思想不但几十年来不断变化，即使近十年来，在我写《随想录》开始时，对有些问题的看法，到目前也有所不同了。”这话一点也不假，从他的作品就可以清晰地看出他的思想变化的脉络。

他在《怀念从文》一文中讲到 1949 年新中国成立前夕，去北平出席首次全国文代会，曾偕几位老友同去看望沈时写道：“不用说，他受到了不公平的待遇，不仅在今天，在当时就有这样的想法，可我并没有站出来替他讲话，我不敢，我总觉得自己头上有一把达摩克利斯宝剑。”这应该是他几十年来身感实受讲出的心底话。

人们该还记得，巴金踏进文坛不久，就成为一个遭非议的作家，有贬也有褒，而作品却深受读者喜爱，影响不小，因而也享名文坛。而巴金自己却志不在此，自行其事，为文创作也只是倾诉郁闷于胸的感情。那时年轻气盛有时不免反唇相讥，批评他人。

他一生崇敬鲁迅的人与文，视为学习的榜样。特别是先生病中为文时，还替他讲了几句公道话，更让他终身难忘。“八·一三”上海战事发生后，他不仅全身心投入全民抗日救亡的洪流中，以笔代枪对敌作战；更念念不忘国难中的广大读者、祖国的文化，坚守岗位，不懈于出版事业的职责，辗转流亡各地。就在这国难当头，大敌在前的日子里，他受到的攻讦依然未断。例如桂林的“研究”巴金，继而在重庆的围攻《寒夜》。

这个自称是“五四”运动的产儿，本是个官僚地主家庭的叛逆者，一贯憎恨旧社会旧制度，反对封建专制，替年轻的弱势群体鸣冤叫屈、向往革命。他相信唯有彻底革命才能推翻那旧制度，建设理想的新社会。他说：“凡是为多数人的利益献出自己的一切的革命者都容易得到我的敬爱。”他因李大钊的慷慨就义而为文赞扬。

他有自己的理想,可是由于多种因素又缺少社会革命的实践,终于走上写作之路成为一名作家,内心往往处于矛盾中。学人陈思和写传时因之分析为“人格的分裂”。巴金自己说:“我坦白承认我的作品里有一点外国无政府主义的影响,但我常常违反这个无政府主义。我自己说过:我是一个中国人。有时不免要站在中国人的立场看问题,发议论。”(见谈“灭亡”)还说:“我爱我的祖国,爱我的人民,离开了它,离开了他们,我就无法生存,更无法写作。”他恨透了旧政府的黑暗统治,但他相信人民的选择。在那临近黎明之际,沉静耐心地固守在自己岗位上,真心诚意地跟随人民大众迎接解放,进入革命胜利的新社会。他说:“我看到人民拥护共产党,我想我也应该与人民在一起。我说过我要改造自己,从头学起。”(与徐开垒的谈话)他欣然应命去了朝鲜战场,在中国人民志愿军部队中“深入生活”。在那冰天雪地的前沿阵地结识了不少志愿军的指战员。他说:“这些大部分从中国农村出来的年轻人,他们以吃苦为荣,以多做艰苦工作为幸福,到了关键的时刻,他们争先恐后地献出自己的生命。”(引自《文学生活五十年》)为战士们的崇高品德而感动,进而与他们结下了深厚的友情。他的第二次再度入朝就是他自己主动申请的。“两次入朝对我后半生有大的影响。”(《巴金全集》第20卷代跋)他努力学习,谋求进步,战战兢兢,如履薄冰。在接连不断的运动中惶惶不安,逐渐明白,要改造好自己,只得随大流,识大体,方能保全自己,得以过关。头衔多多,活动累,作为作家却少创作,面对读者常觉惭愧。大难终于降临,不论大小知识分子全被一网打尽。所幸“四人帮”终于倒台,总算拨开黑云现青天,“文化大革命”结束了。巴金获得了《第二次解放》。重握旧笔偿还“欠债”。一句话,不说谎,把心交给读者。可是文章刊出,议论又起,叽叽喳喳批判不断。其实巴金只不过是反思历史,剖析灵魂,吸取教训,就史论事,前车之鉴,后者之师。反省自己讲几句心里话,从没有认为真话即是真理,更不敢自以为一贯正确。他能活过百岁,确非易事。晚年卧病在床,还为文《向老托尔斯泰学习》,力求做到自己言行一致。

前些日子忽奉余先生2006年12月12日函:“拙著《作家巴

金》近获北京东方图书公司同意，在国内以《巴金传》书名出版。为此，需要一序，拟请先生推爱相助。这书在增订本上加以订正。书明年三月出版，序请尽快赐下。"读后惶惶不安多日，自知学疏识浅，只不过系巴金同胞弱弟，曾尾随他从事出版编辑工作几十年的一个普通编辑。退休多年，虽偶也写几篇回忆往事的小文章，却从来没给他人作品写过序，更何况如此学术评传巨著，焉敢动笔。念及余先生夫妇与我家的多年情谊，实难启口拒绝。反复思忖，本书先后已印行二十多次。受到海外读者欢迎。而今能在大陆删改订正新印，正是大好事。巴金一生想着的是把心交给读者。在下也就遵余先生之命"实话实说"，略讲几句自己的心里话，纯属个人愚识，权供读者参考。

2007.8.18 修订于萦思楼

丹 晨

余思牧与《作家巴金》

继《作家许地山》后一年，忽又收到厚厚的上下两大册《作家巴金》，真使我惊讶得瞠目结舌，说不出话来。我为作者余思牧先生的毅力、才华和过人的拼搏精神所惊服。在这样短短的几年时间里，他竟写出120万字的两部学术巨著；人们不会想到这是出自一位80岁高龄、动过三次大手术的病弱的老人之手。可以毫不夸大地说，这真是文坛的奇迹，文学史上罕见的纪录。值得大书一笔。

我与余先生相交20多年，从一开始就知道他要重写20年前他的旧著《作家巴金》，并一直孜孜不倦地广为收集资料，准备同时编写《巴金年谱长编》。每次我们相聚时，有一个说不完的话题，就是“巴金”。他对巴老由衷的热诚和崇敬感染着我；他对巴老的作品和思想不断的探索，常常有新的独特的理解启示了我。但是，我对他能不能重写一本新的《作家巴金》却是心存怀疑的。因为他一直驰骋在商场，他又多次患病动大手术，对于一位进入古稀之年的老人来说，他有重返书斋潜心写作的可能吗？

所以，当余先生寄赠新著《作家许地山》时，我已惊讶之极；当《作家巴金》接踵而来时，除了惊呼，还是惊呼！这种反应，不仅仅是我一个人的，而是熟悉的朋友共有的。

1964年出版的《作家巴金》，是中国学者撰写的第一本有关巴金的传记。余思牧最早将巴金的生平经历作了梳理和评述，对他的创作作了综合的研究，具有开山拓荒之功。但现在这本新版“增订本”的《作家巴金》，已不是一般意义上的“增订”，而是完全重写了,从不到20万字增写到80万字,对巴金的方方面面作了系统的详细的研究和叙写,几乎把关于巴金现有的可能收集到的资料都尽可能加以归纳。自从80年代以来,内地有关巴金的传记或与此相关的著作大概已有近二十本之多,虽各有千秋,但像余思牧的著作那样详备,似还属罕见。如作一个譬喻,这本《作家巴金》具有"巴金词典"的性质和功能。凡是你想了解巴金的某个方面的情况,基本上可以从中找到解答。这是本书的第一大特点。

既然,已有了那么多的有关巴金传记著作,余思牧的新著就必须有自己的新意。他不仅注意叙写了传主纵的历史面貌,还着力细致地写了横的错综复杂的个体生态,如有专节分别写了巴金与鲁迅,巴金与茅盾,巴金与叶圣陶,巴金与毛泽东,巴金与胡乔木等等这些文坛政坛重量级人物的关系。因为巴金与大家庭有着十分深刻的内在精神联系,余思牧用整整一编写巴金的老家和新家,题目也颇有新意云:"从'象牙监牢'到'甜蜜的家'",对巴金的家族成员乃至房屋建筑,室内摆设,环境气氛、来往宾客……都有涉及和说明。对"巴金的为人"也设专编,详加细叙,并引述了与巴金有直接接触的人员的第一手评述。对巴金的大小作品尽可能都有论述,且还对其版本有所交代和考订……凡此种种,都是前人未做或只是零星说及的,余著却作了系统突出的论述和叙写,使传主的形象和思想、精神、人格、行为丰满起来而有立体感。至于对巴金及其作品的阐释,常有新的发现和评说,这是余思牧一贯独有的热情酣畅的文学风格。

余著分上下两大卷,上卷着重写巴金的历史生平行状,下卷着重评说巴金的作品,但两大卷并不截然分割,而互有交叉。如下卷也写了巴金在"文革"中的经历。余思牧非常重视历史主义的考析,总是把传主和他的作品放在特定的具体的历史环境中来考察,因此对于中国近代具体历史事件的发生和演变,甚至某些细节,都有较充分的介绍和描述,且有自己的独到的分析和评论,使人对传主走过的道路,及其种种经历和写作意图,都有比较客观准确的理解。这也是本书的特点之一。

20世纪的中国曾经发生了从未有过的丰富曲折、诡异多变的历史风云,为后人留下了一座极其重要的文化历史宝库。巴金是与这样历史同行的一位文学大师。他的经历,他的思想,他的作品,都是丰润深广、摇曳多姿,烙刻着深刻的历史印记,值得人们去探讨,去解读,从中探索历史之谜和享受文学之美。余思牧的《作家巴金》正是这样一部对研究解读巴金做出了非凡的贡献的学术巨著,在众多的巴金传记和研究著作中,有着特别突出和显著的历史地位。因此,它的出版应是巴金研究领域里值得庆贺的一大收获。

我曾对好几位朋友说起过:余思牧先生是一位传奇人物。他做什么事都会创造奇迹。他在青年时代,当教师,当编辑,不仅成绩斐然,还写了数十部学术著作和文学作品,从古典诗词到现代著名作家传记系列,从小说到散文……还编辑出版了大量文化教育方面的图书,当中国内地正在大力围剿巴金时,他却顶着逆风在香港出版《巴金文集》十四卷,在东南亚以至日本等地区广泛流传。这时,他是一位出色的作家、学者、编辑出版家、教育家,甚至是位文化斗士。80 年代,他投身商海,纵横搏杀,又成了一位巨贾,在内地和香港之间的贸易和城市建设方面,有杰出成就,得到政府的表彰。他几次大病,动大手术,有时似乎已经处于危殆之境,竟能化凶为吉,重获生命。现在,他又以年迈病弱之身,写出一百多万言的学术巨著,再一次令人刮目相看,可谓传奇之人传奇之书:且还正在继续埋首写作新作……我能不感叹这是文坛奇迹吗?

(原刊《中华读书报》,2006 年 10 月 18 日)

陆正伟

翰墨传情

柯灵先生(1909—2000)在创作上惜墨如金,美文连连,少有余暇接待采访、题词之类的应酬。所以,存世墨迹不多,笔者有幸藏得遗墨一幅,得来却全不费工夫。

20 世纪 90 年代初,画家戴明德依据笔者提供的图片创作了一幅巴老画像,笔者面对形神兼备的画像边欣赏边想,与巴老同时代的友人都已进入垂暮之年,腿疾不便,很少来往走动,如让他们共同在画像上以题词的形式“相聚”,这也不失为是件有意义的事情。笔者首先想到的便是柯灵先生,他家离巴老寓所最近,再则,柯灵夫人陈国容校长是巴老女儿小林的老师,两家和睦相处,情同一家。

这天,笔者到柯灵家时,他刚要出门去写作间,知道来意后说:“画先留下,词让我想好再题。”后从陈校长口中得知,柯先生近来正忙于创作一部名为《百年上海》的书,数十年前就开始搜集资料,此书横贯上海百年沧桑巨变,涉及的人物、事件繁复众多,工作量也可想而知了。笔者听后感到十分后悔,暗暗责怪自己给柯灵先生增添了麻烦。

没过几天,陈校长来电让笔者去她家。一见面,柯灵笑吟吟地说:“画像尺幅太大,我写不好大字,怕把画给写坏了,所以找纸另写了一幅。”说着徐徐展开,笔者见之眼睛一亮,柯灵在这页(36 厘米×20 厘米)宣纸上作七绝一首,看得出他是用心构思,斟字酌句反复推敲而成。不仅用考究的专用纸,而且书法功力也深厚,他那

巴金、萧珊夜访柯灵（王仲清画）

工整而不板滞，劲健而有弹性的墨迹与宋徽宗赵佶的“瘦金体”相比，毫不逊色。全诗为：

文格晶莹气亦清，渊渊掷地作金声。
不须刻意媚时俗，自出新裁论古今。

款署“正伟同志雅嘱，甲戌年六月柯灵”，字字珠玑，能吟出柯灵对巴老在垂暮衰病中，力疾操觚，完成《随想录》（五卷本）的颂扬，同时，也表达出对巴老坦荡清淳，胸无宿物，言行一致的品德充满敬意。在《随想录》中，最令柯灵动情的还是《遵命文学》一文，他看到巴老不仅在读者面前勇于抖落旧事进行剖析，而且在文中又一次向他表示道歉，意在提醒人们：任何时候都不媚时俗，不推波助澜，不盲目从众，凡事要独立思考，明辨是非，坚持真理。这样，才能避免和制止历史悲剧再次发生，不让子孙后代再遭灾难。这大概是柯灵面对巴老画像感到盛纳不下想说的话和欲题的词，选用赋诗吟诵的真正原因吧。

“文革”前夕，全国掀起了一场所谓对“毒草”电影进行公开批判的热潮。于是，批判《北国江南》、《逆风千里》、《早春二月》和

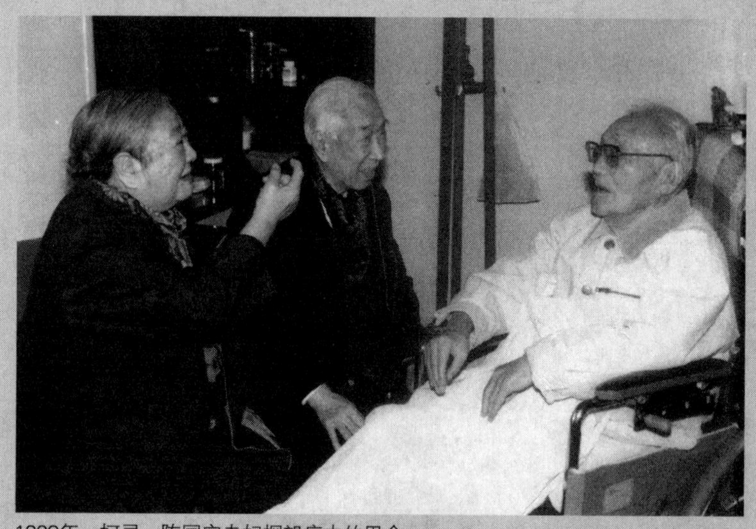

1998年，柯灵、陈国容夫妇探望病中的巴金。

《舞台姐妹》的大块文章见诸报端，柯灵改编的电影《不夜城》被列入第二批批判的名单。作为批判人，时任上海市文联和作协主席的巴金被选上了。他知道剧本分明是经过文化部门层层审批后得以通过的，怎么说批判就批判了呢？他百思不得其解。当作协党组领导以群将材料供给他时，巴金一再找词推托，以群用种种理由说服他，巴金无法再坚持，只得先答应下来，想试着拖一阵再说，过了一段时间，他打电话给以群，但仍推不掉，话音中，巴金隐隐听出他也有难处，还略有些害怕之意，说这是市委宣传部交办的任务，当时的上海市委宣传部部长是后来成为"四人帮"中的张春桥。

就这样，巴金写了一篇应付差使的批判文章，动笔前，他还与以群说好，文章中不点柯灵的名字。此时巴金接到中国作协让他赴越南河内体验生活的任务，没等文章在《文汇报》上发表，他就整理行装准备赴北京集中。临行前，总感到心头有件事未了，思考再三，巴金觉得还是应当上柯灵家去一趟。一天夜晚，巴金由夫人萧珊陪伴来到柯灵家。他当着柯灵的面作些解释外，当时的心情在《遵命文学》文中披露得一目了然："此外，我什么也没讲，因为我相当狼狈，讲不出道歉的话，可是心里却有歉意"。遭受批判的柯灵

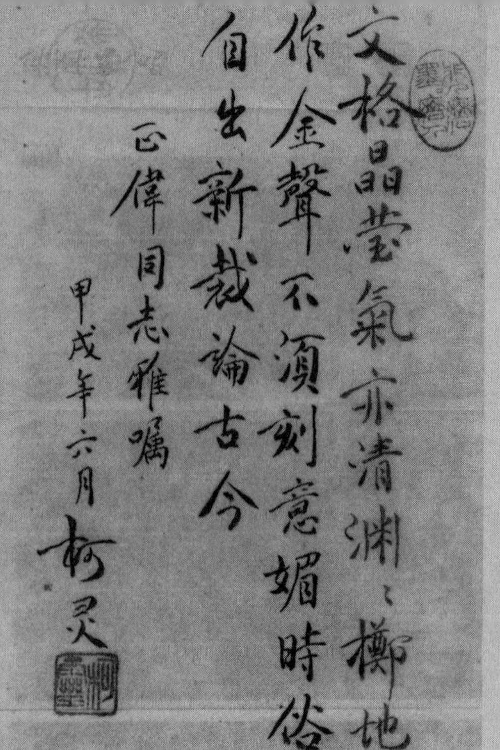

柯灵书赠本文作者的条幅。

家却是另一番景象。昔日同事或好友怕连累到自己，见柯灵唯恐躲之不及，所以门庭冷落车马稀。巴金夫妇的到来，多少给柯灵一些安慰，给冷寂的家庭添些许温暖。所以，柯灵非但没有埋怨之意，反而多了份理解。数年后，他在文中写道："我当时没有向他（巴金）披沥我隐秘的心情，我是多么希望宅心敦厚又了解我的朋友来参加口诛笔伐。因为他们绝不会对我无中生有，入人于罪。"

"文革"中，柯灵遭受牢狱之灾，巴金也在劫难逃，被打成"黑老K"、"黑作家"，被送入"牛棚"，批判《不夜城》的那篇文章，为自己添了一条"假批判真包庇"的罪名。传达让巴金写文章的以群也在迫害中跳楼自尽。从此，巴金、柯灵两家虽近在咫尺，却若远隔天涯，音讯全无。笔者见到过粉碎"四人帮"后的 1977 年一位记者拍摄的一幅黑白照片，画面上，巴老与友人柯灵、王西彦、师陀、张乐平、孔罗荪及李济生重又相聚在巴老家的愉悦情景，他们为巴老《家》重版而祝贺，也为劫后重逢相庆，十多年来的苦难、内疚、无奈和不安在一片欢笑声中也消散殆尽。

这幅柯灵为巴老画像的题词，无论在用纸、书法堪称精品，同时，彼此间历经沧桑岁月中结下的友情已凝结在诗中，化在了纸上。在诗的两端还各钤柯灵名章和一枚"非人磨墨墨磨人"的闲章,使之翰墨书香更为浓烈了。笔者记得柯灵出版过一本名为《墨磨人》的散文集,顾名思义,是书名引发刻制闲章,还是受此闲章启发后起的书名,现已无法得以考证。但有一点是肯定的,巴老、柯灵用心血浇灌而成的作品,受到读者的青睐,足以证明他们在做人还是作文上严谨而认真的态度了。

今年正值柯灵先生诞辰100周年、巴老诞辰105周年,谨此小文,以志纪念。

资　　讯

记　事

以文字与影像铭记巴老　京沪展开系列活动纪念巴金

在巴金先生逝世两周年及诞辰103周年之际，京沪两地举行一系列活动，以纪念这位故去的文学巨匠。

今年11月25日是巴金先生103周年诞辰。11月23日至12月2日，中国现代文学馆特举办《巴金的珍藏》展暨《中国的文人与中国的军人》图片展，以回顾巴金先生为中国文学事业的发展所做出的贡献。《巴金的珍藏》展出了巴金珍藏的作家信札、赠书、字画、部分作家手稿以及巴金与作家的合影近200件，其中有巴金保存了半个多世纪的罗淑的译稿、孙毓棠的诗稿，萧红的赠书等。《中国的文人与中国的军人》展出80幅图片，是1952年巴金率领17人作家采访组奔赴朝鲜前线，慰问志愿军的历史记录。

在上海，纪念巴金先生的活动一直在进行中。10月，由陈思和、李存光主编的《一粒麦子落地——巴金研究集刊卷二》由上海三联书店出版，书中首次披露最新整理的方令孺致巴金、萧珊书信等稀见史料；吴福辉等学者开展"走近巴金"系列讲座。11月，上海文艺出版社推出巴金的中篇小说《憩园》的手稿珍藏本；17日，

“巴金文学馆”网站获得巴金亲属授权，独家首发巴金先生1993年12月12日致孙女李晅之的一封短简，以纪念巴金先生逝世两周年。

11月24日，原本报摄影记者徐福生应“巴金文学馆”网站之邀，参加“记者眼中的巴老”活动，讲述他镜头中的巴金的故事。上海市作协文学会馆也推出徐福生拍摄的巴金图片展览，展览将持续至年底。

今年也是巴老的代表作《家》问世75周年。近日，作家出版社出版巴金作品选本《我的家》，以图文的形式首次全面展现巴金的家庭生活。书中除收录巴金对自己家庭生活的所有记述、回忆性文字外，还有百余幅珍贵的家庭照片，其中许多他与家人的历史生活照片，是第一次出现在读者面前。这既是巴金一家生活的完整记录，更是他所经历时代的真实写照。

据悉，根据巴金“激流三部曲”中的《家》拍摄的同名新版电视剧，将在下月正式与观众见面。这部筹备拍摄历时5年的电视剧，加强感情冲突，加上偶像明星阵容演绎，将成为“一部符合现代人审美方式的情感大戏”。

（金莹，《文学报》2007年12月1日）

话剧《家》山城再演

六十多年前，巴金先生从昆明来到重庆，与在江安国立剧专任教的曹禺会面，这次文学巨匠与戏剧大师的历史性的握手，孕育产生了我国现实主义话剧的经典之作《家》。在这之前，已曾有人将巴金的长篇小说《家》改编为话剧，巴金与曹禺在江安的彻夜长谈中，巴金表示了请曹禺来改编话剧的愿望，畅谈了对小说《家》改编的种种话题。一年多之后，曹禺隐身于江北唐家沱民生造船厂的一艘待修的船上，顶着山城夏日的酷暑，挥笔完成了充满诗情的同名话剧《家》的剧本。剧本由中国艺术剧社在山城首演，金山扮演觉新，张瑞芳扮演瑞珏，立即在山城引起了轰动。

六十多年后，在第二届重庆大学生戏剧节上，重大美视电影学院毕业班的学生们排练上演了这部充满诗情的话剧，迷人的《家》再现山城，让观众再次领略现实主义经典戏剧的永恒魅力，也显示了演出师生的戏剧才华。

曹禺先生的原著较长，可演出三个多小时。作为导演的重大美视电影学院副院长宋红玲，根据现代观众观剧心理的变化，对原著做了较大调整。她大胆删去了觉民的戏，以觉新和瑞珏为全剧叙述的主线，突出展现了瑞珏、鸣凤、梅表姐、婉儿这四位女性的悲剧命运，既压缩了演出时间，又不损原著的深刻内涵，简洁、流畅、鲜明地传达出曹禺剧本诗意的美，体现了导演把握现实主义戏剧的突出才能。

参加演出的学生，虽然稚嫩年轻，但个个充满青春的才气。全剧演员阵容整齐，表演细腻，语言优美，人物鲜明，给予观众极大的艺术享受。唐家源同学扮演的觉新，书卷气十足，他面临自己的苦闷婚姻，既表现出对妻子瑞珏的善良，又传达出对梅表姐失意的酸楚。他在临落幕前的一声长叹，极富感染力地预示着精神的觉醒，将戏推上高潮。解馥嫣同学扮演的瑞珏，善解人意，为人宽厚。刘可慧同学扮演的鸣凤，朴实纯洁、动心动情。姜燕同学扮演的梅表姐，哀婉亮丽、亲切可人。周鹤同学扮演的高克明，人物准确、形象传神。肖馨同学扮演的婉儿，出场不多，但一段出色的表演就给观众留下印象。崔蕾同学扮演的沈氏，一招一式生动鲜活，为全剧增添了不少色彩。正是这一批出色的演员，营造出了这一部迷人的《家》。

在第二届重庆大学生戏剧节上，大学生们以开放的姿态，演出了各种风格的剧目。在这一束大学生的艳丽的戏剧之花中，现实主义经典话剧《家》大放异彩，受到评委和师生们交口称赞。可见现实主义戏剧仍然是最能体现戏剧本体艺术魅力的演出样式。评委柯愈励激动地说，《家》的成功演出，表现了现实主义戏剧的伟大力量。确实，《家》再次受到山城观众的赞赏，证明现实主义戏剧之树长青！

（夏祖生，《重庆晚报》，2007 年 12 月 10 日）

戏剧学院演出经典大戏《家》

由云南艺术学院戏剧学院院长余力民教授和曹辉老师指导、2004届导演专业毕业生毕业实践演出、艺术学院首届舞台美术设计专业创作舞美，经过历时三个月昼夜的辛勤工作和排练，在纪念中国话剧百年华诞，缅怀文学大师巴金先生诞辰103周年之际，终于将由巴金创作、曹禺编剧的我国现实主义话剧的经典之作《家》在12月16—18日呈现给观众。

六十多年前，巴金先生从昆明来到重庆，与在江安国立剧专任教的曹禺会面，这次文学巨匠与戏剧大师的历史性的握手，孕育产生了我国现实主义话剧的经典之作《家》。《家》以20年代初期中国内地城市四川成都为背景，真实地写出了高家这个很有代表性的封建大家庭没落、溃败的历史。《家》是巴金30年代创作的"激流三部曲"中的第一部，1942年由戏剧大师曹禺先生改编成话剧，一直以其特有的反封建的思想光辉和动人的艺术魅力吸引着广大观众。

作为有深厚执导经验和教学实践的指导老师余力民教授，在指导学生的毕业作品《家》剧的教学实践中，根据现代观众观剧心理和审美需求，对剧本做了相对调整，以觉新和瑞珏为全剧叙述的主线，突出展现主干人物的悲剧命运，既压缩了演出时间，又不损原著的主线揭示作品的深刻内涵，简洁、流畅，既鲜明地传承了曹禺剧本诗意的美，又深刻表现把握现实主义戏剧的感染力。

作为04导演专业而非表演专业的35名学生，勤学苦练、用心思考、潜心体会作品内涵和所表现人物的内心世界，不但克服了表演专业必须要有的较强的语言、形态的表现力等障碍，还克服了人少完成大场面的"上蹿下跳"人员不足的困难，愣是将《家》唯美、完整地呈现在大家面前。这不仅是对学生所学专业的检验，更是对他们即将要执导"指挥"的工作对象——演员角色的一种难得的"换位"体验,其专业意义和社会意义不难想见。

值得一提的是,《家》剧的舞台美术布景是由我院首届舞台美术设计专业创作专业毕业生自己制作的,在导演的要求下,在指导教师梁涛老师对学生的精心指导下,呈现在大家面前的《家》剧舞台美术布景具有浓郁的时代背景感,讲求细节、意实结合,美轮美奂,体现了制作者对经典名著名剧环境内涵的深刻理解,充分展现了我院综合艺术高等教育专业互补的综合优势,也充分展现了我院首届舞台美术设计专业创作专业毕业生专业制作水平和人文素养。

《家》剧在学院实验剧场连演三场,场场爆满。为避免拥挤出安全意外,《家》剧在开演前20分钟就开始禁止观众入场,许多前来观看的观众由于剧场场地的局限被阻隔在外。

参加观看演出的有我院党政领导、各有关院系部门的领导、云南省话剧界、文艺界和社会各界的来宾,我院师生员工、学生家长近千人。

《中国教育报》、《春城晚报》、昆明教育电视台对我院的演出盛况进行了报道。

(黎学文,《云南艺术学院学报》,2008年第1期)

重庆校园戏剧《寒夜》荣获中国校园戏剧节三项大奖

由市文联、市剧协、市教委联合推荐的话剧《寒夜》于10月7日至14日在上海参加首届中国校园戏剧节,一举夺得校园戏剧优秀剧目奖、优秀编剧奖、优秀表演奖三项大奖,为重庆争得了荣誉。

话剧《寒夜》改编自巴金先生的同名长篇小说,该剧以抗战陪都重庆的生活为背景,通过对典型人物形象的细腻刻画,反映了当时重庆下层人民的生活境况以及知识分子的命运。10月12日晚,由重庆师范大学学前教育学院师生创作编排的话剧《寒夜》在上海大学礼堂隆重演出，著名戏剧家刘厚生，中国剧协党组副书记、秘书长季国平等20余位专家和1200名观众观看了演出，并对演出给予了高度评价。

据悉，"中国戏剧奖·校园戏剧奖"是目前唯一由国家设立的校园戏剧最高奖。

（欣文，《重庆晚报》，2008年10月15日）

"阅读是对巴老最好的纪念" 南师大钱桥实验小学成立"中小学巴金文学读书会"

5月29日，"理想之光——我与巴金的一本书"征文颁奖典礼暨"上海巴金文学研究会 中小学巴金文学读书会"揭牌仪式在南京师范大学联合办学单位——无锡市南师大钱桥实验小学隆重举行。上海巴金文学研究会的专家、学者，无锡教育界的领导，南京师范大学党委宣传部、教务处相关领导及参与本次征文活动的各校师生代表出席了此次活动。

23年前，钱桥小学田玲、俞奕、王伟等10名热爱文学的少年，面对理想与现实的冲突，困惑地提笔给巴金爷爷写了一封信。信中写道："10只迷途的'羔羊'向您呼救，请您以最快的速度给我们指点。"81岁高龄的巴金爷爷，在病床上用颤抖的手，花了三个星期，给同学们回了一封近3000字的热情洋溢的长信。他告诉孩子们："把人民和国家的位置放在个人之上，你们就永远不会'迷途'。"

这段"大文豪"和"小作家"之间的对话，鼓舞了一代少年明确学习和生活的目标，为自己的理想奋斗，成为了一段广为流传的佳话，并在全国范围掀起了理想教育的热潮。为了怀念巴金先生，倡导这种为理想献身的精神气质。2008年元旦刚过，上海巴金文学研究会与钱桥实验小学共同主办"理想之光——我与巴金的一本书”征文活动。

征文活动得到了全国中小学学生的热烈响应，掀起研读巴金文学作品的热潮，在四个多月的时间里，共计收到征文2073篇。经过上海巴金文学研究会的初评、复评和终评，评出一、二、三等奖共173名，鼓励奖15名。征文的获奖作品将结集由复旦大学出版社出版。

同时，主办单位之一的南师大钱桥实验小学意识到，作为文学大师的巴金，其价值更在于他的文学作品。巴老的一生追求理想，这一光辉思想贯穿于他的许多作品。如果引导学生阅读巴金作品，在阅读中感悟巴金追求理想的思想，这种教育将更有实效。基于这种思考，在南师大钱桥实验小学的倡导下成立“上海巴金文学研究会　中小学巴金文学读书会”，目前读书会已有12所中小学申请加入为联谊学校，其中，成都巴金小学、上海南洋中学、南京树人学校、无锡南师大钱桥实验小学都是巴金生前学习生活过或得到巴金关怀的重点学校。

（阳光网2008年5月30日；巴金文学馆　2008年9月2日）

纪念《家》出版75周年系列活动拉开帷幕

1933年5月，巴金先生的《家》由上海开明书店初版，当年11月即重版，此后风靡全国，成为“新文学第一畅销书”。今年正逢《家》出版75周年，为了纪念巴金先生逝世3周年、《家》出版75周年，上海市作家协会、上海巴金文学研究会将召开《家》出版75周年纪念学术研讨会，并举办相关系列活动，以此来推动重新认识和阅读这本影响了几代读者的新文学名著。

此次系列活动将由以下四个部分组成：

系列活动之一：纪念《家》出版75周年学术研讨会

地点：上海市作家协会

时间：2008年10月15日（星期三），会期一天。

这是上海巴金文学研究会组织召开的系列专题研讨会之一

纪念《家》出版75周年学术研讨会会场（一）

（2006 年 12 月曾召开过《随想录》出版二十周年专题研讨会）。主要是围绕小说《家》（或“激流三部曲”）进行学术研讨和交流，涉及的问题有《家》的思想艺术再解读、《家》的传播与影响、《家》的影视剧改编研究等多方面展开，力争通过研讨反映出目前《家》的研究前沿水平。

系列活动之二：“走进巴金”系列文化讲座——《家》专题

地点：上海市档案馆外滩新馆（中山东二路 9 号）10 楼报告厅

时间：2008 年 10 月 11 日—11 月 25 日

主讲人及演讲主题：

1. 赵志刚　谈越剧《家》　2008 年 10 月 11 日

2. 郭玲春/赵兰英　采访巴金的点点滴滴　2008 年 10 月 17 日

3. 辜也平　谈谈影视改编中的《家》　2008 年 11 月 24 日

上海巴金文学研究会、上海市档案学会共同主办的年度演讲活动，自 2004 年起已经进行了 4 个年度，主讲人都是各有专长的学者、专家、作家和文化人，他们从不同角度来谈论巴金、认识巴金，以沟通巴金与读者之间的距离。

纪念《家》出版75周年学术研讨会会场（二）

系列活动之三：越剧《家》的演出

地点：杨浦大剧院

时间：2008 年 10 月 15 日晚

新编现代越剧《家》，是上海越剧院精心策划、制作的一部成功剧目，该剧 2003 年 12 月在上海国际艺术节上首演后，连演多场，获得各界好评。作品没有走从现成的电影或舞台作品移植的捷径，而是从越剧本体和戏曲要求出发，尽量减少头绪，精简出场人物，简化已为人们广为熟知的一些故事情节，把主要笔墨放在人物的心理揭示上。

越剧《家》由上海越剧院一团（男女合演团）演出。著名尹（桂芳）派小生赵志刚（饰演觉新）与王（文娟）派传人单仰萍（饰演梅芬）、吕（瑞英）派传人孙智君（饰演瑞珏）、陆（锦花）派传人许杰（饰演觉慧）、剧院新秀陈湜（饰鸣凤）等优秀演员成功塑造了个性化的角色，从内心深处揭示人物性格、情感与思想，从而形成激烈的戏剧冲突与心灵对碰，使观众受到强烈震撼。导演杨小青注重发挥越剧写意抒情的特色，展现了流派唱腔的魅力，凸显了越剧诗化的美感，缠绵悱恻的唱腔给观众以酣畅淋漓的听觉享受。

音乐戏曲音乐家孙松林教授说,越剧《家》充分发挥了戏曲音乐的抒情性,每个人物的唱腔都是从内心表现了人物的情感。赵志刚作为男女合演越剧的第三代领军人物,显示了在表演和唱腔上的成熟和突破。著名戏剧评论家刘厚生说,巴老的名著《家》不容易改编,觉新这个人物不容易演,越剧《家》都成功地做到了,在越剧的诗情画意中准确阐释了巴金的原著。

系列活动之四:相关出版物的推出

上海巴金文学研究会最近策划、推出一批与巴金及《家》相关的出版物,以不同形式纪念《家》出版75周年。其中包括:

1.《家》繁体字纪念本(香港文汇出版社出版,刘旦宅插图,限量、编号印刷6000部);

2.《家》《春》《秋》版本图录、研究索引(李存光编著,香港文汇出版社出版,限量、编号印刷6000部);

3.《灭亡》(巴金的成名作,巴金著作纪念本文丛之一,上海人民出版社出版);

4.《海行杂记》(巴金赴法途中的散文随笔,巴金著作纪念本文丛之一,上海人民出版社出版);

5.《巴金译丛》(祝勇工作室参与策划,北方文艺出版社出版)

第一辑书目

Ⅰ[俄]赫尔岑　《往事与随想》精选

Ⅱ[俄]屠格涅夫　散文诗

Ⅲ[俄]屠格涅夫　木木集

Ⅳ[俄]屠格涅夫等　门槛

Ⅴ[俄]高尔基　文学写照

6.《巴金随想录》线装本(上海文艺出版社,印数500套);

7.《一双美丽的眼睛——巴金研究集刊卷三》(陈思和、李存光主编,上海三联书店出版);

8.《萧珊文存》(上海人民出版社即出);

(消息来源:巴金文学馆 www.bjwxg.cn)

《家》出版75周年研讨会举行 巴金《家》的一些主题从不会落伍

出版于1933年的《家》在中国文学史上曾产生过深远影响，为纪念《家》出版75周年暨巴金去世3周年，小说《家》学术研讨会昨日在上海作协举行，巴金弟弟李济生与会。上海作协主席、作家王安忆在研讨中认为，《家》中的人和事，很多社会现象在今天似乎已经不存在了，但有些主题从不会落伍。

《家》让新文学走向大众

"《家》中的有些主题从不会落伍，比如书中描写的自由、爱情、平等，至今还是很多文学作品的创作母体。"上海作协主席、作家王安忆在研讨会上说道。

《家》最先在上海小报《时报》上连载时，引起巨大反响。"这在中国新文学史上是一个突破。"复旦大学教授陈思和说，"新文学诞生之后，其实是小众的，即使鲁迅的作品也只是少数人在阅读，当时受广大读者欢迎的还是鸳鸯蝴蝶派的通俗小说，而巴金的《家》是一个重要突破，小说首先在当时的通俗小报《时报》上连载，从而让文学从小众走向大众化，并通过其他媒体比如戏剧，让更多人认识，也产生了更大的社会影响。"

新时期文学30年，文学已独立自存，不再是政治宣传工具。但在上海作协副主席赵长天看来，很多作家的作品越来越倾向于私密化，成为圈子文化的一部分，文学作品和社会的勾连越来越疏远，文学的社会功能越来越弱，"在很长一段时期内，我们太注重文学的社会性，这是不正常的，但完全抛弃文学的这一重要功能也是非常遗憾的。而小说《家》在那个年代对社会的影响是难以想象的，许多青年读了巴老的《家》之后，毅然走出封建家庭的桎梏，走上革命的道路，从某种角度讲这是文学的光荣。巴老曾表示，'我不是作家'，他不强调自己的作家身份，而更强调用文字关注社会的发展、中国人的发展和生存状况。"

人文社版印刷437万册

"没想到《家》已经出版了75年，四哥(巴金)去世也已经3年了。"巴金弟弟、92岁的李济生用浓重的四川口音感慨道，"《家》讲述了一个封建压迫的故事，在我看来就算在现代社会，很多封建的东西还是没有洗涤掉。"

著名越剧表演艺术家袁雪芬和赵志刚则回顾了历年来越剧版《家》的改编和演出历史。袁雪芬回忆说，当年她每次排演越剧《家》的时候，总与巴老作深入的交流。而赵志刚则回忆，2003年巴老百岁大寿的时候，当年上海舞台上同时有4部戏曲版《家》上演。

1933年5月，长篇小说《家》首先在上海开明书店出单行本，32开，当时书价是大洋1.7元。"有不少人以为这是我的自传，其实，这是一个错误。小说里的事实大部分出于虚构，不过我确实是从和这相似的家庭出来的，而且也曾借用了两三个我认识的人来作模特儿。"对读者关心小说写作背景问题，巴金在首版《家》序中作了解答，"我们已经可以看到一个正在崩坏的资产阶级家庭的全部悲欢离合的历史了。这里所描写的高家正是这类家庭的典型，我们在各地都可以找到和这相似的家庭来。"

目前影响最大的《家》版本是人民文学出版社版(简称人文社版)，据人民文学出版社总编室主任王海波介绍，人文社版第一版第一次印刷《家》是在1953年7月15日，这个人文社最早版本为25开，平装、竖排、繁体，共342页。而最具有收藏价值的《家》是1962年5月印刷的版本，这版《家》为插图精装本，内附刘旦宅所作插图，只印了55册，可能为巴老和刘旦宅专门制作。据人民文学出版社统计，自1953年人民文学出版社出版《家》以来，每年都在不断重印，截至2008年9月22日，人文社版《家》累计印刷90次，共437万册。

(石剑峰，《东方早报》2008年10月16日)

75 年畅销令当代作家汗颜
——巴金《家》出版纪念会反思当代文学的不足

1933 年,巴金长篇小说《家》在开明书店首次出版单行本,到今年整整 75 年了。在昨天举行的纪念研讨会上,人民文学出版社总编室主任王海波透露,截至今年 9 月,该社出版的《家》各种版本累计印次 90 次,总数达到 437 万余册。王安忆、赵长天等与会作家表示,与巴老作品的巨大影响力相比,当代文学作品太局限于个人感受,引不起社会共鸣。

不断重印　长期热销

巴金先生的《家》,完稿于 1931 年,在上海《时报》上连载了一年,当时的题目是《激流》。1933 年 5 月,上海开明书店出版单行本,改名为《家》。从此,《家》风靡全国,畅销更长销。王海波说,该社从 1953 年开始出版巴老的《家》单行本,到现在一直作为保留书目,每年不间断地重印,并收入各种丛书当中。截至今年 9 月 22 日,该社《家》的各种版本累计印数 4071032 册。75 年来,各地与各种语言版本的《家》更是难以计数……

跨越时代　主题不变

什么样的作品可以称得上经典的文学作品？巴金研究专家陈思和的解释是:能够被一代代人去阅读、去理解的,才叫做经典作品。如果它在一个时代很轰动,过了那个时代就被大家忘了,那就不是经典,而是畅销书、流行书了。75 岁的《家》,是公认的经典,是巴金的代表作。《家》的出版数量令如今的畅销书作家汗颜,而其长销程度又不亚于其他经典作品,原因何在？上海市作家协会主席王安忆说:“没有一个文学爱好者不读巴金。”她表示,《家》是现代社会学的一个标准,巴金写了那个时代的社会、爱情以及年轻人各种各样的生活。虽然《家》中所提到的故事和悲剧在现代社会已经不存在了,但书中所写到的关于自由、爱情、平等这些观点,在当今也是文学创作的一个母体。

当代作家　自我局限

上海市作家协会副主席赵长天指出当代文学的局限:“近年来,文学找到了自己,成为表达内心情感的渠道,但很多作家和作品越来越局限于个人的感受,与社会失去联系。”赵长天说,现在文学渐渐变成小圈子的事情,很多作家对于文学手法、技巧的研究越来越深入,最后变成“雕虫小技”。而另一方面,畅销书没有了文学上的价值,仅供消遣,文学刊物的发行量少得可怜,文学对社会的影响力越来越弱,我们应当反思。”

(夏琦,《新民晚报》2008 年 10 月 16 日)

探讨巴金作品现实意义　反思当今文坛现象

纪念《家》出版 75 周年学术研讨会在沪召开

巴金的长篇小说《家》自 1933 年在开明书店首次出版单行本,至今已经 75 年。截至今年的 9 月底,仅人民文学出版社《家》的各种版本累计印次 90 次,累计印数 437 万余册。为了有一个参照比较,人民文学出版社总编室主任王海波特别查阅了几种有代表性的人文版中外文学名著的印数情况,发现只有《红楼梦》的印数超过了《家》。

10 月 15 日,纪念《家》出版 75 周年学术研讨会在上海市作协举行,围绕巴金的创作在 20 世纪创作中究竟处于怎样的位置,在今天的文学环境中有怎样的现实意义,与会的作家学者展开了积极的探讨。

"《家》是中国文学的光荣"

"75年来没有一个文学爱好者没有看过《家》。《家》成为社会学的标本,甚至可以作为教本。"上海市作协主席王安忆表示,无论世界如何变化,这部忠实地描写那个时代的故事的作品,仍可提供当今写作的很多参照。"《家》里的故事、《家》中所碰到的问题,今天已不存在。虽然青年人已经有足够的自由,奇怪的是《家》中的一些观念依然存在,爱情、自由、平等,仍然是写作的母题。"

今天纪念《家》出版75周年,有着重要的现实意义。上海市作协副主席赵长天认为,巴金的《家》在出版后能发生这么重大的影响,这是文学的光荣。他看巴老的文章,注意到巴老再三讲"我不是作家"、"不是文学家",他其实是借此强调,文学家更关注社会性的发展,更关注中国人的生存状况,作为文学工作者怎样将自身的表达和社会联系起来,这是重要的事情。

巴金研究应该是开放性"场所"

上海巴金文学研究会会长陈思和表示,新文学走向大众,成为中国文学的主流,与《家》的影响是分不开的。"我个人的看法,五四新文学初期,新文学是一种先锋文学,覆盖面过于狭隘。当时新文学作品主要发表在《小说月报》等刊物上,而《家》发表在上海《时报》上,其影响力开始进入了普通市民阶层。所以《家》是新文学发展的某种转折,是巴金找到了较受欢迎的媒体,这媒体反过来又决定了《家》的艺术手法,巴金过去的很多作品属于革命小说,这次他开始创作家庭题材,这与载体有关。"《家》是被各种媒体改编最多的作品之一,这一方面说明《家》的影响力,同时也说明《家》是超前的、能解答当前很多文学问题的作品。

曾经参加过八届巴金作品研讨会的日本一桥大学教授坂井洋史认为,不仅仅是《家》,一般的文学研究大致有两个方向:一是将文本与作者及其背景的时代或社会等“现实”密切联结在一起加以考察；二是将文本从作者和现实状况切断，把所有的评价和判断作为读者解读的方向。他认为应该从更多样的切入口开展更多样的巴金研究，最后把两个方向有机地综合起来，形成拥有多样可能性的“巴金研究”这个开放性“场所”。

纪念巴金的最好方式是阅读

纪念巴金最好的方式就是阅读他的作品。陈思和说，中国社会转型导致文学观念、思想观念等发生变化，如何看待巴老的文学精神，在今天有怎样的意义，是历届研讨会关注的话题。时代在变，生活在变，作家要有长远的文学声誉，还要不断地理解、阐释作品，《红楼梦》、《三国演义》都属于这样的作品，一方面是作品本身的能量，另一方面对作品的重新阐释会使文学的生命力与时代精神融合在一起。

1989 年首届巴金文学研讨会召开时，王瑶、贾植芳等老先生还在世，随着他们渐渐故去，研究巴金的接力棒传到下一代身上。作为第二代研究者，陈思和感受到迫切的使命感，他说：“所幸目前第三代巴金作品的研究者已走向成熟，一批年轻的学者陆续地加入巴金作品研究，比如复旦大学的刘志荣、巴金文学研究会副秘书长周立民、闽江学院的黄长华等都有新的学术研究成果。”陈思和透露说，巴金文学研究会将巴老资料整理成规模后，将会全部公开，以招标形式资助全国博士生、硕士生撰写有关巴老的学术论文，并提供相关资料、导师信息以及出版资助，以优惠的政策鼓励年轻人研究巴金。

（舒晋瑜，《中华读书报》，2008 年 10 月 22 日）

75 岁的《家》依然被人们深深眷恋着

75 岁的《家》，依然被眷恋着。巴金先生营造的这个“家”，感染了一代又一代读者。今天，在秋阳的高照下，一批中外巴金研究学者齐聚上海，共叙他们心中的这座“家园”，同时怀念离我们而去3周年的巴金先生。

巴金先生的《家》，完稿于1931年，在上海《时报》上连载了一年，当时的题目是《激流》。1933年5月，上海开明书店出版单行本，改名为《家》。从此，《家》风靡全国，成为“新文学第一畅销书”。

《家》更是一部畅销书。75年来，各种文字印行的《家》，难以数尽：中文、哈萨克文、维吾尔文、蒙文、日文、韩文、英文、西班牙文、法文、德文、意大利文、波兰文、捷克文、朝鲜文、匈牙利文、荷兰文、南斯拉夫文、泰文、俄文、葡萄牙文……还有盲文本。各种装帧、设计的《家》，星罗棋布：平面的、精装的；布面的、缎面的；插图的、连环画的；简体的、繁体的；横排的、竖排的；护封的、盒装的；编号的、限印的……直至2008年10月，香港文汇出版社出版了繁体字的纪念版本。

75年来，《家》不断被改编为影视剧，为人们享用。1941年，中国联合影业公司、新华影业公司将《家》搬上了银幕。其拍摄队伍之强，当年少有：卜万苍、吴永刚等6人导演，袁美云、陈云裳、胡蝶、刘琼、陈燕燕等名角饰演。1953年，香港中联电影企业有限公司拍摄的粤语版电影《家》，轰动港岛，连续放映2个月不衰。1956年，上海电影制片厂拍摄的《家》，同样获得好评。陈西禾导演，孙道临饰演觉新、张瑞芳饰演瑞珏、黄宗英饰演梅表姐、王丹凤饰演鸣凤。1957年，香港长城影业公司又拍摄了国语、粤语两个版本的《鸣凤》。1988年，上海电视台和四川电视台联合拍摄了19集电视连续剧《家·春·秋》。2007年，北京慈文制作有限公司制作了21集电视连续剧《家》。

《家》，还被一次次改编成其他艺术形式。1941年2月，由吴天改编的话剧《家》，在上海连续公演3个月。2年后，曹禺改编的话剧《家》在重庆首演，大获成功。据悉，重庆市民中，10人中有1人看过话剧《家》。从此，曹禺改编的《家》，成为话剧舞台上的经典之作，常演不衰。《家》，还被搬上川剧、沪剧、粤剧、淮剧等戏曲舞台。

2003年,上海越剧院演出了由赵志刚主演的越剧《家》,好评如潮,被评为上海文艺创作优秀作品。次年,越剧《家》参加第7届中国艺术节,获文华新剧目奖。今年10月,越剧《家》,又一次在上海公演。

75岁的《家》,依然被人们深深眷恋着。巴金研究专家张民权分析道:以《家》为代表的《激流三部曲》的主要价值,在于其包孕了丰富的,虽在那个时代得到不同程度伸张,却又在以后相当一段时间里不可或缺,乃至指向未来的精神资源。这就是反封建和一种强烈的、崇高的道德力量。《家》,虽然不是新文学中反封建最早、最深刻的作品,但是却如绘画中的长卷、音乐中的交响曲,是宏大、磅礴、充沛淋漓的,而且主要围绕人们关心的爱情、家庭、婚姻展开。所以,影响是巨大的、持久的。强烈的、崇高的道德力量,是指作品中所张扬的强烈的道德感和巴金本人独有的道德理想。这就是"生活力的满溢"、"散布生命"的欢乐。

来自韩国的巴金研究专家朴兰英说,她之所以喜欢巴金作品,并且研究他的作品,是在20多年前。那时,她认为人生中苦难比快乐多得多,所以相当消极,认为人生就是悲剧。这个时候,她读到了巴金的《家》。巴金在"序"中引用了罗曼·罗兰的话:"人生不是悲剧,而是奋斗。"这句话深深震撼了她。朴兰英说:"巴金的《家》中,蕴涵着一种面对人生困苦,不逃避,并勇于与之斗争的作家精神。巴金小说中的主人公,激励我前进。而巴金本人拥有的蓬勃的对未来的热情、勇于献身革命的精神、为实现理想永远乐观的品格,促动我继续读他的作品,研究他的作品。"朴兰英介绍,韩国已有110多个大学有中文系。巴金的《家》,是首尔大学1993年选定的"东西方经典名著200部"中的一部。巴金的书在韩国,虽销量不是很大,但不断有需求。这表明,巴金及他的作品,在韩国还是有不少追随者的。

什么样的作品可以称得上经典的文学作品?巴金研究专家陈思和先生对其的解释是:能够被一代代人去阅读、去理解的。如果这个作品经得起一代代的阐释,那么它才叫做经典作品。如果它在一个时代很轰动,过了那个时代就被大家忘了,那就不是经典,而是畅销书、流行书了。75岁的《家》,是公认的经典,是巴金的代表作。那么今天,我们怎么来阅读这部作品,怎么来理解这部作品?陈思和认为,巴金在那个时代写的《家》所阐释的对社会批评原理:封建制度、专政,到后来,及至今天,不断被人们反思。只要封建专制存在,《家》的批判力量就不会消失。觉新是中国文学史上不可多得的艺术典型。这个人物到今天,艺术生命力没有减低,其性格涵盖量非常大。越剧演员赵志刚在谈及他塑造的觉新这个人物时说:"我所理解的觉新是封建家族重压下的觉新,两个女人纠葛中的觉新,新旧思想挣扎中的觉新,悲剧命运笼罩下的觉新。家,本是躲避风雨的港湾,却成了摧残人性的地狱。家,就这样散了;心,就这样碎了。"

"有一种精神叫永存,有一种责任叫传承。《家》、《春》、《秋》,我们倾心阅读,《雾》、《雨》、《电》,我们静静思考。"这是北京化工大学新生文学社一位同学,对巴金说的话。巴老,您该欣慰。

(赵兰英,新华网2008年10月15日)

巴金长篇小说《家》出版75周年纪念学术研讨会昨在上海举行

《家》又带来万千思绪

本报上海15日电(记者楼乘震)自1933年上海开明书店初版巴金先生的长篇小说《家》,随即风靡全国,经久不衰,亘至今日,成为"新文学第一畅销书",今年是《家》出版75周年,上海作家协会、上海巴金文学研究会在今天举行学术研讨会予以纪念。巴金先生曾经工作过的作协大厅今天布置得格外隆重,巴老在《家》上签名的巨幅照片树立在大门口,"家是国的缩影,两朝经典,锋芒直指强权专制;秋乃春之先声,四季轮转,激流永向彼岸黎明",一副镶嵌了巴老著作名的对联高悬在作协大楼外,巴老那"把心交给读者"

的话语似乎还在我们耳边回响。每位与会者手捧巴金文学研究会为纪念而策划出版的珍藏版《家》思绪万千。

来自海内外的五十多位巴金研究专家出席了今天的研讨会。上海巴金文学研究会向坂井洋史等六位专家颁发了特约研究员的聘书。

与会者对《家》给读者的与对中国文学的贡献予以高度的评价。

《家》的主题从不落伍

中国作协副主席、上海作协主席王安忆认为,《家》出版 75 年来,恐怕没有一个文学爱好者会说自己没有读过《家》。巴老的《家》反映的是那个时代,小说里的故事,那些人和事,那些悲剧在今天似乎已经不存在了,今天的年轻人有足够的自由,足够的快乐。但是,不论生活如何变化,有些主题从不会落伍,比如自由、爱情、平等,至今还是很多文学作品的创作母体。他的那些思想是足够我们享用一辈子的。

《家》的写法启示现时文学

上海作协副主席、《萌芽》主编赵长天认为,在今天回顾改革开放 30 年,肯定所取得成就的同时,要思考我们现时的文学为什么没有了当年《家》那样的战斗性。在很长一段时期内,我们太注重文学的社会性,这是不正常的,但完全抛弃文学的这一重要功能也是非常遗憾的。而小说《家》在那个年代对社会的影响是难以想象的,许多青年并不喜好文学,但是读了巴老的《家》之后,走上革命道路的,这是文学的光荣。可是现时有的作家似乎离现实远了一点,热衷于身边琐事,片面讲究技巧,作品的读者越来越少,变成小圈子里的事。巴老再三说他不是作家不是文学家,其实他是用此来强调不应强调作家的身份,而应该更关注社会的发展、中国人的发展,更关注中国人的生存状态。作家把自己的表达与社会关联起来是很重要的，作品应当引起社会的共鸣，这是文学应有的作用，但现在这个作用越来越微弱，这是我们今天纪念巴老，不可不反思的问题。

《家》的故事其实并不过时

复旦大学中文系主任陈思和教授认为，在文学史上被称为经典的文学作品，是需要一代代人去阅读、去理解的。在文学史上，巴老的《家》是公认的经典，是他的代表作。他说："今天的很多读者都以为这部作品所描写的故事离我们太远了，认为已经过时了。但实际上我在想《红楼梦》呢？《水浒传》呢？那些故事更加遥远，不能因为故事太远就认为是过时了。"巴金的《家》最早在报纸上连载时书名是《激流》，后来出书的时候才改为《家》，"激流"则成为"三部曲"的名字。显而易见在创作中，"激流"是作者要表达的重要主题。什么叫激流？江水从上到下奔腾而来，那种气势磅礴的冲击力就是激流。他说，在《激流三部曲》中，可以把这股冲击力看成青春的象征，这是《家》最主要的东西。如果阅读《家》看不出这种强烈的激流精神，那么《家》的意义就没有被充分解读出来。今后随着社会的进一步开放，像巴金的作品里所隐藏的很多含义会进一步得到人们的关注。

《家》的价值包孕丰富资源

东方出版中心编审张民权认为，巴金对当时正在急剧瓦解中的旧家庭制度作了全面而深入的描画、透视，它们也因此成为人们认识、了解中国这一特定历史时期社会生活和文化、观念演变的最重要的作品。就这一点来说，《家》及其续作肯定会不朽的，正如一位外国学者指出的："巴金小说的价值，不只是在现时代，而特别在将来的时候要保留着，因为他的小说是代表一个时代的转变，就好似一部影片，在上面有无数的中国人所表演的悲剧。"但仅看到这种价值还是不够的。在我看来，以《家》为代表的《激流三部曲》的主要价值在于其包孕了丰富的精神资源，虽在那个时代得到不同程度伸张，却又在以后相当一段时间里不可或缺、乃至指向未来，而且它们本身又在作家后来的创作中得到提升，从而凝铸成了巴金之为巴金的独特的精神印记。

《家》的回忆充满叛逆思想

上海巴金文学研究会副秘书长周立民博士指出，那时的巴金是个经过“五四”精神洗礼并且有了自己信仰的人，无论是在《家》中还是在这些回忆散文中，“家”都是一个带有象征意义的事物——它代表着黑暗而专制的王国——而非巴金当年生活的真实环境。在这种与旧家庭决裂的心态中，巴金对“家”的回忆更为强调的是新与旧的冲突，充满叛逆性行为。巴金使用了两个有强烈感情色彩的词语来形容“家”——“一个专制的王国”、“虚伪的礼教的囚牢”。这两点成为他“激流三部曲”中对家族制度抨击的最强大的火力点，而这个观念巴金直接承自“五四”和他的信仰。

《家》的改编折射文化变迁

对于《家》的改编，与会者也提出了自己的看法。福建师大教授辜也平认为，半个多世纪以来《家》的改编实际上是不同时代接受者对《家》的不同解读，体现了不同接受者对《家》的不同期待，折射出的是数十年来中国社会的历史文化变迁。但小说原著作为受众先在的理解或先在的经验，仍然是他们接受或反驳影视作品的重要参照。因此，就改编本身也包含着创造而言，一定的改动并不是太大的问题，但从尊重原著原作者的角度看，任何的改动都必须格外慎重，至少必须在原著基本精神内进行。为尽可能保持原著精神，名著的影视改编适当减少头绪无妨，但新增任何东西都必须格外谨慎。而细节调节的基本原则是必须符合剧情，具有历史的合理性。名著的改编是富于挑战性的工作，也包含着丰富的历史文化内涵，因此无论从哪个角度看这都是值得深入探讨的话题。

从接受或传播角度看，不同的演绎或许可以使原著的意义得到更为充分的现实化。但从尊重原作者、尽可能忠实于原著精神看，文学名著的影视改编可以是多元的，但这个多元也应该是有界的。

《家》的魅力超越社会时代

河北大学刘福泉教授认为，《家》在不同的时代环境中，不同的社会制度下，以不同的形式被反复地进行新的演绎，被不同时代背景的观众所接受，恰恰是这部经典作品所具有的思想价值、艺术价值、商业价值的明证。优秀作品具有丰富的内涵，为接受者的理解、领悟提供了广阔天地，为研究者的发现与建构提供了硕大空间。《家》在不同时代都能吸引读者进行多角度的阐发，也说明《家》是一部具有巨大的“召唤结构”、蕴涵挖掘不尽的丰富意蕴的作品。它的意义结构不是限定的、封闭的，而是一个动态的生成系统，具有极大的潜在意义。《家》具有超越时代的文学魅力和思想价值，已经成为公认的20世纪的文学经典。

巴金先生的女儿、《收获》主编李小林，儿子、《浦江纵横》主编李小棠也出席了会议。

在会上，上海越剧院名誉院长袁雪芬、上海市委宣传部原副部长、文艺评论家徐俊西、上海文史馆馆员、巴金的小弟李济生、日本一桥大学教授坂井洋史、日本学者山口守、韩国水原大学教授朴兰英、中国现代文学研究会会长吴福辉、人民文学出版社总编室主任王海波、上海越剧院副院长赵志刚、武汉大学教授金宏宇、新加坡学者严丽珍、著名演员作家黄宗英、德国汉学者顾彬等都发表了高见或提交了论文。论文将由上海巴金文学研究会结集出版。

（《深圳商报》2008年10月18日）

出版75年8次修改《家》：文本修订？文学改造？

10月17日，巴金逝世三周年和《家》出版75周年，来自日本、韩国的巴金文学研究者聚集在巨鹿路675号上海作家协会。陈思和、王安忆、徐俊西、赵长天、袁雪芬、坂井洋史、山口守、朴兰英等试图重新找到解读《家》的角度。香港文汇出版社于10月份刚刚出版了巴金最新版的《家》。

上海市作家协会副主席、复旦大学中文系主任陈思和说:"现在,我们读者有很多局限,研究者也有局限,时代也有局限,对于巴金作品中很多很深刻的东西都没法理解。但更重要的是研究视线已经把它规定好了,就是'反帝反封建',就会用很多很狭隘的定义把作品给定起来了。""写革命,别人是怀着一种战斗激情,而对于巴金来说,底蕴却是一种孤独,一种失败感,一种凄凉。这是巴金非常独特的魅力。作为一个政治上的失败者,巴金以他最大的愤怒在批判、抨击他生活的那个社会。他用这种自我暴露自我忏悔的方式来达到对社会的深刻批判。"陈思和说。

德国汉学家顾彬在他今年9月刚刚出版的中文版《二十世纪中国文学史》一书中对巴金评论道:"他经久不衰的声誉和他作为作家的实际语言能力好不成比例(这方面简直无缘由可讲)。他的中文更多地是以一种情感冲击力为特征,而不在于对修辞的讲究,这种炽烈情热一直以来都紧紧攫住青年读者。"不过,"姿态和热情"这些"宏大词语在今天却是令人生疑的"。

日本大学中文系教授山口守从《家》在不同时代的修改和变容考察巴金的思想历程。

《家》存在着《时报》版、开明书店版和人民文学出版社版三个系列的文本。巴金说:"一本《家》我至少修改过八遍","我一直认为修改过的《家》比初版本少一些毛病"。

"一部文学作品的改写次数如此之多,这在中国现代文学史上也是罕见的。"山口守说。

在中华人民共和国体制下,开明书店版被重新改订,1953年6月由人民文学出版社出版了新版。1952年10月巴金开始着手改订民国时期发表的小说,从《家》起首,逐一修改了《新生》、《海的梦》、《爱情三部曲》、《憩园》、《旅途随笔》、《还魂草》等,巴金称是"基于自己的意思"而修改的。然而在山口守看来,"在这一时期特地修改民国时期的小说，可以认为巴金是在社会主义体制下赋予过去的小说以新的形式，对自己的文学进行社会主义改造”。

接着，以人民文学出版社版为本而加以修订的1954年5月《巴金文集》第4卷《家》，“也进行了超出字句修正水准的改写，可以说社会主义体制下的《家》的文本至此得以确定”。当时巴金曾说，他是受到曹禺的剧本《家》的启发，而对同样收于《巴金文集》中的《春》的故事进行了改写。“由巴金的《家》到曹禺的《家》再到巴金的《春》，对于修改，巴金便是如此地毫无抵触。”山口守惊异于这一点。

（夏榆，《南方周末》2008年10月29日）

20世纪中国文学大师风采展昨日开展

昨日上午8时30分，大型文学展览《二十世纪中国文学大师风采展》在海南省博物馆隆重开展吸引市民关注。省委常委、宣传部长周文彰等领导出席了开展仪式。据悉，此次展出汇集了来自中国现代文学馆的一批经典馆藏，具有震撼力和冲击力。

20世纪的中国文坛，群星璀璨。以鲁迅、郭沫若、茅盾、巴金等文学巨匠为旗帜的革命文学，为呼唤民族的解放和崛起而呐喊。一批当之无愧的中国文学大师，富有理想，追求光明，热爱生活，把自己的一生都融入了振兴中华文化的伟大事业。他们吸吮着海外进步文化的精华，薪传着民族文化的传统，饱蘸着“五四”的锐气，创作出了许多脍炙人口的名篇佳作，成功地创造了20世纪中国文学的辉煌。

记者在省博物馆展馆看到，前来观看展览的市民络绎不绝。市民对此次展出的大量珍贵展品表现出极大兴趣，认真感受着20世纪中国文坛大师们的风采。其中最引人注目的是一批现代文学作家的手稿展出，能目睹到作家们创作时书写下的一字一句，仿佛能让人联想到作家们当年在进行文学创作时的激情。

据悉，此次展出选取中国现代文学馆馆藏资料丰富的10位作家:茅盾、巴金、老舍、沈从文、冰心、丁玲、萧乾、臧克家、胡风、孙犁等。展出覆盖了4个展馆,共有展板260多块,历史图片2000多张,图书版本近千册,手稿、书信、实物200件,5位作家的专题片,以及艾青、萧军、姚雪垠3位作家生前的书房物品100多件。巴金的《随想录》手稿以及茅盾创作长篇小说《子夜》时准备的素材和长篇小说《锻炼》的手稿,还有老舍剧作《茶馆》的手稿,冰心的《关于男人》手稿等珍贵实物展品受到市民极大关注。

此次展出由省委宣传部、中国现代文学馆、省文化广电出版体育厅、省文学艺术界联合会主办,省作协、北京今明后文化传媒有限公司和省博物馆承办。展览将一直持续到8月3日,期间中国作协副主席、中国现代文学馆馆长陈建功、沈从文的儿子沈龙朱以及冰心的女儿吴青将在省图书馆多功能厅举行专题讲座。

(刘伟,《海南特区报》2008年7月25日)

30年30本书评出　《随想录》榜上有名

据《深圳商报》2008年12月5日报道(记者刘悠扬)经过公众自由推荐、网络票选和来自全国的专家媒体评审团的层层筛选,“30年30本书”文史类读物入选书目与“2008年度十大好书”终于在12月5日揭榜。主办方深圳读书月组委会、深圳报业集团、深圳广电集团在市文化局联合召开了新闻发布会,正式公布了“30年30本书”与“年度十大好书”入选书目。“30年30本书”文史类读物评选自9月10日全面启动,经过一个月的公众自由推荐、一个月的网络票选及手机短信投票,从30年来30万余本出版物中筛选出了100本候选书目,最终呈交给来自全国的著名专家组成的终审评委团与来自全国16家知名媒体读书版编辑组成的复审评委团进行评选。11月24日、25日,知名专家学者谢冕、南方朔、梁小民、陈子善、李景端、张冠生、止庵、江晓原、刘苏里、马家辉等来自中国内地、香港和台湾的读书界专家齐聚深圳圣廷苑酒店,对“30年30

本书"、"年度十大好书"进行了持续两天的闭门评选。经过两天紧张的评选,一轮轮公开透明的投票与讨论,最终"30 年 30 本书"与深圳读书月"2008 年度十大好书"尘埃落定,两大书单出炉。巴金先生的晚年重要著作《随想录》榜上有名。

30 年间中国出版物发生了翻天覆地的变化,用"从贫乏走向丰富"来概括也不为过。来自新闻出版总署的数字告诉我们,从 1978 年到 2006 年,我国的出版社从 105 个发展到 573 个,增加 4.5 倍;图书产品,从 1.5 万种增加到 23 万种,增加 14.5 倍;印数从 37 亿册增加到 64 亿册,增加 0.73 倍。从几十万种图书中选出 30 年的 30 本文史类读物,是一件去粗取精的大工程,因成绩巨大带来的评选困难,被主办方戏称为"甜蜜的痛苦"。据介绍,在初选、复选、终选等各个评选环节,不仅采用了先进、科学的"投票器",评委们还抱着极为严肃的学术立场和责任感,经常为某一本书的去留发生激烈争执,评审环节几乎没有出现过"一次过"的情况,最多达到四次筛选才确定一份书目。由于新媒体的介入,此次评选的波及面、参与人数几乎无法统计。据粗略统计,该评选共收到 1500 余封自由推荐邮件,网络及手机短信有效投票也将近 8 万人次。正如《译林》杂志及译林出版社创建人李景端所言,"30 年 30 本书"评选实现了一个突破,"把专家眼光和公众声音结合起来,弥补了过去评书的一个缺陷,即群众路线不够,没有社会效应,只有仓库效应。引导社会读书风气,必须落实在传播效果上"。

主办方是这样介绍《随想录》:"巴金直面'文革'带来的灾难,直面自己人格曾经出现的扭曲。他在晚年写作了在当代中国产生巨大影响的《随想录》,以此来履行一个知识分子应尽的历史责任。巴金在《随想录》中痛苦回忆、深刻反思、重新开始青年时代的追求、完成了一个真实人格的塑造。""入选理由:这是作者定位为'讲真话的书'。它诞生在刚刚过去的'谎言就是真理'的年代,'讲真话'就如同生长在石岩缝隙中的小草,孱弱却有顽强的生命力。今天读来或许觉得没有什么,但在当时,并没有人善于这样'讲真话'"。据悉为纪念《随想录》第一集出版 30 周年,作家出版社将于 2009 年 1 月重版作家版《随想录》,此次重版将全部以精装本的形式推出。此版为《随想录》1—5 卷合集。巴金将其晚年著名的《没有神》作为此精装版的代序。作家版《随想录》还收入巴金不同时期的历史图片几十幅，装帧设计精美庄重。

附录："30 年 30 本书"文史类读物评选入选书目

1.《万历十五年》，[美]黄仁宇著，中华书局，1982 年版

2.《第三帝国的兴亡》，[美]威廉·夏伊勒著，董乐山译，世界知识出版社，1979 年版

3.《傅雷家书》，傅雷著，三联书店，1981 年版

4.《第三次浪潮》，[美]阿尔温·托夫勒著，朱志焱等译，三联书店，1984 年版

5.《宽容》，房龙/著，迮卫等译，三联书店，1985 年版

6.《释梦》，[奥]弗洛伊德著，商务印书馆，1996 年版

7.《一九八四》，[英]奥威尔著，董乐山译，花城出版社，1988 年版

8.《庐山会议实录》李锐著，春秋出版社、湖南教育出版社，1988 年版

9.《美的历程》，李泽厚著，文物出版社，1981 年版

10.《生命中不能承受之轻》，[捷]米兰·昆德拉著，韩少功、韩刚译，作家出版社，1987 年版

11.《顾准文集》，顾准著，贵州人民出版社，1994 年版

12.《陈寅恪的最后 20 年》，陆键东著，三联书店，1995 年版

13.《潜规则：中国历史中的真实游戏》，吴思著，云南人民出版社，2001 年版

14.《百年孤独》，[哥伦比亚]马尔克斯著，黄锦炎译，上海译文出版社，1984 年版

15.《朦胧诗选》，阎月君、高岩、梁云、顾芳编选，春风文艺出版社，1985 年版

16.《丑陋的中国人》，柏杨著，花城出版社，1986 年版

17.《日瓦戈医生》，[苏]帕斯捷尔纳克著，力冈、冀刚译，漓江出版社，1986 年版

18.《白鹿原》，陈忠实著，人民文学出版社，1993 年版

19.《1932—1972 年美国实录：光荣与梦想》，[美]威廉·曼彻斯特著，广州外国语学院翻译组译，朔望、董乐山、关在汉校，商务印书馆，1978 年版

20.《围城》，钱锺书著，人民文学出版社，1980 年版

21.《瓦尔登湖》，[美]亨利·梭罗著，徐迟译，上海译文出版社，1982

年版

22.《随想录》,巴金著,三联书店,1987 年版

23.《张爱玲文集》,张爱玲著,安徽文艺出版社,1993 年版

24.《沉默的大多数——王小波杂文随笔全编》,王小波著,中国青年出版社,1997 年版

25.《文明的冲突与世界秩序的重建》,[美]塞缪尔·亨廷顿著,周琪等译,新华出版社,1999 年版

26.《城堡》,[奥]卡夫卡著,汤永宽、陈良廷、徐汝椿/译,上海译文出版社,1980 年版

27.《西方哲学史》,罗素著,何兆武、李约瑟、马元德译,商务印书馆,1981 年版

28.《金庸作品集》,金庸著,三联书店,1994 年版

29.《增长的极限》,[美]D. 梅多斯等著,李宝恒译,"走向未来丛书",四川人民出版社,1984 年版

30.《外国现代派作品选》,袁可嘉等选编,上海文艺出版社,1980—1984 年版

巴金研究学者余思牧先生去世

作家、教育家、企业家,华裔加拿大籍中国文学研究者,巴金研究的开拓者之一,余思牧先生因病 2008 年 12 月 25 日于香港不幸逝世,享年 83 岁。他的追思会将在 2009 年 1 月 15 日于香港举行。

余思牧先生 1925 年出生,5 岁从加拿大返广州九曜坊小学读书,8 岁后转回故乡北炎小学就读。1936 年 9 月,余思牧小学毕业后考入广州培英中学,1938 年,日寇侵占广州,余思牧转到香港培英中学继续学习,直至 1941 年 12 月日军侵占香港后,余思牧离港返乡继续求学。1945 年抗战胜利后,余思牧回到广州大学,攻读法学经济系,获法学学士学位。1947 年,他再度北上东吴大学,攻读该校法学硕士学位。后被广州大学聘为助教,兼出版组主任。1949 年初,余思牧先是在八达中学执教(兼副校长),后相继应聘为长城和凤凰两家影业公司的编辑。稍后,他又出任八达中学校长。

1956 年至 1967 年间，他先后兼任香港万千出版社、凤凰出版社和南国出版社的总编辑。1968 年余思牧获准移居加拿大。1973 年，余思牧创办旅行社，开展旅游业务。后又联系海外侨资，创办了西太平洋集团机构，任该集团总裁。

余思牧先生在从事教育和商业活动的同时，不忘研究和著述，其主要著作有《中西 300 作家评传》、《唐诗杰作论析》、《国学新话》、《新文学史话》、《中国古典文学阅读试论》、《语法文章十讲》、《诗与诗的理论》、《作家巴金》、《作家冰心》、《作家茅盾》、《作家许地山》、《金色年华闲拾》等。其中 1964 年 1 月由香港南国出版社出版的《作家巴金》是第一部以中文推出的巴金传记，是巴金研究中具有开拓性质的著作，曾印行 20 余版，2005 年底又推出增订版，是巴金研究领域中较有影响的著作。长期以来，余思牧先生身体力行推行巴金研究，并且与巴金先生结下真诚友谊，是巴金研究界的重要学者。

（消息来源：巴金文学馆 www. bjwxg. cn）

回　响

关于《〈家〉〈春〉〈秋〉版本图录研究索引》的通信

李济生先生致李存光信

存光：

此次匆匆一聚未得畅谈之机，颇感遗憾。不过阁下编著的《〈家〉〈春〉〈秋〉版本图录研究索引》一书，我确翻阅过了。甚表佩服，收集的版本资料极为丰富，许多国外版都是我未曾见过的，大长识见也。唯 p. 10 上端《家》的第三条注释，并非赠我的题词，是他发现自己手边已没有这样的中文插图本存书后，问我要回去后才特别写上“这是唯一的中文插图本”，并非赠我时写的，要是那是仅有的一本，就不会送我了。望再版时改为“巴金写在收回赠给弟弟李济生的此版精装本上的话”。再 p. 121“凌琯”后应加一“如”字，我看过她的戏。p. 125 上海电视台与四川电视台合拍的十九集《家春秋》电视剧原编剧为三人：斯民三（《家》）、周以勤（《春》）、黄海芹（《秋》）；最初由屈楚主编，我被拉去做了文学顾问，曹禺为艺术顾问是被导演李莉拉去的，李本李玉茹的女儿。剧本开拍后，以黄海芹为主，有所改动，因而引起斯民三的不满，周本王宁宇的

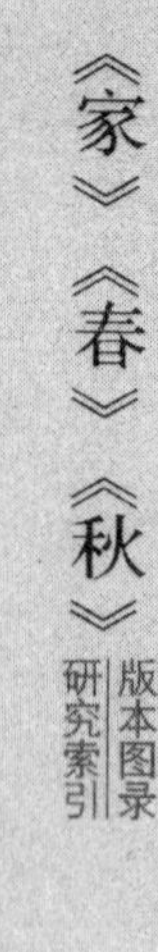

老婆，后离王去美国。拍摄中我多次去过现场，提了不少意见。在上海内部放映时，又替他们说了不少好话，还写过短文（不止一篇）介绍。影片在成都首次公开放映时，我还应邀赴会不说，川台还邀我和黄、李同游九寨沟。……香港的吴楚帆来上海拜访巴老，我就在座，还一同去看影片。

再另附上前些日子写的一篇《话剧忆旧》，特供君参考。

阁下这本书搜集资料极为广泛，一定下了不少功夫。很有价值。

匆匆写上点读后感，也是供参考的。即问全家好。

济　生

十月二十一日

李存光致李济生先生信

济老：

谢谢您来信对《〈家〉〈春〉〈秋〉版本图录研究索引》一书的勉

励。这本书署我编著,名实并不相符,因为图录部分我只提出一个版本目录的文字初稿,周立民和国烋作了许多补充,并一一落实图片,最后完成;图录搜集过程中,还得到人文社王海波和现代文学馆吴光强等的大力帮助。我主张合署名,但他们坚拒。我只得在"编者说明"稿中对立民和国烋为搜求、核实和制作版本图录"历尽艰辛,不辞劳苦"深表敬意,这话又被立民删去了。应该说,这本书的图录部分,是以立民为主合多人之力才得以完成的。

趁写这封信,我向您报告两件事:一是这本书的编纂过程,二是这本书的不足。

先说编纂过程。2006 年 12 月初杭州"《随想录》出版二十周年座谈会"上,立民提出编纂此书的设想,我返京后即在多年资料积累的基础上开始做准备,今年 4 月初,正式敲定编印,编纂工作也正式开始。从 4 月到 10 月的六个月中,我与立民频频联系沟通,设计框架,甄别内容,核定条目,讨论问题,通报情况,不算无数电话和手机短信,仅往来信件就有近 2 万余字。其中,有一个重要插曲值得一说,就是《家》初版本封面的问题。

8 月下旬,书稿编竣后立民来话,谓莫志恒先生在《二三十年代的书籍装帧艺术漫谈》(载《读书》,1981 年第 2—5 期;收孙艳、童翠萍编《书衣翩翩》,三联书店,2006 年 9 月)一文中说,《家》的初版封面由钱君匋设计,他设计的是再版本。怪我寡闻,莫先生的文章初发时和结集后竟都没有读过,连忙找来拜读。莫先生说,钱君匋装帧设计的书籍有"巴金……《家》(初版)、《春》、《秋》……"(《书衣翩翩》p. 380),他这样叙述再版本的设计:"巴金的《家》(再版本),据作者说,是'激流'三部曲之一,所以我把'激流'二字放大占封面四分之三面积,以细点空心字印橘红色,上面套印一个'家'字、'巴金著',都写美术字,黑墨印,封面用白色。"(《书衣翩翩》p. 390)。过去,我一直认定莫先生所述的这个封面就是《家》的初版封面,1982 年,我在北京图书馆亲自翻阅过初版本,并由馆方拍摄了书影,这个书影和同时拍摄的《时报》首日刊载《激流》的报影,一起印在 1985 年出版的《巴金研究资料》上卷卷首,我写的说明文字为"《激流》之一《家》的初版本封面(开明书店,1933 年 5

月)”。此后,各种图集中所录《家》的初版本书影均是这个封面。

莫先生作为《家》封面的设计者,提出了一个严峻的问题:所有研究者都认可的初版本封面,应是再版本的封面。难道所有的人都搞错了?那么,钱先生设计的初版本封面是什么样的?8月24日,我写信给立民:“莫志恒先生的文章我看了。他说得有根有据,但我觉得有两个问题,一是只谈了他的设计的思路,未说钱君匋的设计是什么样,他怎样改变了钱的原封面(他对钱很尊重,按说应有所交代);二是迄今为止,未见有人提出过与流行的初版封面不同的‘初版封面’。可惜的是钱老去世前我未读到此文,未能请教。莫先生生于1907年,确是著名装帧艺术家,系中央民委离休干部,如还健在,恐也难接受访问了。”

书快付排了,初版封面却出现疑问。怎么办?为尽快搞清楚这个问题,我双管齐下:一方面寻线索,遍查钱先生有关装帧设计的书籍、文章、谈话以及他人编写的有关钱先生的书籍、文章、传记,但未见到涉及他设计过《家》初版本的只言片语;一方面找物证,千方百计查找初版本原书。尽管2006年我到国图(北图)又一次查巴老著作版本时,已不见1982年翻过的《家》初版本,但仍不甘心,再度去查询,仍无果而终。询现代文学馆、北师大图书馆、人大图书馆,都无初版本。立民也告巴老家、上图、复旦亦无此版本。踏破铁鞋,最后,在北大图书馆目录中查到此书,目录同时标明此书为“精装”。当时正值奥运期间,北大进不去,我电话咨询,请工作人员将此书拿在手中,我一一询问,答曰:书为黑色硬皮精装,无字,翻开硬皮是封面,白色,“激流”空心大字上印黑色字“家”和“巴金著”,文字均为竖排,656页,1933年5月出版,无再版记录。我基本确定这是初版书,但又引出一个新的疑问:难道初版还有精装本?我通报立民后,他也生疑,于是请教了您和姜德明、朱金顺等现代文学版本专家,都说未见异于这个设计的其他初版本封面,都认为初版不大可能出精装本。于是,“精装本”成为了一个新的谜。

奥运结束后我到北大图书馆查阅。此书真真切切是1933年5月版,即初版,封面完好,图形即为莫先生所述(需补充的是封面下方偏左有篆体“志恒”二个横写小字)。全书656页,另有未编页码的版权页、书籍广告页各二页,不知是有意重复还是误订所致,这二页版权页、广告页重装。在原书面前,“精装”问题也迎刃而解。原来,这本书系北京中法大学藏书,黑色精装护皮是该校图书馆加上护皮,护皮封面封底无文字,书脊印有一行白色字:“家　中法大学图书馆藏”。

由李石曾创办的中法大学1920年在北京正式成立,蔡元培为首任校长,1950年中法大学结束时,其文学院的文史系和法国文学系并入北京大学文学院。这本书可能就是这时进入北大图书馆的。感谢中法大学图书馆的精心保护,使这本书得以完整无损地保存下来。如果我拿到的是一本经多人翻阅后封面脱落、版权页残缺的书(如北大所藏《家》十版改订本),真不知如何是好。

我抚摸着这本“精装”书,悬着的一颗心落地。可以断定,是莫先生记错了。他设计的就是《家》初版本封面。此外,再无其他初版本封面。钱先生设计的《家》封面在他之后而不是之前。

写这些琐事,是想说说搜寻资料过程中面对疑窦的的苦辛和得到解答的快乐。至于立民和国燦所经历的酸甜苦辣,只有等他们来叙说了。

再说书的不足。谢谢您指出的几处错误。书发排后,我又得到一些新材料:

1. 上编第二辑补充三条:《家》[朝文译本](权相哲译,延边人民出版社,1980年4月,0.84元,9600册),系重印民族出版社1957年本;《春》[朝文译本](朴春奉译,延边人民出版社,1981年10月,1.00元[平],1.60元[精],6250册);《家》[越南文译本](黎山馨、裴幸谨译,文学作家会出版社,2002年);

2. 第七辑补充韩国2000年至2006年的11篇硕士学位论文(朴兰英教授提供)。

以上材料因来不及补入,只好印了一页“增补条目”夹于书中。

书印出后,发现我的原稿有漏收。如:

1. 下编第一辑(p.129)遗漏巴金《给青年读者们的信——略谈

影片〈春〉和〈秋〉》(载《中国电影》1956 年 12 月号,收《巴金全集》第 18 卷);

2. 上编[附](p. 126)遗漏香港长城影业公司出品的电影《鸣凤》(1957 年,国语,有粤语配音版),魏博编剧,程步高导演,石慧、鲍方、张铮、陈思思、刘恋等主演。

由于书要在 10 月 15 日"纪念《家》出版 75 周年学术研讨会"前赶印出,责编和印刷厂很辛苦,也没有交我复校的时间,排印中难免出现一些误植,如,目录第五行"外文版本图","图"应删去。又如,下编第一辑原分为三个部分排列:1950 年—1965 年,1977 年—1984 年,但只在 p. 24 出现 1931 年—1949 年(其余两个时段略去或漏掉了),这行时段应删去。p. 138 第三行末的"顾百里著"应移至第七行末;第四行与第五行之间应空行,第六行与第七行之间的空行应取消。此外,索引部分的字体字号也有粗疏之处。

这本书中的资料肯定有诸多遗漏,对此我们是有自知之明的。无论是版本复杂、印次频繁的中文本,还是外文译本和中国少数民族文字译本,都不能说完备,戏剧影视改编尚不齐全,研究资料也未能一网打尽。此外,书中一定还有我未及发现的误记、误植。为此,我们热切期待有识之士随时赐教。已发现的所有漏错,有机会再版时一定会补入、改正。这封信越写越长,就此打住吧。

此颂

大安

存　光

2008 年 11 月 2 日

编后记

本卷可以说是一本内容丰富的“激流三部曲”专题论文集，它是去年10月15日召开的纪念《家》出版75周年研讨会的文字成果。曾经有人担心，像《家》这样的名著已经被翻来覆去谈了几十年，“现在还有什么好谈的?”我倒觉得每一代人对于《家》会有每一代的阐释，好的作品是一个开放的世界，它能够容纳不同时代不同读者的心境和看法。从读者对它的喜爱也可以看出这一点，在开明书店，《家》在20多年中印行32版次；人民文学出版社王海波女士统计，自1953年至2008年10月，《家》在人民文学出版社累计印次90次，总印数437万册，这个印数在该社文学名著中仅次于《红楼梦》的印数。据我了解，四川人民出版社1982年版的《巴金选集》中的《家》至今已经印行约20万册，还有香港南国出版社自上世纪50年代开始印行的租型本、香港天地图书公司80年代开始印行的繁体字本，这些印数累计起来，也非常可观。另外，仅我们掌握的汉语以外的其他语种的译本也近40种。我想，一代代读者对于《家》的喜爱，不是毫无理由的，《家》这样的作品的阐释空间还很大。

事实上，仅这次规模不大的研讨会，我们也有可喜的收获，坂井洋史、刘志荣等先生的论文都提出了很好的论题，山口守、辜也平先生将《家》的研究延伸到文字文本以外，尤其是山口先生的文章，资料翔实，考订严谨，非常值得注意。我还要特别提到韩国学者朴兰英的文章，它让我读后非常感动。她谈到自己与《家》的

邂逅:

> 第一次接触巴金的作品是在我刚刚考上研究生的时候,在"中国现代小说"这门课上,我读到了《家》这部小说. 当时我的看法是人生中苦难比快乐多得多,所以相当消极,认为人生就是悲剧. 可是在《激流》序中,巴金引用罗曼·罗兰的话说,"人生不是悲剧,而是奋斗"。
>
> 念高中的时候,我读了罗曼·罗兰的《托尔斯泰评传》,被深深地感动,托尔斯泰认为把人与人之间的距离缩短的艺术是伟大的艺术,如若不然,即便是技巧再好的艺术也不能被称之为伟大的艺术。
>
> 的确在《家》这部小说中蕴涵着一种直面人生困苦,不逃避,并勇于与之斗争的作家精神. 是他小说的主人公激励着我前进. 而且巴金拥有蓬勃的对未来的热情和勇于献身革命的精神. 实现理想并不遥远的乐观信仰,所有的这些让我决定继续研究他的作品。

当一部作品与一个人的生命、成长相关的时候,它便具有了不同的意义,《家》在无数人的生命中扮演了这样的角色。朴女士没有孤立地来谈论艺术、技巧,而是更看重它的精神力量,抓住这些才算读懂巴金。朴女士说:"通过这次(与巴金)对话我理解了为什么他可以被称为'青年的朋友和老师',他的作品在法国,日本,美国等自由主义国家也拥有很多读者,不仅是因为他平易近人的文体,还有他具有的自由精神。""自由精神",我倒觉得很多国外的朋友倒比我们更能理解巴金,相反,我们的很多研究者最多只能把作品当作小说作法教科书分析来分析去,却偏废了思想、精神,这怎么能抓住作家和作品的灵魂?朴女士介绍《家》在韩国的读者接受情况:"80年代的韩国,虽然经济增长很快,收入再分配也圆满完成,但是政治方面军部掌握政权,实行独裁,被称为'抵抗'的时代。当时韩国的很多年轻人把《家》看作是鼓励自由和民主的必读书。1993年首尔大学选定了'东西方古典200册',《家》跟鲁迅的《阿Q正传》,茅盾的《子夜》,老舍的《骆驼祥子》一起入选。"这似乎呼应了前面的问题:为什么读者会喜欢《家》,《家》的魅力究竟在哪里?朴女士在文章最后说:"巴金追求的理想社会整个人类可以自由平等地生活,这可以说是所有人的愿望.。他作品中的主人公为了实现这种理想社会牺牲掉了自己的生命,那种纯粹的热情受到当时青年们的欢迎。"说得好,不过,难道现在我们就不需要这样的理想了吗?人类完全可以自由平等地生活了吗?如果对这些问题的回答不是那么理直气壮的话,那么恐怕还不能过早地宣布《家》已经完成了它的历史任务。

适时召开一系列的小型的专题研讨会,是巴金研究会学术规划的一个重要方面,值得一提的是,在这样的会议上,我们还编辑、印行了李存光先生编著的《<家><春><秋>版本图录研究索引》,尽管难免有信息的遗漏等问题,但我认为这是一本很有价值的参考书,并想在以后坚持这个做法,也不断地增订和修订以前的信息,在当今浮躁的学术氛围中,这些工作比不着边际的高谈阔论要有价值和有意义得多。好了,我也得赶紧打住吧。

编　者

2009 年 5 月 1 日于上海

NO.

20×20＝400

随想录

巴金

一二三 为旧作新版写序

天地图书公司打算在香港重排新印我的激流三部曲和别的一些旧作，托人来徵求我的同意，我愉快地答应了。

我知道在香港出过不少我的著作的盗印本，有的把一部长篇改名换姓分成九册印行；有的署我的名字，却收入了别人的文章。还有些出版社则是租了几家内地书店的旧纸型重印，他们照付纸型费。

我一向就是在版权得不到保障的条件下写作的，所以看见盗印本接连出现，我也毫不在乎。而且正是靠了盗印本和"纸型本"，海外的读者至今还不曾忘记我的名字，甚至在我给押进"牛棚"、押到工厂、农村、学校"批斗"的时候，香港书店还在印卖我的选集。一九八〇年我访问日本，电视台安排水上勉先生和我在新大谷饭店的庭园里对谈，水上先生边翻书边向我提问，他翻看的就是绛色封面的十四卷香港版文集。我这才知道有些日本朋友正是靠了这些"纸型本"和盗印本听到我的声音的，因此我看见它们反而感到亲切。这次中文大学

原稿纸 第一页

他有权改动自己的作品，也有权决定自己作品的重印或停版。我一直认为作家改过的作品比初版本少一些毛病，最初发表的连载的小说是随写随印的，我当时的想法和后来的不一定相同，以后我改了很多，文字和情节两方面都有变动。随便举个例子，在《家》的初版本中婉儿……让婉儿活了下去，还在《春》里补写了婉儿回家给太太拜寿的一章，我以为这样处理更接近真实，冯乐山讨个年轻的小老婆，并不单是为了虐待她，也是为了玩弄她，他高兴时还可能把婉儿当成宝贝。在补写的《春》的第六章里婉儿对三……说：“我初到冯家的时候……挨骂又挨打，饭也吃不下……只怪自己命不好，情愿早死……我真想走鸣凤的路。现在我也变了。既然都是命，我何必怕他们！该死就死，不该死就活下去。他们欺负我，我也不在乎。我心想：我年轻，今年还不到二十岁，我总会死在他们后头。我会看到他们一个一个的结果。”今天重读改订本后的《激流三部曲》，我仍然觉得这样写婉儿比较好，使她的性格显著了，冯乐山的也更鲜明了。像这样的例子是很多的。我绝不会删去补写的章节，让《三部曲》、让《家》恢复原来的面目。去年上海文

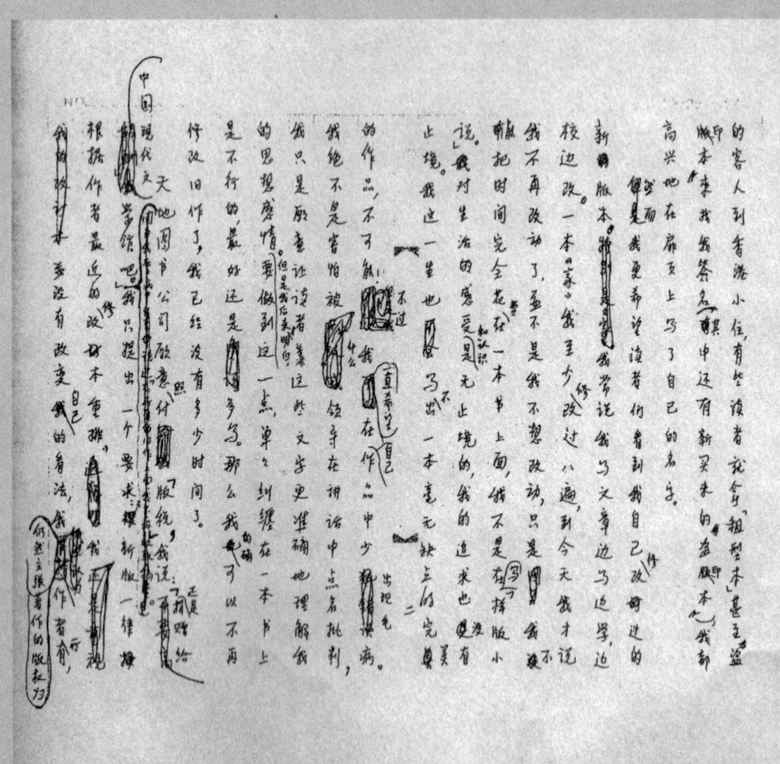

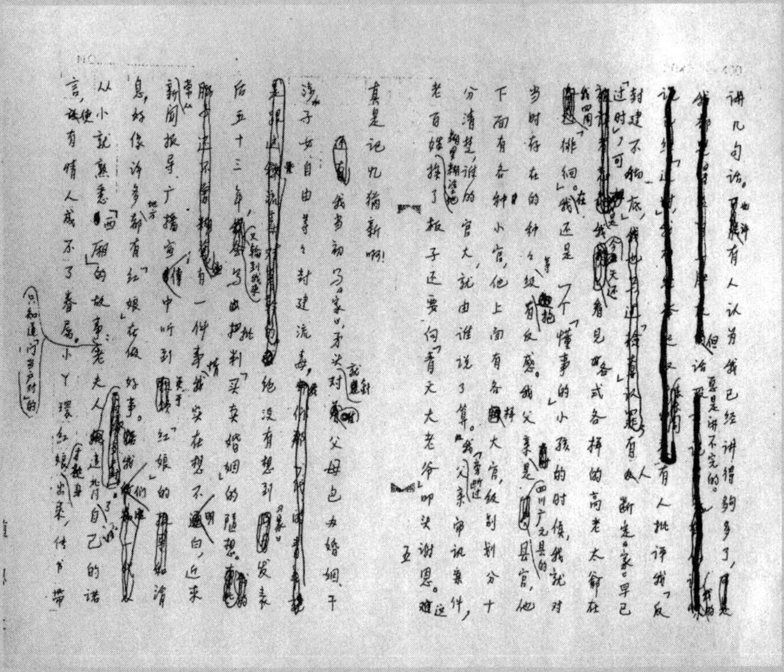
讲几句话。也许有人认为我已经讲得够多了，[illegible]但话是讲不完的。[illegible]有人批评我"反封建不彻底"，[illegible]有人断定《家》早已"过时"，[illegible]看见各式各样的高老太爷在我四周"徘徊"。在我还是"不懂事"的小孩的时候，我就对当时存在的种种等级有反感。我父亲是四川广元县的县官，他下面有各种小官，他上面有各样大官，级别划分十分清楚，谁的官大，就由谁说了算。我旁听过父亲审讯案件，老百姓挨了板子还要向"青天大老爷"叩头谢恩。难道这真是记忆犹新啊！

五

我当初写《家》，矛头就是针对父母包办婚姻、干涉子女自由等等封建流毒，[illegible]绝没有想到《家》发表后五十三年，又轮到我来写批判"买卖婚姻"的随想。[illegible]有一件事情我实在想不明白，近来常从新闻报导、广播宣传中听到关于"红娘"的[illegible]消息，好像许多地方都有"红娘"在做好事。[illegible]从小就熟悉《西厢》的故事：老夫人[illegible]违背自己的诺言，使有情人成不了眷属。小丫环红娘[illegible]出来，传书带

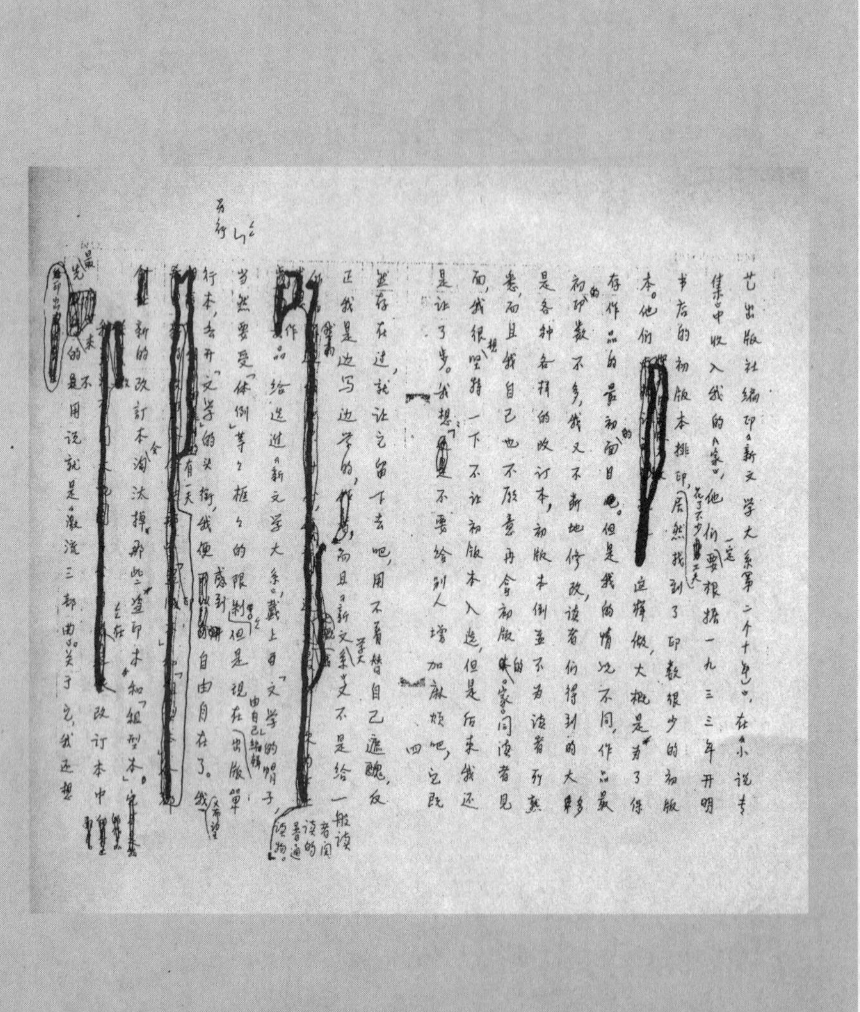

艺出版社编印《新文学大系第二个十年》，在《小说专集》中收入我的《家》，他们一定要根据一九三三年开明书店的初版本排印，居然找到了印数很少的初版本。他们这样做，大概是为了保存作品的最初面目吧。但是我的情况不同，作品最初的印数不多，我又不断地修改，读者们得到的大多是各种各样的改订本，初版本倒并不为读者所熟悉，而且我自己也不愿意再拿初版本的《家》同读者见面，我很想坚持一下不让初版本入选，但是后来我还是让了步。我想：「还是不要给别人增加麻烦吧，它既然存在过，就让它留下去吧，用不着替自己遮丑，反正我是边写边学的，而且《新文学大系》又不是给一般读者阅读的普通读物。」

作品给选进《新文学大系》，戴上「文学」的帽子，当然要受「体例」等等框框的限制，但是现在出版单行本，去开「文学」的头衔，我便感到自由自在了。

新的改订本淘汰掉那些盗印本和「纸型本」……改订本中……

……的是用说就是《激流三部曲》，关于它，我还想信，巧计安排，让这一对青年男女实现他们的心愿。红娘敢于发挥她的作用！她生活在"男女授受不亲"的时代，上面还有一位昏聩专横的老夫人，"父母之命，媒妁之言"的封建毒素又深入人心，她穿针引线，不顾这一切，她是反封建的战士，她不是"个媒人"。倘使活到今天，她也不会听从老夫人的吩咐，给莺莺小姐介绍"门当户对"的对象。难道在我们这个社会里，男女青年间或者大年龄的男女青年间就没有正常的社交活动，就不能自由恋爱，不能依照婚姻法自由结合，必须求助于"父母"和"媒妁"吗？

六

不管相信不相信，今天还有不少的老夫人和高老太爷，"门当户对"至今还是他们决定子女婚姻的"标准"。听话的孩子总是好孩子。为了"婚姻自主"，多少青年还要在进行斗争。

十载"文革"期间，有人批判《激流》，毒害青年，说我的小说是杀人不见血的软刀子。多么大的罪名！今天我仍然要说我喜欢这个三部曲的主题：青春是无限地美丽。未来永远属于年轻人，青年是人类的希望，也是我们祖国的希望。这是我的牢固的信念，它绝不会"过时"。我相信一切封建的流毒都会给年轻人彻底反掉！

其它，我不想谈下去了。

一九八〇年十二月十日

图书在版编目(CIP)数据

巴金研究集刊卷四,一股奔腾的激流/陈思和、李存光主编.
—上海:上海三联书店,2009.
ISBN 978-7-5426-3038-4

I.一… II.李… III.①巴金(1904~2005)—人物研究—文集②巴金(1904~2005)—文学研究—文集
IV.K825.6-53 I206.7-53

中国版本图书馆 CIP 数据核字(2009)第 037014 号

一股奔腾的激流——巴金研究集刊卷四

主　　编/陈思和　李存光

责任编辑/钱震华
特约编辑/黎　迦
装帧设计/鲁继德
责任校对/张大伟

出版发行/上海三联书店
(200031)　中国上海市乌鲁木齐南路 396 弄 10 号
http://www.sanlianc.com
E-mail:shsanlian@yahoo.com.cn
印　　刷/江苏常熟市东张印刷有限公司

版　　次/2009 年 6 月第 1 版
印　　次/2009 年 6 月第 1 次印刷
开　　本/787×1092　1/16
字　　数/450 千字
印　　张/27.25

ISBN 978-7-5426-3038-4/I·422
定价　40.00 元